Heinrich Huch

Alles Bella!

Der erste Sammelband

Bibliografische Information der
Deutschen Nationalbibliothek:
Die Deutsche Nationalbibliothek verzeichnet diese Publikation
in der Deutschen Nationalbibliografie, detaillierte bibliografi-
sche Daten sind im Internet über http://dnb.dnb.de abrufbar.
1. Auflage 2020
© 2020 Heinrich Huch
Herstellung und Verlag:
BoD – Books on Demand, Norderstedt
ISBN 978-3-751-93319-3

Inhalt

Vorwort

Vor Ihnen liegen 300 Seiten geballte Bella. Erstmals als Sammelband ohne Beiwerk aus anderen Geschichtswelten.

„Bella!" wurde auf Twitter geboren und bestand zu Anfang aus verketteten Tweets („Threads"). Was die teilweise etwas eigenartig anmutende Struktur erklärt, denn ein Absatz darf in der Rohfassung maximal 280 Zeichen umfassen.

Ermutigt durch positive Rückmeldungen wurden die Geschichten länger und länger, fanden mehr Freunde und irgendwann kam dann die Frage, ob man sie nicht irgendwo bequem und zusammenhängend lesen kann, gern auch offline. Einige gingen so weit, anzudeuten, dass sie gar gewillt wären, Geld dafür zu zahlen.

„Bella!", der erste Band mit den Kapiteln 1 bis 10, erschien als e-Book, dann als Paperback. Kurz darauf kam „Mehr Bella!" mit Kapitel 11 bis 21. Diese Geschichten finden sich, durchgesehen, überarbeitet und ergänzt, natürlich auch in diesem Sammelband.

Dazu kommen die bisher unveröffentlichten Kapitel 22 bis 35, deren Entstehung Twitter-Nutzer im Rahmen der „Offenen Wortmetzwerkstatt" auszugsweise live verfolgen konnten.

Aber keine Sorge, selbst ausdauernde Follower werden in diesem Band genug Neues finden, das (außer einem klitzekleinen Kreis an TestleserInnen, denen mein besonderer Dank gilt) noch niemand gesehen hat.

Für die Covergrafik zeichnet einmal mehr die großartige @GywerMelanie verantwortlich, man lobe und preise sie!

Vielen Dank an alle, die mich durch ihr positives Feedback zum Weiter- und Nochweiterschreiben ermuntert haben. Achtung, mit Fortsetzungen muss gerechnet werden!

Euer Heinrich. Der Neunte.
(Twitter-Handle: @drhuch)

Band 1 („Bella!")

Kapitel 1 – Hinter der Zeitung

Am Nebentisch spekulieren vier Frauen mittleren Alters wild, was Männer alles so denken und fühlen.

Mir kommen Zweifel, ob die überhaupt welche kennen.

Eine fünfte sitzt so, dass sie mein unzureichend unterdrücktes Grinsen sehen kann und hat offenkundig beschlossen, sich an der Diskussion nicht zu beteiligen. Ab und an zieht sie eine Augenbraue hoch. Was war das nur für ein Laden, wo man zu Wildfremden an den Tisch gesetzt wurde.

Möglicherweise handelt es sich auch um eine Geisel und unter dem Tisch bedroht sie jemand mit einer Waffe und deswegen sieht sie so unentspannt aus. Wer weiß das schon. Munter schwärmt derweil eine Frischverliebte von tiefen Gefühlen ihres neuen Lovers.

Mir wird ein wenig übel.

Er bringt ihr stets Blumen und Konfekt. Gut, es sind Freesien, die mag sie eigentlich gar nicht, aber das wird er zwischen den Zeilen sicher bald heraushören. Und die Aldi-Pralinen, die schenkt sie immer der Nachbarin. Auf Süßes steht sie nicht so. Aber das sagt sie ihm natürlich auch nicht.

Denn er ist ja so feinfühlig und merkt das ganz bestimmt ganz bald selber. Ansonsten ist er aber perfekt. Gut, seinen Kleidungsstil, daran müsse man noch arbeiten. Und dieses Aftershave, naja. Und Sushi mag er auch nicht.

Aber er trägt sie förmlich auf Händen. Wenn auch meistens ins Bett. Überhaupt, im Bett, da gäbe es natürlich noch gewisse Optimierungspotenziale. Sie gäbe ihm ja immer schon so kleine Zeichen, Ihr versteht, aber seine Antennen wären wohl noch nicht auf sie feinjustiert.

Ich denke mir: „Was? Der hat mehrere?" und pruste etwas Kaffee auf den Tisch.

Der Kellner, der den Damen neue lauwarme Kaffeespezialitäten bringt, ist keine 20. Er kriegt die Diskussion voll mit und verdächtig rote Ohren. Nachdem er wieder hinter der Bar verschwunden ist, wird sein Hintern diskutiert. Lieb gemeinte drei von fünf Sternen lautet der Konsens.

Ich bin dankbar, dass die FAZ absolut blickdicht ist, aber Schallwellen recht gut durchlässt. Drüben wendet man sich nun, etwas überraschend, anscheinend innovativer und vor allem nachhaltiger Chronometertechnologie zu. Jedenfalls geht es um irgendeine biologische Uhr, die tickt.

Hinter einem Smartphone könnte ich meine zeitweise entgleisenden Gesichtszüge gewiss nicht halb so gut verbergen wie hinter dem Printmedium. Armin darf nie erfahren, dass eines der Kinder vom Steuerberater ist. Das würde sein Ego nicht verkraften. Zum Glück sind ja beide blond.

Armin, falls du das liest und einen blonden Steuerberater hast, sieh es positiv, das Erste ist definitiv von dir. Aber auch nur, weil Bine die Pille wieder ausgekotzt hat. Wegen der blöden Fischvergiftung. Weil du sie ja unbedingt in diese üble Kaschemme schleppen musstest. Du elender Geizkragen.

Julia, deren Gesicht ich nicht erkennen kann, weil sie mit dem Rücken zu mir sitzt, empfiehlt eine Paartherapie. Peter hätte seitdem seine rasende Eifersucht viel besser unter Kontrolle. Den Kommentaren der anderen zufolge vögelt Julia alles, was nicht bei drei auf dem Baum ist.

Die Unterhaltung wendet sich nun, ohne irgendeinen für mich erkennbaren Übergang, der Behandlung obskurer Frauenleiden mit bei Mondschein gepflücktem Bio-Siebenwurz zu. Ich beginne, das Interesse zu verlieren, als Julia sich kurz zur Tür umdreht und ich ihr Gesicht erkennen kann.

Ich muss nun leider ein wenig ausholen. Peter besitzt ein gutgehendes Autohaus im Nachbarort. Ein Familienbetrieb, übernommen von seinem Vater. Das weiß jeder. Die Besitzübertragung fand am

Tag vor Peters Hochzeit mit Julia statt, so dass sie im Fall der Fälle keinen Penny sähe.

Das weiß ich, weil Peters Mutter einmal im Monat im Theaterbus der Landfrauen neben meiner ... aber das führt jetzt hier zu weit.

Nun plant Peter, den Laden an einen Konkurrenten zu verkaufen. Und seinen Lebensabend in der Karibik. Das weiß ich, weil sein Konkurrent mein Spezl ist.

Was jedoch weder ich noch Julia zu diesem Zeitpunkt wissen: Peter plant seine karibische Zukunft als Frischgeschiedener mit einer gewissen Birgit. Sie erinnern sich an die schweigsame fünfte Dame, von der ich zu Anfang erzählt habe?

Aber das erfahre ich erst beim nächsten Theaterabend.

Zwei der fünf Frauen gehen zusammen aufs Klo. Routiniert klären die Verbliebenen etwaige Loyalitätskonflikte ab, bevor sie herzhaft über die beiden Abwesenden herziehen. Ja. Die dritte Hautstraffung. Wenn die die Augen zumacht, klappen sich die Fußnägel hoch. Und der Busen erst. Der wär dafür bei Bella ja nun wiederum echt. Und noch ganz schön ansehnlich. So jung sei die schließlich auch nicht mehr. Aber mit ihrem Mark, da solls ja nicht mehr so richtig laufen. Der hätte jedenfalls neulich auf der Gartenparty von der Frau Dr. Hülsheimer, aber „ach da wart Ihr ja gar nicht, todschick sag ich Euch jedenfalls und dann das Catering. Allerfeinst." Nur die Austern. Denen habe sie ja nicht so getraut. Überhaupt kriege sie von Austern ja gerne mal so einen unangenehmen Ausschlag, genau da (sie entblößt kurz ein Körperteil, dessen Beschreibung man mir als Gentleman hier nicht abverlangen möge). Aber wenn ihr Gerd ein paar Austern, also, man wisse ja schon, was das mit den Männern so mache, nicht wahr?

Wieder wendet sich das Gespräch gesundheitlichen Problemen zu, denen man mit frei und weniger frei verkäuflichen Arzeneien zu (Unter)leibe rückt. Im Falle des Versagens der Selbstmedikation vertraut man dem persischen Gynäkologen mit der sanften Stimme und den rehbraunen Augen.

Die Diskussion dreht sich um Dinge, die ich nicht durchblicke. Wie viele WeightWatchers-Punkte kriegt man gerade für einen Euro? Ist das sowas wie Bitcoin? Am Ende umfangreicher Berechnungen unter Zuhilfenahme von Smartphone und Schiefertafel entsteht jedenfalls Konsens: PROSECCO!

Prosecco, dieser Schaumwein fragwürdiger Qualität, den alle schlürfen, die mehr Wert auf Zeitgeist als auf Flaschengärung legen, verfolgt uns ja nun schon seit etwa 25 Jahren. Der einzige Weg, ihm zu entgehen, ist sich als Antialkoholiker zu outen.

Einer der wenigen Vorteile, die du als heterosexueller Mann mittleren Alters noch hast: Keiner erwartet von dir, Prosecco zu trinken. Oder beim Blick in einen fremden Kinderwagen umgehend einen Milcheinschuss zu kriegen. Womit wir beim nächsten Thema wären. Überschüssige Muttermilch und der Umgang mit derselben.

Ich möchte Ihren zarten Gemütern die unappetit(t)lichen Details der nun folgenden Beschreibungen von Laktationsunfällen ersparen. Und dass Armin gern Muttermilch in seinen Kaffee mochte. Lassen Sie uns stattdessen lieber über den Vorteil von Fortpflanzung mittels Reagenzglas reden.

Draußen hagelt und stürmt es. Irgendeiner höheren Macht scheint es zu behagen, mich hier leiden zu lassen. Jajaja. Alles ganz natürlich. Milchpumpen, Dammrisse und Scheidenpilze.

„Was gehst du auch immer in diese Whirlpools, du weißt doch das sind die reinsten Chlamydiensprudel."

Die rasanten Themenwechsel machen mich fertig. Plötzlich wird Urlaubsquartett gespielt. Kanaren. Dänemark. Wegen der Kinder. Dieses Jahr noch. Dann aber Kenia. Oder lieber Kreuzfahrt. Man hört ja so viel. Fernreisen sind ja out. Außer Asien. Asien geht immer. Julia hat Flugangst.

Ob man nicht mal gemeinsam, so nur wir Frauen? Wellness? Oder Wandern? Jakobsweg muss man ja fast schon. Heilfasten. Und viel Bewegung. Die Eliza muss dann aber auch mit. Eliza (mit Zett geschrieben und gesprochen) ist anscheinend aus Kapstadt und die gemeinsame Zumba-Trainerin.

Deswegen sitzt man hier auch in trauter Runde beisammen. Zumba-Eliza hat nämlich ihren Kurs für heute abgesagt. Weil wegen Eisprung und so. Man zwinkert sich verschwörerisch zu. Heute müsse die Glocke werden. Um Elizas Fruchtbarkeit steht es, so ist zu vermuten, nicht zum Besten.

Und was denn wäre, wenn die Eliza doch schwanger würde? Und auch wenn nicht. Die sei ja schließlich lesbisch. Müsste man ihr da nicht anbieten, ihre „Freundin" mitzunehmen? Man könne ihr ja kicher, kicher in dieser Hinsicht nichts bieten sonst. Könne man doch nicht, oder? ODER?

Nachdem man sich gegenseitig seiner Heterosexualität versichert hat, „So Mädchensachen zählen natürlich nicht", beschließt man, die Rechnung kommen zu lassen. Ich zahl das heute. Nein du hast letztes Mal. Kommt nicht infrage. Kerstin hat noch nie.

„Getrennt oder zusa...?"

„GETRENNT!"

Meine Ohren klingeln. Frauen kommunizieren ja, um Nähe herzustellen. Hab ich mal gelesen. Ob die Zicken sich jetzt näher sind als vorher? Wer bin ich, das zu beurteilen. Im Internet buche ich eine Woche Kur in einem Schweigekloster. Auch Frauen sind da als Gäste gern gesehen. Es kommen nur keine.

Nur selten spreche ich dem Alkohol zu, aber das Fläschchen mit dem erzeugerabgefüllten Waldhimbeergeist zwinkert konspirativ. Ich winke dem noch von seiner Dreisternebewertung traumatisierten Kellner, er versteht und stellt ein Obstbrandglas auf die Theke. Und eins für sich.

Kapitel 2 – Autowäsche mit Folgen

Genau eine Woche später warte ich an der Waschanlage, bis lackschonende Textilfleppen sich rotierend an meinem armen Auto ausgetobt haben. Gegenüber der Tankstelle befindet sich das Fitnessstudio, in dem die fortpflanzungswillige Eliza ihrem schweißtreibenden Broterwerb nachgeht.

Und da kommen sie schon, die Gladiatorinnen der rhythmischen Leibesertüchtigung. Kerstin stützt Julia und Armins Holde zieht ein Bein nach. Birgit hält sich würdevoll aufrecht, als käme sie gerade von einem Einkaufsbummel. Mit hochrotem Kopf, weil die Kreditkarte abgelehnt wurde.

Die fünfte im Bunde fehlt noch. Während ich mich gerade zugegebenermaßen etwas schadenfroh in Spekulationen ergehe, ob sie wohl noch unterm studioeigenen Sauerstoffzelt liegt, passieren, die kleinen Sünden straft der Herr bekanntlich sofort, zeitgleich zwei schicksalhafte Dinge.

Zum einen verlässt besagte Dame, ich meine, mich zu erinnern, dass sie mit einem gewissen Mark liiert ist, den Fitnesstempel. Sie zieht mühsam eine monströse Sporttasche hinter sich her, in die bequem mein kompletter Hausstand zu Studentenzeiten gepasst hätte. Inklusive Fahrrad.

Zum anderen springt die Waschanlage auf „Störung" und nimmt mein Auto in Geiselhaft. Ich zucke mit den Schultern und mache mich auf in Richtung Tankstellenkasse, die Bedingungen für die Freilassung zu verhandeln. Die sieben hinter mir wartenden Fahrzeughalter wirken unentspannt.

Gerade will ich der gelassen ihre Fingernägel polierenden Kassiererin mein Leid klagen, als ich einen Ellenbogen in meinen Rippen spüre. Gleichzeitig landet etwas Schweres auf meinem Fuß.

„AUA. Sagen Sie mal."

„Entschuldigung. Das ist ein Notfall. DAS ÜBLICHE. ABER ZACKZACKZACK!"

Sie erraten, wer neben mir steht. Eine dramatisch unterzuckerte Frau, einen Kopf kleiner als ich, mit schwarzgelockten Haaren und einer Laune wie ein vegetarisch zwangsernährter Ork. Altersweise weiche ich ein Stück zurück. Auch die Tankwärtin gerät jetzt schlagartig in Wallung.

Vertraut mit „Sofortmaßnahmen am Unfallort" reicht sie zügig ein Mars (Kingsize), eine Flasche Cola (0,5 Liter) und eine Bifi über den Tresen. Dann drückt sie nach flüchtigem Blick auf die Steuertafel einen roten Knopf, gibt mein Auto frei und wendet sich wieder ihren Nägeln zu.

Kennen Sie die Geschichte vom Lost Lake in Oregon, der einmal im Jahr mit einem satten Rülps komplett in einem Erdloch verschwindet? Als ich den Kassenbereich verlasse, scheint hinter meinem Rücken ein vergleichbares geologisches Phänomen die Norddeutsche Tiefebene heimzusuchen.

„Schuldigung."

Kleinlaut zieht die, ausweislich eines Namensschildes an ihrer Sporttasche „Bella" getaufte, durstige Dame selbige an mir vorbei „Nicht mein Tag heute. Nicht. Mein. Tag."

Der Gentleman in mir erwacht aus tiefem Schlaf, ich biete an, ihr die Tasche zum Auto zu tragen.

Bella beginnt, unkontrolliert zu kichern. Zugegeben, diese Reaktion hatte ich jetzt nicht erwartet. Obwohl mich in dieser Hinsicht, seit ich Anfang der 90er einer Vorkämpferin der Emanzipation in den Mantel helfen wollte und dafür beinahe übel verprügelt worden wäre, ja kaum noch etwas überraschen kann.

Ich fürchte, in die Dreharbeiten des Sequels von „Frauen am Rande des Nervenzusammenbruchs" geraten zu sein und überlege fieberhaft, wie fachgerecht mit so einer Situation umzugehen ist. Das Männerhandbuch, dessen Existenz ich hiermit im Übrigen weder bestätige noch dementiere, schweigt dazu leider.

Zunächst verfrachte ich Bella samt Großraum-Tasche auf die Sitzbank neben dem Autostaubsauger mit dem vergilbten „Außer Betrieb"-Schild. Mein Wagen blockiert immer noch die Waschanlage. Ich muss hier aktiv werden, bevor der Mob sich mit Fackeln und Mistgabeln bewaffnet und die Karre in die Luft jagt.

Als ich das Auto auf dem Kundenparkplatz des zur Tankstelle gehörenden Kraftfahrzeughandels abstelle, wirft ein beschlipster Jüngling aus seinem Glaskasten im Neuwagen-Schauraum einen taxierenden Blick erst auf mein Gefährt und dann auf mich, ehe er sich wieder seinem Papierkram zuwendet.

Bella befindet sich zum Glück noch exakt da, wohin ich sie aufgeräumt hatte und fixiert nachdenklich den schlaff herabhängenden Schlauch des Autostaubsaugers neben sich. Ich überlege, womit mir in dieser Situation am besten geholfen wäre und ziehe eine Tüte Gummibären aus der Tasche.

Bella lächelt dankbar, beginnt umgehend, die grünen Bärchen aus dem Beutel herauszufischen und ich bin ziemlich sicher, die Liebe meines Lebens gefunden zu haben. Aber dazu kommen wir später. Zunächst gilt es zu klären, wie der Dame geholfen werden kann. Haribo hilft schließlich nicht auf Dauer.

Die Höflichkeit gebietet, so denke ich mir, mich vorzustellen. „Ich bin ...", hebe ich an, als sie mich mit einem „Wir kennen uns" abwürgt. Nun bin ich wirklich kein Schwerenöter, der leicht den Überblick über seine amourösen Abenteuer verliert, aber zum Teufel, WER WAR DIE FRAU?

Halb so wild. Sie entpuppt sich als die kleine Schwester eines Schulkameraden.

Die Mitte der 80er in heißer Liebe zu mir entbrannt war, wovon ich leider erst jetzt erfahre, weil ich damals zu blöd gewesen war, sie überhaupt zu bemerken. Mein Karriereweg als Casa-NO-va war schon zu jener Zeit vorgezeichnet.

Wie ich nun erfahre, heißt ihr Mann anscheinend gar nicht Mark, sondern Muttersöhnchen Blödarsch und hat eine andere. Was Bella veranlasst hat, ihre Siebensachen theatralisch in eine Sporttasche zu packen. Der dramatische Abgang litt ein wenig, als dann ihr Auto nicht ansprang.

Schließlich gelang es, ihr geriatrisches Gefährt zu überzeugen, sie zum Zumbakurs zu bringen. Mit einem traurigen letzten Seufzer verendete der einzige treue Begleiter, der ihr geblieben war, auf dem Parkplatz des Fitnessstudios. Sie zeigt in Richtung eines dünnen Rauchfadens, der auf der anderen Straßenseite aufsteigt.

Ihre Mutter, wohnhaft irgendwo im Südwestdeutschen, bei der sie eigentlich Unterkunft finden wollte, war dann noch spontan mit dem rüstigen Herrn Meisel von nebenan in sein Appartement auf

Teneriffa geflogen. Und hatte ihre Wohnung über Airbnb an zwei reizende pensionierte Lehrerinnen aus Nordschottland vermietet.

Bellas Bruder, mit dem ich während unserer gemeinsamen Schulzeit geschäftlich zu tun hatte, war schon vor Jahren nach Kanada ausgewandert. Wir hatten damals einen schwunghaften Handel mit hochwertigen und nahezu ungebrauchten Erotikmagazinen aufgezogen. Später hat uns dann youporn das Geschäftsmodell geklaut.

Zu allem Überfluss war auch noch während des Trainings ihr Spind geknackt worden, wenn auch auf höchstrichterliche Anordnung, denn dessen Vormieter schien einen schwunghaften Handel mit den Muskelaufbau auf gesetzwidrige Weise beschleunigenden Präparaten betrieben zu haben. Bevor er sich dann ins Ausland abgesetzt hatte.

Während Drogenspürhund Dolf zärtlich ihren BH abschleckte, ausgerechnet den teuren, roten mit der neckischen Spitze, hatte sie dem freundlichen Polizeibeamten mit viel Mühe glaubhaft machen können, dass sie nicht die Geliebte des gesuchten Anabolika-Fachverkäufers war und diese Tasche keineswegs ihr Fluchtgepäck.

Ihre Freundinnen waren zwar voll des Mitgefühls, aber in Sachen Unterkunftsgewährung wenig hilfreich. Kerstin hat grad den Maler, Julia den Hausfreund und Bine (das muss die von Armin sein) ihre Schwiegermutter zu beherbergen. Birgit wohnt scheidungsbedingt zurzeit auch nur möbliert.

Beim Zumba hat sie dann zu allem Unglück den Zorn von Eliza auf sich gezogen, was in schweißtreibenden Konsequenzen resultierte und das malade Erscheinungsbild der Damengruppe von vorher erklärt. Und möglicherweise den Unwillen ihrer Freundinnen, ihr in ihrer Not beizustehen.

Zugegeben, es war keine ihrer allerbesten Ideen gewesen, in Elizas Hörweite über die bei künstlicher Besamung doch etwas zu kurz kommende Romantik zu spekulieren. Dabei ging es in dem Gespräch, wie sie mir mittelmäßig glaubhaft versicherte, eigentlich nur um eine am Vorabend gezeigte arte-Doku über moderne Rinderzuchtbetriebe.

Bis oben hin vollgepumpt mit Fruchtbarkeitshormonen, die für die Wiederbevölkerung der Erde nach einem Meteoriteneinschlag ausgereicht hätten und damit, vorsichtig ausgedrückt, leicht reizbar, hat ihre Trainerin das für eine Schutzbehauptung gehalten. Und sie alle leiden lassen.

„Ha!" Bella unterbricht unvermittelt ihre Schilderung und springt auf.

„Hä?" Ich gebe zu, ich hatte durchaus schon eloquentere Momente als diesen.

„Das Wohnmobil."

„Äh?"

„Das steht beim alten Reimers. Und der hat Schlüssel."

Sie sind ob dieses Dialoges ratlos? Ich auch. Warten wir, wie sich die Dinge entwickeln.

Der alte Reimers war der vierte Sohn eines Großbauern zwei Dörfer weiter. Aufgrund obskurer Erbfolgeregelungen zum Hoferhalt, die noch aus welfischer Zeit stammen, bestand sein gesamter Anteil an der elterlichen Hinterlassenschaft aus einem unfruchtbaren Stück Brache am Ortsrand.

Als aber eben dieser Bereich dann als Gewerbegebiet ausgewiesen wurde, wobei wohl nicht von Schaden gewesen war, dass im Gemeinderat drei Brüder von ihm saßen, schlug seine große Stunde. Er baute eine Halle zur kostenpflichtigen Unterbringung von Booten, Cabrios, Wohnmobilen und anderen Saisonartikeln.

Auch das Campinggefährt von Mark und Bella steht dort, wie ich nun erfahre. Sie hat zwar keine Autoschlüssel dafür, aber der Reimers halt. Zwecks Umparkens bei Feuersbrunst und so. Ob ich sie nicht eben dahinfahren könnte? Ewige Dankbarkeit wäre mir sicher. Ihr Augenaufschlag ist unwiderstehlich.

Wäre es etwas später am Tag und schon dunkel, die vorbeirollende Polizeistreife hätte sich die beiden Gestalten, die einen leichensackgroßen Gegenstand in einen Kofferraum wuchten, wohl etwas näher angeschaut. Wir wirken unverdächtig, Polizeimeisterin Jutta holt zwei Eis von der Tanke und steigt wieder zu ihrem Kollegen in den Streifenwagen.

Kapitel 3 – Bundesstraßenromantik

Ich fahre auf der Bundesstraße dem Wohnmobil hinterher. Bella hat einen Standplatz auf einem Campingplatz am Fluss ergattert, der um diese Jahreszeit aufgrund regelmäßig auftretender Überschwemmungen zugleich überlaufen und nicht überlaufen ist. Schrödingers Campground sozusagen.

Plötzlich biegt sie von der Straße auf einen übel beleumundeten Parkplatz ab. Was zum ...

Ich parke neben ihr. Die Zornesfalte auf ihrer Stirn ist süß. Sie wartet nicht, bis ich das Autofenster runter habe. Muss sie auch nicht.

„Verdammter Arsch. Nicht getankt. Typisch. Ficker."

Seufzend lade ich mir einen 20-Liter-Kanister ins Auto, der wohl eigentlich für die geplante gemeinsame Durchquerung der Wüste Gobi oder eine vergleichbar waghalsige Unternehmung angeschafft worden war. Die nächste Tankstelle ist zehn Kilometer weit weg und hoffentlich noch geöffnet.

Als ich mit dem kostbaren Sprit zurückkomme, ist passiert, was passieren musste. Neben Bellas Fahrzeug steht ein weiteres Mobilheim, etwas abgeschrottet, aber dafür mit einer schicken roten Lampe im Führerhaus ausgestattet. Hinter mir biegt ein Tanklastzug auf den Parkplatz ein.

Einige Minuten später beobachtet die Hälfte der arbeitenden Bevölkerung unseres Landkreises beim abendlichen Nachhausependeln, wie mich eine junge Frau freudig begrüßt, während ich in ihr Nuttenmobil einsteige.

Was ich im Verlauf der nächsten Stunden lerne:

Die Dame im Reisemobil nebenan heißt Lena. Lena kommt aus der Slowakei und ihre Möpse aus Tschechien. Lena ist supernett. Bei Lena kann man vielleicht keine Tasse Mehl leihen, dafür verfügt sie aber über ein vielfältiges Kondomsortiment.

Sollten Sie mal in die Situation geraten, überraschend in einem Wohnmobil an der B3 übernachten zu müssen, weil der an Bord befindliche Rotweinvorrat und seine Besitzerin Ihre Weiterfahrt untersagen, so rechnen Sie damit, dass um 2:30 Uhr Polizeimeisterin Jutta Schuster ans Fenster klopft.

Wir bestätigen verschlafen, dass bei uns wirklich alles ok ist. Lena klönt draußen noch ein paar Minuten mit den Polizisten, dann hört man den Streifenwagen losfahren. Bella verschwindet unter der Bettdecke. Vermutlich will sie nur nachsehen, ob noch grüne Gummibärchen da sind.

An erholsamen Nachtschlaf ist allerdings weiterhin nicht zu denken. Nicht, was Sie denken. Obwohl ... aber das gehört hier nicht hin.

Gegen 3:15 Uhr hat Lena Feierabend und wird abgeholt. Ihr Lebensgefährte/Manager fragt höflich an, ob Bella vielleicht einen Beschützer benötigt. Bella zeigt nur stumm auf mich, woraufhin der freundliche Herr kurz mit den muskulösen Schultern zuckt. „Dann nicht. Angenehme Nachtruhe."

Ich grüble, ob sein Schulterzucken hieß „Die braucht keinen Beschützer, weil sie ja einen hat" oder „Vor DEM muss die eh keiner beschützen".

Kurz nach vier dann steht plötzlich lautstark pöbelnd ein Mann vor dem Bett, der offenkundig einen Schlüssel für das Wohnmobil besitzt und bei dem es sich folglich um Bellas bessere Hälfte namens Mark handelt. Mir ist etwas warm, ich beschließe daher, ein wenig Luft zu schnappen.

Draußen bemerke ich, dass es begonnen hat, zu nieseln und meine Bekleidung dafür zu luftig ist. Ich setze mich also kurzerhand in Marks Wagen. Auf den Fahrersitz, denn auf der Beifahrerseite sitzt schon jemand.

Ich stelle mich höflich vor, denn Julia kennt mich ja noch nicht.

Wir unterhalten uns angeregt und kultiviert, während drinnen im Wohnmobil das Gesprächsklima deutlich rauer zu sein schein. Jedenfalls kommt Mark nach etwa einer Viertelstunde zum Auto getorkelt und hält sich sein linkes Auge. Ich empfehle zunächst Kühlung und dann mich selbst.

Als ich der wütenden Bella berichte, wen ich in Marks Auto angetroffen habe, fallen böse Worte, die man nicht in der Klosterschule lernt. Offenbar hatte der Gute ganz vergessen, zu erwähnen, dass er auf dem Rückweg von seinem Liebesnest das Wohnmobil hier zufällig entdeckt hatte.

Mark, das weiß er allerdings zum jetzigen Zeitpunkt noch nicht, wird in Kürze Peter als willkommener Vorwand dienen, Julia zu verlassen. Um dann bei Birgit einzuziehen. Aber wie gesagt, davon ahnt niemand was. Wir auch nicht. Zum Glück. Sonst wäre ja der Spannungsbogen im Arsch.

Es ist kompliziert.

Kapitel 4 – Das Diana

Ich sitze übermüdet am Steuer des Wohnmobils. Für einen Wohnblock auf Rädern fährt es sich eigentlich ganz kommod. Bella hat noch einen Geschäftstermin und ich habe mich breitschlagen lassen, ihr mein Auto zu leihen. Damit es keine doofen Fragen gibt, wenn sie mit Caravan kommt.

Hätte ich allerdings geahnt, wo dieser Termin stattfinden würde, ich wäre weniger entgegenkommend gewesen. Aber der Reihe nach. Erstmal gilt es, für das Reisemobil auf dem Campingplatz ein trockenes Plätzchen zu finden. Bella würde mich dann dort treffen. Zwei Stündchen. Höchstens.

Was sie eigentlich beruflich macht, ist mir noch nicht so hundertprozentig klar. Ich meine, mal gehört zu haben, dass sie als Maskenbildnerin an den städtischen Bühnen tätig war, aber das konnte auch der übliche uninformierte Dorfklatsch gewesen sein. Egal. Wird schon nix Verbotenes sein.

Oh, ich ahnungsloser Tropf.

Der Platzwart weist mir in seiner Allmacht und Güte einen Stellplatz zu, von dem er hoch und heilig verspricht, dass keines der Hochwasser der letzten 500 Jahre ihn erreicht hätte. Eigentlich lauschig hier. Ich beschließe, ein wenig Schlaf nachzuholen.

Das Tuten eines Binnenschiffs vom nahen Fluss weckt mich knappe drei Stunden später. Von Bella noch keine Spur, immerhin hat der Kiosk aber anständigen Filterkaffee. Den neuesten Dorfklatsch gibt's von Frau Platzwart gratis dazu. Ihr Mann hätt' nämlich grad angerufen, vom Einsatz.

„Einsatz?", frage ich höflich, aber nicht übermäßig interessiert. Ja, bei der freiwilligen Feuerwehr sei ihr Willy. Seit 40 Jahren schon. Und vor zwei Stunden wär der Melder gegangen. Und ich würde nicht glauben, wo er hin gerufen worden sei.

„Zum" - sie räuspert sich – „Diana. Stellen Sie sich das mal vor."

Eigentlich heißt es ja „Die Diana", in diesem speziellen Falle ist „Das Diana" allerdings ein kreisbekanntes Etablissement, in dem sich volljährige Freunde der spärlichen Bekleidung zwecks gemeinsamer Freizeitgestaltung treffen.

Es wird schlüpfrig, sie erhält meine ungeteilte Aufmerksamkeit.

In diesem Edelpuff jedenfalls hatte sich bis in den Morgen hinein ein örtlicher Bauunternehmer mit ein paar Spezln kostenpflichtigen Vergnügungen hingegeben, bei denen es wohl zu intensiven Aktivitäten der Völkerverständigung gekommen war. Schwerpunktmäßig mit Osteuropäerinnen.

Dieser kleine Grenzverkehr endete leider mit einem Eklat, als die stets prallgefüllte Brieftasche des Baumagnaten im Getümmel verschwunden war. Seine Neigung zu Jähzorn schien hier im Bordell unbekannt, und zunächst forderte er auch nur zivilisiert die Rückgabe und alles wäre gut.

Nein, man hätte keine Ahnung, wo das Portemonnaie des Herrn abgeblieben sein könnte. Wirklich. Ob es vielleicht gar zu Hause vergessen worden wäre? Ganz sicher nicht? Tja. Da könne man leider, leider nichts für ihn tun. So sorry.

Taktischer Fehler. Er führte ein kurzes Telefonat, das mit den Worten „ABER PRONTO!“ endete. Und nahm an der Bar Platz.

Eine Zeit lang geschah nichts. Das Puffpersonal zuckte mit den Schultern. Der würde sich schon abregen. Komisch. Was vibrierte denn da plötzlich so merkwürdig? Erdbeben waren hierzulande nahezu unbekannt. Eine der Damen blickte aus dem Fenster. Auf eine schier endlose Kolonne schwerer Betonmischer.

Das „Diana“ liegt quasi auf direkter Linie zwischen dem Kieswerk Bökegrund und der Brückenbaustelle über die Güterbahn. Für die, Sie werden es erraten, ein örtliches Bauunternehmen den Zuschlag erhalten hatte. Flugs ein paar Laster grauen Schmackes' umzulenken kostete mithin nur einen Anruf.

Einer der LKW rangierte gekonnt bis vor den Eingang des „FKK-Clubs“. Seine Trommel drehte sich gelassen vor sich hin und über eine Rutsche am Heck ergoss sich hochwertiger Flüssigbeton auf den zum Haus leicht abschüssigen Parkplatz. Unter dem Personal machte sich Panik breit.

Wie durch ein Wunder tauchte die vermisste Geldbörse auf einem Beistelltisch wieder auf, neben einer Schmuckdose mit Kleenex-Tüchern. Na also. Ein weiterer Anruf und der Betonmischertreck zog wieder weiter, westwärts, wo die Deutsche Bahn schon seiner harrte. Der Spuk war vorbei.

Nicht ganz spurlos allerdings, zehn Kubikmeter Beton hatten wohl den Eingangsbereich und ein dort parkendes Auto in Mitleidenschaft gezogen, weswegen man die Ortsfeuerwehr um technische Unterstützung bitten musste. Die Platzverweserin und ich lachen herzlich. Moment. Mein Telefon.

Es ist Bella. Sie wirkt ziemlich aufgelöst. Vermutlich schon wieder dieser Volldepp von Mark. Nein. Es geht diesmal nicht um ihn. Prima. Es geht stattdessen nur um WAS? MEIN AUTO?? Und ob ich vollkaskoversichert wäre. Und irgendwas mit Beton.

~

Der Parkplatz des „Diana" ist von der Hauptstraße aus nicht einsehbar und so vor allzu neugierigen Blicken geschützt. Was mir heute nicht sehr viel hilft, denn ein Reporter des örtlichen Wochenblattes knipst bereits feixend Foto um Foto von meinem bis zum Kotflügel im Beton steckenden Kraftfahrzeug.

„Willkommen im Diana!"

Ich lasse mir gerade mögliche Auswanderungsziele durch den Kopf gehen, als Bella, eine dralle Blondine deutlich jenseits der 60 im Schlepptau, auf mich zugestürmt kommt. Der zweite Zug der freiwilligen Feuerwehr unterbricht sein Abrücken und beobachtet uns interessiert.

Die durchaus mondäne Dame stellt sich als Besitzerin dieses Etablissements vor und man wolle das alles so diskret wie möglich handhaben. Ein Übertragungswagen von Sat1 Regional fährt vor. Ich bitte die Feuerwehrleute um einen Schraubenzieher und demontiere meine Nummernschilder.

Bella, so erfahre ich, hatte bis vor ein paar Jahren einen eigenen, angesagten Frisiersalon in der großen Stadt. Madame gehörte dort zu ihren Stammkundinnen und seit sie mit Mark hier herausgezogen war, kriegten einmal im Monat die Diana-Damen von Bella die Haare schön.

Die Fernsehfuzzys filmen derweil mein Auto, ein offenbar für kleines Geld angeheuertes Nacktmodell räkelt sich lasziv auf der Motorhaube. Mir wird ein wenig schwummerig. Bella und Madame verfrachten mich ins Haus, wo mir die barbusige Barkeeperin Britney einen Cognac einschenkt.

So langsam bringt mich nichts mehr aus der Fassung. Auch nicht der Handelsvertreter, der neben mir eine Kollektion handgefertigter Edelholzdildos auf den Tresen legt und mit Kerkermeisterin Susi in Verhandlungen tritt. Alles fair gehandelte Ware, versichert er sehr überzeugend, handgefertigt in kleinen Familienbetrieben.

Bella ist die ganze Angelegenheit furchtbar peinlich. Seufzend sinkt sie auf einen der Barhocker, die mit dem bis 60 Grad waschbaren Fell des Polyesterleoparden überzogen sind. Britney spendiert ihr ein Glas Sekt, Hausmarke, verbindliche Preisempfehlung laut Aushang 195€ die Flasche.

Gemeinsam warten wir auf den Abschleppwagen, während um uns herum die Vorbereitungen für die allmonatliche Lady's Night laufen. Das ist hier wörtlich zu nehmen, männliche Kundschaft hat an solchen Tagen keinen Zutritt und das Personal wird um ein Dutzend junge Gentlemänner aufgestockt.

Die trudeln nun nach und nach ein, einer muskulöser und studiogebräunter als der andere. Sie blicken mich fragend und, wie ich finde, etwas mitleidig an. DOINKK. Irgendwo unter uns ertönt ein obszöner Fluch. Wir entdecken Britney, die hinter dem Tresen auf dem Boden sitzt und sich den schmerzenden Kopf hält.

Zwei Stunden später sind wir voll integriert. Ich hatte Britney geholfen, den Wackelkontakt zu finden, der ihr Kassensystem plagte und Bella es geschafft, in Rekordzeit eine Färbungskatastrophe zu beheben, der die blonde Mähne von Joachim alias „Surfer-Dude" anheimgefallen war.

Das spektakulärste Sixpack hilft einem nämlich als Stripper nichts, wenn die Lockenpracht einen ungesunden Grünstich aufweist. Damit kriegt man, Sie verzeihen das öde Wortspiel, keinen Stich.

Nun sitze ich hier und laminiere noch schnell Namensschildchen für Susis Stammkundinnen.

Allemal eine angenehmere Aufgabe, als wie vorher unter dem Tresen herum zu krauchen und nach einem Kabelbruch zu fahnden. Sie wollen nicht in einem Puff hinter der Bar auf dem Boden rumrobben, glauben Sie mir. Britney und ich jedenfalls haben uns gegenseitig ewiges Stillschweigen geschworen über das Unaussprechliche, was wir da gesehen hatten. Mit niemanden würden wir es je diskutieren. Schon gar nicht mit dem Gewerbeaufsichtsamt.

Der Abschleppwagen lässt auf sich warten, eine lukrative Massenkarambolage auf der nahen Autobahn bindet alle Kapazitäten. Erste Besucherinnen erscheinen auf der Bildfläche. Die unter ihnen, die eher dem männlichen Geschlecht zugetan sind, werfen mir kurze abschätzende Blicke zu.

Ich kann ihre Gedanken förmlich hören. „Naja, nicht gerade Richard Gere, aber wer weiß, später, wenn ich ein bisschen beschwipst bin ...“

Bella kommt zu mir „Sag mal, fühlst du dich auch grad wie bei der Fleischbeschau?“ Auch sie war offenkundig auf potentiellen Lustgewinn hin taxiert worden.

Wir beschließen, das Beste aus der Situation zu machen und verziehen uns mit einer Flasche Rotwein in eine gemütliche Sofaecke, von der aus man das Geschehen unauffällig beobachten kann. Als persönliche Gäste von Madame Sofie, der Chefin, genießen wir eine gewisse Sonderstellung.

Der sich unerwartet rasch entwickelnde Rudelbums genügt höheren ästhetischen Ansprüchen, als wir in einem Puff erwartet hätten. Der Grund, da sind wir uns beide einig, liegt im Fehlen bierbäuchiger, schwarzbesockter Mittfünfziger, die fehlende Attraktivität und Potenz durch höhere Kaufkraft auszugleichen versuchen.

Ich bin jetzt nicht unbedingt im Pferdestehl-Business, aber sollte ich dafür mal einen Komplizen suchen, Bella wäre meine allererste Wahl. Wir diskutieren fachmännisch, ernsthaft und, mit zunehmendem Alkoholpegel, auch deutlich hörbar die um uns herum stattfindenden Kopulationsaktivitäten.

Es bleibt natürlich nicht aus, dass das eine oder andere bekannte Gesicht unter den Gästen auftaucht. Ich sehe dies, dank ohnehin durch die Ereignisse der letzten Tage komplett ruinierter

Reputation, mittlerweile entspannt. Höflich grüße ich die barbusige Dame von der Kreissparkasse.

Sie nickt freundlich zurück, zeigt aber zurzeit wenig Interesse an meiner IBAN. Dafür umso mehr an Iwan, der eigentlich Leopold heißt und aus Traunstein stammt, hier aber als peitscheschwingender Dschingis-Khan-Nachbau reüssiert. Sie spielt versonnen mit seinem Pferdeschwanz.

Der Zustrom nach mehr oder weniger anspruchsvoller Erwachsenenunterhaltung strebender Besucherinnen ebbt nicht ab. Die zweite Schicht Lustknaben tritt nun ihren Dienst an, die erste verlässt unauffällig und auf dem Zahnfleisch den Club durch die Hintertür.

Alle rücken näher zusammen.

Bella nimmt ganz selbstverständlich auf meinem Schoß Platz, um auf unserer Bank Raum zu schaffen für eine langbeinige Brünette, die aus unerfindlichen Gründen mit einer hautengen Jeans hergekommen ist, und ihren geleasten Latin Lover, der sich redlich müht, sie von selbiger zu befreien.

Kapitel 5 – Eliza mit Zett

An die darauffolgenden Ereignisse haben sowohl Bella als auch ich nur noch lückenhafte Erinnerungen. Das Foto, das mich nackt kopfüber an einer Poledance-Stange zeigt, ist mit ziemlicher Sicherheit eine ebenso gutgemachte Montage wie das mit Bella und der gefesselten Bankerin.

Woran ich mich hingegen erinnern kann, ist eine sportliche junge Frau mit traurigen Augen, die mir Bella als eine gewisse Eliza (mit Zett!) vorstellte. Selbige hätte sich unlängst von ihrer Freundin getrennt und suchte deswegen nun hier im Club Zerstreuung erotischer Natur. Eliza. Woher kenne ich nur diesen Namen?

Und wieso murmelt mir Bella „Duuu, sag mal, bin ich jetzt eigentlich lesbisch?" ins Ohr und steht diese Frage in einem Kausalzusammenhang mit der Tatsache, dass ebendiese Eliza mit in unserem Wohnmobilbett liegt und schnarcht wie ein gaumensegelgeschädigter Holzfäller? Alles sehr mysteriös, wirklich.

Die Nahrungsmittelvorräte im Wohnmobil beschränken sich auf eine Tüte Brandt-Zwieback und zwei Dosen Ölsardinen. Meine Vorstellungen von einem üppigen Frühstück mögen Ihnen überkommen erscheinen, aber mich verlangt es nach Kaffee, frischen Brötchen, Erdbeermarmelade, vielleicht Rührei und ganz sicher Aspirin.

Um diesem Versorgungsengpass zu entgehen, manövriere ich nun das Wohnmobil samt seiner notdürftig renovierten Bewohnerschaft durch winkelige Kleinstadtgassen. Ein Müllwagenfahrer grüßt mich kollegial. Bella zeigt auf eine Busbucht. Der nächste käme erst in einer Stunde, und vor 10 Uhr wären die Damen von der Parkraumüberwachung sowieso nie unterwegs.

Im Café hat heute nicht der Dreisternekellner Dienst, sondern eine weibliche Aushilfe. Mit Eliza teile ich offenkundig den Frauengeschmack, jedenfalls ziehen wir beide die junge Dame zeitgleich mit Blicken aus und nicken uns wohlgefällig zu. Bella räuspert sich vorwurfsvoll.

Überhaupt verstehe ich mich super mit Eliza. Bella erscheint das etwas suspekt. Sollte sie etwa eifersüchtig sein? Und wenn, auf wen eigentlich? Gut, es war jetzt vielleicht auch nicht wirklich feinfühlig von uns gewesen, nebst den leckeren Cherrytomaten auch das Thema Cunnilingus anzuschneiden.

Aber wann hat man schon mal die Gelegenheit, sich mit jemandem auszutauschen, der neue Perspektiven in die Thematik einbringen kann? Auch wenn die Erkenntnisse ernüchtern und ich froh bin, dass ich dank meiner größeren Hände immer noch Vorteile beim Essiggurkenglasaufmachen habe.

Als ich das zu erwähnen wage, ernte ich den verdienten gehässigen Kommentar zum Thema kleine krumme Gürkchen und dass damit auch klar wäre, warum Männer die so wichtig nähmen. Ich bin zum Glück jetzt satt und zufrieden und kann über derart despektierliche Bemerkungen hinwegsehen.

Eliza schaltet ihr Handy ein. 543 Nachrichten ihrer Freundin, die sich mannhaft für alles entschuldigt, was sie je gesagt, getan oder nicht gesagt und getan hat. Wenn doch ihre über alles geliebte süüüße Lizzy nur wieder zu ihr zurückkäme.

Man hört Elizas Herz förmlich schmelzen.

„Ich muss los, war nett mit Euch zwei", sie steht auf, ihr Liebesleben wieder zu richten.

Gedankenverloren sage ich hinter der Tageszeitung hervor, was man unter Männern halt so sagt.

„Bring paar Blümchen mit, die Mädels stehen auf sowas."

Aua. Bella verpasst mir eine Kopfnuss.

Eliza schüttet sich aus vor Lachen, kann dann aber die Weisheit hinter meiner Empfehlung auch nicht ganz von der Hand weisen.

„Den solltest du behalten. Falls du nicht …", sagt sie grinsend zu Bella und gibt ihr einen Kuss. Was nun wiederum ich ein wenig argwöhnisch beobachte.

Wir blicken Eliza hinterher. Durch die trübe Scheibe des Cafés sehen wir sie gegenüber in Bärbels Blumenparadies verschwinden. Meinen Tipp mit dem Entschuldigungsgemüse hat sie sich offenkundig zu Herzen genommen. Wenigstens ab und an hört mal einer auf mich. Mein Handy klingelt.

Es ist die Werkstatt. Keine guten Nachrichten. Offenbar hatten die Konstrukteure meines Autos die Möglichkeit einer Befüllung des

Motorraums mit Fertigbeton leichtsinnigerweise nicht vorhergesehen. Man kriege das natürlich wieder hin, aber gut Ding wolle halt nun mal Weile haben.

Außerdem müsse man noch ein paar Teile nachbestellen, das dauere sicher bis Dienstag. Anschlussflansche mit Linksgewinde für obenliegende Trockensumpfschmiernippel, die hätte der Großhandel nämlich nicht, die kämen direkt vom Werk. Ein Leihwagen? So kurzfristig?

Er lacht trocken.

Zahlen bitte, ich bin bedient. Zu allem Überfluss steht nun auch noch eine Politesse neben dem Wohnmobil und macht sich Notizen. Ich blicke Bella vorwurfsvoll an. Sie hält mir ihre Uhr vor die Nase. 10:02 Uhr. Ich überschlage den Bargeldvorrat in meiner Brieftasche. Er beträgt maximal Halteverbotfünfzig. Und einen abgerissenen Hemdknopf.

Zum Glück ist die Hüterin des ruhenden Verkehrs nur eine Caravanenthusiastin, die sich schnell die Modellnummer unserer rollenden Doppelhaushälfte notieren wollte. Sie verwickelt Bella in ein Fachgespräch über Chemieklos und netzunabhängige Stromversorgung durch Brennstoffzellen. Ich mache ein kundiges Gesicht und nicke ab und an zustimmend.

Frustriert fahre ich Bella und das Wohnmobil raus zum Campingplatz. Willy begrüßt mich mit den Worten: „Mann, Sie Glückspilz!" Will der mich verarschen? Er zeigt auf eine Brackwasserfläche. So hoch war die Flut 500 Jahre nicht!

Ein Campinganhänger aus DDR-Produktion treibt vorbei.

Gut. Hier gab es also bis auf weiteres nur Liege- aber keine Stellplätze.

Bella bietet an, bei Peter, dem Chef des Autohauses, ein gutes Wort für meinen Wagen einzulegen. Ich erinnere sie daran, dass dessen Frau gerade mit ihrem Mann ... sie nimmt von der Idee rasch wieder Abstand.

Wir biegen von der Hauptstraße in einen schattigen Waldweg ab. Ich drehe den Zündschlüssel um, der Motor erstirbt und ich frage ratlos in die Stille „Was nun?", ohne wirklich eine Antwort zu erwarten.

Bella verweist pragmatisch darauf, dass noch welche von Lenas Kondomen da sind.

Ich möchte aus Gründen altmodischer Dezenz nicht näher auf die weiteren Ereignisse dieses Samstagvormittags eingehen, aber lassen Sie mich zusammenfassend doch Folgendes sagen:

Mark, Du bist ein gottverdammter Volltrottel.

Warum rauche ich eigentlich nicht? Jetzt wäre ein guter Zeitpunkt ... ach egal. Sowieso ungesund.

Kapitel 6 – Eichengrund

„Das tut mir so sehr leid, wir sind komplett ausgebucht."
Dem servilen Schönling an der Rezeption des Sport- und Golfhotels Eichengrund bricht es fast das Herz, uns abweisen zu müssen.
Wir zucken müde mit den Schultern. Also dann, noch eine Nacht im Wohnmobil.
Sein Telefon klingelt.
Wir haben die Lobby schon fast verlassen, als er hinter uns hergestürmt kommt.
Er hätte da, flüstert er, eventuell eine Lösung, wäre allerdings etwas kostspieliger. Falls wir das Luxury Weekend Getaway Package buchen täten, könnte er uns die Sweet Honeymoon Dreams Suite anbieten.
Ich frage nicht nach seiner Definition von „kostspielig", sondern schlage umgehend zu. Die Aussicht auf eine warme Dusche und Mahlzeit, ein breites Bett und eine ungestörte Nachtruhe lässt mich meine zu wirtschaftlich tragfähigen Entscheidungen mahnende innere Stimme ignorieren.
Das am Telefon vorher war übrigens Autozar Peter gewesen. Wovon wir natürlich nichts ahnen. Genauso wenig wie von der Tatsache, dass er kurzfristig die Buchung für die fabulöse Suite storniert hatte, da überraschend seine Frau ihr Yogawochenende in Bad Säckingen abgesagt hatte.
Peters Frau, wir erinnern uns, ist Julia, deren Affäre mit Mark, Bellas Lebensgefährten, gerade unsanft ans Licht der Öffentlichkeit gedrungen war. Besagter Mark leidet jetzt an stressbedingter Impotenz, das als „Yoga-Wochenende" getarnte Stelldichein mit ihm fällt daher leider aus.
Das wiederum wirft nun Peters sämtliche Pläne über den Haufen, der unter dem Vorwand der Teilnahme an einer Tagung selbständiger norddeutscher Autohändler in Uelzen das Luxury Weekend Getaway Package gebucht hatte. Für sich und Birgit.
Sie kommen doch noch mit, oder?
SO schwierig ist das doch eigentlich gar nicht ...

Auf dem Zimmer, das durchaus den Namen Suite verdient, wartet eine gut gekühlte Flasche aus der Schaumweinmanufaktur der Witwe Clicquot. Und ein Haufen Rosenblätter in Herzform auf der Bettdecke. Bella schüttelt das Plumeau auf dem Balkon aus, während ich den Schampus entkorke.

Entweder fuhr Birgit auf diesen fürchterlichen Inklusiv-Kitsch wirklich ab oder Peter hatte den Hotelprospekt vorm Buchen nicht gründlich studiert. Wir jedenfalls erfreuen uns an den Flüchen aus dem Zimmer unter uns. Wo denn dieser Grünabfall hergeweht käme, motzt jemand lauthals.

Die Vorstellung erheitert uns, dass einer dieser übergewichtigen Anwälte oder drahtigen Zahnärzte in karierter Golfhose eine unerwartete Blütenpracht auf seiner Halbglatze vorfindet, zum Hörer greift und den Rezeptionisten zusammenscheißt.

Wir halten uns die Bäuche vor Lachen.

Während Bella sich in die Badewanne zurückgezogen hat, deren Ausmaße die artgerechte Haltung eines Blauwales gestatten würden, studiere ich den Informationsflyer für das Luxury Weekend Getaway Package. Uns steht offensichtlich ein umfangreicher Katalog von Annehmlichkeiten zu.

Zu meinem allergrößten Bedauern hatten wir durch unsere späte Anreise die original nordrussische Höchsttemperatursauna mit Birkenreisigvorbehandlung durch Bademeisterin Olga verpasst. Für heute stand nur noch ein 7-Gänge-Menü von Sternekoch Jean-Jacques de Huber auf dem Programm.

Jean-Jacques kenne ich aus dem Fernsehen. Der kann was. Ich beschließe, Bella diese Kunde zu über- und ein Glas Champagner vorbeizubringen. Zaghaft klopfe ich an der Badezimmertür. Ich höre Wassermassen schwappen. Eine Frau flucht. Irgendetwas fällt scheppernd zu Boden.

„HEREIN!"

Bella war im wohltemperierten Badewasser eingeschlafen und soweit in die Wanne hineingerutscht, dass ihre Nase sich direkt über der Wasseroberfläche befand. Durch mein Klopfen erschreckt atmete sie Wasser ein, bekam Panik, strampelte und streifte mit dem Fuß die Badeperlenschale.

Ich eile ihr besorgt zur Hilfe, ohne dabei zu berücksichtigen, dass Badeperlen eben rund sind und dem menschlichen Fuß den ihm gebührenden Halt verweigern. Geistesgegenwärtig werfe ich das Champagnerglas hinter mich, es fliegt durch die geöffnete Tür und zerbirst krachend im Flur.

Ich hingegen lande, mit elegantem Schlenker dem marmornen Doppelwaschtisch ausweichend, in voller Montur und kopfüber bei der verdutzten Bella in der Wanne.

Es klopft. „Housekeeping. Gutee Apend. Darf ich hereinkommen für die turndown-service?" Das Türschloss knackte.

„NEIIIN!"

Die asiatisch aussehende junge Dame in adretter Uniform mit Schürze und Häubchen steht im Flur und müht sich redlich, ihre Gesichtszüge unter Kontrolle zu halten. Zum einen, weil wir ein Bild zum Totlachen abgeben, zum anderen, weil sie in einen kaputten Sektkelch getreten ist.

Nun gibt es ja wenig, was ein versiertes Zimmermädchen noch überraschen kann und über das sich nicht durch Trinkgeld das Mäntelchen des Schweigens breiten ließe. Tropfnass versichere ich der Frau, dass wir das Bett schon selber aufgedeckt hätten und ihre Dienste nicht benötigten.

Nach all der Aufregung sitzen wir nun, gebadet und geföhnt, an einem für Liebende hergerichteten Zweiertisch im lauschigsten Winkel des Restaurants.

Neben den Schwingtüren, hinter denen auf feuriger Esse Lukullisches entsteht.

Immerhin wird das Essen auf dem Weg zu uns nicht kalt.

Unter Romantik versteht man hier, wo Zielgruppe doch eher der sportive Besserverdienende Ü50 ist, lila Kerzen in silbrigem Lüster, dazu passende Servietten und noch mehr der unvermeidlichen Rosenblätter. Natürlich auch lila. Kriegte man die wohl säckeweise im Gastro-Großhandel?

Uns knurrt der Magen, weswegen wir über derlei kitschige Gimmicks hinwegsehen. Ein hochnäsiger Kellner kredenzt als Gruß aus der Küche ein Würfelchen Wachteleierstich auf dreierlei heimischen Blattgemüsespitzen, kontrastiert von einer dünnen Schleifspur steirischen Kürbiskernöls.

Wir sehen uns versonnen in die Augen. Ein unbedarfter Beobachter würde eine tiefe innere Verbundenheit, ein schmachtendes Sehnen zweier füreinander bestimmt Herzen dahinter vermuten.

Für mich liegt in Bellas Blick nur die eine, einzige Frage: Gibt's hier nicht auch ein Steakhaus?

Das Amüsegöll hat es sich in meinem hohlen Zahn gemütlich gemacht und wartet nun, zusammen mit der kalten Vorspeise, einer münzgroßen Scheibe glibberumkränzter Terrine von der wilden Sau aus eigenem Gehölz an blassgrünem Ingwer-Bärlauch-Schäumchen, heruntergeschluckt zu werden.

Uns erwartet nun ein absolutes Highlight, ein lauwarmes Süppchen aus atomisierten Steinpilzstämmchen, die 14 Tage entspannt in einer frisch angerührten Brunnenkresse-Waldhonig-Marinade hatten verweilen dürfen, bevor sie mit karamellisiertem Erdäpfelsud aufgegossen wurden.

Vom Pièce de Résistance, dem Fleischgang, trennen uns noch ca. vier Gänge und bei der bisher an den Tag gelegten Serviergeschwindigkeit mindestens 90 Minuten. Wir prüfen kurz die Lage der Notausgänge und planen unsere Flucht minutiös. Für nach dem Zwischengang und vor dem Fisch.

Laut handschriftlicher Menükarte handelt es sich dabei um zartgedünstete Bachsaiblingsfilets. Kein Tier sollte sein Leben dafür geben, in dieser schlaffen Erscheinungsform auf einem Teller zu landen. Ich persönlich halte es ja sogar für ethisch fragwürdig, Gemüse so zu behandeln.

Am Nebentisch werden Crêpe Suzette zubereitet. Die Ablenkung durch die Feuersbrunst nutzend verschwinden wir in einer Wolke heißen Orangenlikörs. Auf dem Weg nach draußen treffen wir Birgit, auf dem Weg nach drinnen.

„Was machst DU denn hier?" sie und Bella begrüßen sich unisono. Bussi links, Bussi rechts, schon hat Bella ihre Contenance wiedergefunden.

„Das ist eine laaange Geschichte."

Birgit wirkt zugleich immer noch verwirrt und interessiert. Von irgendwoher meint sie, mich zu kennen. Aber wo war Mark? Und wichtiger: Wo steckte dieser verdammte Peter?

Ich erinnere Bella, dass wir eigentlich auf der Flucht sind und jeden Moment Jean-Jacques und seine Bachsaiblinge auftauchen können. Kurzerhand hakt sie die verdutzte Birgit unter und verschleppt sie in Richtung unseres treuen Wohnmobils, das auf dem Hotelparkplatz schlafen muss.

Die überrumpelte Birgit wird in einen der Passagiersitze verfrachtet. Noch bevor ich den Motor unseres unauffälligen Fluchtwagens angelassen habe, beginnt ein intensiver Informationsaustausch zwischen Bella und ihr.

„Dieser Schuft!"

„…hab ich doch immer gewusst!"

„ist nicht wahr…"

Minuten später sind die Fakten ausgetauscht. Birgit weiß von Bella und mir und Mark und Julia, Bella von Birgit und Peter. Und Julia. Peter entschuldigt sich zwischendurch bei Birgit per SMS für die Absage. Sie hätte ja sicher vorher ihren AB abgehört.

Hatte sie natürlich nicht.

Eigentlich sind mir die alle gar nicht so unsympathisch. Birgit scheint recht nett zu sein und Peter ist wohl einfach nur unglücklich. Auch mit Julia war ich ja prima ausgekommen. Gleiches galt natürlich für Eliza. Na und Bella ist sowieso klasse.

Nur Mark, der ist ein Penner.

Ein paar Stunden und ein exzellentes Chateaubriand später liegen Bella und ich zufrieden im breiten Bett der Hochzeitssuite. Birgit hat sich mit Peter ausgesprochen und schnarcht jetzt leise vom als Gästebett hergerichteten Sofa zu uns herüber. Flexibel sind die ja hier im Hotel.

Eigentlich ein bisschen schade, dass wir nun wegen unserer Hausgästin diesen riesigen Lasterpfuhl nur zum Schlafen benutzen können, denke ich, als ich merke, dass Bella sich lautlos zentimeterweise unter der riesigen Decke auf mich zubewegt. Langsam wird sie mir fast unheimlich.

Sagen wir es so, das vollgefressene Löffelchen, die müde Missionarin und den lautlosen Lotos werden Sie im Kamasutra vermutlich nicht finden. Aber bestimmt im neuen „Ratgeber für kopulationswillige Eltern leichtschlafiger Kleinkinder", den Bella und ich herauszugeben planen.

Die mir gemäß Weekend Package zustehende hawaiianischen Lomi-Lomi-Massage trete ich an Birgit ab. Sie und Bella verschwinden voller Vorfreude Richtung Wellnessbereich.

Ich gönne meinem Croissant eine Ganzkörperbehandlung mit Erdbeermarmelade und bleibe am Frühstückstisch sitzen.

Nachdenklich kratze ich mein stoppeliges Kinn. Bellas möbelwagengroße Sporttasche beherbergte unter anderem das Equipment für ein mittelgroßes Kosmetikstudio. Sie sah heute Morgen aus wie aus dem Ei gepellt. Und ich wie unter dem Müllwagen herausgezogen. Ich brauchte eine Rasur.

Nun bin ich seit jeher kein Freund der dem bedürftigen Hotelgast kostenfrei überlassenen Einwegrasierer. Vielleicht bin ich einfach nur ungeschickt, aber sollte ich irgendwann mit der Veranstaltung eines zünftigen Gemetzels beauftragt werden, die Wahl meiner Waffe wäre eindeutig.

Auch Bellas Angebot, mir ihren Ladyshaver zu leihen, hatte mich nicht überzeugen können. Meine diesbezüglichen Feldversuche waren damals weder für meine Gesichtsbehaarung noch für das zweckentfremdete Gerät glücklich ausgegangen. Was zarten Beinflaum problemlos niedermäht, das scheint vom gemeinen männlichen Bartstoppel überfordert.

Ich beschließe daher, den Hotelfriseur aufzusuchen, der praktischerweise auch sonntags geöffnet hat. Normalerweise wechsele ich ja meinen Friseur seltener als meinen Frauenarzt, aber dem seriös wirkenden älterer Herrn, dessen kleiner Salon am Rande der Hotellobby liegt, kann man sich wohl sorglos anvertrauen. Schätze ich.

Er begrüßt mich herzlich und bittet mich, doch schon mal Platz zu nehmen. Er müsse kurz weg, aber seine Tochter würde mich sofort bedienen. Vaterstolz klingt aus seiner Stimme.

Wenn er ihr seinen Laden zu treuen Händen überließ, dann konnte ich das mit meinem Hals wohl auch tun.

Eine junge Frau tritt heran, begrüßt mich freundlich und macht sich umgehend hochprofessionell ans Werk. Sie wetzt das Messer, sie schlägt den Schaum, kein vorwitziges Härchen entgeht ihrem strengen Blick und ihrer scharfen Klinge. Dabei plaudert sie locker über dies und das.

Sie sei als Studentin ja ganz froh, dass sie ab und an beim Papa aushelfen könne, das würde ihren alten Herrn genauso freuen wie ihren Geldbeutel. Und manchmal bediene sie auch im Café ihres Bruders. Was sie studiere? Na Maschinenbau, alles andere wär doch nur was für Mädchen.

Ich blicke in den Spiegel, gerade als die Damaszenerklinge in der Nähe meiner Halsschlagader ihr Werk verrichtet.

Und sehe in die Augen der vermeintlichen Aushilfe, der Eliza und ich im Café so unverhohlen auf den Arsch geglotzt hatten.

Ich möchte schlucken, trau mich aber nicht.

Sie hatte mich doch hoffentlich nicht erkannt? Die feine englische Art war das ja nun wirklich nicht gewesen. Verkrampft betreibe ich weiter Smalltalk. Ihr ist nichts anzumerken, sie beendet routiniert den Schurvorgang, stutzt hier noch eine Augenbraue und flammt da ein Ohr ab.

Ich muss zugeben, mein Gesicht ist glatt wie ein Babypopo. Ich und mein schlechtes Gewissen entlohnen sie fürstlich. Puh. Das ging ja noch mal gut, ich sehe wohl schon Gespenster.

Beim Hinausgehen klatscht sie mir dann kräftig auf den Hintern.

„Und grüßen Sie Ihre Freundin."

Ähem.

Ich folge einer Karawane braungebrannter Goldrandbrillenträger zur „Indoor Pool and Spa Area". Vor Betreten des Schwimmbadbereichs ergeht anscheinend ein für meine jungen Ohren unhörbares Signal zum gemeinschaftlichen Baucheinziehen. Die Ursache dafür wird mir wenig später klar.

Auf zwei Liegen räkeln sich, frisch im pazifischen Stil durchgewalkt, Birgit und Bella in weißen Baderoben. Superflauschig für ehrliche Häute im Hotelshop auch käuflich zu erwerben. Wie ein Schwarm

Haifische das Floß der Schiffbrüchigen umkreisen konzentrische Greise die Damen.

Ich beobachte die gerontokratischen Jagdszenen ein Weilchen. Als sich einer der rüstigen Rentner dann zu Bella auf ihre Liege setzt, beschließe ich, einzugreifen.

Eine Beutefrau links eingehakt und eine rechts verlasse ich grinsend den Saal. Raub der Sabinerinnen, nur in unblutig.

Hinter mir brechen reihenweise von morschen Kranzgefäßen notdürftig versorgte Herzen. Ich hoffe inständig, dass keiner dieser badebehosten Lustgreise schon vorsorglich zu, sagen wir, erektile Dysfunktion bekämpfender Medikation gegriffen hatte.

Kapitel 7 – Fuchs, Hase und anderes Gelichter

Wir haben nun für Bellas Wohnmobil endlich einen günstigen Stellplatz auf einem, zugegebenermaßen etwas abseits gelegenen, Campingplatz gefunden. Als wir vorfahren, blicken Fuchs und Hase empört auf. Wir scheinen sie bei einer vertraulichen Unterhaltung gestört zu haben.

Ob sie denn gar keine Angst vor Heidemördern oder ähnlichem Gesocks habe, will Birgit von Bella wissen. Nee, dem wäre das sicher zu abgelegen und Heide hieße sie schließlich auch nicht. Außerdem könne Birgit ihr ja Gesellschaft leisten. Bis sie zu Peter in die Villa ziehen kann.

Birgit gerät tatsächlich ins Grübeln. Ich überlasse die entstehende Einöd-WG ihrem Teambuildingprozess und wage einen weiteren verzweifelten Versuch, die Werkstatt anzurufen. Die Norddeutsche Tiefebene zeichnet sich nämlich durch eine ausgezeichnete Abdeckung mit Funklöchern aus.

Kein Netz. Als Fischer wäre man hier aufgeschmissen, denke ich, als ich auf einer kleinen Anhöhe einen Hochsitz erspähe. Als „Anhöhe" wird hierzulande üblicherweise jedes mehr als einen Meter über dem Meeresspiegel liegende Gelände bezeichnet. Ich beginne den mühevollen Aufstieg.

Den Hochsitz erreicht man über eine von der Last der Jahre gezeichnete Leiter, wird dann aber mit einem hervorragenden Rundumblick belohnt. Insbesondere das scheue Wild hinterm Sichtschutzzaun des Nacktbadestrandes am Baggersee hat der wackere Waidmann von hier aus fest im Auge.

Die zwei Balken auf meinem Handydisplay wären wohl, im Nachhinein betrachtet, besser in die Ausbesserung des Hochsitzes investiert worden. Auf jeden Fall habe ich mich auf der Suche nach dem Rand des hiesigen Funklochs zu weit herausgelehnt. Die Seitenwand gibt nach und mit mir geht es abwärts.

Nein. Keine Sorge. Mir gehts den Umständen entsprechend gut. Ein überdimensionierter Brombeerstrauch hat meinen Fall gebremst.

Birgit zieht mir lachend mit einer Pinzette (schrägspitzgeriffelt, Größe 3) aus Bellas 640-teiligem Maniküreset Dorn um Dorn aus dem verlängerten Rücken.

Birgit hat, wie ich erst jetzt bäuchlings und hosenlos vor ihr liegend erfahre, Tiermedizin studiert und ist dadurch mit der Behandlung alter Esel bestens vertraut. Bella assistiert ihr grinsend mit Wattebäuschen und einem Fläschchen Jod. Aua.

Immerhin entnehme ich der Unterhaltung der beiden Damen, die sich durch meine Anwesenheit in keiner Weise in ihrer Wort- oder Themenwahl beeinflussen lassen, dass mein Hintern wohl noch recht ansehnlich sei. Knackiger auch, das gesteht Birgit zu, als der von Peter. Hört man gern.

Dafür hätte der Peter halt andere Vorzüge, und es geht dabei nicht nur um die Mächtigkeit seines Geldbeutels. Mein eben noch so zärtlich liebkostes Selbstbewusstsein und ich fragen uns, ob so ein Wohnmobil wohl einen Keller hat. Und ob da Platz wäre für uns beide.

Bella spekuliert, ob denn die Beziehung mit dem verheirateten Peter nicht manchmal schmerzhaft wäre. Wo doch, sie platzt fast vor Lachen, zwischen ihm und Birgit immer etwas stünde. Die schafft es mühsam, ernst zu bleiben. Das wäre schon wahr. Und dann wäre da ja auch noch Julia.

Gelächter. Blöde Hühner. Ich will gerade daran erinnern, dass ich niemals auf diesen Kackhochsitz gestiegen wäre, um die Kackwerkstatt anzurufen, wenn ich nie in diese promiskuitive Clique geraten wäre.

Allerdings hätte ich dann auch keinen Sex mit Bella. Ich halte also die Klappe.

„Fertig."

Birgit klebt mir noch ein Bärchenpflaster aus der Bordapotheke auf die rechte Arschbacke. Fluchend stemme ich mich hoch, jeder einzelne meiner Knochen schmerzt. Immerhin scheint ihre Anzahl noch der im Benutzerhandbuch für den Homo sapiens beschriebenen zu entsprechen.

Bella ist rührend besorgt um mich. Ob schlechtes Gewissen oder fehlgeleiteter Mutterinstinkt dafür der Grund ist, das ist doch eigentlich eher nebensächlich, denke ich.

Sie hält meine zerfetzte Hose in der Hand und blickt mich vorwurfsvoll an.

Mist. War wohl doch der Mutterinstinkt.

So könne sie sich unmöglich mit mir sehen lassen. Und ich würde doch wohl einsehen, dass ein Besuch im nahegelegenen Outlet-Center unumgänglich sei, der einzigen Touristenattraktion hier draußen in der Wildnis.

Für die neue Hose habe ich immerhin die Wahl zwischen drei Nobelmarken.

Nein, nein, meine Begleitung wäre nicht erforderlich, ich solle mich erstmal schonen, vielleicht wäre ja doch was gebrochen. Oder eine innere Verletzung gar? Mindestens aber eine Gehirnerschütterung. Lauter zwingende Gründe, mich hilflos und allein in der Wildnis zurückzulassen.

Ich frage mich gerade, wie denn die Damen zu besagtem Konsumtempel gelangen wollen, ist doch das Wohnmobil derzeit unser einziger fahrbarer Untersatz.

Toll sei, sagt da Bella, die schon meine Gedanken lesen kann, als wären wir Jahrzehnte verheiratet, die Sache mit dem Shuttlebus.

Hatten doch diese findigen Hundlinge vom Outlet-Center tatsächlich hier in der Pampa einen Bus-Zubringerdienst etabliert, der unter anderem stündlich dort hielt, wo die Zufahrt zum Campingplatz von der Hauptstraße abzweigte. Nur zehn Minuten zu Fuß von unserer aktuellen Position.

Da leider mein Handy nach dem Absturz im Wald noch nicht wiedergefunden werden konnte und der Fernseher im Wohnmobil keinen Empfang hat, bin ich komplett auf mich allein gestellt.

Irgendwo wundert sich Leitbache Bertha, dass einer ihrer Frischlinge neuerdings hin und wieder vibriert.

Der Vorteil an einem Campingplatz ist, dass man auf elegantes Beinkleid keinen gesteigerten Wert legt. Genaugenommen auf Kleidung generell.

Mit der Eleganz einer waidwunden Hirschkuh schleppe ich mich zum einzigen Außenposten der Zivilisation. Die Kioskfrau begrüßt mich herzlich.

Sie freut sich, dass kurz vor Ladenschluss noch mal jemand vorbeischaut. Normalerweise wäre ja um diese Jahreszeit schon der Bär los, aber sie hätten den Platz erst vor drei Tagen wieder öffnen können. Der Starkregen letzten Monat. Alles abgesoffen. Jahrhundertereignis, nichwa.

Zum Glück wäre heute noch eine größere Gruppe angemeldet, Schulklasse oder so, dann käme endlich wieder ein bisschen Leben in die Bude.

Sie stopft nebenbei Gummibären, Schokolade und drei Flaschen Bier in eine Tüte. Ich wünsche einen schönen Feierabend. Draußen ertönt eine Hupe.

Am Kassenhäuschen steht ein Reisebus mit Anhänger. Als ich die Passagiere sehe, mache ich auf dem Absatz kehrt und trete mit der Kioskfrau in harte Verhandlungen ein. Was? Drei Paletten? Und Jimbo? 40 Prozent? Unmöglich. Da wär ja nichts mehr bei über. 35? Mit Lieferung? Nun gut.

Ich humpele zufrieden zurück zum Wohnmobil. Neben mir die Kioskbesitzerin. Mit einer Schubkarre.

Was ich mit 96 Dosen Bier will? Haben Sie schon mal kaufkräftige 16-Jährige auf Klassenreise erlebt? Und kein Bier weit und breit? Muss ich weiterreden?

Für die Lehrer hab ich Bourbon.

Natürlich bin ich ein völlig skrupelloser Opportunist. Sie haben ganz schön lange gebraucht, darauf zu kommen. Und jetzt lassen Sie mich das Jungvolk beim Zeltaufbau beobachten. Man hat denen die Wiese direkt neben unserem Stellplatz zugewiesen.

Hei, da wird die Kasse klingeln.

Als Bella und Birgit taschenbehängt gegen 21 Uhr zurückkommen, habe ich ca. 30 Liter Bier, 2 Flaschen Whiskey und 7 Kondome abgesetzt und den Geschäftsbetrieb eingestellt. Wegen Reichtum geschlossen, sozusagen. Unschuldig wie ein Lämmchen begrüße ich die beiden freudestrahlend.

Spürnase Bella wittert Abgründiges. Misstrauisch beäugt sie mich, kann mir aber beim besten Willen nichts Verwerfliches nachweisen. Da so ein Kerl aber immer irgendwas ausgefressen hat oder zumindest dergleichen plant, ist Bestrafung angezeigt.

Ich muss fünf Hosen anprobieren.

Es dunkelt. Birgit, Bella und ich amüsieren uns königlich. Aus unserer sicheren rollenden Behausung heraus beobachten wir das verzweifelte Bemühen der Lehrerschaft, den kleinen Grenzverkehr zwischen den Zelten der Mädchen (links) und denen der Jungen (rechts) zu unterbinden.

Birgit überlegt kurz, schaut Bella und mich von der Seite an und verkündet, dass für sie jetzt Zeit für einen Abendspaziergang wäre. Bisschen die Gedanken durchlüften. 60 Minuten mindestens.

Bella zieht die Vorhänge zu. Ein paar Dinge können die Teenies ruhig alleine rausfinden.

„Die ist schon in Ordnung, die Birgit."

Ich habe gerade, sagen wir, etwas an den Ohren, kann und will Bella da aber absolut nicht widersprechen. Ich nicke daher nur bestätigend. Sie kichert. An der Innenseite ihrer Oberschenkel ist sie nämlich furchtbar kitzelig.

Am nächsten Morgen rufe ich, mit Bellas Handy aber bar jeder Hoffnung, bei der Werkstatt an. Nein, die Bordelektronik melde noch einen Fehler beim Vorwärmkreis der Heckscheibenwischwaschanlage, so könne man den Wagen nicht freigeben. Die Verkehrssicherheit, ich verstünde das doch.

In diesem Moment fährt draußen hupend Peter vor, der Birgit für ein gemeinsames Frühstück abholen will. Er grinst über das ganze Gesicht und begrüßt uns allerbester Laune. Was die Aussicht auf ein Schäferstündchen aus einem trockenen Geschäftsmann so macht, denke ich bei mir.

Dann erfahren wir jedoch den wahren Grund für seine Erheiterung. Gerade hätte nämlich sein Werkstattmeister ihn angerufen. Und von dem armen Tropf berichtet, dem sie vor dem Puff die Karre einbetoniert hätten. Man stelle sich das mal vor. Er kriegt kaum noch Luft vor Lachen.

Birgit wirft einen Blick auf meine bedrohlich anschwellende Hals-schlagader und nimmt Peter beiseite, um ihn in die verwirrenden Hintergründe der ganzen Geschichte einzuweihen.

Er wendet sich zu mir „Echt? Ist das wahr? Ihr verarscht mich doch. Oder?"

Ich schüttele leise den Kopf.

Peter ist echt kein schlechter Kerl. Er ruft seinen Meister an und sorgt für eine Prioritätsbehandlung meines geschundenen fahrbaren Untersatzes. Heute, gegen Abend, wäre dann alles fertig und ich könnte ihn abholen. Irgendwas sei noch mit dem Heckscheibenwischer, nur Kleinkram.

Kaum ist ein Problem aus der Welt geschafft, als sich am Kiosk eine Gruppe Pennäler zusammenrottet und zornig in meine Richtung blickt. Offenbar haben Sie erst jetzt die offizielle Preistafel studiert und meine Nachtzuschläge für Dosenbier spontan als sittenwidrig eingestuft.

Jetzt heißt es schnell und überlegt handeln. Ich frage Peter, ob er Bella und mich nicht am Outlet-Center absetzen könne. Falls das keine Umstände mache. Ich hätte ein, zwei Hosen zu viel. Oder vier Beine zu wenig. Macht er gerne. Ich verfrachte die verdutzte Bella in die Limousine.

Ein Mann, der freiwillig Klamotten einkaufen geht? Birgit dreht sich vom Vordersitz zu Bella um. Respekt liegt in ihrem Blick.

Ich versinke in den weichen Polstern und erfreue mich an den verdunkelten Scheiben, die dem wütenden Mob den Blick auf die Passagiere im Fond verwehren.

Es gelingt uns, das Haupttor zu passieren. In James-Bond-Filmen würde jetzt eine Flasche Champagner entkorkt und über die befreite weibliche Geisel hergefallen.

Bellas Frage, wo ich denn die Hosen zum Umtausch hätte, reißt mich aus meinen Tagträumen. Sie wedelt mit dem Kassenbon.

Ich beichte ihr flüsternd den tatsächlichen Grund für unsere wilde Flucht. Sie flüstert zurück „Das wirst du büßen!", hält aber ansonsten dicht. Sollte Birgit ruhig weiterhin glauben, Bella hätte den Jackpot im Männerlotto gewonnen. Und keinen armseligen Schwarzmarkthändler.

Birgit, so will es mir scheinen, hat ohnehin nur Augen für Peter. Gedankenverloren streichelt sie den Automatikwählhebel, der keck zwischen den beiden aufragt. Bella und ich machen uns ernsthafte Sorgen, ob Peter am Steuer seine volle Konzentration den richtigen Kurven widmet.

Zur allgemeinen Erleichterung erreichen wir die Einfahrt zum Outlet-Center. Bella und ich steigen aus, Reifen quietschen und kurz darauf sehen wir in der Ferne Peters Auto in einen Waldweg einbiegen. Bella grinst mich an. „Und nun zu dir, Freundchen."

Mir schwant Übelstes.

Sechs Stunden später. Ich suche eine Reinigung, um mein Nervenkostüm aufarbeiten zu lassen. Bella hat sich prächtig amüsiert und der Volkswirtschaft durch den Kauf einer Haarspange auf die Sprünge geholfen. Aus dem letzten Laden, in dem wir waren, wird eine Verkäuferin getragen.

Der geplante Besuch eines Fachgeschäfts für hochwertige Damenunterwäsche, von dem ich mir als einziges ein wenig Kurzweil versprochen hatte, entfällt. Wegen Umbau geschlossen. Nein, gestern war da noch auf, ganz bestimmt.

Ich liebe diese Frau, aber sie ist ein ausgekochtes Luder.

Geschafft. Erschöpft sinke ich in eine Bank des neudeutsch „FoodCourt" genannten Fresstempels. Vor mir Tee und ein Stück Schwarzwälder Kirsch. Endlich Ruhe und Frieden statt Konsumterror. Ich nehme einen Schluck First Flush Darjeeling. Welch Labsal.

Batman landet in meiner Torte.

Bella und ich rekonstruieren die Flugbahn des maskierten Legomännchens. In der engeren Wahl sind zwei Tische. Am einen drei ältere Damen mit Kompotthütchen, sie wirken unverdächtig. Wir behalten sie besser im Auge. Am anderen eine vierköpfige Familie. Vater, Mutter, zwei Kinder.

Happy family wie aus dem CSU-Wahlwerbespot.

Der Vater sitzt zusammen mit seinem Bauchansatz vor einem kleinen Bier. Der Sohn schiebt mit seinem Plastikbagger Pommes durch eine Mayonnaise-Malaise. Die Tochter bohrt versonnen in der Nase.

Und die Mutter hält eine Zwille in der Hand.

Man würde vermuten, dass sie dieses Schießgerät eben von ihrem Sohn konfisziert hat, aber erstens scheint das Kerlchen nicht unbedingt das hellste Licht auf der Torte zu sein und zweitens blitzt in den Augen seiner Mutter etwas verwegen Schelmisches auf. Zwinkert die mir etwa zu?

Außerdem kommt sie mir irgendwie bekannt vor, es gelingt meinen grauen Zellen aber nicht, diese biedere Mutti einer gespeicherten Person zuzuordnen. Bella lehnt sich zu mir herüber und flüstert etwas in mein Ohr. Ich blicke diskret auf die Beine der braven Hausfrau und nicke.

Ich will Sie nicht lange zappeln lassen.

Sie erinnern sich vielleicht noch an meine freundliche Kundenbetreuerin von der Sparkasse, die im „Diana" wogenden Busens williges Opfer von Dschingis Khan und seinem Pferdeschwanz geworden war?

Die mit Ivan und Iban. Genau.

Die ist es nicht.

Es handelt sich hingegen, und da bin ich jetzt ganz sicher, denn ich hatte ihre Beine im wahrsten Sinne des Wortes vor Augen, die Dame, die sich neben uns mit dem Latin Lover vergnügt hatte. Nachdem der es dann doch geschafft hatte, Sie aus ihrer skinny Skinny Jeans zu befreien.

Bevor wir uns, neugierig geworden, besagter Dame näher zuwenden können, klingelt Bellas Handy. Birgit ist dran. Sie soll mir von Peter ausrichten, dass sein Werkstattmeister gesagt hätte, dass das heut nichts mehr würde mit meinem Auto.

Tee ist doch gut bei hohem Blutdruck, oder?

Man würde aber, angesichts der besonderen Umstände, mir einen Leihwagen bereitstellen. Aus dem Fuhrpark des Chefs persönlich, das mache der sonst eigentlich nie.

Die besonderen Umstände bestehen darin, dass ich weiß, dass der Chef fremdschläft. Und seine Frau. Und mit wem.

Der nächste Shuttlebus zum Campingplatz fährt in fünf Minuten. Bella bläst zum Aufbruch. Bedauernd blicke ich erst auf meine halbgegessene Kirschtorte und dann rüber zum Tisch der

Langbeinigen. An dem jetzt niemand mehr sitzt. Schade, hätte mich interessiert, was die Dame wollte.

Sie auch? Dachte ich mir. Beim Hinausgehen kommen wir dann am Tisch der Familie vorbei. Ein leeres Bierglas, verschmierte Majo, ein Kakaofleck. Und eine Serviette, auf der jemand etwas notiert hat. Ich nicke in die Richtung, Bella versteht sofort und lässt den Fetzen mitgehen.

Wir schaffen es gerade rechtzeitig zur Autowerkstatt, wo eine riesige Überraschung auf uns wartet. Sie kennen diese gepanzerten Gefährte, mit denen die Amis in der Wüste Fundamentalisten jagten? Sowas gibt's auch mit Straßenzulassung. Mein Werkstattersatzwagen ist Peters Hummer.

Ich steuere das Schlachtschiff über die Bundesstraße in Richtung unseres heimischen Campingplatzes, Bella fährt mit dem Camper im Windschatten hinterher.

Irgendwo hier musste Lenas Lustmobil stehen, ich schmunzele bei der Erinnerung an die Begegnung. Und steige in die Bremsen.

Was war da denn los. Das war definitiv Lena. Und irgendein Typ. Eindeutig, die prügeln sich. Der Mann ist größer und schwerer, muss aber anscheinend kräftig einstecken. Vor allem unterhalb der Gürtellinie. Quietschend kommt mein Panzerwagen direkt vor den beiden zum Halten.

War das nicht Lenas Beschützer/Manager/Macker, mit dem sie da so herzhaft stritt? Sie schreit ihn an, zeigt in Richtung meines Autos. Ich habe mich im mir unvertrauten Sicherheitsgurt verheddert und kann nicht sofort aussteigen, um ihr zu helfen. Ist vermutlich auch besser so.

Lenas Macker tritt den Rückzug an und flüchtet. Mit einem Toyota Kombi. Auf der Heckscheibe ein Aufkleber. „Marie und Johannes-Luca an Bord".

Das Ganze wird immer mysteriöser. Lena hat mich anscheinend erst jetzt erkannt, öffnet die Beifahrertür und sitzt auch schon neben mir.

Bella hat hinter mir gehalten und die Sache beobachtet. Als ich wieder in den rollenden Verkehr einbiege, fackelt sie nicht lange und hängt sich hinten dran.

„Nette Karre" Lena räkelt sich. Ihr kurzer Rock haftet am Ledersitz und legt frei, was eigentlich nicht freigelegt gehört.

Mittlerweile etwas abgehärtet behalte ich die Augen auf der Straße. Lena erzählt mir derweil munter, in was ich da eigentlich gerade hineingeraten war. Der Typ mit Namen Ivo war ihr Macker. Irgendwie. Eigentlich war er Postbote und hatte das Business von seinem Bruder übernommen.

Der war vor ein paar Jahren von einem Heimaturlaub in irgendeine exjugoslawische Teilrepublik nicht zurückgekehrt. Und würde dies ablebensbedingt wohl auch nicht mehr tun. Ivo war eingesprungen und fungierte seitdem als Lenas beschützender Manager. Oder managender Beschützer.

Lena ließ sich allerdings die Butter nicht vom Brot nehmen, gab Ivo regelmäßig etwas von ihren Einnahmen ab, was sein schmales Postlergehalt aufbesserte und ihr Ruhe verschaffte vor irgendwelchen Halbweltgestalten, die sie auch nur zu gern unter ihre Fittiche genommen hätten.

Ivos Frau war recht pragmatisch veranlagt und tolerierte diese Übereinkunft, spülte sie doch willkommene liquide Mittel in die klamme Haushaltskasse. Und das steuerfrei. Nun musste aber eine neue Einbauküche her. Und sie schickte Ivo los, bei Lena sein Entgelt nachzuverhandeln.

Lena zeigte keine Neigung, um Ivos Familienfriedens willen die goldene Gans zu spielen. So gab ein Wort das andere und gerade, als ich vorbeikam, drohte die Sache ein wenig aus dem Ruder zu laufen. Sie hatte Ivo dann informiert, der Typ da mit dem fetten Auto wäre ihr neuer Macker.

„Du hast WAS?"

Wir haben nun genug Abstand zu dem Ort gewonnen, an dem ich Lena aufgelesen hatte. Und an dem vermutlich Ivo demnächst mit Verstärkung auftauchen würde. Ich muss unbedingt mit Bella reden. Bella würde Rat wissen.

Wie war ich eigentlich bisher ohne sie klargekommen?

Ich suche nach einer Parkmöglichkeit für mein rollendes Monstrum. Mittlerweile verstehe ich jedenfalls, warum beim McDrive maximale Durchfahrtshöhe und -breite angegeben sind. Endlich entdecke ich eine Schulbushaltestelle und werfe Anker. Hinter mir stellt Bella das Wohnmobil ab.

Lena und ich steigen aus. Mir zittern ein wenig die Knie, an einen Branchenwechsel ins Rotlichtmilieu hatte ich bis dato noch nie gedacht. Bella begrüßt Lena wie eine alte Freundin. Die beiden gucken mich so komisch an. Doch, doch, käseweiß ist meine ganz normale Gesichtsfarbe.

Bellas Adlerblick erkundet sekundenschnell die Umgebung. Sie steuert, Lena und mich im Schlepptau, zielstrebig ein kleines Ristorante an. Ich werde an einen Tisch in der hintersten Ecke gesetzt und erhalte eine Flasche Chianti zu treuen Händen. Die Mädels gehen erstmal aufs Klo.

Als die zwei wieder auftauchen stelle ich gerade mit Alfonso, dem ägyptischen Kellner, Betrachtungen darüber an, ob die Flasche halb leer oder halb voll ist.

Bella meint, ich wäre halb voll und nimmt sie mir weg. Sie macht ein ernstes Gesicht „Pass auf. Es läuft folgendermaßen."

Ich erfahre nun, dass Ivo das schwarze Schaf einer traditionsreichen Halbweltdynastie ist. Um sein Gesicht zu wahren (und um vor seinen mordlustigen Vettern Ruhe zu haben) sei es unumgänglich, für Lena einen gewissen Abstand zu zahlen. Das wäre nun mal so Usus. Aber kein Problem.

Kein Problem? Abstandszahlung? Tickten die beiden noch richtig? War ich schon im rotweininduzierten Delirium? Prostitution war ja schon mal eine Sache. Aber jetzt sollte das Betätigungsfeld noch auf Menschenhandel ausgeweitet werden? Was kam als Nächstes, Auftragsmord?

Alles halb so wild, sagt Bella und tätschelt meinen Kopf. Das Geld hätte Lena für diesen Fall beiseitegelegt. Und sowieso Ivo von seinen laufenden Bezügen abgeknapst. Es ginge nur um die Wahrung der Tradition. Ganz harmlos. Wirklich. Ich müsste nur als Lena Zuhälter einspringen.

Man soll ja immer offen für berufliche Veränderungen sein, aber ich bin von den Karriereperspektiven der Ludenlaufbahn noch nicht überzeugt. Ich hab das doch gar nicht gelernt.

Meine Einwendungen werden vom Tisch gewischt. Wäre doch alles nur pro forma. Bella hat Plan. Ich Angst.

Ich solle mich mal nicht so anstellen. Man könne die nette Lena doch nicht diesem Halbweltgesindel überlassen. Nun, dem ersten Teil dieser Aussage kann ich bedingungslos zustimmen. Lena ist wirklich eine Nette. Aber deswegen von Albaner-Toni ein Messer in die Rippen riskieren?

Außerdem hatte Bella schon alles organisiert. Lena würde erstmal bei Madame Sofie unterkommen. Das Bumsmobil war sowieso schrottreif und bald hätte sie ohnehin ihr BWL-Studium abgeschlossen. Sie wäre lange genug gefickt worden, jetzt wäre sie dann mal an der Reihe. Lena grinst.

Ich telefoniere also brav mit Ivo. Er ist wirklich nicht grade eine Leuchte. Seine Forderung liegt weit unter dem, was Lena mir als Budget gegeben hat. Ich handele ihn mühelos ein paar Tausender runter und drücke ihm noch die fachgerechte Entsorgung des klapprigen Lovemobils auf.

Ivo lädt mich dann noch in sein Stammlokal ein, wo wir bei einem Geschäftsessen den Deal perfekt machen würden. Ich denke an die charakteristischen Fleisch- und Sliwowitzexzesse im Restaurant „Hungriger Bosniak". Mich schaudert.

Ivo isst lieber Sushi. Irgendwie mag ich ihn.

Kapitel 8 – Berufliche Perspektiven

Auf unserem Campingplatz parke ich den schweren Hummer neben dem Wohnmobil. Selbst die streitsüchtigen Zeltgymnasiasten von der Wiese nebenan halten respektvoll Abstand. Überhaupt ist mit mir grad nicht gut Kirschen essen. Ich will nur noch ins Bett. Wenn ich denn noch eins habe.

Mittlerweile ist nämlich unsere Wohngemeinschaft auf vier Personen angewachsen. Lena muss schließlich irgendwo unterkommen, bis bei Madame Sofie das Gästeappartement frei wird. Darin wohnt ja noch Gisela. Pardon, Giselle. Die wurde aber gefeuert. Hat angeblich einen Gast beklaut.

Es ist eigentlich doch ganz lauschig jetzt. Alle haben ein Schlafplätzchen im Caravan gefunden, der Regen prasselt auf das Blechdach, Lena und Birgit fachsimpeln im Alkoven leise über Makroökonomie.

Ich spiele versonnen unter der Bettdecke ein bisschen mit Bellas linkem Nippel.

Warum ich das mit dem linken extra erwähne? Möglicherweise, weil der rechte so empfindlich ist, dass sie mir einmal fast den Finger abgebissen hat, als ich da hingefasst hab? Ist aber nur ne Theorie. Natürlich in Fahrtrichtung rechts. Mann, Sie haben echt keine Ahnung von Möpsen.

Bella wird etwas unruhig, ich kann mir gar nicht erklären, warum. Vielleicht ein Kekskrümel? Oder eine Falte im Bettlaken? Plötzlich setzt sie sich auf und rummst dabei mit der Schläfe gegen das Regal am Kopfende.

Au. Was hatte sie so aufgeschreckt? Hatte ich links und rechts verwechselt?

Sie knipst die Leselampe an. Mit der linken Hand hält sie ihren Kopf, mit der rechten sucht sie auf der Ablage neben dem Bett ihre Hose. Hatte ich Fluchtreflexe bei ihr geweckt? Sie fummelt ein Stück Papier aus ihrer Hosentasche. Sie hält es mir vor die Nase.

„Hier. Lies du mal."

Bellas Weit- und meine Kurzsichtigkeit ergäben kombiniert einen absolut scharfsichtigen Luchs. Oder einen totalen Blindfisch, je nach Betrachtung. Ich mache mich an die Entzifferung der Botschaft auf der akkurat gefalteten Serviette mit dem eingedruckten Logo des Outlet-Centers.

Ich erkenne einen Lippenstiftabdruck in Form eines Kussmunds. Darunter mit Kugelschreiber den Namen Petra, etwas, das ich für zwei sich küssende Regenwürmer halte, die Worte „bis Samstag" und ein Herzchen.

Bella gibt mir einen Klaps auf den Hinterkopf. Sie hat ihre Brille auf.

„Das ist ein Hirschgeweih, du Doofie."

Hirsch? Hä? Und das war jetzt weniger kryptisch als die Regenwürmer oder was?

„Das Diana, Mann. Am Samstag ist da Pärchentag."

Meine Synapsen kommen jetzt hinterher. Diana, die Göttin der Jagd, hatte das Logo des gleichnamigen Clubs inspiriert.

Das „Diana", erklärt mir die verdächtigerweise bestens informierte Bella, hätte eine Reihe wiederkehrender Veranstaltungen, die sich beim Stammpublikum großer Beliebtheit erfreuen. Die Lady's Night, klar, dann wie gesagt den Pärchentag. Oder zum Beispiel das Captain's Dinner, wo nur Männer erwünscht sind.

Für jeden Geschmack ist etwas dabei. „Dildoday", „Strip und Straps", „Lack, Lust und Leder", „Inquisition intim", Bella zählt eine ganze Reihe Themenabende auf. Einige klingen durchaus reizvoll, für andere würde ich größere Beträge zahlen, um nicht an ihnen teilnehmen zu müssen.

Auf jeden Fall beweist Madame Sofie Geschäftssinn und ein Händchen fürs Marketing. Sie spricht solvente Kreise an, für die ein normaler Puff wenig Reiz verspricht.

Angeblich gehören ihr mittlerweile sieben luxussanierte und vollvermietete Gründerzeitwohnhäuser in Eppendorf.

Die Lady's Night übrigens ist fest im Kalender der örtlichen Lesbenszene verankert. Das weiß ich von Eliza. Man hat, so ihre Worte, Mordsspaß dabei, überzeugte Heterodamen auf die dunkle Seite der Macht zu ziehen. Was recht häufig zu gelingen scheint.

Stark die dunkle Seite ist.

Man muss dabei beachten, dass besagte überzeugte Heterodamen wissen, dass im „Diana" an diesem Abend eben nicht nur gut ausgestattete, wenn auch eher pekuniär orientierte, Lustknaben anzutreffen sind.

Was sie nicht davon abhält, den Club zahlreich aufzusuchen. Ganz im Gegenteil.

Der Pärchentag ist (offiziell) ganz dem gemischten Klassiker gewidmet. Ohne Partner des anderen Geschlechts kein Zutritt. Da ist Türsteherin Margot eisern. Und die hat den schwarzen Gürtel.

Ob ein Paar sich erst auf dem Parkplatz zusammengefunden hat, ist hingegen unbedeutend.

„Wollen wir hingehen?", fragen Bella und ich zeitgleich. Birgit und Lena blicken sich erstaunt zu uns um. Mit Kopulationsgeräuschen hätten sie vermutlich gerechnet, aber zwerchfellerschütternde Lachkrämpfe? Komisches Paar.

Bella hat Tränen in den Augen. Ich halte mir den Bauch.

Vor diese samstägliche Vergnügung hat der liebe Gott oder irgendein anderes höheres Wesen Ihrer Präferenz die Übergabe der Ablösesumme für unsere Lena gesetzt. Ivo hat dazu in ein exzellent beleumundetes japanisches Restaurant geladen. Hier gingen, raunt man, sogar Japaner essen.

„Hier. Das musst du probieren. K9 von der Hauptkarte. Super lecker."

Ivo schwingt gekonnt die Essstäbchen. Dieser Mann hatte verborgene Qualitäten. K9 ist „Qualle mit Gurke". Ich verweise auf die kaum quappengroßen weißen Fischlein in der Schale vor mir, die mich traurig ansehen.

Man genießt sie so, wie die Natur sie zur Verfügung stellt. Ich überzeuge mich, dass keines von ihnen mehr zuckt und verspeise tapfer ein paar. Meine Geschmacksknospen melden Widersprüchliches an das Gehirn. Ja, was denn nun? Salzig? Bitter? Scharf? Umami? Irgendwie fischig halt.

Mit Ivo wäre ich prima klargekommen, schnell hatten wir das Geschäftliche erledigt, diskret hatte Bargeld in einem Umschlag seinen Besitzer gewechselt. Roher Fisch in rauen Mengen wurde aufgetragen, grüner Tee und Sake ausgeschenkt. Sojasoße schwappte.

Und dann kam Ivos Onkel.

Ivos Onkel, den alle nur „Papa" nennen, ist ein organisierter Berufsverbrecher ganz alter Schule. Er kleidet sich edel und distinguiert, nur zwei Goldzähne zeugen von harter Jugend auf der Straße. Ivo zieht genervt, aber so, dass Papa das nicht sehen kann, die Augenbrauen hoch.

Offensichtlich steht der gute Ivo innerhalb des Familienunternehmens unter einer gewissen Beobachtung.

Papa begrüßt mich mit einem freundlichen, aber harten Schlag auf den Rücken und den Worten: „Ein Bulle bist du jedenfalls nicht."

Ich japse wahrheitsgemäß: „Nein. Echt nicht."

Wir kommen ins Plaudern. So unter Kollegen. Auf welcher Seite ich denn damals gestanden hätte, als der große Krieg zwischen den Albanern und den Libanesen losgegangen wäre.

„Ich war im Ausland", antworte ich wahrheitsgemäß. „Auf Sprachferien in Frankreich" behalte ich für mich.

Papa lobt meine Weisheit. Da könnte der Ivo sich mal eine Scheibe von abschneiden. Sein Pulver trockenhalten und in Ruhe abwarten, wer aus der Schlacht als Sieger hervorgehe, das hätte auch Sun Tsu empfohlen.

Überhaupt sei es ja so schwer, heutzutage gutes Personal zu finden. Fachkräftemangel. Ja, das war ein Thema, da konnte ich mitreden. Ich erzähle von Versuchen mit importiertem Personal, aber häufig seien ja einfach die Qualifikationen nicht vergleichbar. Papa nickt zustimmend. Aber finden Sie doch mal einen bezahlbaren Auftragskiller im Inland.

Wir finden dafür weitere Gemeinsamkeiten. Vernünftiges Controlling zum Beispiel. Das A&O einer jeden erfolgreichen Organisation. Die Führungskräfte tanzen einem ja sonst auf der Nase herum. Ich bin für strenge Zielvorgaben und konsequente Sanktionen bei Nichterreichen. Und Papa auch.

Nach ein paar kurzweiligen Stunden, bei denen Ivo immer stiller und Papa immer gesprächiger wurde, bin ich sicher, dass das BKA mich liebend gerne vorher verkabelt gehabt hätte. Wir verabschieden uns mit einer Umarmung. Papa flüstert mir schnell noch ein Jobangebot ins Ohr.

Sein, sagen wir, Verwaltungschef, ein Mann seines Vertrauens, den alle nur „den Doktor" nennen, wollte gern in die wohlverdiente Altersteilzeit gehen. Ob ich nicht vielleicht Interesse hätte? Ich als Consigliere? Ich verspreche, darüber nachzudenken.

Im Taxi wird mir dann übel.

„Dass du aber auch nicht einfach mal die Klappe halten kannst!" Bellas Analyse meines Berichtes über ein Angebot, das man eigentlich nicht ablehnen kann, fällt rasiermesserscharf und kaum zu widerlegen aus.

Ich ziehe mir die Bettdecke über den Kopf. Hier findet mich keiner.

Ich höre Bella mit Lena Kriegsrat halten. Lena scheint den Doktor zu kennen. Sie geht raus, um ein Fleckchen zum Telefonieren zu finden. Der Hochsitz ist leider noch nicht wiederaufgebaut.

15 Minuten später ist sie wieder da und spricht kurz mit Bella. Beide kommen auf mich zu.

„Also. Hier ist der Plan." Ich lausche aufmerk- und gehorsam, was die beiden Damen ausgeheckt haben und mir nun wortreich schildern, sage „Ja.", „Oh!" oder „Wirklich?" und stelle demütig noch ein paar kleine Zwischenfragen. Dann rufe ich Ivos Onkel an. Und sage zu.

Der Plan der beiden Frauen geht auf. Fast.

Wie vorhergesehen bittet mich der Doktor, ein netter älterer Herr mit Goldrandbrille, zu einem Gespräch, meine Eignung zu prüfen für das Amt, das er 40 Jahre lang ausgeübt hat.

Wie vereinbart wiegt er und befindet mich für zu leicht.

Der Doktor, das muss man wissen, macht regelmäßig, sagen wir, Hausbesuche bei Lena. Es ist ihm ein Leichtes, Papa klarzumachen, dass ich zwar Potenzial hätte, es aber an der nötigen unsittlichen Reife fehle.

Allerdings wäre da noch etwas.

Und ab hier gerät der Plan ins Wanken.

Für eine alte Freundin der Familie hingegen könnte ich sehr nützlich sein. Die hätte nämlich gerade unter unglücklichen Umständen ihren Geschäftsführer entlassen müssen und noch keinen adäquaten Ersatz gefunden.

Er würde daher anraten, mich an Madame Sofie weiterzuempfehlen.

Ja. So habe ich auch geguckt. Madame Sofie, so erfahre ich, ist „Papas" erste und große Liebe. Sie war aus kleingangsterlichem Hause und daher nicht standesgemäß. Eine herzzerreißende Geschichte. Papa heiratete dann in eine Geldwäscherdynastie und Sofie ging ihren eigenen Weg.

Sofie weiß aber genug über „Papas" Leichen im Keller und an vielen anderen Orten, um ihn sofort für 593 Jahre ins Zuchthaus zu bringen. Ohne Bewährung.

Was sie niemals tun würde, denn sie hat Charakter. Weswegen Papa seine schützende Hand über sie und ihr kleines Bumsimperium hält. Und so kam es, dass Sofie nicht trotz, sondern wegen ihrer Verbindungen zur organisierten Kriminalität den saubersten Puff von ganz Deutschland führt. Vor den branchenüblichen feindlichen Übernahmen ist sie sicher, denn jeder in der Szene weiß, mit wem er sich da anlegen würde.

Bei Sofie gab es keine krummen Touren. Sogar das Fahrtenbuch für ihren Dienstwagen führte sie penibel genau. Kein Steuerprüfer musste hier mit Liebesdiensten verführt werden, doch mal ein Auge zuzudrücken. Hier lief wirklich alles einhundertfünfzigprozentig nach Vorschrift.

Dummerweise konnte ihr bisheriger Geschäftsführer sich mit diesem moralisch einwandfreien Gebaren nicht wirklich abfinden. Er genehmigte sich Sozialleistungen. In bar und in, nun ja, Naturalien. Als Madame Sofie davon erfuhr, war es mit ihrer Gutmütigkeit schlagartig vorbei.

Keine Sorge, er wurde nicht in der Kiesgrube verscharrt und seine Frau und Kinder in die Sklaverei verkauft. Sofie hat Stil. Der Mann konnte seinen Schreibtisch räumen und erhielt noch eine Abfindung. Gut, in Form eines Pferdekopfes vom Schlachthof, aber doch eine nette Geste.

Verzagt schlurfe ich zurück zum Auto, wo Bella auf mich wartet.

„Na? Hat's geklappt? Haben Sie dich abgelehnt?"

„Gewissermaßen."

Ich beichte ihr, was passiert ist. Und die Sache mit Sofie. Und dass ich da ganz eventuell vielleicht zugesagt habe, weil man der Frau doch helfen muss.

Bella schweigt. Den ganzen Nachhauseweg. Aber es ist nicht dieses bösartig-vorwurfsvolle Schweigen, das einen Ausbruch ankündigt. Eher so ein Daniel-Düsentrieb-Schweigen. Sie wissen schon, bevor die Sinniervögel das Zwitschern anfangen und eine bahnbrechende Idee geboren wird.

„Eigentlich…" beginnt sie viel später, ich unterbreche mein Zähneputzen mitten in der Bewegung, um nichts zu verpassen, „Eigentlich war das genau richtig. Und wo ist überhaupt Lena? Ich muss mit Lena sprechen."

Lena war mit Birgit unterwegs, schmusende Pennälerpärchen erschrecken.

Verdutzt blicke ich ihr hinterher, die Zahnbürste im Mund, wie sie im Halbdunkeln verschwindet, den Campingplatz nach den beiden anderen abzusuchen.

Ich werde aus der Frau nicht schlau, habe aber mittlerweile einen Höllenrespekt vor ihrem Talent, kreative Lösungen zu finden.

Ich öffne die letzte Flasche Roten aus dem Bordvorrat und harre der Dinge, die todsicher in Kürze über mich kommen würden. Ich sollte bei der Sofie-Sache was richtig gemacht haben? Ich?

Lena und Bella kommen, in angeregter Unterhaltung vertieft, über die Wiese aufs Wohnmobil zu.

Bella nimmt einen großen Schluck aus meinem Rotweinglas.

„Nicht du, mein Lieber, wirst das Diana managen …"

Ach, nicht?

„Sondern wir."

Wer war wir?

„Ich und du und …"

Müllers Kuh?

„… und Lena natürlich."

Ich lehne mich entspannt zurück. Das versprach jetzt interessant zu werden.

Lena würde nämlich Personalchefin, wär ja klar. Und Bella macht Organisation, Events und Marketing. Sofie könnte weiterhin repräsentieren und den Laden nach außen vertreten.

Für mich blieben dann vermutlich die Powerpoint-Folien.

Ich erkenne den Charme hinter diesem Konzept.

Wir diskutieren bis tief in die Nacht. Hochinnovative Ideen zur Weiterentwicklung des Geschäfts werden geboren und verworfen. Ein Blowjob-Lieferservice? Die geils&more-Karte für Stammkunden? Eine eigene Dildokollektion? Das „Diana" gar als Franchisekonzept mit weltweiten Ablegern?

Kapitel 9 – Der Morgen danach

Ich wache allein auf. Scheußlich, was man sich so alles zusammenträumt. Ich als Bordellchef. Gibt's schon Kaffee? Bella sitzt, in meinem Hemd mit Brille und Laptop wie frisch einem Apple-Werbespot entsprungen, auf den Stufen des Wohnmobils. Und schreibt am Businessplan fürs „Diana".

Wenigstens Lena schläft noch und ist nicht vom Businessvirus befallen. Ich hatte sie selten mit Brille gesehen, anscheinend war sie beim Lesen eingenickt. Friedlich sieht sie aus. Mit jedem Atemzug hebt und senkt sich auf ihrem Busen „Personalwesen in der betrieblichen Praxis".

Birgit kommt frischgeduscht vom Joggen zurück. Angsteinflößende Produktivität umgibt mich. Sind die Frauen hier denn alle vom wilden Affen gebissen? Es gilt, die Ehre meines Geschlechts wiederherzustellen. Ich tue daher, was ein Mann tun muss. Und fahre gähnend Brötchen holen.

Als ich mit der großen Tüte knusprigen Backwerks zurückkehre, sitzen die Frauen wartend um den kleinen Klapptisch herum und starren mich hungrig an. Ich übergebe die Beute dem aus meiner Sicht ranghöchsten Weibchen. Sekunden später kaut Bella zufrieden an einem Croissant.

Als meine Vorfahren die Wahl hatten, sich einer hungrigen Frau oder einem Säbelzahntiger in den Weg zu stellen, trafen sie stets dieselbe, richtige Entscheidung. In irgendeinem evolutionsgeschichtlich uralten Teil des männlichen Gehirns sind entsprechende Instinkte fest verdrahtet.

Das Ganze wirkte sich dann zwar langfristig negativ auf die Säbelzahntigerpopulation und vermutlich auch auf die durchschnittliche Lebenserwartung männlicher Homo sapiens aus, senkte aber die Fallzahlen beim Delikt „Kannibalismus, häuslicher" deutlich.

Eine Viertelstunde gefräßigen Schweigens später sind die drei Damen wieder handzahm. Man plaudert, als wäre ich gar nicht da. Mir nur recht, denke ich, kratze mühsam den Rest Erdbeermarmelade aus dem Glas und schmiere mir die fruchtige Süße auf das übriggebliebene halbe Brötchen.

„Danke Schatz. Sehr lieb." Bella nimmt mir die derart präparierte Semmel aus der Hand.

Lena guckt uns beiden interessiert zu und stellt dann unvermittelt die Frage in den Raum, wie das denn eigentlich so wäre, mit einem Mann zu schlafen ohne finanzielle Gegenleistung. Ob man sich da nicht irgendwie billig vorkäme als Frau?

Bella entgegnet, wenig damenhaft, mit vollem Mund: „Keine Ahnung. Ich hab ne Einzugsermächtigung."

Und prustet mir dann, noch deutlich weniger damenhaft, vor Lachen ein paar zerkaute Brötchenreste ins Gesicht. „Tschuldigung!" So kriege ich wenigstens auch was ab, denke ich, und nicht nur mein Fett. Habe ich das gerade laut gedacht? Die drei halten jedenfalls kurz inne, bevor sie ihr albernes Gelächter fortsetzen. Herrgottnocheins das ist was mit so einem Stall voller Gänse. Ist nicht bald Weihnachten?

Hämmern und Sägen schallt von Ferne über den Campingplatz. Der unter mir jählings zusammengebrochene Hochsitz wird wiederinstandgesetzt. Die Nacktbadesaison am Baggersee rückt näher, der wackre Waidmann poliert sein Fernglas und sorgt für guten Rundblick auf sein Revier.

Birgit ist mittlerweile mit einigen der anderen Campingplatzbewohner per Du. Wären Bella und ich vermutlich auch, würden wir denn mit denen reden und uns nicht dauernd und in zu allerlei Gerede anlassgebender Weise in unserem Wohnmobil verschanzen.

Von ihr erfahren wir, dass mein Absturz aus luftiger Höhe keinesfalls dem Holzwurm oder einem Fehler des Statikers angelastet werden kann. Sondern der Säge des Ersten Vorsitzenden der örtlichen Naturistenvereinigung.

Nicht ich war Ziel dieses feigen Anschlags gewesen, sondern der lüsterne Jägermeister, mit dem sich die Nackedeis seit Jahren in einer Art Rüstungswettlauf befanden. Letzte Saison hatte er beispielsweise versucht, mittels einer versteckten Wildkamera interessante Einblicke zu erhaschen.

Nun waren die FFK-Anhänger zwar zwang- aber nicht hirnlos. Der Fotochip der Kamera hatte dem Jägersmann bei der nächsten Kontrolle Erstaunliches preisgegeben. Geschickte Bildbearbeitung hatte einen hier seit der Eiszeit nicht mehr heimischen Elchbullen in sein Revier versetzt.

Mit eilig herbeigerufenen Kollegen seiner Zunft schlug er sich daraufhin die Nächte um die Ohren, mit dem Zweck, das prächtige Tier selbst vor Augen und Flinte zu bekommen. Was natürlich scheiterte. Denn Elche sind bekanntlich scheu. Und zusätzlich im Umkreis von knapp 1.000 Kilometern nur in Wildparks anzutreffen.

Auf jeden Fall ist den Naturisten die Sache mir gegenüber fürchterlich peinlich und sie laden uns zu ihrem traditionellen jährlichen Saisoneröffnungs-Grillfest ein. Abendgarderobe ist ausdrücklich nicht erwünscht und Würstchen-Witze führen zum sofortigen Ausschluss von der Veranstaltung.

Ich will gerade einen besonders platten reißen, wahre dann jedoch die Contenance und bitte Birgit, meinen herzlichen Dank auszurichten. Für mich wäre das jedoch nichts, als verklemmter alter Knacker wäre ich sicher keine Bereicherung für die Party.

Bellas Ellenbogen landet knapp unterhalb meiner Rippen in meiner Seite. Aua. Von wegen verklemmt, da hätte sie aber andere Informationen. Aus allererster Hand gewissermaßen. Das wäre bestimmt lustig und da würden wir vier auf jeden Fall hingehen.

Zugesagt hatte sie natürlich auch schon. Genauso wie für den anstehenden Pärchenabend im „Diana", von dem Petras Serviettenbotschaft schon gekündet hatte. Gut, das konnte man noch unter „geschäftlich" verbuchen, eine gute Gelegenheit, unseren zukünftigen Arbeitsplatz näher kennenlernen.

Mit Sofie hatte Bella, wen wunderts, bereits gesprochen. Wir zwei würden dort am Samstag als Paar erscheinen, uns unters vergnügungssüchtige Volk mischen, amüsieren, alles noch mal in Ruhe ansehen und dann entscheiden. Ganz ohne Druck natürlich.

Madame gefiel die Idee nämlich außerordentlich gut, sich aus dem aktiven Geschäft nach und nach zurückzuziehen. Ihr Immobilienimperium verwaltete sich schließlich nicht von alleine. Und in unsere Kompetenz setze sie allerhöchstes Vertrauen. Hahaha.

Lena wollte natürlich auch mit, für die vorgeschriebene männliche Begleitung hätte sie da auch schon so eine Idee.

Bella und sie bearbeiten dann noch die arme Birgit so lange, bis sie verspricht, ihrerseits Peter zu überzeugen, mit ihr dort hinzugehen. Der hatte nämlich mittlerweile keine Ausrede mehr, sich mit ihr nicht in der Öffentlichkeit zu zeigen. Oder in einem Sex-Club. Denn praktischerweise war Julias Affäre mit Mark inzwischen publik geworden und Peter damit quasi ein freier Mann.

Das Timing dafür, so munkelt man, hätte Birgit, der das Dasein als Zweitfrau schon lange gegen die Hutschnur ging, entscheidend beeinflusst. Höflich ausgedrückt. Aus zuverlässiger Quelle weiß ich, dass sie die zuverlässige Quelle dieser Indiskretion war.

Der Grillabend bei den Baggersee-Naturisten verläuft entspannt und ziemlich konventionell. Was vor allem daran liegt, dass die niedrige Außentemperatur erst Männlein und Weiblein in Bezug auf Penisgröße nahezu angleicht und dann selbst die Hartgesottensten in Hemd und Hose zwingt.

Deutlich besser geheizt ist es bei Madame Sofie ein paar Tage später. Allerdings lässt sich die individuelle Gemächtgröße hier nicht mehr durch einstellige Temperaturen begründen. Manche Gäste greifen daher zwecks Durchblutungsförderung zu einschlägigen Produkten der Pharmaindustrie. Ich habe zum Glück Bella dabei.

Auch der Pärchenabend erweist sich als durchaus kultivierte Veranstaltung mit netten Leuten. Die Bude ist rappelvoll, ich erwische Bella mehrfach dabei, wie sie versonnen im Kopf die Anzahl der Gäste mit den Durchschnittsumsätzen multipliziert. Und lächelt beglückt.

Lena erwischt sie in so einem Augenblick kaufmännischer Ekstase, zeigt auf Bella und ruft laut „Ich will genau das, was die Frau da hatte!"

Lena hat übrigens den Typen aus dem Autohaus angeschleppt. Ohne Schlips ist er recht sympathisch.

Dass auch nette, kultivierte Leute rammeln wie die Karnickel muss hier nicht besonders erwähnt werden. Die Pärchenpflicht gilt ja nur bei der Einlasskontrolle, danach sortiert man sich je nach persönlichem Fetisch neu. Ich stehe die meiste Zeit am Büffet.

Sofie, als einzige der Anwesenden noch vollständig bekleidet, erklimmt die kleine Bühne, begrüßt die Gäste als liebe Freunde und bittet nach ein paar Nettigkeiten überraschend Bella und mich auf die Bühne.

Wir sind komplett überrumpelt, was dazu führt, dass Bella oben ohne mit einem Handtuch um die Hüften und ich mit einer Garnele in der Hand im Scheinwerferlicht stehen und als die neuen Chefs des „Diana" vorgestellt werden.

Nein. Unsere Zusage ist Ihnen nicht entgangen. Wir haben nämlich noch gar nicht zugesagt. Machen aber natürlich gute Miene zu Sofies Überrumpelungsmanöver. Und bitten Lena zu uns rauf. Sie trägt nichts außer einem Rest Sprühsahne um die Brustwarzen.

Genaugenommen, überlege ich gerade, hatte nur ich noch nicht zugesagt. Bella war durchaus zuzutrauen, dass sie mit Lena und Sofie schon die Köpfe zusammengesteckt hatte und handelseinig geworden war. Natürlich hinter meinem Rücken. Wo denn wohl sonst.

Mein Verdacht wird bestätigt, als Bella, und fragen Sie mich angesichts ihrer knappen Bekleidung bitte nicht woher, einen Zettel hervorzog, auf dem Stichworte für ihre Antrittsrede notiert waren.

Als designierter Geschäftsführer muss natürlich auch ich ein paar Worte sagen. Nachdenklich blicke ich auf die angebissene Garnele in meiner Hand und Lenas Sprühsahnenippel, bevor ich uns drei als kompetentes und hochprofessionelles neues Führungsteam vorstelle.

Die Menge liegt meiner ausgefeilten Rhetorik zu Füßen. Spätestens nachdem ich selbstkritisch anmerke, dass auf dieser Bühne Männer ohne Erektion eigentlich normalerweise nicht geduldet werden.

Etwas später versucht Lenas schlipsloser Autoverkäufer, mir eine kaum gebrauchte edle Oberklasseschüssel als angemessenen Dienstwagen aufzuschwatzen. Man könne auch, flüstert er, ein paar Einschusslöcher in der Tür simulieren. Falls das in meiner Branche gut ankäme.

Er verschwindet dann so schnell, wie er aufgetaucht ist, als sein Chef zu uns tritt und ich diesen herzlich mit: „Hallo Peter, schön, dass Ihr auch da seid!" begrüße.

„Na, wollte er dir unseren Ladenhüter aufschwatzen?"

Ich nicke.

Birgit ist nirgends zu sehen. Peter folgt meinem Blick und erklärt, dass sie gerade bei Susi im Untergeschoss sei, um unser Andreaskreuz anzuprobieren. Man erwäge nämlich, nach dem Zusammenzug einen Hobbykeller einzurichten. Da wären natürlich Anregungen von Profis hochwillkommen.

Ich empfehle, unbedingt auf allergiegetestete Materialien und gut abwischbare Oberflächen zu achten. Interessiert folgt er dann meinen Ausführungen über die Vor- und Nachteile unterschiedlicher Dildomodelle, die ich neulich an der Bar bei dem netten Vertreter aufgeschnappt hatte.

Möglicherweise ist dieser Beruf doch was für mich. Als hätte ich nie etwas anderes getan, mache ich plaudernd die Runde, begrüße hier alte Bekannte („Hallo Petra. Ach, ich sehe du hast grad den Mund voll. Wir sehen uns ja noch.") und stelle mich dort noch Unbekannten vor.

Kapitel 10 – Im dritten Monat

„Scheißescheißescheiße ich bin so ein Tollpatsch."
Der Kaffeefleck ist auf der weißen Baumwolle nicht zu übersehen.
Das kommt davon, wenn man gleichzeitig den Wirtschaftsteil über-
fliegen und Koffein tanken will.
„Soll ich dir rasch was aufbügeln?"
„Das wär sooo lieb, mein Schatz."
Ich befülle den Wassertank des Dampfbügeleisens, ziehe eine ihrer
Blusen aus dem Wäschekorb und mache mich ans Werk. So kann
ich sie ja schließlich nicht aus dem Haus lassen. Was sollen denn da
die Leute denken.
Außerdem: Wie könnte ich Bella etwas abschlagen, wenn sie so vor
mir steht, nur in Slip und BH, mit traurigem Hundeblick, eine be-
kleckerte Bluse in der Hand und im Terminstress. Dankbar macht
sie sich daran, vorm Spiegel ihre dunklen Wuschelhaare ein wenig
zu bändigen.
Ich hingegen habe Zeit und beginne, ihr im Bademantel ein Busi-
nessoutfit zu glätten. Fehlen nur noch die Lockenwickler, denken
Sie? Ich pfeife fröhlich die Melodie von „Das bisschen Haushalt"
und schiebe entspannt das heiße Eisen hin und her. Nebenbei guck
ich ihr auf den Hintern.
Um zehn kommt nämlich die Verantwortliche für „Senior Global
Location Scouting", einer großen Eventagentur. Und jetzt ist es
zehn vor zehn. Zum Glück liegt unsere Dienstwohnung direkt über
dem „Diana", Bella sollte es also auf jeden Fall rechtzeitig zu ihrem
Termin schaffen.
Das „Diana" hat es nämlich binnen kurzem geschafft, zu einer absoluten In-Location für Produkteinführungen (lachen Sie nicht!),
spektakuläre Firmenpartys und ähnliche Ereignisse zu werden. Etwas verrucht, aber doch stilvoll und gediegen. Und genügend Park-
plätze haben wir auch.
Diese Authenticity. Diese Atmo. Die ausgekochten Event Planner
sind jedes Mal hin und weg. Wie wir das nur hingekriegt hätten.
Man würde tatsächlich meinen, in einem 80er-Jahre-Puff zu sein.

Ein Teil des Geheimnisses liegt eventuell darin, dass man wirklich in einem 80er-Jahre-Puff war.

Ich verspreche Bella, nachher kurz unten bei ihr vorbeizuschauen und artig „Guten Tag" zu sagen, bevor ich auch losfahre. Offiziell bin ja schließlich ich der Boss von dem Laden. Sie rauscht aus der Tür. Der weiße Riese blickt anerkennend zu mir herunter, picobello sieht sie aus, picobello.

Immer diese Hektik. Ich gehe erstmal mit einem frischen Becher Kaffee auf den Balkon. Was für ein Wetterchen. Die Aussicht geht über grüne Wiesen, hinter denen wildromantisch die Ruine eines Imprägnierwerks aufragt. Immerhin Südseite und dank Bellas grünem Daumen nicht einsehbar.

Fehlende Ganzjahres-Sonnenbräune wird in meiner neuen Branche aus unerfindlichen Gründen mit geschäftlichem Niedergang gleichgesetzt. Ich befreie daher meinen Luxuskörper vom Bademantel und setze ihn den wärmenden Sendboten unseres grellen Heimatgestirns aus.

Gegen elf bin ich zum Unternehmer-Frühschoppen verabredet. Wie immer mit Peter, Rudi, Gerd und Claudia. Die Höflichkeit gebietet, Ihnen Claudia als erste vorzustellen. Ihr gehört das Hotel Eichengrund, Golf- und Spielplatz für außereheliche Abenteuer der Schönen und/oder Reichen.

Peter kennen Sie ja schon, und auch Rudi ist Ihnen kein Unbekannter. Es handelt sich nämlich um den örtlichen Baumogul, mit dessen Flüssigbeton mein fahrbarer Untersatz jüngst unerfreuliche Bekanntschaft gemacht hatte.

Natürlich haben wir miteinander mittlerweile Frieden geschlossen. Er ist schließlich geschätzter Stammkunde in unserem Hause. Und den Parkplatz hat er mir für einen echten Freundschaftspreis von seinen Mannen komplett neu asphaltieren lassen. Der ist jetzt schöner als je zuvor.

Und Gerd? Gerd ist der Gatte von Kerstin, Sie erinnern sich sicherlich, der mit den Austern. Genau. Gerds gutgehendes Gartencenter im Gewerbegebiet ermöglichte ihm unter anderem den Erwerb einer reetgedeckten repräsentativen Ferienimmobilie auf Sylt. Mit Blick auf die Austernbänke.

Jeden zweiten Mittwoch treffen wir vier uns im Café, um nach alter Väter Sitte über ein Sahneschnittchen herzufallen. Neudeutsch heißt so etwas Networking und findet in hippen Locations statt. Wir sind zu alt, um halbwegs elegant aus einem Sitzsack wieder herauszukommen und bevorzugen es daher plüschig.

Meine der Sonne ausgesetzte Vorderseite vermeldet, nunmehr den erwünschten Gargrad erreicht zu haben. Ich drehe mich unter leisem Stöhnen auf den Bauch. Man wird nicht jünger. Und dann dieses aufreibende Leben als Geschäftsführer eines kleinen, aber erfolgreichen Familienunternehmens.

Es kitzelt, als ein Schmetterling auf meinem nackten Hintern zwischenlandet, bevor er sich dann doch für eine von Bellas üppig blühenden Petunien entscheidet.

Ach Bella. Blöd, dass du grad einen Termin hast. Echt blöd. Die Liegenauflage riecht so nett nach deinem Parfüm. Ich döse, etwas dümmlich vor mich hin lächelnd, für ein paar Minuten ein.

Tiefenentspannt und medium well gebraten steige ich die Wendeltreppe herab zu unserem gewerblichen Sündenpfuhl. Geschäftiges Treiben allerorten. Britney poliert mürrisch ein paar Gläser nach, ein Klönschnack mit ihr erscheint nicht ratsam, sie will immer nur das eine. Eine neue Spülmaschine.

Bella sitzt mit zwei Leuten, einer Frau und einem mir unbekannten Mann, an einem der runden Tische in der Nähe der Bühne. Sie blättern geschäftig in irgendwelchen Papieren und diskutieren angeregt. Genauer gesagt diskutieren die beiden Frauen, der Typ macht nur Notizen.

Man scheint sich offenkundig handelseinig zu werden, das ist erfahrungsgemäß gut für Bellas Laune, unser Liebesleben und meine Quartalszahlen. Ich gehe wie versprochen rüber zu den Dreien, brav meine Aufwartung zu machen.

„Hallo Petra, schön dass du da bist!" Sie erhebt sich, drückt mir einen dicken Schmatzkuss auf und tätschelt dabei diskret und natürlich rein freundschaftlich mein Gemächt. Bella grinst. Der Typ guckt irgendwo ins Nirgendwo.

Petra kommt Ihnen bekannt vor? Die Langbeinige mit dem Latin Lover und den beiden Kindern? Exakt. Die Dame ist nämlich, neben ihrer Rolle als Hausfrau, Mutter und bekennender Nymphomanin, auch noch ein verdammt hohes Tier bei „Wickersham&Westman Worldwide Events".

Als gute Freundin des Hauses und intime Kennerin der Räumlichkeiten war es ihre Idee gewesen, das „Diana" auch als hippe Eventlocation zu vermarkten.

Petra hat nicht nur ein unstillbares Verlangen nach muskulösem Frischfleisch, sondern auch ein unübertroffenes Näschen fürs Geschäft. Das Konzept schlug ein wie eine Bombe.

Das armselige Würstchen, das sie dabeihat, stellt sie uns als Flo vor, ihren Assistenten. „Flo für Florian?" frage ich naiv. Nein. Petra grinst. Floh. Weil er so winzig… haha, nur ein Scherz. Natürlich. Floh windet sich peinlich berührt in seinem plüschigen Sessel.

Wenn dieser verklemmte Burschi ahnen würde, was auf seiner rotsamtenen Sitzgelegenheit schon so alles passiert ist, er hätte vermutlich einen von diesen weißen Einweg-Overalls mitgebracht, wie sie im Tatort die Spurensicherung trägt.

Auf dem Weg zum Auto erwischt mich Lena. Mit ihrer Halbbrille, tief unten auf der Nase getragen, Dutt, Bleistiftrock und den Highheels könnte sie in jedem Porno die gestrenge Chefsekretärin spielen. Hat sie auch schon mal, was hier aber nichts zur Sache tut. Denn Lena means Business.

Sie ist mit allen Wassern gewaschen und war die perfekte Wahl als Verantwortliche für internes und externes Personal. Nicht nur ihre Branchenkenntnisse sprachen für sie, sondern auch, dass sie nach ihrem BWL-Abschluss mit Bestnote ein hochdotiertes Angebot von McKinsey ausgeschlagen hatte.

Sie ließ sich die Butter nicht vom Brot nehmen, und wer es versuchte, zahlte teures Lehrgeld. Schmunzelnd erinnere ich mich an den „Manager" einer Stripperin, der nicht einsah, mit einer ehemaligen Prostituierten zu verhandeln und stattdessen fragte, ob man nicht lieber erstmal ein Nümmerchen schieben wollte.

Hätte er besser nicht getan. Lena entgegnete nämlich kühl, ja, das könne man schon machen, aber leider, leider hätte sie keine von seiner Tante Elsa gestrickte rosa Angora-Unterwäsche da. Und ohne die täte er ja wohl keinen hochkriegen. Also, ohne dass er sie anhätte natürlich.

Man sollte den regen Austausch von Informationen unter Kolleginnen niemals unterschätzen. Das gilt beim Einwohnermeldeamt genauso wie im horizontalen Gewerbe. Mit hochrotem Kopf war der derart Bloßgestellte jedenfalls abgerauscht und ward nie wieder gesehen.

Ich hätte doch nicht vergessen, mahnt mich Lena, dass sich um 15 Uhr die neuen Poledancerinnen vorstellen und ich versprochen hätte, dabei zu sein? Würde ich mir das entgehen lassen? Die danach zum Casting antretenden Tiroler Lederhosenstripper hatte ich dafür großzügig an Bella abgetreten.

Bellas und meine Arbeitsteilung klappt ohnehin hervorragend. Was mich zu diesem Moderator vom Lokal-TV bringt, der sie und mich neulich mittels eines Interviews als „Lokales Unternehmerpaar im Halbweltmilieu" seinem spießbürgerlichen Stammpublikum zum Fraß vorwerfen wollte.

Er hatte die Rechnung ohne Bella gemacht. Als er fragte, wie wir denn mit der Versuchung umgehen würden, von der wir tagtäglich umgeben seien und ob bei uns das Prinzip „Appetit holt man sich woanders, gegessen wird zuhause" gelte, antwortete sie kühl: „Wir essen meist auswärts."

Ein Gutes hatte die Sendung zumindest. Unsere Location gefiel den Senderleuten so gut, dass jetzt einmal im Monat „Live aus dem Diana" hier aufgezeichnet wird, eine beliebte Talkshow mit einer drallen blonden Moderatorin namens Babs.

Babs amüsiert sich stets königlich, wenn ihre Gäste aus Kultur, Wirtschaft und Politik verzweifelt den Eindruck zu erwecken versuchen, das allererste Mal in ihrem Leben einen Puff zu betreten. Die Sendung wird bundesweit ausgestrahlt und spart uns massiv Werbeausgaben.

Aufgezeichnet wird jeweils mittwochs, am Freitag steht der große runde Tisch in der Mitte, um den die Gäste herumsitzen, dann wieder bei Susi unten im Verlies. Er ist drehbar und erfreut sich bei einigen unserer Stammkunden und insbesondere -innen ausgesprochen großer Beliebtheit.

Und da mittlerweile auch einiges an Prominenz bei uns verkehrt, kommt es schon mal vor, dass sich eine Schauspielerin, die als Gast in die Talkshow geladen ist, plötzlich am stillen Wasser verschluckt, als ihr klar wird, woher ihr der Tisch so bekannt vorkommt.

Bella entpuppte sich als absolutes Marketingnaturtalent. Erwähnte ich schon mal, dass ich diese Frau abgöttisch liebe? Ich finde sogar ihren in den letzten Monaten verstärkt zu beobachtenden Work-aholismus ausgesprochen sexy. Zumal er die mir eigene Lethargie perfekt ergänzt.

Am Abend liegen Bella und ich zufrieden nebeneinander im Bett. Sie, weil sie mit Petra einen fetten Deal über eine ganze Reihe von Veranstaltungen für eine große Modemarke abschließen konnte. Und ich, weil sowohl Sachertorte als auch Poledancerinnen heute wirklich exzellent waren.

Außerdem hatten wir gerade ganz hervorragenden Sex, aber das hatten sie sich aufgrund der guten Umsatzprognosen vermutlich schon gedacht. Wir plaudern entspannt und postkoital noch ein wenig über die Ereignisse des Tages.

Ob ich eigentlich schon gehört hätte, dass Eliza jetzt schwanger wäre? Dritter Monat schon. „Ach wie schön", entgegne ich überrascht, „hat das mit der künstlichen Befruchtung nun doch endlich geklappt?" Bella lächelt so komisch.

„Äh. Jaja. Künstliche Befruchtung. Genau."

Was entging mir hier gerade? Ich zähle an den Fingern die Monate ab und beginne mich zu fragen, ob in dieser schrägen Nacht, als Eliza bei mir und Bella im Wohnmobil übernachtet hatte, vielleicht noch irgendetwas passiert war, an das sich alle Beteiligten erinnern können. Außer mir.

Immerhin kann ich auch ein bisschen Klatsch und Tratsch beitragen. Der Unternehmerstammtisch, Sie verstehen. Peters Scheidung kommt voran, er hat jetzt mit Birgit eine Wohngemeinschaft begründet. Dort verbringen Sie nun zusammen ihr Trennungsjahr. Jeder seins natürlich.

Birgits Mann, so habe ich nebenbei erfahren, heißt übrigens Tom. Die Ehe der beiden nahm eine Wendung zum Unguten, als ein anderer Mann ins Spiel kam. Nein. Nicht Peter. Ein gutaussehender

Malergeselle. Peter kam später. Wenn Sie mir das Wortspiel verzeihen.

„Respekt, ist verdammt schwer, heute einen Handwerker zu kriegen", hatte Gerd Toms überraschendes Outing trocken kommentiert. Ich riskiere mal die Vermutung, dass Birgit die Sache ein bisschen weniger pragmatisch sah.

Julia hatte sich unterdessen von Mark, seines Zeichens ja ebenfalls ein wandelnder Scheidungsgrund, wieder getrennt. Angeblich war sie jetzt mit dem Lomi-Lomi-Masseur aus dem Hotel Eichengrund zusammen. Und Mark dem Suff anheimgefallen.

Die Regungen in Bellas Gesicht während meines Berichts sind durchaus interessant. Bei Erwähnung von Julia wirkt sie, als hätte sie in eine Zitrone gebissen. Die Nennung von Marks Namen lässt sie kurz zusammenzucken und ihren Mund schmal werden.

Ganz abgeschlossen hatte sie mit der Sache offensichtlich noch nicht. Doch als dann die Rede auf den Masseur kommt, umspielt ein träumerisches Lächeln ihre Lippen.

Sie versteht meinen misstrauischen Blick sofort. Und begeht einen schweren taktischen Fehler.

Bella versichert umgehend wortreich und damit unbeabsichtigt meinen Verdacht bestätigend, dass der gute Mann sie anlässlich ihres Wellnessaufenthalts im Spa ausschließlich an Stellen berührt hatte, die allerhöchsten moralischen Ansprüchen genügten.

Aber da dann halt richtig.

Kleiner Tipp vom Profi: Erzählen Sie niemals Ihrem Kerl, dass ein anderer Mann Sie glücklich gemacht hat. Egal womit.

Ich hatte nämlich eigentlich erwogen, Big Joe, so heißt besagter Liebling der verspannten Damenwelt, für das „Diana" zu zu abzuwerben, beschließe aber spontan, diese Idee noch ein bisschen für mich zu behalten. Und ich schiebe nebenbei den fetten Krach mit Claudia, seiner jetzigen Chefin, noch etwas hinaus.

Big Joes richtiger Name ist Harald. Er stammt ursprünglich aus Heilbronn, das allerdings für traditionelle ganzheitliche Heilmethoden und schamanische Tempelmassagen nicht ganz so bekannt ist wie Polynesien. Zum Ausgleich dafür sind Schwaben ausgesprochen pragmatische Leute.

Sein Großvater war ein im Ländle stationierter GI gewesen, der stets von sich behauptet hatte, von einer Sioux abzustammen. Harald beziehungsweise „Big Joe" nutzte den mit etwas Wohlwollen auch bei ihm noch festzustellenden Bronzeton seiner Haut und gab sich als Hawaiianer aus.

Fortan lief das Geschäft. Seine verkehrsgünstig gelegene Praxis für Physiotherapie verwandelte er in eine Wohlfühloase mit Südseeflair. In Baden-Württemberg reicht zu diesem Zweck bereits eine Fototapete mit Strand und Palmen, man ist dort nicht gar so anspruchsvoll.

Wie der Zufall es so will, plagte Hotelierin Claudia, per Auto auf Dienstreise in die Schweiz, ein plötzlicher, stechender Rückenschmerz. Übelst verspannt suchte sie Hilfe beim nächstgelegenen Fachmann. Nach erfolgter Behandlung erhielt Big Joe ein Angebot, das er nicht ablehnen konnte.

Neben unserem Wellnessbereich erfreut sich auch das neu aufgestellte Catering allergrößter Beliebtheit. Es war mir nämlich gelungen, Hannelore Huber als Chefköchin zu gewinnen. Hannelore ist die große Schwester von Jean-Jacques. Von ihr hat er alles gelernt, was er heute kann.

Ihre einzige Bedingung, dass niemand ohne Hose in den Restaurantbereich darf, führte zunächst zu nicht geringem Unmut bei einigen Stammgästen. Nachdem sie jedoch Hannelores Crème brûlée probiert hatten, war der Volkszorn genauso schnell wieder verraucht.

Gehässige Zungen behaupten, es kämen mittlerweile mehr Leute zum Essen zu uns, als zum Bumsen. Was natürlich so nicht stimmt. Viele kommen auch einfach nur auf ein kühles Blondes in unserem gemütlichen neuen Biergarten.

Am Familien-Samstag bieten wir zudem professionelle Kinderbetreuung. Wir haben eine Hüpfburg und ein Bällebad. Und natürlich auch etwas für die lieben Kleinen. Das Angebot wird hervorragend angenommen.

Leider müssen wir immer wieder Eltern am Ende der Betreuungszeit quasi mit Gewalt von der „Spielwiese" genannten und eigentlich dem gepflegten Gruppensex gewidmeten Liegefläche entfernen, weil sie dort erschöpft eingeschlafen sind. Und zwar ganz ohne sich vorher dem Koitus hingegeben zu haben.

Bella ihrerseits ist unterdessen in und zusammen mit meinem rechten Arm eingeschlafen. Ich puste ihr sanft eine Locke aus der Stirn und bugsiere sie vorsichtig von der temporär abgestorbenen Extremität herunter. Sie murmelt leise: „Denkst du an die Umsatzsteuervoranmeldung?"

Wir sind schon zwei echte Romantiker.

Band 2 („Mehr Bella!")

Kapitel 11 – Busi-Ness

Bella knallt genervt den Hörer auf die Gabel. Schon wieder so ein aufdringlicher Kerl vom Telefonmarketing.

Wie wir denn mit unserem derzeitigen Schutzgeldeintreiber zufrieden wären, und ob wir nicht eventuell einen Anbieterwechsel in Betracht zögen. Man könne da im Moment ganz hervorragende Konditionen…

Sie hatte ihm dann unmissverständlich klargemacht, dass die einzigen zwielichtigen Typen, die bei uns ungestraft Zwangsgelder dafür kassieren dürfen, dass sie nichts für und nichts gegen uns tun, die Jungs von der Industrie- und Handelskammer sind.

Natürlich ist unser Betrieb, als fleißiger, wenn auch horizontaler, Gewerbesteuerzahler, Mitglied der örtlichen IHK. Der Kammerbeitrag bemisst sich schließlich am Unternehmensgewinn und unsere Bumsbude ist eine Goldgrube. Sowas lassen die sich nicht durch die Lappen gehen.

Mit der IHK verhält es sich ja ein wenig wie mit den zu unterschiedlichen jahreszeitlichen Anlässen unter Absingen traditionellen Liedgutes durch unschuldige deutsche Gemeinden ziehenden Kinderscharen. Durch rasche Zahlung des geforderten Obolus hat man sie schnell wieder vom Hof und für ein Jahr Ruhe.

Bella sitzt mir gegenüber an ihrem überquellenden Schreibtisch in unserem gemeinsamen Büro im kargen Verwaltungstrakt des „Diana". Das sind die beiden Zimmerchen am Ende des schummerigen Ganges, noch hinter den Personaltoiletten. Das andere, deutlich größere, teilen sich Lena, Britney, Hannelore und Susi.

Susi? Sicher, denn Papierkram macht eben selbst vor einer Domina nicht halt. Und nicht immer ist ein (zahlungs)williger Sklave bereit, auf allen Vieren für sie als Schreibtisch zu dienen. Und dabei absolut stillzuhalten, während sie altmodisch auf Papier ihre Stundenzettel ausfüllt.

Sie verlässt also regelmäßig knurrend ihren heimeligen Folterkeller, um sich oben im Gemeinschaftsbüro der schnöden Bürokratie hinzugeben. Ich verrate kein Staatsgeheimnis, wenn ich Ihnen sage, dass ihr die für derlei Tätigkeiten nötige devote Grundeinstellung leider komplett abgeht.

Bella telefoniert schon wieder. Diesmal mit einem unserer langjährigen Stammlieferanten für betriebliche Verbrauchsmaterialen.

Wir bestellen bei ihm nach meinem Dafürhalten monatlich mehr Gleitmittel als ein Gynäkologe, der sich auf Ultraschalluntersuchungen an schwangeren Blauwalweibchen spezialisiert hat. Blauwalbabys wiegen übrigens in etwa so viel, wie ein Mittelklassewagen. Na? Froh, keine Blauwalfrau zu sein?

Es geht, soweit ich es mitkriege, um eine deftige Preiserhöhung für die bei unserer verwöhnten Klientel besonders beliebten Sorten mit Erdbeer- und Vanillegeschmack. Waldmeister hingegen könne er derzeit sogar etwas günstiger anbieten.

Bella wickelt zeitgleich besagten Zulieferer und die geringelte Telefonschnur um ihren hübschen Finger, während ich mir Gedanken mache, ob so ein Waldmeister wohl Schlag bei Frauen hat. Holzfäller stehen doch schließlich auch hoch im Kurs.

Unsere Personalchefin Lena, Verzeihung, unser Director Human Resources, kommt herein, knallt mir einen kleinen Stapel Papier auf den vollgemüllten Schreibtisch, sagt nur „Chefsache", grinst vieldeutig und marschiert wieder hinaus.

Mit sich zufrieden legt unterdessen Bella die Beine auf den Schreibtisch und wackelt ein wenig mit ihren zugegebenermaßen wirklich ganz entzückenden Zehen. Ihre schwarzen Pumps stehen neben dem Schreibtisch. Wäre ich Fußfetischist, man müsste dann wohl langsam zu künstlicher Beatmung schreiten.

Man muss dazu wissen, dass sie sich am Morgen für einen kriminell kurzen Rock (und gegen einen BH, aber dazu später mehr) entschieden hatte. Die zu erwartende Hitze, na klar, was sonst. Beim Schließen des konsequenterweise ebenfalls nicht allzu langen Reißverschlusses hatte ich ihr hilfreich zur Seite gestanden.

Genaugenommen hatte ich eher hinter ihr gestanden und mich von den höchst erfreulichen Rundungen ihrer überaus wohlgeformten Pobacken ablenken lassen, dabei den fummeligen Zipper falsch

eingefädelt und das stoffsparend designte modische Kleidungs-
stück beinahe ruiniert.

Jedenfalls habe ich jetzt deutlich mehr attraktives nacktes Bein vor
meinen entzückten Augen, als meiner ohnehin maroden Konzent-
rationsfähigkeit eigentlich zuträglich wäre. Was Bella natürlich vollkommen klar ist. Sie sieht mich spöttisch an. Und ein wenig ver-
liebt.

Unser Gleitmittel kriegen wir natürlich weiterhin zu den bisherigen
Konditionen. Dazu zwei Kartons der Sorte Waldmeister zur Probe.
Selbstverständlich umsonst.

Als Betreiber eines kleinen, aber erfolgreichen Unternehmens für
Kopulationsdienstleistungen geht es einem nicht anders als jedem
anderen Firmenchef. Dauernd nerven Bekannte, ob man nicht
eventuell einen Praktikumsplatz für ihren nichtsnutzigen Nachwuchs hätte, eine Hand wüsche ja schließlich die andere und so.

Unnötig zu ergänzen, dass es sich in unserem Fall primär um die
spätpubertäre männliche Nachkommenschaft handelt, die auf der
Suche nach beruflicher Orientierung einen Einblick ins Ge-
schlechts-, Verzeihung, Geschäftsleben gewinnen möchte.

Der mir gerade von Lena mit süffisantem Grinsen vorgelegte Fall
ist hingegen etwas komplexer gelagert. Es handelt sich nicht nur um
eine weibliche Kandidatin, sondern zu allem Überfluss auch noch
um die frisch volljährig gewordene Tochter von Bellas Freundin
Bine. Und von Gatte Armin.

Das Gesicht der blonden jungen Dame namens Anna kommt mir
seltsam vertraut vor. Sicher, sie ähnelt ihrer Mutter, mit der Bella
einmal wöchentlich beim Zumba schwitzt, aber das ist es nicht. Ich
schiebe den unausgegorenen Gedanken erstmal beiseite, weil das
Telefon klingelt. Unser Steuerberater. Der ist auch blond.

Ein paar Fachdiskussionen über den anstehenden Körperschaft-
steuerbescheid und den mäßig pragmatischen Vorschlag, unseren
Puff in eine Offshore-Oase zu verlegen, später legt er auf und ich
komme zurück zu unserer neuen Bewerberin.

Normalerweise würde ich ihr jetzt höflich absagen, wie all ihren
notgeilen männlichen Kollegen auch.

Mangelnde sittliche Reife, Diskretionsbedenken seitens unserer Kundschaft, gerade leider überhaupt keine Zeit wegen dringender Inventur der Noppenkondombestände, irgendwas mehr oder weniger Höfliches fällt mir eigentlich immer ein.

Nun aber zu den heiklen Aspekten dieser konkreten Bewerbung. Ich würde Annas Mutter Bine nicht direkt als Radikalfeministin bezeichnen, das aber eigentlich nur aus dem einen profanen Grund, dass ich ein wenig Angst vor ihr habe.

Ich erinnere mich nur zu gut an die Szene, von der Bella mir jüngst schmunzelnd berichtet hatte. Zugetragen hatte sich die Sache neulich auf dem gut frequentierten Parkplatz des örtlichen Supermarktes. Bella schob gerade ihren Einkaufswagen aus dem Laden heraus, als sie Bine aus ihrem Auto aussteigen sah.

Die hatte, wie üblich sportlich und unter konsequenter Nichtbeachtung der für sie als typischer Auswuchs männlichen Machbarkeitswahns geltenden weißen Asphaltmarkierungen, ihren Wagen abgestellt. „Eingeparkt" wäre zu hoch gegriffen. Ich vermute, „wie hingeschissen" ist der passende Fachausdruck dafür.

Zwei unbedarfte junge Männer, die verwaiste Einkaufswagen zusammenschoben, zeigten mit dem nackten Finger auf ihr angezogenes Auto. Und lachten. Woraufhin Bine über die beiden nichtsahnenden Knaben gekommen war wie ein ausgehungerter reisender Rentner über das inkludierte Frühstücksbüffet.

Was das für elendes Machogehabe wäre und dass sie frei wäre zu parken, wie sie wolle und ob sie sich das bei ihrer bestimmt im patriarchalischen System gefesselten Mutter auch trauen würden und ob sie gegebenenfalls an einer standrechtlichen Kastration Interesse hätten.

Sie illustrierte ihre kleine Rede mit unmissverständlichen Schnipp-Schnapp-Handbewegungen, die Bella mir beim Nacherzählen lustvoll vorgeführt hatte.

Verschreckt, aber schon mit ausreichend Lebenserhaltungstrieb ausgestattet, traten die zwei den taktischen Rückzug an. Einer der beiden wollte noch einen Satz sagen, der unvorsichtigerweise durch stresshormonbedingte Wortwahl mit „Aber…" begann und bei Bine eine weitere Hasstirade auslöste.

Ein bisschen peinlich war es ihr dann doch gewesen, als sie etwas später die abgerissene Zapfpistole fand, die in ihrem Tankstutzen steckte. Deswegen also hatte es beim Wegfahren von der Tankstelle vorhin so komisch geklötert. Nun, wohl besser, sie tankte die nächsten Wochen woanders.

Den Bengeln jedenfalls hatte, so Bines unerschütterliche Überzeugung, die kleine Standpauke keineswegs geschadet. Sozusagen vorbeugend schon mal für all die chauvinistischen Missetaten, die sie als Schwanzträger im Laufe ihres testosterongesteuerten Lebens unweigerlich begehen würden.

Sie sehen, mit Annas Mutter ist nicht wirklich gut Kirschen essen, wenn sie die hart erkämpften Rechte einer Angehörigen des weiblichen Geschlechts in Gefahr sieht. Insbesondere wenn es sich bei der Betroffenen um sie selber handelt. Oder eben um eine Frucht ihres Leibes.

Mein Kaffee wird kalt und eine empörte, wenn auch winzige, Ordensschwester steht plötzlich oben ohne da. Sie können da keinen Kausalzusammenhang erkennen? Und was das Ganze mit Bine und Anna zu tun hat, ist auch nicht auf Anhieb ersichtlich?

Ich muss hier wohl, ganz gegen meine sonstige Gewohnheit, ein wenig ausholen. Bine, das wissen Sie ja, ist verheiratet mit Armin. Armin wiederum verdient seine Brötchen mit dem Verkauf von gegenständlichen Werbeträgern. Das ist all der Tinnef, auf den sich irgendwie ein Firmenlogo drucken lässt.

Ob plastiziöse Kugelschreiber, fusselnde Brillenputztücher, antimagnetische Notizzettelhalter, wasserabweisende Autoschwämme oder quietschende Nippelklemmen, Armin liefert prompt, was das werbewillige Kundenherz begehrt. Und füttert damit Frau, zwei Kinder und einen gefräßigen Labrador durch. Läuft bei ihm.

Seine qualitativ fragwürdige Ware bezieht er von einem Lieferanten im fernen Hongkong, wo in einem düsteren Hinterhof entrechtete Wanderarbeiterinnen aus der chinesischen Provinz unter künstlichem Licht tagaus tagein „Fleischerei Brunnthaler, Oberpfaffenhofen" in unschuldige Kuli-Rohlinge lasern.

Gerüchtehalber nutzt er seine regelmäßigen Asienreisen auch dazu, mit der örtlichen Bevölkerung auf Tuchfühlung zu gehen. Auf jeden Fall lässt Bine ihn nach seiner Rückkehr immer erst nach Ablauf einer vierwöchigen Quarantäne und Vorlage eines Attests vom Facharzt für Haut- und Geschlechtskrankheiten wieder ins Ehebett.

Nun hatte er von uns eine Nachbestellung erhalten über 500 von diesen neckischen Kaffeebechern mit dem prägnanten Geweih-Firmenlogo. Sie wissen schon, diese Trinkgefäße, auf denen sich komplett bekleidete Damen nach dem Einfüllen eines Heißgetränks mit jedem Grad der Erwärmung mehr entblößen und am Ende dann alles herzeigen, was müde Männer munter macht.

Unsere Kunden sind ganz wild auf die Dinger, die es im Prinzip bereits seit den 70er Jahren gibt. Als kleines Zugeständnis an den launischen Zeitgeist verliert das aufgedruckte Nacktmodell heutzutage als letzten Entkleidungsschritt auch die ohnehin schon minimalistische Schambehaarung.

Wir wollen ja Spätgeborene nicht verstören, die schon mit dem erschütternden Anblick einer unepilierten Bikinizone nicht mehr umzugehen gelernt haben.

Und es gibt natürlich mittlerweile auch eine Variante mit unbekleideten Männern, der Hit bei unseren „Lady's Night"-Veranstaltungen. Denn die gut gebauten Jungs können immer, wenn man sie heiß macht. Ich gebe zu, die Sache mit der Erektion bei maximaler Erhitzung war meine Idee. Ich kenne schließlich meine Pappenheimerinnen.

Dasselbe Prinzip wie beim Kaffeebecher funktioniert auch mit Kälte. In dem Fall wird der Striptease, meist auf einem Longdrinkglas oder ähnlichem, durch Cola-Rum beziehungsweise vergleichbare kopfschmerzträchtige Flüssigkeiten ausgelöst. Sie müssen halt nur entsprechend kühl temperiert sein.

Leider war in Hongkong unter bisher noch ungeklärten Umständen dann etwas verwechselt worden. Jedenfalls saß Armin nun auf einer Riesenladung Kaffeepötte mit splitterfasernackten Frauen drauf, die sich bei Erhitzung züchtig bekleideten.

Das Techtelmechtel mit Xiá, der jüngeren Schwester seines chinesischen Geschäftspartners, hatte damit, das schwört Armin beim

Leben seiner Großmutter, selbstverständlich nichts zu tun. Armins letzte Oma starb übrigens 1997.

Über meine wohlmeinende Anregung, die Becher statt uns doch der katholischen Kirche als Werbegeschenke aufzuschwatzen, konnte der Arme überhaupt nicht lachen. Junge Damen, die sich umso züchtiger kleiden, je heißer es wird, ließen sich doch perfekt für eine Kampagne gegen vorehelichen Geschlechtsverkehr instrumentalisieren. Über die Tatsache, dass sie bei Zimmertemperatur splitterfasernackt sind, müsste man halt großzügig hinwegsehen.

Armin hatte irgendetwas von Schaden haben und Spott für den man nicht sorgen müsse gemurmelt, mir dann aber doch gutmütig einen ganzen Karton dieser Becher geschenkt. Der Rest der Lieferung lagert jetzt in seinem Keller. Für Annas Polterabend vermutlich.

Ich hatte mir dann den Spaß gemacht, unserem katholischen Pfarrer ein Exemplar zu überreichen. Seine Aufgeschlossenheit jedem Schabernack gegenüber ist vermutlich das einzige, was den braven Gottesmann hier bei uns in der spät bis gar nicht christianisierten Diaspora aufrecht hält.

Ein paar Wochen später bat er mich dann schmunzelnd um eine neue Tasse und berichtete, wie er der seinen verlustig gegangen war. Ausgerechnet auf einer moralinsauren Seelsorgertagung zum Thema „Unbefleckt in die Ehe - Keusch durch das Kirchenjahr" im oberbayerischen Zisterzienserkloster St. Falten hatte er mit der temperaturabhängig zwischen Züchtig- und Liederlichkeit hin- und hergerissenen Dame die Lacher auf seiner Seite gehabt.

Dummerweise landete dann allerdings besagter Pott, vermutlich unter einer gewissen Mittäterschaft des von den Mönchen gebrauten und überregional bekannten Starkbieres „Falten-Bock", auf dem barocken Schreibtisch des zuständigen Bischofs.

Der fand die kleine Nonne darauf überaus putzig und deklarierte kraft seines Amtes das gesegnete Gefäß zum neuen persönlichen Lieblingsbecher.

Sein entsetzter Adlatus war seitdem in steter Sorge, dass der Kaffee von Hochwürden jemals erkalten könnte. Bei nächster Gelegenheit würde ihm diese gottverfluchte Heimsuchung in Gestalt eines

Trinkgefäßes auf die steinernen Fliesen des altehrwürdigen Bischofssitzes fallen. Wie ungeschickt von ihm, man möge Nachsicht üben. Drei Ave Marias und die Sache wäre vergessen.

Es hilft alles nichts. Ich nehme seufzend den Hörer in die Hand und wähle Bines Nummer. Bella schaut mir interessiert zu und langt dann einmal quer über beide Schreibtische um den Lautsprecherknopf auf meinem Telefon zu drücken.

Ich blicke versonnen ein paar Sekunden lang in ihren günstig positionierten Ausschnitt. Wieso ließ man in diesem gottlosen Laden eigentlich Frauen ohne BH arbeiten? Möglicherweise weil es ein Puff ist, meinen Sie? Gut, da könnte was dran sein. Aber ich behalte die Sache im Auge!

Das nachfolgende Gespräch mit Bine verläuft dann durchaus freundschaftlich, wenn auch nicht ganz exakt gemäß meiner generalstabsmäßigen Planung. Wortreich erläutere ich zunächst die zahlreichen Bedenken hinsichtlich Annas anvisiertem Praktikum in unserem Hause. Bella nestelt an ihrer Bluse herum und öffnet einen weiteren Knopf. Herrgott, wie soll man sich denn da konzentrieren. Bine hört mir geduldig zu, zeigt sich aber von meinen elaborierten Ausführungen ziemlich unberührt. Zwischenzeitlich verliere ich noch exakt viermal den Faden und plappere inkohärentes Zeugs. So viele Knöpfe waren nämlich an Bellas Bluse zu Anfang des Gesprächs noch geschlossen gewesen.

„Behandle sie einfach genau wie Eure männlichen Bewerber."

„Dann müsste ich sie ablehnen."

„Dann behandle sie eben besser."

Bines Argumentation erscheint mir zunehmend unangreifbar. Insbesondere weil für eine ausreichende Durchblutung des für logisches Denken zuständigen Teils meines Gehirns im Augenblick anscheinend nicht genug des roten Lebenssaftes entbehrlich ist.

Bellas hält ihre Bluse jetzt nur noch mit den Händen zu und amüsiert sich königlich über meine prekäre Lage. Ich gebe mich schließlich der weiblichen Übermacht geschlagen, höre mich „In Gottes Namen, von mir aus" sagen und lege erschöpft auf.

Lena steckt den Kopf herein „Und? Wie hat sie die Ablehnung aufgenommen?"

Bella lacht laut los, verschluckt sich an ihrem Kaffee und muss fürchterlich husten. Die kleinen Sünden straft der Herr eben doch zuverlässig sofort. Sie hält sich die Hand vor den Mund und vergisst dabei kurz, ihre Bluse zuzuhalten.

„Ich äh schätze, wir haben dann wohl unsere erste Praktikantin." sage ich kleinlaut zu Lena, fasele dann noch etwas von gesellschaftlicher Verantwortung als Unternehmen und gucke dabei Bella ungeniert auf die blanken Brüste.

Lena schließt kopfschüttelnd die Tür. Die kleine Nonne ist jetzt ebenfalls splitterfasernackt und schaut mich vorwurfsvoll an. Ich gieße heißen Kaffee nach, damit wenigstens sie wieder einen BH anhat.

Bella hat ihren Hustenanfall überwunden und fängt an, sich die Bluse wieder zuzuknöpfen. Allerdings schief. Ich gehe rüber zu ihr, nicht mal alleine anziehen kann sich diese Frau. Auf dem Weg drehe ich den Schlüssel in der Bürotür um.

Kapitel 12 – Praktikum, untenrum

Wie es üblich ist, durchläuft der Praktikant, beziehungsweise in unserem Fall die Praktikantin, nach Möglichkeit alle relevanten Abteilungen des Betriebes. Auf diese Weise soll sichergestellt werden, dass sie einen möglichst umfassenden Eindruck von unserer, und vielleicht irgendwann auch ihrer, Profession bekommt.

Anna ist daher zurzeit unserer Domina Susi zugeteilt. Ich beschließe, als verantwortungsbewusster Vorgesetzter, bei den beiden im finsteren Keller der liquiden Unglückseligen mal nach dem Rechten zu sehen.

In Wirklichkeit suche ich ja nur einen halbwegs plausiblen Grund, den angeschickerten Hausfrauen von der im Erdgeschoss tobenden Dessous-Party möglichst weiträumig aus dem Weg gehen, aber dazu später mehr.

„Hallo Frau Dr. Hülsheimer. Geht's gut?" Ich begrüße eine unserer treuesten Stammkundinnen. Sie steht mit dem Rücken zu mir vor der aus fast echten Feldsteinen gemauerten Kerkerwand, fachmännisch vertäut an handgeschmiedeten gusseisernen Befestigungsringen.

„Ja, bestens. Und AUA! selber?"

Ich bestätige, dass auch bei mir alles zum Besten steht. Die im bürgerlichen Leben als angesehene Allgemeinmedizinerin im Nachbarort tätige Dame Mitte 40 ist im Augenblick nur mit einem chromblitzenden Stachelhalsband bekleidet.

Ich verkneife mir daher, sie nach dem Rezept für meine Allergietabletten zu fragen, deren Vorrat zeitnah zur Neige zu gehen droht. Dienst ist schließlich Dienst und Klaps ist Klaps. Außerdem hat sie ja sowieso grad keine Hand frei zum Unterschreiben.

Kurze, spitze Schmerzensschreie geben unserer höflichen Konversation eine leicht exotische Note. Ihre durchaus ansehnliche Rückseite wird nämlich von Domina-Elevin Anna derweil gekonnt und systematisch mit einer Reitgerte bearbeitet und erhält ein dekoratives Streifenmuster.

Die Förderung der regionalen Wirtschaft gehört zu unserer Unternehmensphilosophie. Es handelt sich daher bei dem Arbeitsgerät um ein handgenähtes Exemplar aus deutscher Fertigung, lederumflochten, ebenholzschwarz, 80cm Länge, geliefert von Reitsport Jürgens im Nachbardorf.

Ich deute auf eine kleine Lücke im roten Striemenkaro, die dem nur gelegentlich diensttuenden Perfektionisten in mir gerade aufgefallen ist. Anna nickt und platziert geschickt und auf den Millimeter genau einen weiteren Hieb. Zufrieden betrachten wir die neu entstandene Rötung.

„AUA."

„Aua was?"

„Aua, Herrin."

„Bedank dich gefälligst beim Chef, Schlampe."

„Danke, Chef."

„Gern geschehen, schönen Tag noch."

Ich gehe rüber zu Susi.

„Die Kleine ist ein Naturtalent. Bald ist die besser gebucht als ich." Unsere Beauftragte für das betriebliche Züchtigungswesen erweckt nicht den Eindruck, als würde sie das auch nur im Geringsten stören. Ab und an wirft sie ein Auge auf Annas Tun und nickt wohlwollend ob der fachmännischen beziehungsweise -fraulichen und ausgesprochen exakten Ausführung der Schläge.

Anna blickt gelassen auf ihr mit den Tränen ringendes Opfer herab. Wie grundsätzlich auf die meisten Besucher hier unten, mich eingeschlossen. Sie teilt nämlich mit Bella eine Schuhgröße und hat sich von ihr ein paar ausgesprochen gewagte schwarze Highheels ausgeliehen.

Stellen Sie sich den Effekt in etwa so vor, als wenn jemand auf eine umgedrehte Bierkiste steigt. Nur in sexy halt.

Wie gut, dass sie keinerlei Ahnung hat, zu welchen feierlichen Anlässen dieses unzweifelhaft erotische, aber in gleichem Maße unpraktische und nur mäßig bequeme Schuhwerk bei uns zu Hause ausschließlich aus seinem Karton gelassen wird.

Zum Glück haben wir kein empfindliches Parkett im Schlafzimmer. Überhaupt hatte es ein paar Schwierigkeiten gegeben, für die hochgewachsene, schlanke Achtzehnjährige passende Dienstkleidung in unserem Fundus aufzutreiben. Lena hatte sie skeptisch von der

Seite betrachtet und irgendetwas von „Zwei Erbsen auf ein Brett gezwackt" gemurmelt und ihr die Nummer des Schönheitschirurgen ihres Vertrauens zugesteckt.

Zum Glück ist Latex in etwa so dehnbar wie der arbeitsvertragliche Begriff „Überstunden im betriebsüblichen Umfang", so dass die deutlich einen Kopf kleinere Susi ihrer neuen Gehilfin mit einigen Kleidungsstücken aus ihrer umfangreichen Sammlung aushelfen konnte.

Der schwarze Wickelbody aus Gummi, den sie gerade trägt, zwickt dadurch allerdings bei jedem Schritt in der gleichnamigen Körperregion. Was dazu führt, dass sie eine ausgesprochen preußische Gangart an den Tag legt. Jeder NVA-Feldwebel hätte sich beeindruckt gezeigt.

Bei unseren Gästen kommt dieser strenge Fortbewegungsstil übrigens so gut an, dass Anna erwägt, ihn beizubehalten. Auch, wenn grad mal nichts zwickt im Zwickel.

Normalerweise kleidet sie sich nämlich im Dienst als Lernschwester Linda, in einer authentischen Tracht aus dem örtlichen Kreiskrankenhaus, dessen kaufmännischer Direktor zum Glück bei uns ein und ausgeht. Nur das fesche Rotkreuzhäubchen stammt aus Lenas Beständen.

Leider löst eine derartige Kluft bei Frau Dr. Hülsheimer traumatische und nachhaltig die Libido beeinflussende Erinnerungen an ihre Zeit als Assistenzärztin im Spital zum heiligen Josephus aus. Ihr damaliges Gehalt war aber einfach auch wirklich unzumutbar niedrig gewesen.

Weswegen das Schwesternoutfit heute im Spind geblieben ist, es Anna im Schritt zwackt und sie deswegen vielleicht noch ein kleines bisschen böser als normalerweise ist. Was wiederum Frau Doktors Neigungen entgegenkommt.

Währenddessen ist Herr Dr. Hülsheimer hochkonzentriert am Werk, Susis Fußnägel in einem edel glänzenden Rotton zu lackieren. Der luxuriöse Nagellack „Nr. 528" stammt aus Frankreich. Ich präge mir „Rouge Puissant" ein, Bella würde mich todsicher nacher abfragen.

Dem devoten Gatten gehört eine überregionale Parfümeriekette, da sitzt er natürlich an der Quelle. Bei unserer hausinternen Damenwelt ist er aufgrund dessen übrigens hochgradig beliebt. Er trägt zurzeit halterlose Strümpfe und einen Analstöpsel. Beides blickdicht. Zum Glück.

Sein etwas unentspannter Gesichtsausdruck mag im Zusammenhang stehen mit der Tatsache, dass seine Testikel in einem stählernen Schraubstock eingespannt sind. Jede unvorsichtige Bewegung des derartig Fixierten kann zur spontanen Selbstentmannung führen.

Für mich wäre das um diese Jahreszeit ja nichts, ich habe Heuschnupfen.

Der Verkäufer in der Obi-Werkzeugabteilung hatte damals nicht schlecht gestaunt, als Susi und ich mit Pingpongbällen verschiedene Exemplare getestet und uns dann für einen handgeschmiedeten Oberklasseschraubstock der Marke Zwingfix entschieden hatten. Millimetergenau justierbar und mit auswechselbaren Backen. Wir legen hier viel Wert auf Hygiene. Und Erhalt der Zeugungsfähigkeit unserer geschätzten Kundschaft.

Etwas tropft auf mein Haupthaar. Ich blicke nach oben und entdecke einen feuchten Fleck an der Decke. Ich zähle in Gedanken die Schritte bis zur Wand und finde meinen Verdacht bestätigt. Direkt über uns befindet sich der große Whirlpool.

Fluchend steige ich die Treppe wieder hinauf. Was zum Henker war denn da schon wieder los. Das letzte Mal hatte uns ein Arschbombenwettbewerb der örtlichen Synchronschwimmerinnen eine derartige Überschwemmung beschert.

Die munteren Damen hatten neben ihren Nasenklammern auch alle Hemmungen abgelegt und den überraschenden Gewinn der Landesmeisterschaften mit einer kleinen Orgie gefeiert.

Die Tür zum Wellnessbereich ist verschlossen. Das ist sie sonst eigentlich nie. Ich zücke verwundert meinen Generalschlüssel, als ich von drinnen merkwürdige Geräusche vernehme. Es klingt wie klatschen oder als ob jemand auf Wasser einschlägt. Welche neuartige Perversion fand denn hier schon wieder statt? Underwater-Spanking?

Ich öffne vorsichtig und riskiere einen Blick. Langsam ziehe ich die Tür wieder zu. Und schließe ab. Ich gehe ein paar Schritte rückwärts.

„Bella? BELLAAAAAAAA!"

Ich finde die Dame meines Herzens schließlich bei Hannelore in der Küche. Sie verkostet gerade eine neue Kreation unserer Chefin de Cuisine. Mir ist im Moment nicht nach Wildschwein-Basilikum-Pastete, ich lehne das mir angebotene Probierstück daher höflich ab. Hannelore zieht eine Augenbraue hoch. So ein Verhalten ist bei mir als absolut wesensfremd einzustufen.

„Da ist ein Seehund. In meinem Whirlpool."

Bella kaut in aller Seelenruhe ihre Pastete und erklärt mir, nein, da sei kein Seehund. Ganz sicher nicht. Der würde sich nämlich bestimmt nicht mit Fridolin vertragen. Der sei schließlich ein kalifornischer Seelöwe. Mit meinen Biologie-Kenntnissen wäre es ja wohl nicht allzu weit her.

Seelöwen gehören, so lerne ich, zu den Ohrenrobben, Seehunde nicht. Da das in unserem Pool planschende Exemplar über stattliche Lauscher verfüge, handele es sich mithin zweifelsfrei um einen Seelöwen. Die wären außerdem viel größer als unsere heimischen Heuler. Bis zu drei Meter lang. Aber Fridolin wäre zum Glück ja noch nicht ausgewachsen.

Möchten Sie die bewegende Geschichte vom traurigen Seelöwen Fridolin hören? Nein? Egal, ich erzähle Sie Ihnen trotzdem.

Im Zoo von Kopenhagen lebte ein aufgeweckter junger Seelöwe ein zufriedenes Leben voller frischem Fisch und liebevoller Zuwendung, beides in reichlicher Menge bereitgestellt von einer hübschen jungen Tierpflegerin namens Mette. Alle waren sehr glücklich. Gut, bis auf die verfütterten Heringe vermutlich.

Eines Tages nun fuhr Mette ins ferne Tyskland, an einer Schulung für Tierpfleger mit Schwerpunkt „Fellige Meeressäuger" teilzunehmen. Einer der dortigen Dozenten war der reputierliche Robbenexperte Hinnerk aus Greetsiel. Hinnerk verstand jedoch nicht nur die Robben, sondern auch die Frauen.

Es kam also, wie es meistens kommt. Mette musste sich bald zwischen Hinnerk und Fridolin entscheiden. Der Kandidat mit der zweigeteilten Schwanzflosse zog den Kürzeren und Mette zu ihrem Robbenflüsterer unters Reetdach.

Der einsame Fridolin fristete deprimiert sein dänisches Dasein, das immer noch reich an frischem Fisch, aber nun arm an liebevoller Zuwendung war.

Doch dann nahm das unberechenbare Schicksal eine überraschende Wendung zum Guten. Durch die überaus großzügige Hinterlassenschaft eines verstorbenen Fischmehlfabrikanten hatte der Osnabrücker Zoo genug flüssige Mittel für ein neues Robbenrevier. Und Hinnerk und Mette sollten es verantworten.

Ein neues Zuhause auch für Fridolin, der umgehend seine Ausreise aus Dänemark beantragte.

Hinnerk, Mette und er fuhren, ein lustiges jütländisches Volkslied auf den Lippen, im temperierten Spezialtransporter gen Süden. Und nun kommt wieder das Schicksal, dieses launische Ding, ins grausame Spiel. Diesmal in Gestalt von Janosch aus Breslau.

Janosch ist einer von vielen tausend polnischen Lastwagenfahrern, die tagtäglich durch deutsche Lande düsen. Er brachte gerade eine Fuhre Hotdog-Remoulade von Aalborg nach Wuppertal-Elberfeld, als kurz hinter Flensburg ein Reifen an seinem Sattelschlepper unzulässig erschlaffte.

Fluchend wechselte er das unhandliche Trumm. Das hatte ihm gerade noch gefehlt. Nur diese eine Fahrt noch, dann sollte es heim nach Polen gehen zu seiner hochschwangeren Freundin Ewa.

Und weil der werdende Papa in Gedanken gerade bei den spitznasigen Männlein aus der Aufbauanleitung für das neue Kinderbett SÖGLING war, übersah er beim Zusammenpacken, dass von seinem 126-teiligen Steckschlüsselset nur 125 Teile wieder den Weg in ihre maßgeschneiderten Schaumstoffhalterungen gefunden hatten.

Die Tage gingen ins südschleswigsche Land. Janosch war unterdessen glücklicher Vater eines stattlichen Knaben und ein ca. 30 cm langes, am einen Ende spitz zulaufendes, Metallteil harrte auf dem Randstreifen der A7 in Höhe Harrislee immer noch geduldig seiner Bestimmung.

Hinnerk musste einer lethargischen Möwe ausweichen, die sich ungerührt auf seiner Fahrspur an etwas Überfahrenem gütlich tat, welches sich langsam der Zweidimensionalität annäherte. Der Schlenker auf den Randstreifen ereignete sich exakt an der Stelle, an der Janosch seinen unfreiwilligen Radwechsel vorgenommen hatte.

„Hui!", sagte Mette.

„Oink?", sagte Fridolin.

„Schietmöwenbiest verdammtes!", sagte Hinnerk.

Dann sangen sie weiter.

Das lauernde Edelstahl-Qualitätswerkzeug sah seine Chance gekommen. Es bohrte sich, vom rechten Vorderrad aufgewirbelt, in den Unterboden des Transporters, wo es einstweilen zufrieden steckenblieb. Richtung Süden gings, dahin, wo es seine Brüder vermuten durfte.

Etwa Höhe der Ausfahrt Volkspark dann war der letzte Tropfen Kühlflüssigkeit aus der angestochenen Leitung herausgetropft und hatte damit den Endpunkt einer knapp 150 Kilometer langen Spur gesetzt, die kurz hinter der dänischen Grenze begonnen hatte.

Langsam wurde es wärmer und wärmer im Wagen. Eine Warnleuchte blinkte nervös. Irgendwann entschied Hinnerk, von der Autobahn abzufahren, um mal nach dem Rechten zu sehen. Der um diese Tageszeit leere Parkplatz des „Diana" schien ihm dafür der richtige Ort zu sein.

Fridolin blickte sehnsuchtsvoll auf den Bachlauf hinterm Haus. Ihm war warm. Und es war zu trocken für seinen Geschmack. Viel zu trocken. Mette war besorgt. Hinnerk auch, nachdem er den penetrierten Unterboden des Autos besichtigt hatte.

„Sie können hier nicht parken, das ist Privatgelände!"

Margot war freundlich, aber bestimmt. Wenn man hier in Autobahnnähe nicht aufpasste wie ein Schießhund hatte man, ehe man sich's versah, das ganze fahrgemeinschaftende Pendlergesocks auf dem Hof und keinen Platz mehr für zahlende Gäste.

Da sie aber neben einem stählernen Blick, vor dem auch die stärksten Kerle einknickten, auch ein großes, gütiges Herz hat, schmolz sie dahin, als Mette mit dänischem Akzent ihre, Hinnerks und insbesondere Fridolins Not schilderte.

Und während ich mich mit Bellas schief zugeknöpfter Bluse beschäftigt hatte und daher abgelenkt war, hatte sie Mette samt Robbe unauffällig in unseren Wellnesstempel gelotst, wo beide jetzt dankbar und wiedervereint im großzügig dimensionierten Whirlpool planschen.

Auch mich, das will ich gern zugeben, rührt die Geschichte ein wenig, aber heute Abend stehen uns die spendierfreudigen Teilnehmer einer Vertretertagung ins Haus. Claudia vom Hotel „Eichengrund" hat schon angerufen und uns vorgewarnt. Und bis dahin muss das Viech wieder raus sein aus der Bude.

Mal sehen, wie sich die Lage draußen auf dem Parkplatz darstellt. Hinnerks Bericht ist verheerend, die Karre würde sich aus eigener Kraft keinen Meter mehr bewegen. Ich hänge mich ans Telefon.

Autozar Peter teilt, nachdem ich ihm laienhaft die Problematik geschildert habe, Hinnerks Diagnose. Er verspricht, schnellstmöglich seinen kompetentesten Mechaniker vorbeizuschicken.

Vierventil-Toni konnte, wie ich aus eigener Erfahrung wusste, durchaus kleine bis mittelgroße Wunder bewirken. Tote zum Leben zu erwecken, das war aber auch ihm nicht vergönnt. Er würde daher vorsichtshalber gleich mit dem Abschleppwagen kommen.

Was jedoch mein unmittelbares Problem nicht löst, denn einen Seehund kann man ja nicht einfach in ein Taxi setzen. Heutzutage, wo man sich sogar auf der Rückbank anschnallen muss.

Dann fällt mir Kuno ein. Kuno ist nämlich tot, gestorben an Altersschwäche, wie ich heute Morgen unserem örtlichen Anzeigenblättchen entnommen hatte. Er war friedlich in der Eisbärenanlage des Waldwildparks Blaue Berge, gar nicht weit von uns, eingeschlafen.

Da der Hirsch unser Firmenwappen ziert, bin ich im Förderverein des Wildparks und Bella war letzten Monat Taufpatin der Rothirschkuh Rosalinde, einem echten Publikumsliebling. Ich rufe den Chef des Parks an, einen Versuch ist es allemal wert.

Alles wendet sich zum Guten. Kunos kühler Kadaver ist auf seinem letzten Weg ins naturhistorische Museum, wo er, mit Sägemehl gefüllt, einen Ehrenplatz neben Mammut Max bekommen wird. Sein Gehege hat noch keinen Nachmieter, Fridolin kann daher kurzfristig einziehen. Und abholen würde man ihn auch. Ich verspreche dankbar eine größere Summe für den Neubau der maroden Besuchertoiletten im Streichelzoo.

Mein Telefon klingelt. Ob ich nicht eben schnell noch mal runter ins Verlies kommen könnte. Und zwei Sack Holzkohle möge ich bitte mitbringen. Ich schlurfe fügsam zu einer der Garagen am Rande des Parkplatzes, die wir zu einem Vorratsraum umfunktioniert haben.

Wir beziehen unseren hochwertigen Brennstoff übrigens direkt aus den dichten Eichenwäldern des östlichen Wendlandes bei der kleinen Bio-Köhlerei „Grillkohle Gorleben". Erzeugerabfüllung.

Köhler Matthias hatte seine Karriere dort als frecher Knirps Anfang der 80er begonnen, als er die verkohlten Reste der Lagerfeuer in geräumten Protestdörfern der Anti-Atombewegung in Säcke füllte und geschäftstüchtig an campierende auswärtige Polizeieinheiten weitervertickte.

Ich schnappe mir zwei der dreckigen Tüten aus Recyclingpappe und schleppe sie ins Haus. Bella erwischt mich am Eingang und tippt sich mit dem Finger gegen die Stirn. Grummelnd mache ich kehrt und stopfe die staubigen Säcke mit verkohlter Biomasse in einen reißfesten Plastiksack.

So finde ich schließlich Gnade vor Bellas Augen, sie lässt mich passieren. Da ich beide Hände voll habe, kneift sie mir frech ins Gesäß. Oy. Sachma. Meinen Hinweis, dass es sich hier klar um sexuelle Belästigung am Arbeitsplatz handelt, quittiert sie mit einer Aussage, die mir abendliche Unzucht mit Anhänglichen in Aussicht stellt. Ich bin einstweilen versöhnt.

Kapitel 13 – Drunter und Drüber

Kennen Sie diesen charakteristischen Geruch, der den Beginn der Grillsaison markiert? Wenn die Mischung aus noch nicht hinreichend glühender Holzkohle, abbrennendem Restfett vom Vorjahr und angesengten Tofu-Bratlingen übers Land wabert?

Der steigt mir nämlich gerade in die Nase, als ich, bepackt mit dem angeforderten Brennstoff, die Treppe wieder hinuntersteige.

Ich winke Susi und Anna, die mit den beiden Hülsheimern nach getaner Arbeit noch ein Käffchen trinken. Man schätzt unsere familiäre Atmosphäre hier.

Ein finsteres Verlies weiter begrüße ich Herrn Obermann, seines Zeichens stellvertretender Schuldirektor am hiesigen vierzügigen Gymnasium. Er antwortet mit einem freundlichen „MmpfMmpf", etwas anderes ließe der fachmännisch angebrachte Knebel in seinem Mund derzeit auch nicht zu.

Gestatten Sie mir hier einen kleinen Exkurs. Sie werden gleich verstehen, warum ich Ihnen ausgerechnet jetzt die Geschichte von unserem alljährlichen Feuerwehrfest im Dorf erzähle.

Bei besagter Veranstaltung ist es nämlich seit Menschengedenken Tradition, dass ein ganzer Ochse am Spieß gebraten und seine schmackhaften Einzelteile gegen eine kleine Spende an hungrige Besucher verteilt werden.

Wir hatten einen spontanen Betriebsausflug angesetzt, um uns bei klebriger Zuckerwatte und zünftiger Blasmusik ein wenig vom aufreibenden Befriedigungsbusiness abzulenken. Fast die gesamte Truppe war mitgekommen. Bis auf Margot, der tat der Ochse leid. Sie hat ja, wie Sie wissen, ein großes Herz für Tiere.

Als Susi und ich so vor dem sich langsam über der Glut drehenden Rindvieh standen und über die Bedeutung von Gar- und G-Punkten fachsimpelten, kam uns quasi simultan ein genialer Gedanke, den wir umgehend mit Ortsbrandmeister Ottokar van de Buis diskutierten.

Dessen Urahnen, Sie werden es bereits vermuten, waren einst aus Holland emigriert. In Folge des Spanischen Erbfolgekrieges oder irgendeines anderen der vielen wilden Gemetzel der europäischen Neuzeit, die Quellenlage ist da etwas uneindeutig.

Angeblich wegen irgendwelcher religiöser Unstimmigkeiten, primär aber, weil sie die Hänselei über ihren Nachnamen nicht länger ertrugen. Dazu neigten, vermutlich genetisch bedingt, die männlichen Familienmitglieder auch noch zu eher unterdurchschnittlicher Gemächtgröße. Buis heißt nämlich übersetzt „Schlauch".

Jedenfalls ist Nomen eben doch manchmal Omen und Urururenkel Ottokar machte Karriere bei der Feuerwehr. Wir wurden schnell mit ihm handelseinig, die stets klamme Kasse der freiwilligen Helfer in blau erhielt eine willkommene Zuwendung und wir einen erstklassigen Ochsenbräter.

Einmal im Jahr stellen wir den selbstverständlich weiterhin kostenfrei den wackren Brandlöschern zwecks ritueller Rindsröstung zur Verfügung. Den Rest der Zeit nutzen wir ihn in unserer Inquisitionskammer. Übrigens der ehemalige Kartoffelkeller, das „Diana" war nicht immer ein Puff gewesen.

Gekonnt vertäut wird daher gerade, bei kleiner Flamme, unser Lehrer Obermann am elektrisch angetriebenen Drehspieß gegart. Mistress Melinda, eine unserer freiberuflichen Dominas, bestreicht ihn fast zärtlich mittels eines dicken Pinsels mit hochwertigem kaltgepresstem Olivenöl.

Melinda trägt eine authentische mittelalterliche Folterknechtstracht, die wir dem mittelmäßig erfolgreichen 70er-Jahre-Streifen „Drei Schwedinnen im Folterkeller" verdanken. Und Bellas guten Kontakten zu einer ebenfalls mittelmäßig erfolgreichen Filmproduktionsfirma.

Gut, dass ich da sei. Und ob ich da rechts gleich etwas Holzkohle nachlegen könne? Sie hätte leider gerade fettige Finger. Natürlich, kein Problem, ich helfe gern. Es staubt ein wenig. Obermann muss niesen. Liebevoll nimmt ihm Melinda den Knebel ab und putzt ihm die Nase mit einem Tempotaschentuch.

Mir kommt eine Idee. Ich flüstere Melinda etwas ins Ohr. Sie denkt kurz nach, nickt dann und verschwindet grinsend im Pausenraum für das Personal.

Der Lehrer und ich diskutieren zwischenzeitlich ein wenig über Schulpolitik, während er sich langsam weiter um seine eigene Achse dreht. Was wohl seine Genossen im SPD-Ortsverein sagen würden, wenn sie wüssten, dass sie einen rechtsdrehenden Vorsitzenden haben.

Seine Mistress kommt zurück. Sie trägt etwas Rundes in der Hand. Es ist grün.

„Mund auf!"

Der angesengte Pädagoge folgt gehorsam ihrer Anweisung. Er reagiert dann aber doch etwas überrascht, als er statt des vertrauten Knebels einen knackigen Apfel, stibitzt aus Annas Pausenbrotdose mit den lustigen Entchen drauf, zwischen die wartenden Zähne gesteckt bekommt.

„Wehe, du lässt ihn fallen!"

Zufrieden betrachten wir unser Werk. Spanferkel Obermann grunzt irgendetwas Unverständliches. Fofo. Foofooo. Melinda scheint ihn zu verstehen. Sie holt die Kamera und lichtet ihn ab. Da würden seine Kumpels aus dem Kannibalen-Forum im Internet aber Augen machen. Augen machen. Sie haben den Wortwitz mitgekriegt? Prima.

Interessiert frage ich zum Abschied noch nach, ob denn unser Hauptgericht wohl bald den nötigen Gargrad erreicht hätte. Sie kneift versuchsweise in seinen blanken Hintern, der sich gerade an uns vorbeidreht. Nein. Der muss noch.

Aber gleich käme bei ihm ohnehin wieder das digitale Bratenthermometer zum Einsatz, dann wüsste man es bis auf die Nachkommastelle genau. Das sei jedes Mal ein besonderes Highlight für alle Beteiligten. Ich nicke zustimmend, wenn auch nicht völlig frei von gewissen Restzweifeln. Allerdings habe ich auch keine Rostbratenfantasien.

Ich erinnere mich, wie ich das Thermometer bei Haushaltswaren Knaus, dem örtlichen Fachgeschäft für hochwertiges Küchenzubehör, kaufte und gefragt wurde, wie viel Kilo denn meine leckeren Braten durchschnittlich so hätten. Mit „Etwa neunzig" hatte die hilfsbereite Dame wohl nicht als Antwort gerechnet.

Sie können sich denken, dass die feuerpolizeiliche Abnahme eines Indoor-Grills dieses Ausmaßes eine gewisse Herausforderung darstellte. Zumal sein Einsatz, nun sagen wir, nicht unmittelbar gastronomischen Zwecken dient. Das wurde zum Glück seitens der zuständigen Behörden nicht weiter thematisiert, vermutlich hatte der Sachbearbeiter nur Blümchensex.

Genau wie die Eiserne Jungfrau, das Streckbrett und der Zuber der Züchtigung erfreut sich jedenfalls unser Grillspieß ausgesprochen großen Zuspruchs durch unsere anspruchsvollen Gäste. Nur wer auf Hightech bei Foltermaschinen Wert legt, der ist bei Eliza im Fitnessstudio besser aufgehoben.

Die Eiserne Jungfrau heißt betriebsintern übrigens respektlos „Sofie", weil die Seniorchefin die einzige im Hause war, die nie durch irgendwelche Männergeschichten aufgefallen ist. Was beziehungsweise wer dahintersteckt, weiß außer mir, Bella und dem geneigten Leser niemand. Und das bleibt erstmal auch so.

Der Zuber der Züchtigung ist, ich ahne Ihre Frage schon, ein großer, gusseiserner Kessel, in dem die stillgelegte Wurstfabrik Kuno Zippl KG einst Frischgemetzeltes siedete. Nun bietet er bequem Platz für die fachgerechte Erhitzung von, je nach Handelsklasse, zwei bis drei Lustsklaven beliebigen Geschlechts.

Oder für vier Fotomodelle. Aber das ist eine andere Geschichte, der wir uns später zuwenden wollen. Vielleicht.

Ich lasse den sengenden Schuldirektor bei kleiner Flamme weiterdrehen und setze meine Kontrollrunde fort. Er ist bei Mistress Melinda in den besten Händen. Tagsüber arbeitet sie in Schorschis rollender Imbissbude auf dem Rewe-Parkplatz. Diese Frau weiß, wann die Wurst vom Feuer muss.

In meiner mittlerweile gewohnten Arbeitshaltung, also beständig leicht den Kopf schüttelnd ob all des Irrsinns, der mich umgibt, steige ich wieder die Treppe zum Erdgeschoss hinauf. Die Teppichfliesen müssten mal erneuert werden. Aus unserer Lounge tönt Gläserklirren und Gekicher.

Die Lounge ist ein abgetrennter Raum, der 10 bis 15 Personen in gediegenem Ambiente Gelegenheit für Zwischenmenschliches bietet.

10 bis 15, weil es ein wenig davon abhängt, wie viele Gäste Wert auf ein eigenes Sitzmöbel legen. Der flauschige Teppich ist weich, fußbodengeheizt und zum Glück hervorragend zu reinigen.

Eine Hausfrau, irgendwo zwischen 30 und 40 zu verorten, flitzt in einem durchsichtigen Babydoll-Nachthemd an mir vorbei in Richtung Bühne, gefolgt von einer anderen Dame in einer knallroten Korsage, die unseren Profis hier definitiv zu nuttig aussähe.

Bellas Idee, den Club an den Ruhetagen exklusiv für private Veranstaltungen zu vermieten, hat hervorragend eingeschlagen. Junggesellenabschiede, Damenkränzchen, Tupperparties, irgendeinen Vorwand brauchen die Leute anscheinend, um sich in einen Puff hereinzutrauen.

Sind sie dann erst mal drin, fallen überraschend schnell alle etwaigen Hemmungen.

„Ich wollte das immer schon mal ausprobieren" tönt es aus Richtung einer der Poledance-Stangen. Babydoll hängt, artistisch nicht vollkommen unbegabt, kopfüber an der Stange. Das Nachthemd folgt der mitleidlosen Schwerkraft und ich erkenne nun zweifelsfrei, dass sie keine echte Blondine ist.

Kerstin, die Veranstalterin der Party, scheucht die beiden entfleuchten Hühner wieder zurück in die Lounge. Entschuldigend zuckt sie mit den Schultern, hebt kurz die Hände und verschwindet wieder hinter dem schweren Samtvorhang, der die Lounge abteilt.

„Junger Mann!"

Nanu? So nennt mich heutzutage nur noch, wer selber die Siebzig locker hinter sich gelassen hat. Und richtig. Auf einem unserer Barhocker, Sie wissen schon, die mit dem exotischen Muster, auf dem man nicht jeden Fleck gleich sieht, sitzt ein putzmunteres Großmütterchen.

Sie wackelt lustig mit ihren kurzen stützbestrumpften Beinen, und ich frage mich ernsthaft, wie sie es bis nach da oben geschafft hat. Moment. War mir nicht vor einer halben Stunde ein munter pfeifender Elektriker entgegengekommen, mit einer Trittleiter über der Schulter?

Ich hatte mich noch gefragt, wozu er die wohl braucht, um eine Steckdose knapp oberhalb des Fußbodens zu reparieren. Sie möchten übrigens nicht wissen, wodurch die kaputt gegangen ist. Möchten Sie doch?

Nun, manchmal geht es recht ausgelassen zu, bei unseren kleinen Partys hier, und letzte Woche hatte eine reichlich muntere Truppe feuchtfröhlich Junggesellenabschied gefeiert. Und blödsinnige bis lebensgefährliche Wetten abgeschlossen. Zum Beispiel, wer sich traut, seinen, na Sie wissen schon, in eine, na Sie wissen schon, muss ich weiterreden?

Aus dem abfahrenden Rettungswagen hatte man noch lange den Ruf „Ich. Ich habe die Wette gewonnen. Ihr Schlappschwänze." hören können. In wieweit der Bräutigam mit seinem verkohlten Würstchen in der Hochzeitsnacht brillieren konnte, entzieht sich allerdings meiner Kenntnis.

Wir hatten zwar einen Kurzen, aber zum Ausgleich auch einen 40-Zentimeter-Wachspenis mit Docht. Ein wirklich witziges Werbegeschenk einer Spezialfirma für Sadomaso-Bedarf, das hilfreich den Weg durch die Finsternis zum Sicherungskasten wies.

Die altmodische Elektrik des „Diana" hatte es übel erwischt. Ich hoffte inständig, dass der abtransportierte Noch-Junggeselle anständig privathaftpflichtversichert war.

Kein Mensch achtet übrigens in diesem Saftladen mehr auf Schmerzensschreie aus dem Keller. Auch dann nicht, wenn der Chef sich im Dunkeln den großen Onkel böse an einem im Weg herumstehenden gefüllten Putzeimer stößt.

Dank der Vorliebe von Susis Kunden für Spiele mit heißem Wachs hatten wir neben dem schon erwähnten Dödel mit Docht reichlich weitere Kerzen auf Lager. Eine Flasche hausgebrannter Birnengeist vom Obsthof Kernlos kreiste und am Ende sangen wir Weihnachtslieder.

Es war alles sehr besinnlich gewesen. Ich schmunzele bei der Erinnerung, verziehe dann aber das Gesicht, als mir die Rechnung vom Elektro-Meyer einfällt, die noch irgendwo auf meinem Schreibtisch liegt.

„Junger Mann!" Die Omi unterbricht meine Gedanken. Sie meint anscheinend wirklich mich „Ob ich wohl noch ein Tässchen Kaffee bekommen könnte?"

Es ist wieder einer von diesen Tagen, an denen mich rein gar nichts mehr erstaunt. Ich stapfe tapfer hinter die Bar und entringe tatsächlich Britneys neuer chromglänzender Heißgetränk-Wundermaschine im Gegenwert eines Mittelklassewagens nach hartem Kampf eine Tasse Café Crème.

Die Omi heißt, wie ich erfahre, Helga. Und gehört irgendwie zu der flotten Damentruppe drüben im Séparée. Und irgendwie auch wieder nicht. Der Kaffee riecht gar nicht mal schlecht. Wo war noch gleich der Cognac?

Und irgendwo hat Britney die Dose mit dem feingemahlenen Kakao. Ah, hier. Ich klopfe professionell wie ein Barista in fünfter Generation etwas braunes Pulver auf die helle Crema. Es staubt ein wenig, dann werde ich rot.

Der stylishe Streuer aus gebürstetem Edelstahl hat anscheinend Wechselschablonen. Oma Helga amüsiert sich köstlich über den deutlich erkennbaren Penisumriss auf ihrem Kaffee. Meine Entschuldigung quittiert sie mit einer wegwerfenden Handbewegung.

„Das ist schließlich ein Puff hier, da passt das. Ich bin doch nicht von gestern, was denken Sie."

Jetzt bin ich neugierig geworden. Was hatte diese nette Dame hierher zu uns verschlagen? Wandertag in der Seniorenresidenz? Senile Bettflucht? Obwohl, senil wirkte sie eigentlich überhaupt nicht auf mich. Eher ausgesprochen krekel. Ich lasse mir die ganze Geschichte erzählen.

Ihre Enkelin, die Susann nämlich, hätte sich heute um sie kümmern sollen. So war es abgemacht. Das hatte die Susann aber vergessen. Und wollte aus dem Haus gehen. Als ihre Mutter fragte, wo sie denn hinwolle, stammelte sie: „Zur Tupperparty."

Klassischer Trick 17 mit Selbstüberlistung. Helga lacht. „Da kannst du Omi doch mitnehmen" hatte bei Susann einen kleinen Schweißausbruch ausgelöst. Wie sollte sie da jetzt wieder rauskommen? Argumente wogten hin und her. Am Ende gab Omas Machtwort den Ausschlag. „Da fahr ich mit!"

Wir klönen eine ganze Weile bei Kaffee und leicht obszönen, aber wohlschmeckende Nougat-Pralinchen, in ihrer Form einem primären weiblichen Geschlechtsmerkmal nachgebildet. Ich hatte sie in einer mir bisher völlig unbekannten Schublade hinter der Bar gefunden. Man versteckte Süßkram vor mir, das würde noch Konsequenzen zeitigen.

Gerade erzählt Helga von den schweren Jahren der akuten Männerknappheit nach dem Krieg.

„Da konnte man ja nicht so wählerisch sein. Mein Otto selig zum Beispiel, der hatte nur ein Bein. Und rote Haare. Überall. Stelln sich das mal vor."

Wie aufs Stichwort kommt einer der wenigen übriggebliebenen Zeitzeugen dieser Epoche zur Tür herein.

Hein, der Seemann. Unser Sachverständiger für Knoten, Tauwerk, Takelage und anderen Tüdelkram. Zwar war auch er vom Zahn der Zeit nicht gänzlich verschont worden, aber vermutlich vom vielen Salzwasser so gut konserviert, dass er immer noch eine imposante Erscheinung war.

Er nickt mir nur kurz zu und setzt dann sofort Kurs auf Oma Helga.

„Junge Frau, was verschlägt eine Schönheit wie Sie in diese Kaschemme?" Hochdeutsch nutzt Hein nur zum Balzen und an hohen christlichen Feiertagen.

Die beiden verstehen sich auf Anhieb blendend. Nach ein wenig Smalltalk und zwei, drei, fünf Eckes Edelkirsch aus Britneys Spezialbestand für Liebhaber wirklich abwegiger Laster, bietet er sich ihr großmütig an. „Soll ich Sie hier mal bisschen rumführen, Gnädigste?"

Helga hüpft erstaunlich behände von ihrem Barhocker herunter und hakt sich bei Hein unter. „Jawoll, Herr Kaptein. Leinen los."

Die beiden verschwinden. Zurück am Eingang bleibt Jutta. Und schüttelt langsam den Kopf.

Jutta arbeitet für den Bundesfreiwilligendienst. Und zwar als Fahrerin fürs Seemannsheim. Sie bringt die alten Leutchen hierhin und dorthin, mal zur Fußpflege, mal zum Lungendoktor, was halt grad so anliegt. Und Hein, den fährt sie in den Puff.

„Na, den werden Sie wohl ab jetzt teilen müssen."

Sie klärt mich darüber auf, dass das für sie angesichts des demografisch bedingten Frauenüberschusses in der Seniorenwohnanlage absolut nichts Neues darstellt.

Da nämlich Hein zwar von allen Greisen dort der älteste, aber auch der rüstigste ist, Sie wissen schon, was ich meine, besitzt er einen enormen Marktwert.

Die lüsternen Luder fortgeschrittenen Alters, so erzählt mir Jutta, bieten ihm neben ihren welken Körpern stets auch allerlei Spezereien wie Schwarzwälder Kirschtorte, hausgemachte Marmelade und selbstgebrannten Obstwässerchen dar.

Wenn ich bedenke, dass unser Personalabrechnungssystem sich geweigert hatte, Hein aufzunehmen, weil ihm das Geburtsdatum unplausibel erschien, dann wächst mein Respekt für den alten Haudegen langsam ins Unermessliche.

Hein, Hein, du oller Casanova.

Was ein alter Fahrensmann in einem Laden wie unserem treibt? Zumal ihm die Damenwelt ja offensichtlich kostenfrei zu Füßen liegt? Nun, in diesem Hause verkehren Liebhaber verschiedenster Spielarten des persönlichen Lustgewinns. Unter anderem auch solche, die ihre knappe Freizeit der möglichst kunstvollen Verschnürung des menschlichen Körpers mit Seilwerk widmen.

In diesen Kreisen genießt Hein absoluten Kultstatus, seines profunden Wissens über Tauwerk wegen. Vom Clipper bis zur Viermastbark, unser Seebär war auf allen Weltmeeren gesegelt. Kein Knoten, der jemals ersonnen wurde, war ihm fremd.

Und immer, wenn Hein bei uns Fortbildungen in Sachen fachgerechter Fesselung gibt, kommt irgendwann Jutta und holt ihn wieder ab. Damit er rechtzeitig zum heute-journal zuhause ist.

Beim ersten Mal hatte sie noch draußen im Auto auf ihn gewartet. Beim zweiten Mal dann schon hier an der Bar. Beim dritten hatte sie Hein aus dem Keller, seinem Arbeitsplatz auf Zeit, abgeholt. Und beim vierten Mal kam sie nicht wieder rauf.

Neugierig und ein wenig besorgt stieg ich ins Verlies hinab. Da unten war doch wohl hoffentlich nichts Schlimmes passiert?

Puh. Alles im grünen Bereich. Jutta baumelte, fachgerecht verschnürt und ordentlich aufgeräumt, an einem der TÜV-geprüften Fleischerhaken von der Decke.

Sie, Anna, Susi und der Klempner, der eigentlich nur den Absperrhahn gesucht hatte, lauschten interessiert, während Hein einen Vortrag darüber hielt, wann Sisal, wann Hanf und wann Jute angezeigt ist, welcher Knoten für Brüste ab Doppel-D zu empfehlen ist und welcher eher für Stückgut. Jutta hat übrigens mindestens E. Man entwickelt in unsere Branche irgendwann ein Auge für sowas.

Nachdem der Kaptein, wie sie ihn hier alle mittlerweile nennen, unter Beifall geendet hatte, ließen wir Jutta mittels Flaschenzugs herab, lösten die Knoten und beobachteten interessiert, wie ihr Blut feststellte, dass es wieder überall zirkulieren durfte, wo es normalerweise zirkulierte. Der Klempner und Hein diskutierten derweil noch ein wenig über Hanf, Flachs und die Vorzüge des Kalfaterns.

Sie zog ihre Klamotten wieder an, die sorgfältig zusammengelegt auf einem nicht mehr ganz seinem ursprünglichen Zweck dienenden Sägebock deponiert waren und verfrachtete dann den ollen Seebären in den klapprigen Kleinbus des Seemannsheims.

Ich hatte die beiden bis zum Parkplatz begleitet und war im Begriff, die Schiebetür zu schließen, als Hein erst auf das 20-Meter-Seil aus japanischer Jute in seinem Schoß und dann auf Jutta zeigte.

„Ick nehm denn noch büschen Aabeit mit nach Haus, nech.“

Und seitdem gehört auch Jutta bei uns hier ein bisschen zur Familie.

Kapitel 14 – Foto-Finish

Man versprach mir Speis und Trank, sofern ich vorher skandalfrei eine Kunstausstellung durchliefe. Ich kenne einen der Künstler flüchtig, womit wir dann auch schon beim Problem angelangt sind. Die Macht stark in ihm ist. Vermutlich deswegen war für Talent nicht mehr viel Platz.

Als ortsansässiger Betrieb sind wir natürlich auch in der Förderung von regionaler Kunst und Kultur aktiv. Normalerweise, und, wie Sie gleich sehen werden, mit gutem Grund, nimmt Bella derartige Termine wahr. Weswegen mich hier, obwohl ich die Rechnung für Schnittchen und Raummiete bezahlt habe, fast niemand kennt.

Bella allerdings weilt gerade außerplanmäßig im fernen Schwabenland bei ihrer Mutter. Die hatte nämlich, wie Sie sich vielleicht erinnern, mit ihrem Nachbar angebandelt, einem gewissen Herrn Meisel.

Herr Meisel wiederum war, wiewohl noch durchaus rüstig, in einem Alter, in dem man keine Zeit mehr zu verlieren hat. Und zweigleisig gefahren. Sprich, er hatte neben seiner Nachbarin zur Rechten, also Bellas Mama, auch der Dame, die links von ihm wohnte, Avancen gemacht.

Nun fällt der Apfel auch in Geislingen an der Steige nicht weit vom Birnbaum. Als Mama, ihrer Tochter in Sachen Temperament in nichts nachstehend, gewahr wurde, dass der Meisel ein Schuft und die Nachbarin eine Schlampe war, spielten sich sehr unschöne Szenen in der beschaulichen Einfamilienhaussiedlung ab.

Im Verlauf des sich entwickelnden Eifersuchtsdramas war es dann wohl auch zu einem unerfreulichen Zusammentreffen der Akku-Heckenschere, die wir Bellas gartenverrückter Mutter jüngst zum Geburtstag geschenkt hatten, mit der sorgsam gehegten Buchsbaumhecke der Nachbarin gekommen. Mit Kabel dran wäre das nicht passiert, das hätte soweit vermutlich nicht gereicht. Der Fluch der modernen Technik.

Auf jeden Fall musste Bella Hals über Kopf ins Ländle aufbrechen, um dort Schlimmeres und Schlimmstes zu verhindern. Und ich armer Tropf temporär die Pflege unserer betrieblichen Sozialkontakte übernehmen.

Ich wandere also durch das Heimathaus, das für die Ausstellung angemietet wurde. Eine für horrendes Geld renovierte Fachwerkscheune, in der früher der den Bauern abgepresste Zehnte für den Landesherrn gelagert wurde. Gerüchten zufolge war die Zahlung auch bar oder in Töchtern möglich, falls man sein Getreide und die Runkelrüben lieber behalten wollte.

Alle Werke hier sind käuflich zu erwerben. Die Preise schwanken zwischen „Ein Quadratmeter Obi-Rauhfasertapete" und „Kriegste auch nen Kleinwagen für". Ob es bereits zu Abschlüssen gekommen ist, vermag ich nicht zu sagen. Man schweigt professionell. Oder betreten. Wer weiß das schon.

Ich bewundere, um die Stille ein wenig aufzubrechen, hörbar die strengen geometrischen Formen und die minimalistische Farbwahl eines der Werke. Die Interpretation von Kunstwerken gehört zu meinen Stärken. Viel lässt sich erraten, manches hineindeuten. In so einen Fluchtwegeplan.

Man versucht, mich mit einem Glas Schaumwein mundtot zu machen. Höflich sind die hier schon. Ich will gerade einen Schluck nehmen, als ich mich in den Nylonfäden des von der Decke hängenden Werkes einer örtlichen Experimentalkünstlerin verheddere. Nabelschnurblut auf grobem Seesand.

Die unschwer an ihrem Namensschild als Erschafferin zu erkennende junge Frau eilt herbei, vermutlich hocherfreut, meine Privathaftpflichtversicherung als Käufer für ihr Bild gewonnen zu haben. Auch sie ist ausnehmend höflich, hilft mir auf und fragt, ob ich mir weh getan hätte.

Was war hier los? Versuchsweise breche ich einer lebensgroßen Salzteig-Nachbildung von Rudi Dutschke ein Ohrläppchen ab. Das Knacken hallt durch den Raum, die Anwesenden blicken kurz auf, um sich dann umgehend wieder in angeregte Fachdiskussionen über die Exponate zu vertiefen.

Ein Raunen geht durch die Menge. Ich stehe nämlich plötzlich neben mir. Also, nicht wirklich, aber ein mir hochgradig ähnelnder Mann blickt aus seinem schwarzen Rollkragenpullover erst auf mich, dann auf Rudis Ohrläppchen in meiner Hand, dann auf die Überreste der Nabelschnur.

Man könnte ihn für meinen kultivierten Zwillingsbruder halten. Was uns allerdings unterscheidet, ist sein Namensschild. Es weist ihn als hochrangigen Mitarbeiter eines weltbekannten Auktionshauses aus, mit dessen Namen ich aufgrund einer angeborenen Tieäytsch-Schwäche stets hadere.

Zu meinem Glück hatte ich mir vorher die Fluchtwege aus dem Gebäude gründlich eingeprägt. Es gelingt mir, zu fliehen, bevor die Verwechslung aufgeklärt und der Volkszorn entfesselt werden kann. Ich hatte einstweilen die Toleranz der Kunstinteressierten hinreichend strapaziert.

Vor dem Gebäude parkt eine schwarze Limousine, der Fahrer lehnt zeitunglesend am Kotflügel. „Ah. Dachte mir schon, dass das schnell gehen würde. Alles Schund, wie erwartet?", sagt er, ohne aufzublicken.

Ich murmele etwas Zustimmendes und lasse mich von ihm zum Hauptbahnhof fahren, wo ich in der Menschenmenge untertauche. Mein etwas überhasteter Aufbruch von der Kunstausstellung hatte immerhin den Vorteil, dass ich es rechtzeitig ins „Diana" schaffen würde, um unseren für heute angekündigten hohen Besuch begrüßen zu können. Frohen Mutes betrete ich die Schalterhalle.

Der nächste Zug in meine Richtung, so steht da oben, fährt heute in umgekehrter Wagenreihung, aber dafür zum Ausgleich an einem anderen Gleis ein. Unverständliche Lautsprecherdurchsagen verwirren ortsfremde Reisende, während fleißige Taschendiebe die Taschen der verzweifelt Lauschenden nach Verwertbarem filzen.

Zwei Bundespolizisten schieben in letzter Sekunde einen herrenlosen Koffer in den abfahrenden Express nach Sankt Florian. Sie halten sich die Hände auf die Ohren, bis der Zug die Bahnhofshalle verlassen hat. Sicherheit und Ordnung sind wiederhergestellt. Beide nicken zufrieden. Käffchen? Käffchen.

Vier Personen im Gleis, eine Weichenstörung, einen Böschungsbrand und eine Erkrankung des Triebfahrzeugführers später werde ich in einen altersschwachen Autobus geschoben, der für Zwecke des Schienenersatzverkehrs das Depot wohl noch ein letztes Mal hatte verlassen dürfen.

Über die Landstraßen schaukelnd und eingezwängt zwischen fremden, ungewaschenen Menschen frage ich mich, ob ich meine Mathehausaufgaben gemacht habe. Alte Reflexe überleben wie zähe Wüstenpflanzen Jahrzehnte im Untergrund der Großhirnrinde, um dann, gewässert durch semitraumatische Erinnerungen, bei günstigen Bedingungen unerwartet auszutreiben.

Ich betrete schließlich geschlaucht und abgehetzt die sündige, aber vertraute Ruhe unseres kultivierten Tempels der Wollust. Es liegen noch ein paar Stunden der Muße vor mir, im Büro Geschäftigkeit zu simulieren, bevor der abendliche Trubel beginnt.

Ich stolpere über ein quer durch den Flur verlegtes Stromkabel.

Ich berappele mich fluchend und folge seinem Verlauf mit den Augen. Es führt zu einem Scheinwerfer, der hier normalerweise nicht hingehört und durch mich in bedenkliches Wanken geraten ist. Mit einem kühnen Hechtsprung kann ich gerade noch verhindern, dass die klobige Leuchte am Stiel umfällt und in unsere Glasvitrine mit dem verkäuflichen Sexspielzeug einschlägt.

Es handelt sich dabei ausschließlich um Kommissionsware vom örtlichen Erotikshop „Joy of Love", vormals „Institut für Ehehygiene". Bella hält nichts von unnötiger Kapitalbindung durch Lagerware mit fraglicher Verkäuflichkeit. Noch weniger, wenn es sich dabei um quietschrosa Gummimösen handelt.

Aber was soll nun diese ungewöhnliche Zusatzbeleuchtung hier? Mir geht schließlich ein Licht auf, stimmt, wir haben ja heute Prominenz zu Gast. Lena steht plötzlich neben mir und reicht mir einen Becher übelriechenden Kräutertees.

„Hier. Das ist ‚Innere Mitte'. Sind von Steffi Graf persönlich bei Mondschein gepflückte Kräuter drin. Den wirst du brauchen."

Ich nehme einen Schluck von dem fürchterlichen Gebräu und verbrenne mir böse die Zunge. Meine verbliebenen Geschmacksknospen vermelden einen subtilen alkoholischen Unterton. Da waren offensichtlich noch andere bei Mondschein produzierte Zutaten drin.

Wer von uns beiden den Baldrian-Aufguss mit Schuss nötiger hat, das würden wir übrigens gleich sehen. Kleiner Tipp: Ich bin es ausnahmsweise nicht.

„Die da, die will ich."

Lena dreht sich verwundert um. Alle Anwesenden heben, je nach ihrer Position in der Hackordnung, erschrocken oder zumindest angemessen verwundert die Köpfe.

Jean-Robert K., ausgesprochen „Dschong Robäär Käy", mit bürgerlichem Namen Hans-Robert Koslowski, einer der aufstrebenden Sterne an unserem hauptstädtischen Modedesignerhimmel, hatte das erste Mal an diesem Tag seine fistelige Stimme erhoben und mit dem nackten Finger auf die angezogene Lena gezeigt.

Die vier anwesenden Profi-Fotomodelle beginnen augenblicklich aufgeregt zu tuscheln. Eine von ihnen versteht anscheinend genügend Deutsch, um das sich gerade entwickelnde, skandalöse Geschehen simultan ins Englische übersetzen zu können.

Zwei weitere dieser hageren Gestalten werden gerade im zur Garderobe umfunktionierten Teambüro mit der für ihren Auftritt nötigen Bemalung versehen. Ich hoffe inständig, dass Bella der Versuchung widersteht, den beiden aus Mitleid eine Pizza zu bestellen. Mit doppelt Käse.

JRK, so kürzt er sich auf seinem recht minimalistisch gehaltenen Logo ab, zeigte eindeutig auf Lena. Allgemeine Verwirrung. Was wollte er von ihr? Für wen hielt er sie? Für eine Prostituierte? Für ein Modell? Das konnte ja heiter werden.

Lassen Sie mich kurz erklären, was JRK und seine knochigen Teenager in unsere bescheidene Hütte verschlagen hatte.

Aus irgendeinem unerfindlichen Grund nämlich hatte der Kundschafter einer weltbekannten Werbeagentur unser kleines Haus der unschuldigen Freuden als Location für ein Fotoshooting vorgeschlagen.

Gehässige Zungen behaupten, er wäre nach ergebnisloser tagelanger Suche niedergeschlagen bei uns eingekehrt, um ein wenig Trost und Zuspruch in den Armen von Katja und Marina zu finden.

Gründlich getröstet und umsatzsteigernd abgefüllt mit unserer Hausmarke hatte er dann sein Handy gezückt und seinem

Auftraggeber vermeldet, nach langer und intensiver Prüfung exakt die richtige Örtlichkeit für den als außerordentlich kapriziös geltenden Jungmodeschöpfer und seine Abendgarderobe gefunden zu haben.

Während des Gesprächs musste unser Pfadfinder mehrfach kurz das Mikrofon seines Handys mit der Hand bedecken, weil Katja, nun, sagen wir, mit seiner Kompassnadel spielte. Schließlich lief ja ihr Taxameter und da wollte sie es sich nicht ankommen lassen, unzureichenden Service geboten zu haben.

Er war von seiner eigenen Idee mittlerweile so überzeugt, dass er die Bilder vor seinem geistigen Auge direkt in das Handy hineinsprach. Elegante Abendmode, von der schnöden Welt entrückten ätherischen Modells vorgeführt in einem authentischen Ambiente von lasziver Sünde und sittlicher Verkommenheit.

Und so war es dann gekommen. Verzweifelte Visagistinnen versuchten vergeblich, ahnungslos dreinblickende Schulmädchengesichter in verruchte Königinnen der Nacht zu verwandeln. Der Funke weigerte sich allerdings beharrlich, überzuspringen, denn die gelieferte Modell-Rohware war wenig königinnengleich.

Eher blass und ungesund sahen sie aus in den teuren Roben, die ein verzweifelter Couturier-Assi mit Stecknadeln, Tape und anderen Hilfsmitteln mühevoll an ihnen befestigte.

Und nun diese Sache mit Lena. Wie sich herausstellt, hat unser Nachwuchsdesigner ein Faible für den Frauentyp, wie man ihn in den quasi-dokumentarischen Filmklassikern von Russ Meyer findet. Und Lena fällt als exakter Gegenentwurf zu einem Heidi-Klum-Hungerhaken eindeutig in sein Beuteschema.

Wobei man sagen muss, dass die neuen Möpse ihr wirklich ausgesprochen gut stehen. Die ersten hatte sie sich damals, am Anfang ihrer Tätigkeit als bordsteinschwälbende Lovemobilistin, noch kostengünstig irgendwo in Osteuropa machen lassen. Die beiden hatten Lenas Studium finanziert und damit ihren Zweck erfüllt.

Zur Feier ihres BWL-Abschlusses dann leistete sie sich endlich „richtige" falsche Brüste. „Weg mit den Nutten-Titten" verkündete sie, „und her mit dem Karrierebusen!"

Der formende Eingriff im Gegenwert eines Mittelklasse-PKW er-
folgte in einer noblen Privatklinik am Chiem-, Tegern- oder Sonst-
wassee in Oberbayern. Bei Professor Dr. Dr. Claus-Werner Clausewitz.

Angeblich ein entfernter Verwandter des ollen Clausewitz, Sie wissen schon, der General.

In den geschickten Händen seines Ahnen nun liegt nicht das Wohl
und Wehe der preußischen Armee, dafür aber hat er die unange-
fochtene Lufthoheit über die Oberweite der Münchener Schickeria.

„Ist das ein echter Clausewitz?"

Wohl die Society-Lady, die, mit dem Benz unter den Brüsten in der
Bluse, diese Frage mit einem stolzen Nicken beantworten kann.

Aber zurück zu Lena. Die wird, eh sie sichs versieht, in eine der
Abendroben des Modeschöpferlings gesteckt und siehe da, mit ent-
sprechender Füllung sehen die schrägen Fummel tatsächlich recht
ansprechend aus.

Das stellen anscheinend auch die anderen Models fest und sehen
ihre Felle davonschwimmen. Nicht, dass eine von ihnen echten
Pelz tragen würde. Man wird ja sonst von Gillette nicht gebucht.
Alle sprechen durcheinander in ihre Handys. Mit Manager, Agentur, Mutti, Life Coach oder dem Fußballstar, dessen Bett sie gerade
teilten.

Dem exzentrischen Modemacher ist das alles offensichtlich herzlich wurscht. Er hat nur noch Augen für unsere Lena. Der Auslöser
klickte in einem fort, Lena an der Stange, Lena auf dem Lotterbett,
Lena im Spiegelkabinett, stets in unterschiedliche edle Gewänder
gehüllt.

Bella hat derweil die nervige Modelschar mit ein paar Flaschen
Hausmarke herunter zu Susi in den Keller gelockt, wo sie jetzt in-
teressante neue Posen kennenlernen, die man bei Germany's Next
Top Model nicht mal doppelt verpixelt zeigen würde.

Als ich nach einiger Zeit unten nach dem Rechten sehe, liegen zwei
der jungen Dinger bereits schnarchend in Löffelchenstellung auf
der Streckbank, der Rest planscht im Zuber der Züchtigung, singt
zotige Seemannslieder und lässt sich von Anna einheizen.

Ich habe einen leisen Verdacht, woher sie die Shantys kennen, allerdings keine Ahnung, wie das Quietscheentchen in den Zuber kommt.

Bella und Susi prosten mir grinsend zu. Natürlich nicht mit unserer Hausmarke, der Fusel ist nur für die geizigen Kassenwarte klammer Kreisligavereine. Die Lage scheint mir unter Kontrolle. Ich steige über eine am Boden liegende Mädchenunterhose mit Ernie und Bert-Muster.

Lena schafft es schließlich aufs Cover der Vogue, JRK bis nach Paris und alle Models rechtzeitig in den Kleinbus der Agentur, der sie unverrichteter Dinge wieder abholt. Den Fahrer beneide ich nicht. Können Sie sich vorstellen, wie das riecht, wenn Ihnen sechs besoffene Teenager ins Auto kotzen?

Ein Angebot für einen gutdotierten Model-Vertrag lehnt Lena aber genauso dankend ab wie ich eine Anfrage von Karl Lagerfeld. Angeblich muss er nun die neue Kollektion in einer Ausweich-Location vorstellen. Haute Couture in einem Konzertsaal? Ich bitte Sie. Da liegt ein Puff ja wohl deutlich näher.

Kapitel 15 – Wenn die Rosen erblühen...

Bei Ali Gelati, dem kosovarisch-libanesischen Besitzer der örtlichen original italienischen Eisdiele, herrscht heute Hochbetrieb. Eine siebenköpfige Motorradgang holt sich Eis in der Waffel und setzt sich provokativ an Tische für „nur mit Bedienung".

Alis Oberkellner Dragan ist ein Veteran der Balkankriege. Gerüchten zufolge verfügt er über eine ansehnliche Sammlung abgeschnittener Ohren. Welcher Volksgruppe Dragan beziehungsweise die Ohren zugehörig sind, konnte allerdings nie vollständig geklärt werden.

Der Anführer der Biker, vermutlich ein Zahnarzt aus Bergedorf, wird nach einigen geflüsterten Worten von Dragan sehr blass um die Nase. Artig schieben die Lederkluft-Träger ihre Stühle an die Tische und trollen sich zu ihren Mopeds. Dragan bringt meinen doppelten Espresso.

Wie jedes Jahr hat Ali neue Hochglanz-Speisekarten mit poppig bunten Stockfoto-Eisbechern, die mit den bei ihm erhältlichen weder von der Optik noch von ihren Komponenten her in einem erkennbaren Zusammenhang stehen.

Eine ganze Seite ist nun seinem Angebot an Allergenen gewidmet. Ich bestelle zwei Kugeln Malaga, die Spezialität des Hauses. Eigentlich mag ich ja gar keine Rosinen, diese kleinen schrumpeligen Klöten. Bei Ali jedoch wird der Traube a.D. die ihr schnöde entzogene Feuchtigkeit liebevoll zurückgegeben. In Form von unverschnittenem Jamaica-Rum.

Vollgesogen mit der verflüssigten Sonne der Karibik, die über wogendem Zuckerrohrfeld so reichlich ihre wärmende Dividende ausschüttete. Und nahezu wieder in alter, praller, runder Gestalt wie dereinst im Weinberg, als der weise Winzer sie las und wog.

Und sie, als für schmackhaften Wein ungeeignet befunden, mitleidlos dem Einkäufer der Rosinenfirma auslieferte.

Worauf wollte ich hinaus? Ach ja. Malaga ist nicht übel hier. Dragan serviert mir meine Portion und begrüßt mich wie einen alten Bekannten. Was auch nur angemessen ist, bedenkt man die vielen

Stunden, die ich frierend an seinem Schwenkgrill auf dem Weihnachtsmarkt zubrachte.

Wie jedes Jahr überprüfe ich die Speisekarte routiniert auf Schreibfehler.

Und wie jedes Jahr wettet Ali eine Flasche Grappa, dass ich keine finde. Ich habe nun sieben Flaschen Grappa zuhause. Unangebrochen. Denn blind kann ich ja keine Tippfehler in Alis Eiskarten mehr finden.

Ich persönlich vertrete ja die Theorie, dass die Firma, die in Deutschland das Monopol auf Speisekarten italienischer Eisdielen hat, entsprechende Fehler absichtlich einbaut. Von wegen der Authentizität. Ach guck mal, die Leute sind frisch aus Bella Italia. Da muss das Eis ja gut sein.

Von meinem Eisbecher tropft, dem Sommerwetter geschuldet, etwas geschmolzenes Malagaeis auf die Tischplatte aus theoretisch abwischbarem Marmorsurrogatextrakt. Ich brauche 14 wasserabweisende Miniaturservietten aus dem praktischen Spender, um den erbsengroßen Klecks aufzuwischen.

Drei Tische weiter sitzt ein schlaksiger Jüngling vor einem Coppa Grande Amore für zwei Personen. Gerade hat ihn seine Freundin abserviert zugunsten des Roadies einer Thrash Metal Band, die mal im Vorprogramm einer Band gespielt hat, die beinahe mal in Wacken aufgetreten wäre.

Der derart schnöde Verlassene schwört hier und jetzt die Gründung eines milliardenschweren IT-Imperiums. In zehn Jahren wird er die Firma aufkaufen, in der der Roadie als Hausmeister arbeitet und ihn auf die Straße setzen.

Grimmig entschlossen löffelt er auch die zweite Amarenakirsche.

Seine Angebetete hingegen wird in Kürze die ernüchternde Erfahrung machen, dass sie und der Roadie deutlich unterschiedliche Vorstellungen davon haben, was sich hinter dem Satz „Ich nehm dich dann mal backstage" verbirgt.

Zwei Touristinnen aus dem Rheinland erproben ihr durchaus passables Italienisch an Dragan. Sie scheitern kläglich. Dragan spricht zwar mehr Sprachen als Kara Ben Nemsi, die italienische gehört aber dummerweise nicht dazu. Ich überlasse die Damen mitleidlos ihren Selbstzweifeln.

Dragan scheint ein Auge auf eine der beiden Frauen geworfen zu haben. Er blickt auf ihren Tisch wie Menelaos auf das belagerte Troja und denkt sich, wie dereinst sein altgriechischer Vorgänger, „Die Olle hol ich mir".

Er wechselt zu gebrochenem Deutsch mit italienischem Akzent.

„Ah bella signorina", hört man ihn flöten.

Ich sehe die beiden Frauen unterm Tisch Händchen halten.

Genau wie für Menelaos, der am Ende eines fürchterlichen Gemetzels nur ein Trugbild Helenas nach Hause schleppt, sieht die Sache für Dragan nicht wirklich erfolgversprechend aus.

Dragan ist in der Welt der griechischen Helden- und Göttersagen nicht allzu bewandert und lässt sich daher trotz meiner die Aussichtslosigkeit seines Ansinnens andeutenden Handbewegungen von einer Annäherung an die beiden Signorinas nicht abhalten.

Mein Malagaeis schmilzt weiter.

Mir gegenüber nimmt ein Pärchen um die 60 Platz. Ich vertiefe mich in die Speisekarte, denn der weibliche Teil des Paares hat wohl bedauerlicherweise mit altersbedingter Zerstreutheit zu kämpfen und heute Morgen vergessen, Unterwäsche anzuziehen. Sie zwinkert zutraulich herüber.

Dragan ist die gut belüftete rallige Dame, die gerade zum dreißigsten Male 30 geworden ist, nicht entgangen.

Er kommt grinsend an meinen Tisch und fragt scheinheilig, ob ich vielleicht einen Pflaumenschnaps will.

Sie schraubt derweil lasziv ihren Lippenstift raus und wieder rein.

Ich sinniere fieberhaft über eine Möglichkeit, den postmenopausalen Paarungsdrang der Lady einem guten Zweck zuzuführen und sie mit der brodelnden Kraft jugendlicher Lenden zusammenzubringen, die ein paar Meter weiter an der elften von zwölf Kugeln des Coppa Amore herumwürgt.

Ich wittere meine Chance, als der unglückselige Gatte, vermutlich mit altersgerechter Libido ausgestattet, auf seinem Kunstlederstuhl hin- und herrutscht und schließlich seufzend aufsteht, die von der

Last der Jahre und einer vergrößerten Prostata gedrückte Blase zu erleichtern.

Doch bevor ich einen teuflischen Plot in Gang setzen kann, die nymphomane Dame und den trübsinnigen Jüngling zu verkuppeln, hat die entschlossen ihren Lippenstift beiseitegelegt und stattdessen das Heft des Handelns in die Hand genommen. Sie winkt Dragan. Er eilt sofort dienstbar und mit versteinerter Miene herbei.

Die Ereignisse überschlagen sich jetzt. Der zugunsten eines Musikergehilfen schnöde verlassene Knabe verlangt die Rechnung. Und Dragan legt mir unauffällig eine mit zierlicher Frauenschrift versehene Papierserviette auf den Tisch.

Ich trans- und konspiriere simultan. Jetzt ist gutes Timing alles. Ich bewege Dragan dazu, dem Jungen neben der Rechnung auch den an mich gerichteten Zettel mit Kussmund und Vermerk „Damentoilette. In 5 min. Lass mich nicht warten!" zu überreichen. Ich zahle vorsorglich mein Eis.

Der Gatte hat seinen Besuch bei der Firma Villeroy & Boch erfolgreich hinter sich gebracht. Ich hoffe, das auf seiner Hose sind Wasserflecken vom Händewaschen. Seine Frau steht nun auf und verschwindet im Dunkel der Eisdiele. Zwei Minuten später folgt ihr der verlassene Knabe.

Ich schleiche mich von dannen, die Entwicklung aus sicherer Entfernung zu beobachten. Dragan poliert versonnen ein Tablett. Unauffällig behält er die Geschehnisse im Auge. Würde es zum Eklat auf dem Damenklo kommen und der Jüngling dort eine traumatische Erfahrung machen?

Nach über zehn Minuten erscheint zunächst die Dame wieder. Sie streicht ihr Sommerkleid glatt und setzt sich. Ihr Mann blickt von der Zeitung auf, ich höre ihn ziemlich laut fragen: „Hast du Verstopfung oder was?"

Ein zerzauster junger Mann wankt hinter ihm in Richtung Parkplatz.

Im Bäckerladen treffe ich das Pärchen etwas später wieder. Wir stehen gemeinsam vor dem Tresen, als sie auf mich zeigt und freundlich lächelnd zu der Verkäuferin sagt: „Der junge Mann da kommt als Nächstes dran."

Ich bedanke mich und kaufe nachdenklich zwei Mohnbrötchen.

Als ich aus dem Geschäft auf die Straße trete, empfängt mich eine Geräuschkulisse, die an Filme wie „Apokalypse Now" erinnert. Doch statt eines Geschwaders Walküren in Kampfhubschrauber reitet die graubärtige Harleygang des Bergedorfer Zahnarztes auf ihren fetten Hockern vorbei.

Als ich nach einigen Minuten mein Gehör zurückgewinne, höre ich zweierlei. Einen Säugling, der lauthals aus seinem Kinderwagen herauskräht. Und eine dazugehörige junge Frau, die mir vage bekannt vorkommt. Sie spricht Rätselhaftes in ihr Handy. Hamburg Bertha Zwo Zwo Sechs Acht.

„Verdammte Saubande, der Kleine hatte gerade geschlafen" Da ist aber jemand mächtig sauer. Sie nimmt das schreiende Bündel aus dem Wagen.

Und mir fällt ein, woher ich die übernächtigte Mutter kenne.

Ohne ihre Uniform hätte ich Polizeimeisterin Jutta Schuster fast nicht erkannt.

Kennen Sie noch die TV-Serie „Rauchende Colts"? Vermutlich nicht. Aber lassen Sie mich Ihnen versichern, dass am Ende jeder Folge Marshal Matt Dillon aufrecht stand und die Bösewichter den Staub von Dodge Citys ungefegter Hauptstraße schlucken mussten.

Ob Sheriff Jutta auch einen Fuzzy hat?

Jemand hupt. Das hatte es damals in Kansas nicht gegeben. Es ist Bella, in ihrem rollenden Rundling aus Wolfsburg. Sie parkt im absoluten Halteverbot. Polizeimeisterin Schuster zieht außerdienstlich eine Augenbraue hoch. Genaugenommen befinden sich drei Räder im Halteverbot. Eines steht auf dem Bordstein. Zumindest halb. Das vierte Rad am Wagen rutscht jetzt mit einem Geräusch, in dem sich das Leid von strapazierten Pirellipneus und das Sterben einer Alufelge mischen, im Zeitlupentempo an der Bordsteinkante herab. Ich ziehe auch eine Augenbraue hoch.

Hinter Bella trötet ein Linienbus, der wegen ihr nicht durchkommt. Ich beeile mich, ins Auto zu kommen und lasse mich auf den Beifahrersitz fallen. Mit quietschenden Reifen verlassen wir, unter dem wachsamen Auge des weiblichen Dorfsheriffs, fluchtartig den Ort des Geschehens.

Ich berichte Bella im Auto die Geschichte von der lüsternen Dame in der Eisdiele. Sie guckt mich schräg von der Seite an. Als könnte ich was für meine Wirkung auf reife Frauen.

Warum ich Bella das überhaupt erzähle? Na, weil wir uns eigentlich immer alles erzählen. Genaugenommen erzähle ich ihr immer alles und hoffe, dass sie mir nicht allzu viel verschweigt. Aus dem Autofenster sehe ich, wie unter den wachsamen Augen eines Uniformierten ein schweres Motorrad auf einen Anhänger geladen wird.

Wir fahren plötzlich in Schlangenlinien. Was zum Teufel ist mit Bella los? Sie lenkt mit nur einer Hand, das heißt, falls sie nicht gerade schalten muss, dann ist es noch eine weniger. Mit der anderen nestelt sie unter ihrem Kleid herum.

Ich beginne zu ahnen, was sie vorhat. Gerade öffne ich den Mund, um etwas zu sagen, da betätigt sie leicht spöttisch grinsend den elektrischen Fensterheber. Das auf der Beifahrerseite öffnet sich, frischer Fahrtwind zerzaust mein Haupthaar. Ich spucke eine kleine Fliege aus.

„Oh. Mist. Moment."

Von solcherlei kleinen Unwägbarkeiten lässt sich eine Frau wie Bella nicht aufhalten. Mein Fenster fährt sirrend wieder hoch, das auf der anderen Seite öffnet sich. Sie hat irgendetwas in der linken Faust, hält diese zum Fenster heraus und öffnet sie. Das Irgendetwas wird vom Winde verweht.

„Soso. Du stehst also auf reifere Frauen ohne Unterwäsche."

Wie in ihrem kleinen, teuflischen Drehbuch vorgesehen, verwirbelt die hereinströmende Luft ihr Kleid. Jegliche Zweifel, dass das eben ihr Höschen gewesen war, das da der Fahrtwind davongetragen hat, sind nun zerstreut. Nicht, dass ich noch welche gehabt hätte.

Nun muss man dazu wissen, dass Bella durch und durch pragmatisch und sparsam veranlagt ist. Heute Morgen hatte sie mir noch erzählt, dass einer ihrer Lieblings-Tangas („total bequem und trotzdem sexy") wohl den Weg allen Irdischen würde gehen müssen. Aber einmal ginge er noch.

Den kleinen Stunt eben hätte sie mit neu erworbenen und/oder hochpreisigen Dessous jedenfalls garantiert nicht einmal erwogen. Ein wenig frivol ist ja nett, aber man muss doch bitte dabei die wirtschaftliche Vernunft wahren.

In solchen Momenten schlagen dann nämlich immer ihre schwäbischen Gene ungebremst durch. Denen verdankt sie übrigens auch ihren entzückenden Restakzent. Und eine Vorliebe für Trollinger, jener württembergische Rotwein aus einer Traube mit dem kuriosen Namen „Black Hamburg".

Gell, hier lernen Sie noch was fürs Leben. „Black Hamburg" wird fast überall als Tafeltraube verzehrt. Außer in Württemberg halt. Allerdings dringt kaum ein Viertele aus dem Land heraus, man schlotzt es dort bevorzugt selber.

Ach ja. Und „Black Hamburg" heißt die Traube übrigens nicht, weil der daraus gewonnene Wein einen feinen fischigen Abgang oder einen Nachhall von Brackwasser aufweist. Nein, über Hamburg gelangte sie einst in die weite Welt. Was immer sie da wollte.

Bella amüsiert sich über meine weit aufgerissenen Augen. Sie mag meine Reaktionen auf sich, auch wenn sie das natürlich niemals zugeben würde. Ich bringe es nicht fertig, sie jetzt zu enttäuschen und schnöde auf die Blaulichter hinzuweisen, die ich im Rückspiegel entdeckt habe.

Die kurz aufheulende Polizeisirene hinter uns, mit der der verzweifelte Ordnungshüter versucht, Bellas Aufmerksamkeit zu erregen, ist dann leider nicht mehr zu ignorieren. Gehorsam bringt sie den Wagen in einer Busbucht zum Stehen. Ob ich ne Ahnung hätte, was die von ihr wollten?

Ich fürchte, ich habe da einen Verdacht, zucke aber vorsichtshalber nur mit den Schultern. Durch das Seitenfenster spricht jemand zu uns und verlangt Führerschein und Fahrzeugschein. Bella angelt nach ihrer Handtasche auf dem Rücksitz und gewährt ungewollt sittenwidrige Einblicke.

Der Polizist schüttelt verwundert den Kopf, bleibt aber höflich. Er bittet Bella freundlich aber bestimmt, doch mal kurz auszusteigen. Ob sie eventuell in letzter Zeit von Substanzen gekostet habe, die eventuell unter das Betäubungsmittelgesetz fielen? Oder dem Branntwein zugesprochen vielleicht? Sie verneint empört. Und wie er denn wohl auf so etwas derart Abwegiges käme.

Bella muss die in solchen Fällen übliche Übung absolvieren und tänzelt albern auf einer weißen Linie herum.

„Sie nehmen das hier nicht besonders ernst, kann das sein?

Ich bewundere die Langmut des Wachtmeisters, zupfe unauffällig eine Damenunterhose vom Scheibenwischer seines Streifenwagens und lasse sie in meiner Hosentasche verschwinden.

Schließlich lässt er uns weiterfahren. Bella amüsiert sich köstlich und gesteht, dass sie ja doch insgeheim auf eine Leibesvisitation gehofft hatte. So ohne was unten drunter, das macht sie immer ganz kribbelig. Vor allem, wenn keiner davon weiß.

Ich ziehe ihren Tanga aus der Tasche, lasse ihn an meinem Zeigefinger baumeln und berichte süffisant, wo mein Fundstück herstammt. Süß. Sie wird rot. Und ein wenig wütend.

„Gib her.“ Sie greift nach dem winzigen Stückchen Baumwolle. Der neuerlich aus ihrer hektischen Bewegung resultierende Schlenker auf die Gegenfahrbahn resultiert in einer ganzen Kette von Ereignissen, von denen Bella und ich, im Gegensatz zu Ihnen, lieber Leser, nie erfahren werden.

Ein entgegenkommender altersschwacher Kleintransporter, ausweislich des altmodischen Namenszuges der Firma „P. Amsel & Sohn – Bedachungen“ gehörend, weicht uns aus und gerät dabei auf den grobgeschotterten Seitenstreifen.

Die daraus resultierenden Stöße veranlassen die, von Azubi Anton unter Außerachtlassung elementarster Regeln der Ladungssicherung, auf der Pritsche verstaute Schubkarre sich todesmutig ihren Weg in die Freiheit zu suchen. Sie stürzt sich über die Ladekante auf den Asphalt.

Am Steuer flucht Pauline Amsel, die Seniorchefin. Sie hatte das Debakel im Rückspiegel beobachten müssen. Der unglückselige Auszubildende Anton sitzt neben ihr, im dritten Lehrjahr und mit schlagartig noch weniger Aussicht, übernommen zu werden. Er bereut gerade, geboren worden zu sein.

Schulbusfahrerin Martina Lehmann sieht ein Hindernis auf der Straße und steigt in die Eisen. Das schon etwas in die Jahre gekommene Pennälertransportvehikel kommt ächzend nur Millimeter vor der flüchtigen Schubkarre zum Stehen.

Hinten im vollbesetzten Bus wird der schüchterne Gymnasiast Alex wild durch die Gegend geworfen. Er hat Glück im Unglück und landet mit der Nase im durchaus ansehnlichen Dekolleté seiner Mitschülerin Lea, Schwarm der gesamten Klassenstufe. Und von Musiklehrer Reinhold May.

Alex kann allerdings die Tatsache, sich, wenn auch mit einer eher unkonventionellen Extremität, in der Bluse einer jungen Dame zu befinden, nicht zu seinem Vorteil ausnutzen. Ein vernichtender Blick von Lea und seine Entjungferung schiebt sich ein weiteres Jahr in die Zukunft.

Weniger weich als Alex fällt Roberta, ein unscheinbares Mädchen aus der Parallelklasse. Sie kriecht nun zwischen festgetretenen Kaugummis auf der Suche nach ihrer Brille über den schmuddeligen Busboden, als vor ihren zusammengekniffenen Augen etwas Weißes, Fluffiges herabfällt.

Bei dem ansonsten glimpflich verlaufenen Zusammenstoß mit Alex hatte es nämlich einen Kollateralschaden gegeben. Lea bemerkt, dass ihre Oberweite plötzlich ein wenig ungleich ist und blickt sich suchend um. Unter ihrem Fuß knirscht etwas.

Roberta hält nun ihre zertretene Brille und das mopsaufmöbelnde Pölsterchen von Lea in der Hand. Ihre Blicke treffen sich. Die Spannung ist mit Händen zu greifen. Ein Bitchfight liegt in der Luft. Statische Elektrizität lässt die Haare des nebenan sitzenden Sechstklässlers Jakob zu Berge stehen.

Roberta zwinkert und reicht Lea unauffällig das entwichene Busenersatzmaterial, die es umgehend in der geräumigen Jackentasche ihres Vintage-Parkas verschwinden lässt. Was Oma einst in

Wackersdorf trug, wird offenkundig heute beim Kleiderkreisel wieder hoch gehandelt.

„Tut mir leid wegen der Brille."

„Macht nix, die war sowieso hässlich. Vielleicht krieg ich jetzt endlich Kontaktlinsen."

Wir wissen nicht, ob dies der Beginn einer wunderbaren Freundschaft ist. Würden wir uns mit dieser Thematik nämlich eingehender beschäftigen, dann verpassten wir eventuell einen Showdown, den man früher in Cinemascope und Eastmancolor verfilmt hätte.

Vom wütenden Gehupe der anderen Autofahrer gänzlich ungerührt steigen gerade Dachdeckermeisterin Pauline und Busfahrerin Martina aus ihren Fahrzeugen. Sie gehen langsam aufeinander zu, ältere Semester unter uns erinnert die Szene stark an die Schießerei am O.K. Corral.

Würde der Ausgang hier vergleichbar blutig sein wie weiland achtzehneinundsechzig im malerischen Städtchen Tombstone?

Martina Lehmann krempelt die Ärmel hoch. Auf ihrem rechten Unterarm erkennt man eine verwaschene Tätowierung. Ein Anker als Erinnerung an ihre Tage als Matrosin auf dem Atomeisbrecher „Arktika" in der südlichen Barentssee.

Das waren heiße weiße Nächte mit Alexej Gregoriwitsch gewesen, dem ersten Offizier. Und mit Mischa, dem zweiten. Dann waren da noch Pjotr, der Maschinist sowie Viktor, seines Zeichens Meteorologe. Und natürlich Olga, Ingenieurin und nicht nur geschickt im Umgang mit Kernbrennstäben.

Kennen Sie Susan Travers? Das ist die erste und bisher einzige Frau, die in der französischen Fremdenlegion gedient hat. Pauline Amsel war die erste Meisterin der hiesigen Dachdeckerinnung und daher vergleichbar hart im Nehmen. Und braungebrannt als hätte sie in einem Wüstenfort gedient.

Sie stampfen unaufhaltsam aufeinander zu wie diese zwei Dampflokomotiven auf eingleisiger Strecke, die man aus alten Schwarzweißfilmen kennt. Nur dass man hier keine Lokführer im letzten Augenblick vor dem großen Knall aus dem Führerstand springen sieht.

„Könnt Ihr Euren Scheiß nicht festbinden? Ich hab den Bus voller Kinder."

„Blas dich mal nicht auf, ist ja nix passiert."

Die Dachdeckerin bückt sich nach der Schubkarre, um sie wieder aufzuladen.

„Das ist alles? Nicht mal ‚Entschuldigung' oder so?

„Ich kann doch nix dafür, da kam uns irgend so ein Penner entgegen." Sie lädt das Corpus Delicti in aller Seelenruhe wieder auf. Und fängt sich einen Tritt in den Hintern ein, der sich gewaschen hat.

„Sach ma!" Sie berappelt sich in Rekordzeit und schubst ihre Kontrahentin, wodurch die ihrerseits auf dem Allerwertesten landet.

Was dann folgt, ähnelt am ehesten einer Mischung aus fernöstlicher Kampfkunst, griechisch-römischem Ringen und klassischer Kneipenschlägerei.

Am Straßenrand tuscheln der in Liebesdingen unkundige, aber durchaus geschäftstüchtige Gymnasiast Alex und Azubi Anton, der eher ein Händchen fürs Karten- als fürs Dachpfannenlegen hat, miteinander. Sie nehmen Wetten der zahlreichen Zuschauer auf den Ausgang des Kampfes an.

Beide würden in wenigen Jahren zusammen ein überaus erfolgreiches Online-Wettportal gründen, bei dem man vom Kreisliga-Laufentenrennen in der Provinz Guangdong bis zum Damen-Schlammcatchen in der Klasse bis Körbchengröße Doppel-D in Huntsville, Alabama, auf alles setzen kann.

Aber das wissen die zwei natürlich jetzt noch nicht. Und wir, wenn ich daran erinnern darf, eigentlich auch nicht.

Es zeichnet sich nun zwar eine leichte Präferenz zugunsten der seetauglichen Busfahrerin ab, aber für ein Urteil ist noch zu früh, so ein Kampf geht über 12 Runden. Mindestens.

„Schluss jetzt!"

Unerwartet schreitet der Ringrichter ein. Der Streifenpolizist, von dessen kundigen Händen an ihren Lenden Bella grad noch geträumt hatte, war hinter uns hergefahren. Eigentlich nur, um Bella ihren Führerschein zurückzugeben, den sie in der Aufregung bei ihm vergessen hatte.

Unversehens musste er nun hier schlichtend und im Sinne des ungehinderten Verkehrsflusses auf dieser wichtigen ortsverbindenden Straße tätig werden. Zum Glück ahnt er nichts vom Zusammenhang zwischen der Schubkarre und Bellas Unterwäsche.

„WASN?" Pauline tropft etwas Blut von der Unterlippe, Martinas Hemd ist an der Schulter aufgerissen. Beide sind über die Störung etwas ungehalten, was darin resultiert, dass unser wackrer Ordnungshüter nun zwei harmonisch auf die Farbe seiner Uniform abgestimmte Veilchen hat.

Er tut das einzig Richtige und entscheidet sich für den taktischen Rückzug. Im sicheren Streifenwagen greift er zum Funkgerät. Martina kniet unterdessen auf Paulines Brust und verabreicht ihr Ohrfeigen.

Der Kampf wogt hin und her, die Einsätze steigen, die Quoten schwanken, der Rückstau beträgt nun in beide Richtungen etwa 5 Kilometer. Nochmal so viel und er schafft es als Verkehrsmeldung ins Radio.

Bella und ich sind ein paar Kilometer weiter in einen Seitenweg eingebogen, um uns in Ruhe, nun sagen wir, auszusprechen. Ein bisschen wundere ich mich, als nacheinander vier Streifen- und zwei Rettungswagen in die Richtung rasen, aus der wir gekommen sind. Dann wende ich mich wieder den praktischen Aspekten der Tatsache zu, dass Bella keine Unterwäsche trägt.

Entschuldigen Sie mich jetzt, für den BH-Verschluss brauche ich beide Hände.

Kapitel 16 – Unorganisiertes Verbrechen

Das Telefon auf meinem Schreibtisch klingelt. Eine mir unbekannte Nummer wird angezeigt, Berliner Vorwahl, kann also nichts Wichtiges sein. Unbedarft gehe ich ran. Es ist Manuel. Manuel, der Pechvogel. Habe ich Ihnen von dem schon erzählt? Nein? Manuel ist genial. Wirklich. Ein Tüftler und Erfinder sondergleichen. Doch fürs Geschäft ist er in etwa so begabt wie ein Huhn zum Autofahren. Immer wenn er versucht, eine seiner Idee in klingende Münze zu verwandeln, geht todsicher gewaltig etwas schief. Mal verbaselt ein schusseliger Patentanwalt eine wichtige Anmeldefrist und ein amerikanischer Weltkonzern verdient Millionen mit Manuels Entwurf. Mal geht ein illoyaler Chefentwickler mit allen Plänen stiften, gründet ein eigenes Unternehmen, bringt es an die Börse und schickt jetzt regelmäßig Postkarten aus Barbados.

Dann wiederum wird ein gerade fertiggestellter Prototyp Opfer einer plötzlichen Bodensenkung, weil die Firma auf einem bis dato unbekannten, riesigen Bunker aus der Nazi-Zeit errichtet worden war. Die dort für den Fall Grau, eine eventuelle Machtübernahme durch vegane Wehrkraftzersetzer, eingelagerte Wehrmachtsleberwurst hatte nach 70 Jahren ein Eigenleben entwickelt und beschlossen, ihre blecherne Heimat zu verlassen. Schlagartig.

Können Sie sich vorstellen, was passiert, wenn zwanzigtausend Konservenbüchsen, mehr als ein halbes Jahrhundert über dem Mindesthaltbarkeitsdatum, zeitgleich in die Luft fliegen? Glauben Sie mir, das Gewölbe, in dem sie lagerten, hielt dieser Vorstellung genauso wenig stand wie Sie.

Die teure, kurz vor der Einsatzreife stehende und absolut revolutionäre Maschine versank darauf in einer Mischung aus durch ein gebrochenes Abwasserrohr eingedrungene Kloake und fermentierten großdeutschen Schweineinnereien. Die Investoren sprangen ab. Mit zugehaltener Nase.

Jenem Manuel nun hatte ich vor einiger Zeit für eine neue, fabulöse Idee einen potenten Investor vermittelt. Und zwar „Papa", den netten Gangsterboss von nebenan, bei dem ich bekanntlich seit einiger

Zeit einen Stein im Brett habe. Die Sache mit Madame Sofie, Sie erinnern sich.

„Ist der bescheuert? Oder lebensmüde?" dürfte jetzt Ihre naheliegende Frage lauten. Mitnichten, wäre meine Antwort. Denn Papa sucht stets nach todsicheren Investitionsmöglichkeiten für größere Beträge, deren Quellen er, sagen wir, dummerweise vergessen hatte, dem Finanzamt offenzulegen. Kann ja jedem mal passieren, nicht wahr?

Todsicher heißt in diesem Fall, dass der Tod des Unternehmens, in das investiert wurde, garantiert sein musste, denn nur über eine Firmenpleite ließen sich aus schwarzer Mark sauber gewaschene Euros in der Insolvenzmasse zaubern. Der Doktor, Papas Consigliere, hatte mir das zugrundliegende Prinzip mal in allen Einzelheiten erklärt. Verschiedene Holdinggesellschaften, Verlustverrechnungen und mittendrin das eine oder andere Jungfrauenopfer hatten darin eine Rolle gespielt.

In einem seltenen Anflug von Weisheit hatte ich daraufhin beschlossen, alles sicherheitshalber sofort wieder zu vergessen. Und das sollten Sie lieber auch. Papas Killer sind zwar absolute Profis, aber ohne Betäubung die Zunge mit einem rostigen Taschenmesser herausgeschnitten zu bekommen, ist und bleibt eine eher unangenehme Erfahrung. Zumal sie dann Ihren Angehörigen zugesandt wird. Unfrei. Während Sie längst Schweinefutter sind.

Aber lassen wir diese eher unschönen Seiten des Geschäfts beiseite. Meine Rolle ist nämlich, das werden Sie sich angesichts meiner komplett fehlenden kriminellen Energie schon gedacht haben, eine absolut harmlose. Dachte ich jedenfalls bis heute.

Ich suche für Papa nach aussichtslosen Investments, in die man mindestens siebenstellige Beträge bequem versenken kann. Damit ist quasi die gesamte Berliner Startup-Szene interessant, außer den paar Anfängern, die meinen, mit ein paar Hunderttausend auszukommen. Bisher war er mit meinen Diensten immer hochzufrieden, eine Hipster-Bude nach der anderen tritt den Weg zum Insolvenzrichter an. Dank meiner Verbindungen in die Hauptstadt schaffen wir es mühelos, Million um Million zwischen Neukölln und Spandau zu versenken.

Alles lief bis dato wirklich hervorragend. Solange nur eben kein Investment einen Gewinn abwirft. Und jetzt ruft Manuel an. Dem ich aus alter Freundschaft auch ein Milliönchen von Papa zugeschachert hatte, vollkommen überzeugt davon, dass dieses Geld zum Fenster herausgeworfen war.

Manuel ist aufgekratzt wie ein Fünfjähriger unterm Weihnachtsbaum. Er hat gerade seine Firma verkauft. An einen potenten Investor aus dem Reich der Mitte. Und ich solle mich festhalten. Mit richtig fettem Gewinn. Er redet weiter, ich höre aber nur Rauschen. Entweder es ist das Blut in meinen Ohren oder Fahrtwind.

Ich werde blass. Sehr blass. Bella schaut besorgt zu mir herüber. Manuel interpretiert meine temporäre Wortlosigkeit als Zeichen ungebändigter Freude.

„Ja. So hab ich auch erstmal reagiert. Bis demnächst dann, alter Freund, bin auf ner Probefahrt im Cabrioooo."

Klick. Die Leitung ist tot. Und ich vermutlich auch bald.

Einige Minuten lang starre ich schweigend vor mich hin. Das ist der Zeitpunkt, an dem sich Bella ernstlich Sorgen um mich zu machen beginnt.

Gerade will ich ihr meine verzweifelte Lage erläutern, als das Telefon schon wieder klingelt. Diese Nummer kenne ich allerdings. Es ist Carlotta, Papas langgediente Sekretärin. Ihre Stimme klingt ungewohnt ernst.

Ich möge doch bitte umgehend zu ihm ins Büro kommen, solle sie von Papa ausrichten. Es ginge um etwas sehr Wichtiges. Nein, Näheres könne sie mir leider auch nicht sagen.

Ach, und ob ich vielleicht zufällig eine Rolle von diesen großen, schwarzen Müllsäcken hätte. Ja, die besonders reißfesten. Genau die. Sie bräuchte dann nicht noch extra zu Budni.

Ich torkele benommen aus dem Chefbüro. Ein wenig frische Luft täte mir jetzt gut.

Der ganz normale betriebliche Wahnsinn umgibt mich. Lena hadert am Telefon lautstark mit einer freiberuflichen Domina über einen unberechtigten Vorsteuerabzug. Kerkermeisterin Susi steht neben ihr und nickt zustimmend.

Vorsteuerabzüge sind ihr ziemlich egal, aber diese Zicke hatte ihre Neunschwänzige ruiniert. Sie hatte die gut gebrauchte Achtschwänzige dann zwar noch zu einem anständigen Preis an irgendeinen unanständigen Perversling bei eBay verhökern können, aber hier ging es schließlich ums Prinzip.

Britney streitet mit unserem Spirituosenlieferanten über das fragwürdige Echtheitszertifikat der letzten Wodkarechnung, das sich als kyrillische Betriebsanleitung für eine Waschmaschine entpuppte.

Britney heißt in Wirklichkeit Irina und wurde in Wolgograd geboren, was ihr makelloses Russisch erklärt. Sie spätaussiedelte in den Neunzigern mit ihren Eltern, die nach längerer Suche endlich einen deutschen Großvater im Stammbaum entdeckt hatten.

Sein Nachname war Spiers gewesen, sehr zur Freude der kleinen Irina, die ihren Allerweltsvornamen nie wirklich gemocht hatte.

Türsteherin Margot bittet mich, Pfefferspray nachzubestellen. Das Gute aber, nicht wieder diesen Billigplunder.

Margaux, ihre zurzeit bei uns hospitierende französische Namensvetterin, bietet mir einen Blowjob an, weil ich so traurig aussehe. Sie fängt sich eine Kopfnuss von Bella ein und verschwindet beleidigt. „Isch abe es nur gut gemeint."

Bella bugsiert mich sanft aber bestimmt den Flur entlang und zum Haupteingang hinaus. Die Sonne blendet mich. Sie nimmt meine Hand und führt mich hinter das Haus, wo ein kleiner Bachlauf lauschig plätschert. Es hat eben auch Vorteile, sein Gewerbe in der Pampa auszuüben.

Wir setzen uns auf den kleinen Holzsteg, von dem früher Bachsaiblinge und Forellen geangelt wurden, bevor man sich hier dem fachgerechten Ausnehmen zahlungskräftiger, zunächst fast ausschließlich männlicher Kundschaft zugewandt hatte.

Ach wie friedlich es hier ist. Gut, der Wäschelieferant hupt gerade wie ein Berserker, um auf sich aufmerksam zu machen und das große Außenteil unserer neu installierten Klimaanlage springt alle paar Minuten mit elchartigem Röhren an, aber man hat hier etwas Ruhe vor der Welt.

Wir blicken beide eine Weile schweigend auf den plätschernden Bachlauf. Natur pur. Schön. Eine leere Spülmittelflasche treibt vorbei, ein Fahrradhelm, zum Glück ohne Inhalt, eine Discounter-Plastiktüte und ein toter Frosch mit aufgeblähtem Bauch. Kennen Sie noch „Am laufenden Band"? Nein? Egal. Es kam sowieso kein Fragezeichen.

Also berichte ich Bella nun von Manuels vermeintlich froher Botschaft und die von Carlotta übermittelte Vorladung. Sie begreift den Ernst der Lage sofort. Niemand will Papas Zorn erregen, auch wenn er sich uns, als „Friends of Sofie", gegenüber bisher immer äußerst freundlich gezeigt hat.

Sie erinnern sich an Sofie? Haupteigentümerin des „Diana", Immobiliengroßmogulin sowie erste und einzige große Liebe von Papa, der wir einen Rückzug aus dem anstrengenden Puffmutterbusiness ermöglicht hatten? Ah. Dachte ich mir. Sofie vergisst man nämlich nicht so leicht.

Wie zum Teufel hatte Papa dermaßen schnell von der Sache erfahren? In spätestens einer Stunde würde ich bei ihm antreten müssen und ich hatte nicht die geringste Entschuldigung für mein Versagen vorzubringen. Denn in seinen Augen hatte ich versagt.

Einerseits hatte ich ihm vermutlich Geld eingebracht. Andererseits gegen seinen ausdrücklichen Auftrag geschäftlichen Erfolg erzielt, und Insubordination konnte Papa auf den Tod nicht ausstehen. Disziplin hält den Laden zusammen, hatte er mir mal erklärt. Bei den Marines wie bei der Mafia.

Ach Manuel, in was hast du mich da nur hineingeritten. Da vertraut man einmal jemandem, der weiß, wovon er spricht, sein Geld an, statt hippen Kreuzberger Schwätzern mit Fahrradhelm und schon vermehrt es sich. Ohne vorher zu fragen.

Bella rückt näher an mich heran. Sie flüstert mir etwas ins Ohr. Mein männliches Gehör ist problemlos in der Lage, alle Umgebungsgeräusche herauszufiltern, als es erkennt, um welches Thema es geht. Wir stehen auf und gehen gemeinsam zurück ins Haus. Wenn Bella sagt, es macht sie irgendwie ziemlich heiß, mit einem Mann ins Bett zu gehen, der von Mafiakillern gejagt wird, wer bin ich, ihr diesen Wunsch abzuschlagen. Der ja sowieso vermutlich auch mein letzter gewesen wäre.

Kapitel 17 – Gangsterbosse und Gummitiere

Kennen Sie die Firma „Universal Exports"? Nein? Sie sind kein großer James-Bond-Fan, vermute ich. Papa hingegen schon. Und so wie sich im Filmklassiker hinter diesem harmlosen Firmennamen der verborgen agierende MI6 verbirgt, so dient die „Universal Export GmbH" als blütenweißes und legales Deckmäntelchen für all die verwerflichen Geschäfte, in denen Papas Unterweltimperium seine schmutzigen Finger hat.

Er erzählt heute noch gern davon, wie er dereinst am Set von „Die Unbestechlichen" neben Sean Connery am Pinkelbecken gestanden hatte. Papa war nämlich seinerzeit von den pragmatischen Filmproduzenten als kompetenter Berater verpflichtet worden, um mit seiner Fachkenntnis die blutigen Gemetzel möglichst lebensnah inszenieren zu können.

In seinen Kreisen war man von der Akkuratesse bezüglich der Auswahl der richtigen Maschinengewehrtypen, Kaliber und Fahrzeuge sehr angetan. Kaum jemand hat ja heute noch Sinn für eine kultivierte Schießerei.

Gestandene Gangsterbosse hingegen wischten sich bei der Filmpremiere verstohlen ein Tränchen aus dem Auge „Guck, der da an der Wand, der zweite von links, das war mein Opi. Gleich kriegt er eine Kugel in die Milz, bevor ihm die Cops die Eier wegschießen." Er erhielt zwar auch von anderer Seite einhelliges Lob für seine Arbeit, durfte aber nach einem Einspruch des FBI im Abspann dann doch nicht genannt werden. Papa trauert deswegen bis heute.

Mit wabbeligen Knien stehe ich also nun mit einer Rolle schwarzer Müllsäcke in der Hand vor Carlotta, Papas Miss Moneypenny. Sie mag mich sonst eigentlich ganz gerne.

Heute jedoch wirkt sie genauso verschlossen wie das Bonbonglas, in das ich sonst mindestens einmal reingreifen darf, um mir eins von den Fruchtgummis in Form von kleinen Maschinenpistolen oder Handgranaten herauszufischen. Die roten Bömbchen mag ich am liebsten, die schmecken nach Himbeere.

Sowas wollen Sie auch? Kriminelles Naschwerk? Ich kann Ihnen da bezüglich der Bezugsquelle weiterhelfen. Papa hatte nämlich kurz nach der Wende einst für kleines Geld die Mehrheit an der Ostdeutschen Dauerlutscherwerke GmbH bei Magdeburg von der Treuhand übernommen.

Dabei war er weniger an den Dauerlutschern interessiert, er ist da eher der Lakritztyp, als an den hochmodernen Verpackungsmaschinen, mit denen große Mengen präzise abgewogener Gummibärchen in kleine Tüten verpackt werden konnten.

Die Magdeburger hatten sich nämlich schon in den 80er Jahren auf essbare Werbegeschenke spezialisiert. Das Fruchtgummikombinat „Roter Lutscher" war dadurch zu einem der wichtigsten Devisenbringer der dahinsiechenden DDR geworden.

Natürlich hatte es seitens der skeptischen SED-Parteileitung gewisse Bedenken gegeben. Ausgerechnet Werbegeschenke an den Westen liefern und kapitalistische Konzerne damit noch in ihrem wirtschaftlichen Wohlergehen fördern?

Argumentativ gewitzt hatte eine Magdeburger Delegation beim Zentralkomitee dann auf den hohen Zuckergehalt in ihren Produkten hingewiesen und dargelegt, dass, wenn der erwartete Sieg der proletarischen Weltrevolution vor der Tür stand und es zum letzten Gefecht käme, der Klassenfeind zahnlos dastünde.

Mit dem Mauerfall waren dann die guten Zeiten der üppig fließenden Westmark vorbei. Ungewohnter Konkurrenzdruck, steigende Rohstoffkosten und die plötzliche Nachfrage nach veganem Naschwerk stellten die Dauerlutscherwerke vor existenzielle Herausforderungen.

Kurz vor der Pleite hatte dann ein potenter Investor, ich vermute, Sie ahnen bereits, von wem ich rede, aus dem Westen zugeschlagen und die Fabrik übernommen. Papa ersetzte das unfähige Management durch zuverlässige eigene Leute und sanierte den maroden Laden.

Für die Rettung der Arbeitsplätze in der strukturschwachen Region erhielt er, neben üppigen Subventionen, auch noch die Ehrenbürgerwürde und ewige Dankbarkeit der örtlichen Bevölkerung.

Das Kennzeichen seines Maserati ist bei der örtlichen Bußgeldstelle als „Einsatzfahrzeug" hinterlegt. Sollte er also mal wieder mit 220 über sachsen-anhaltinische Landstraßen brettern, so tut er dies automatisch im Dienst der guten Sache und von schnöden Geschwindigkeitsbegrenzungen und ihren unangenehmen Konsequenzen unbehelligt.

Nun liefen also die Maschinen wieder. Tagsüber plumpsten wie eh und je elastische Gummitiere in die Tütchen und nachts, ebenso präzise abgezählt, eine andere Sorte Drops, zu deren Gunsten man eigentlich nur sagen kann, dass sie garantiert keine Gelatine enthalten.

Morgens verteilt dann eine Flotte von Lieferwagen die Tages- und die Nachtproduktion in westdeutschen Großstädten. Warum „westdeutschen"? Natürlich wird auch Berlin beliefert, aber dort ist man von sich selbst so berauscht, dass auch die Nachtschicht nur Gummidrops in die für die Hauptstadt bestimmten Beutelchen einfüllt. Man schlägt auf diese Weise gleich drei Fliegen mit einer Klappe. Das Rohmaterial ist billiger, Polizeirazzien in Clubs verlieren ihren Schrecken und besser als Partydrogen schmecken die Gummibonschen allemal.

Wie ich hinter die ganze Sache gekommen war? Na, jedenfalls nicht, weil Papa mich eingeweiht hätte. Von dessen sinistren Machenschaften will ich eigentlich nur so viel wie zwingend erforderlich wissen.

Nein, es begann alles damit, dass ich eines Abends im Büro des „Diana" saß und mich durch einen monströsen Berg liegengebliebener Abrechnungen arbeitete. Eine gewisse Unterzuckerung brachte mich dazu, das Büro nach Essbarem zu durchwühlen. Ich stieß auf ein paar Tütchen mit speziell für uns angefertigten Gummibären. Speziell in dem Sinne, dass es sich angesichts ihrer Anatomie zweifelsfrei um Gummibärinnen handelte.

Ein bei unserer eher simpel gestrickten männlichen Kundschaft sehr beliebtes Werbegeschenk, das wir natürlich auch bei Armin bezogen, Sie wissen ja, unserem Hauslieferanten für jeglichen PR-Krimskrams. Ich riss den Beutel auf und warf mir begierig den Inhalt in den Rachen. Pfui Teufel, die schmeckten ja absolut widerlich.

Allerdings erfüllten sie ihren Zweck, die Arbeit ging mir flott von der Hand, ich erledigte in Rekordzeit, was zu erledigen war und noch ein bisschen mehr. Danach fiel ich noch morgens um fünf wollüstig über die erstaunte, aber angesichts der Uhrzeit überraschend aufgeschlossene Bella her.

Nach dem Frühstück, bestehend aus einer Portion Rührei, für die eine Legebatterie in der Straußenfarm eine Sonderschicht hatte fahren müssen, schleppte ich mich schließlich mit letzter Kraft zum Sofa, brach erschöpft zusammen und verfiel in sonores Schnarchen.

Meine daraufhin angestellten Nachforschungen brachten mich schnell darauf, was sich wirklich in dem Beutel befunden hatte. Und wer Armins Lieferant war.

Und schließlich, dass es aufgrund eines Defektes in Verpackungsautomat vier, das ist der ganz hinten in Halle 2, zu einem sogenannten Hänger gekommen war. Ein Nachtschichttütchen hatte sich irgendwo verkeilt und war dann unbemerkt in die Tagesproduktion geraten. Und zusammen mit vielen harmlosen, wenn auch etwas obszönen, Gummiviechern schließlich bei uns gelandet.

Ich bin mir ziemlich sicher, dass ich bei einer eventuellen Razzia der Drogenfahndung im „Diana" mit dieser Geschichte nicht sehr weit gekommen wäre.

Carlotta jedenfalls lotst mich dropslos und wortkarg an drei wartenden Halbweltfiguren vorbei direkt in Papas Büro. Die harten Typen, die bisher jeder wortlos und grimmig vor sich hingestarrt hatten, gucken mir hinterher. Ein Anflug von Mitleid liegt in ihrem Blick.

„Du hast es schon gehört?" beginnen wir unisono das Gespräch. Ich lasse ihm respektvoll den Vortritt. Zu meinem großen Erstaunen fällt er nicht gleich mit der Tür ins Haus und nennt mir meinen Termin beim Scharfrichter, sondern erzählt ausschweifend von der Einsamkeit, für die der Mann doch eigentlich nicht geschaffen sei. Seine Frau Dolores, Sie wissen schon, die, die er als junger Mann aus dynastischen Erwägungen heraus hatte statt Sofie heiraten müssen, war vor zwei Jahren von einem Heimatbesuch in Kolumbien nicht zurückgekehrt, wo ihre Familie, nun, sagen wir, Pflanzungen besitzt.

Genau weiß ich es auch nicht, aber gewissen Andeutungen zufolge war sie Opfer eines Querschlägers geworden. Eine kleinere geschäftliche Auseinandersetzung mit einer im gleichen Gewerbe tätigen anderen Familienfirma war wohl etwas südamerikanisch-temperamentvoller ausgefallen als geplant.

Es gibt eben Unternehmen, für die trotz seines in diesem Falle etwas irreführenden Namens nicht das Kartellamt, sondern eine andere Bundesbehörde zuständig ist. Auf jeden Fall ist Papa seitdem Witwer. Und fand gerüchtehalber hin und wieder ein wenig wohlverdienten Trost bei einer alten Freundin.

Wann kommt er auf den Punkt, frage ich mich, mühsam meine Nervosität unterdrückend.

Schließlich rückt er raus mit der harten, entsetzlichen Wahrheit.

„Sofie und ich, wir werden heiraten."

Das ist nett und ich freue mich auch für ihn, aber deswegen hat er mich ja sicher nicht herbestellt. Ich gratuliere herzlich, wünsche alles erdenklich Gute und bin fast ein wenig enttäuscht, dass ich die Trauung ziemlich sicher nicht mehr werde miterleben können.

„Und jetzt fragst du dich sicher, warum ich dich hergebeten habe."

Natürlich frage ich mich das nicht, höflich bestätige ich aber diese Annahme durch ein Kopfnicken.

Es gäbe da nämlich, beginnt er seine Ausführungen, so ein paar Probleme. Und da käme ich ins Spiel. Ich schlucke. Meine Kehle ist trocken wie der Rinderbraten bei Tante Gerda.

Zum einen wären da die Kinder. Er meint Judith, genannt Judy, seine Tochter und ihren kleinen Bruder Yannick.

Beide sind lange aus dem Haus, aber offensichtlich wenig amüsiert, dass ihr Vater, statt sich traditionsgemäß von einem jüngeren Konkurrenten dahinmetzeln zu lassen, plötzlich einen zweiten Frühling erlebt und am Ende noch ihr Erbe mit irgendeiner Hergelaufenen durchbringt.

Und dann das Problem mit Sofie selbst. Meine Güte, der strapaziert meine Geduld. So viel Smalltalk, bevor er dann endlich zu meiner Exekution kommt.

Sofie jedenfalls besteht anscheinend darauf, dass sich Papa von allen Geschäften trennt, den auch nur ein Schatten der Illegalität anhaftet. Was so ziemlich alle sein dürften. Eine Gangsterbraut, nein, das wollte sie auf ihre alten Tage nicht mehr werden. Papa blickt mich unglücklich an.

Ein Telefonanruf verschafft mir eine kleine Atempause. Papas Büro und seine Leitungen sind abhörsicher nach militärischem Standard, trotzdem verlässt er sich lieber auf gute alte Codeworte. Er stellt auf Lautsprecher und lässt mich mithören.

Was es für mich nicht leicht macht, dem Gespräch zu folgen. Wenn ich es richtig verstand, beschwerte sich der Gebietsleiter für Urkundenfälschung Südostasien, ansässig in Hongkong, bitterlich, dass er seit der letzten Umstrukturierung jetzt an das Regionalbüro in Singapur berichten muss. Und dass die da zwar vielleicht von Piraterie und Menschenschmuggel was verstünden, aber nie und nimmer etwas von den Feinheiten einer südkoreanischen Geburtsurkunde.

Papa hört sich geduldig das Klagen an, stimmt mal zu, rät mal zur Geduld, droht, lockt, verspricht und schmeichelt. Management, so erkenne ich, war doch im Wesentlichen ein Handwerk und in allen Branchen irgendwie sehr ähnlich.

Papa legt auf, schüttelt den Kopf, wirft zwei Tabletten zur Regulierung seines Magensäurepegels ein und wendet sich wieder mir zu. Was er denn nur tun solle, die Firma sei doch sein Lebenswerk.

Ja, und was hab ich damit zu tun? Wie sollte ich ihm bei dem Schlamassel behilflich sein? In genau diesem Augenblick finden sich in meinem Gehirn zwei Synapsen und feiern eine kleine Party zum Anlass meiner plötzlichen Erleuchtung. Vielleicht hätte ich da doch eine Idee.

Ich frage ihn, ob er sich an Manuel erinnert. Ach ja, das wäre dieser Trottel, dem alles schiefgeht, ich hätte da mal von erzählt. Und hatten wir da nicht auch investiert? Sei der mittlerweile pleite?

Ich verneine und sage: „Im Gegenteil."

Papas Blick durchbohrt mich. Was hatte ich gerade gesagt. Jetzt galts. Entweder, ich bin genial. Oder bald tot. Immerhin lässt er mich ausreden und holt nicht die 45er aus der mittleren Schreibtischschublade. Er drückt stattdessen knisternd zwei weitere hellgrüne Magenpillen aus dem Blister.

„Du brauchst doch" beginne ich meine Ausführungen „für ein neues Leben mit Sofie sicherlich ein gewisses Startkapital?"

Er nickt. Natürlich. Sofie war sehr wohlhabend, aber er wollte sich wohl kaum von ihr aushalten lassen. Soweit käme es noch. Ausgerechnet er.

Ob denn so 50 Millionen vielleicht ausreichen würden? Er grübelt. Ja, knapp, das ginge schon irgendwie, man müsste sich halt diesen oder jenen Luxus vom Munde absparen, aber das täte schon reichen. Wieso ich fragte?

Ich erläutere die heutige Meldung von Manuel, von der er, wie ich erst jetzt erfahre, noch nichts wusste. Meine Vorladung hatte ausschließlich private Gründe gehabt. Papa hört aufmerksam zu. Er ist ein ausgekochter alter Fuchs und begreift umgehend, worauf ich hinauswill.

Er denkt ein Weilchen nach und sagt nichts. Dann steht er auf, geht um seinen Schreibtisch und legt seine schwere Hand auf meine Schulter.

„Du bist wie der Sohn, den ich nie hatte."

Er sagt es sehr salbungsvoll aber leider auf Serbokroatisch, daher habe ich keine Ahnung, ob er grad eine finstere Drohung gegen mich und meine Nachkommen bis ins siebte Glied ausgestoßen oder eine Bemerkung über das Wetter gemacht hat.

Zum Glück wiederholt er den Satz dann auf Deutsch. Verwundert erinnere ich ihn an Yannick, seinen wirklichen Sohn. Ach der, sagt er, dem hatte das familiäre Unterweltimperium nicht ausgereicht, der wollte bei den ganz großen Gangstern mitmischen.

Ich nicke verständnisvoll.

„Investmentbanker?"

„Investmentbanker."

Ich wusste, dass Yannick in London wohnte, aber nicht, dass er es in der Welt der Halsabschneider und Oberschurken so weit gebracht hatte.

Papa griff zum Telefon. „Doktorchen, kannst du mal kurz zu uns raufkommen? Ja? Danke. Bis gleich."

Ein paar Minuten später steht der Doktor, Papas rechte Hand in allen kaufmännischen Angelegenheiten, im Büro und begrüßt mich herzlich. Zwar macht Lena bei ihm schon länger keine Hausbesuche mehr, dafür hat sie ihm eine wirklich interessante Dame namens Petra vorgestellt.

Aber das ist eine andere Geschichte. Der Doktor jedenfalls hört sich unseren Bericht über den unerwarteten Geldsegen und Papas Überlegungen, die dunkle Seite der Macht zu verlassen, geduldig an, nickt nur ab und an und stellt ein, zwei Nachfragen. Er überlegt kurz.

Ja, wir hätten Glück, in diesem Falle wäre es relativ simpel, die gewonnen Milliönchen komplett auf der legalen Seite des Business zu verbuchen, man müsste allerdings wohl, er verzog das Gesicht, als hätte er in eine Zitrone gebissen, ein paar Steuern zahlen.

Aber Papa wäre dann ein seriöser Herr mit weißer Weste und erklecklichem Vermögen, ganz sauber durch den Verkauf einer Unternehmensbeteiligung erworben und könnte sich mit allem Komfort zur Ruhe setzen. Und bis ans Ende ihrer Tage mit Sofie Luxuskreuzfahrten machen.

Bliebe natürlich die Frage der Nachfolgeregelung für den großen Rest des Geschäfts. Den Teil, den das Tageslicht nur gelegentlich mal kurz streift, und der wie bei einem Eisberg im Normalfall unterhalb der Wasserlinie verborgen ist.

Yannick schied dafür, wie schon erwähnt, bedauerlicherweise aus, obwohl er genügend Gewissenlosigkeit und Menschenverachtung mitbrächte. Und Judith? Sie macht irgendwas mit Medien und lebt in einer Feministinnen-WG in Berkeley. Das wäre auch eine verdammt harte Nuss.

Ivo? Nein wirklich nicht, der war einfach zu nett. Und eine Tranfunzel. Und darüber hinaus in seinem Job als Briefträger geachtet und hochzufrieden.

Beide gucken mich so komisch an. Nein. Wirklich nicht. Ich fühle mich zwar über alle Maßen geehrt, aber nein, danke. Und für eine Adoption, die für den Einstieg ins Familiengeschäft unabdingbar sei, stünde ich auch nicht zur Verfügung.

Außerdem haben, und da bin ich mir absolut sicher, weder Judith noch ich an einer strategischen Eheschließung, der anderen verbleibenden Option, irgendein Interesse. Und Bella auch nicht.

Ich verspreche den beiden, mir ein paar Gedanken bezüglich der Nachfolgesituation zu machen und ziehe mich auf diese Weise erstmal aus der Affäre.

Und dann kommt mir die rettende Idee. Um mit Yoda zu sprechen: „There is another Skywalker" murmele ich. Eingeweihte ahnen, worauf ich hinauswill. Trekkies, Muggel und leider auch Papa, der in beide Gruppen fällt, müssen sich noch ein, zwei Kapitel gedulden.

Beim Hinausgehen fällt mir dann noch etwas ein.

„Weswegen hattest Du mich eigentlich hergerufen?"

Papa stutzte. Natürlich. Das hatte er ganz vergessen bei all der Aufregung. Sofie und er hätten da noch eine klitzekleine Bitte an Bella und mich. Wirklich, nichts Großes.

Sie wollten die Hochzeitsfeier nämlich gerne im „Diana" abhalten. So 300 Gäste. Wäre doch sicher kein Problem. Und übernächsten Monat solle es sein.

Als ich Papas Büro verlasse, stopft Carlotta mit Tränen der Wut in den Augen gerade eine große Yucca-Palme in einen der von mir mitgebrachten Müllsäcke.

„Ich kann die nicht mehr sehen, steht immer nur da und guckt mich so hämisch an."

Mir wird schlagartig der Grund für Carlottas heutige miese Laune klar. Sie hatte Papa, den sie jahrzehntelang angehimmelt hatte und dessen intimste Geheimnisse sie teilte, erst an Dolores und nun auch noch an Sofie verloren.

Und die arme Palme musste es jetzt ausbaden. So läuft das nun mal in einem Büro, man lässt seine Wut auf den Boss an wehrlosen Rangniedrigeren aus.

Kapitel 18 – Treulich geführet

Der auffällig unauffällige, dunkelblaue Mittelklasse-Kombi blockiert unsere Zufahrt, weswegen der Blumenlieferant nicht durchkommt. Ich bitte die beiden Damen vom BKA, die heute Dienst haben, doch umzuparken. Ihre Kollegen von der Drogenfahndung haben gleich Schichtwechsel, dann wird ein günstigerer Parkplatz frei.

Der Blumenwagen gehört gemäß der Liste, die ich von Francesca, der Hochzeitsplanerin, bekommen habe, zum FBI. Wer Geldfälscher jagt, der kennt sich halt gut mit Blüten aus. Humor haben die ja, die Amis, denn die Tischwäsche liefert uns passenderweise deren Money Laundering-Team.

Ich bin ausgesprochen froh, dass wir Francesca haben. Sie entstammt selber einer angesehenen kalabrischen Sippe, hatte sich aber, statt in das Familienunternehmen einzusteigen, auf die generalstabsmäßige Planung von gesellschaftlichen Großereignissen spezialisiert.

Die geschäftlichen Verbindungen ihres Vaters, seiner Brüder, Onkel und Neffen waren ihr dabei durchaus gelegen gekommen. Denn auch bei Unterwelts wird natürlich geheiratet und es gibt hin und wieder ein Dienstjubiläum zu zelebrieren.

Oder die zwölfte Entlassung aus dem Gefängnis, was man halt so feiert in ganz normalen Familien. Sie kennen das.

Zusammen mit ihr haben wir alles vorbereitet und nichts dem Zufall überlassen. Sie ist hochprofessionell, extrem gut vernetzt und hat ihr Team bestens im Griff. Dabei bleibt sie stets charmant und allzeit fröhlich. Sofern allerdings etwas nicht nach ihrem Plan lief, hat man besser eine sehr gute Ausrede parat.

Es war nämlich eine Bedingung ihres besorgten Vaters gewesen, dass das Kind eine solide Ausbildung machte, bevor es in die weite Welt hinauszog. Sie hatte also brav zunächst die Auftragskillerlaufbahn eingeschlagen. In ihrer Fachrichtung „Tötung mit bloßen Händen" hatte sie es zur Jahrgangsbesten gebracht.

Muss ich erwähnen, dass Bella und sie sich von Anfang an blendend verstanden?

Wir haben das gesamte Hotel „Eichengrund" vier Wochen lang exklusiv für die Hochzeitsgäste und ihre Begleiter gebucht. Hotelchefin Claudia hatte mich vor Dankbarkeit heftig abgeknutscht, was ihr einen bitterbösen Blick von Bella eingetragen hatte. Und mir eine Woche ohne Sex.

Im Haupthaus sind die eigentlichen Gäste untergebracht, den Westflügel bewohnt der Tross von Lakaien, Personenschützern und anderen Erfüllungsgehilfen. Der Ostflügel hingegen ist für die versammelten Ordnungshüter aus aller Welt reserviert, die das Treffen observieren.

Das hoteleigene Konferenzzentrum steht allen Gruppen offen. Ein derartiges Gathering mit Experten unterschiedlicher Fachrichtungen findet ja nicht allzu oft statt, man nutzt daher, wie in allen Branchen üblich, die Gelegenheit zum Vernetzen, zum gepflegten Gespräch unter Kollegen und für One-Night-Stands.

In der Hotel-Lobby steht ein Infostand des FBI-Zeugenschutzprogramms neben dem eines Herstellers von Schutzwesten der allerhöchsten Sicherheitsklasse. Fachbesucher von diesseits und jenseits der Legalität zeigen reges Interesse.

Ein kleiner Handelsvertreter führte neben dem Aufzug zum Wellnessbereich eine Innovation auf dem Gebiet der Schalldämpfer vor. Nur gelegentlich hört man ein ganz leises „Fulp", wenn sich im Rahmen einer Produktdemonstration wieder ein Projektil in die Deckenverkleidung der Halle bohrt.

Ein Europol-Seminar über „Kronzeugenregelungen im internationalen Vergleich" ist gut gebucht, ebenso wie die Informationsveranstaltung für, sagen wir, an einem attraktiven Nebenverdienst interessierte Staatsdiener.

Mobilfunkanbieter informieren über den Netzausbau in der näheren Umgebung von Gefängnissen, ukrainische Inkassobüros protzen mit ihren Erfolgsquoten und eine professionelle Autolackiererei bietet Rundumservice inklusive gefälschter Wunschkennzeichen und gefülltem Getränkehalter.

Auch Anwaltskanzleien preisen ihre Dienste an. Wir hatten natürlich zuerst gewisse Bedenken, ob dieser skrupellose Berufsstand neben all den ehrbaren Menschenhändlern, Drogenbaronen und

Geldwäschern nicht das Niveau der Veranstaltung herunterzieht. Nach kontroverser Diskussion hatten wir die Advokaten dann doch zugelassen. Lenas Argument, dass das Geld, mit dem ihre Honorare beglichen wurden, ja schließlich durchweg aus ehrbaren illegalen Geschäften stammte, hatte niemand etwas entgegenzusetzen gehabt.

Man geht grundsätzlich sehr professionell miteinander um. Teams von Elektronikspezialisten beider Seiten ver- und entwanzen abwechselnd Zimmer von interessanten Persönlichkeiten, treffen sich in ihrer knappen Freizeit am Pool oder unternehmen gemeinsame Ausflüge ins Umland.

Selbstverständlich gilt ein allgemeines Fraternisierungsverbot, aber „Frater" heißt schließlich Bruder, was also den Austausch von Erfahrungen und gegebenenfalls Körperflüssigkeiten mit Mitgliedern des anderen Geschlechts schon mal nur unwesentlich einschränkt. Und auch ansonsten gilt, wo ein Wille ist, da ist auch ein Gebüsch. Oder ein etwas lauschigeres Plätzchen für ein Schäferstündchen.

Erwähnte ich bereits, dass Bella und ich das Wohnmobil aus steuerlichen Gründen ab und an vermieten? Nun, die letzten Wochen ist es durchgehend hervorragend gebucht gewesen.

Lediglich die Stoßdämpfer muss ich vermutlich demnächst mal nachsehen lassen.

Natürlich bleiben bei so einer Massenveranstaltung kleinere Zwischenfälle nicht aus, zumeist gelingt es aber, sie ohne großes Aufsehen zu regeln.

Ein ortsbekannter Autodieb beispielsweise hatte den Fehler begangen, sich auf dem Hotelparkplatz am Lieblings-Ferrari von Don Giulio zu schaffen zu machen. Papas Security-Team kümmerte sich schnell und unauffällig um den nicht nur unorganisierten, sondern auch unbegabten lokalen Kleingangster.

Goldfroh, relativ unbeschadet aus der Sache herausgekommen zu sein und fachgerecht verpackt, war er dann den zuständigen Behörden übergeben worden. Ein handgeschriebenes Geständnis all seiner seit dem 14. Geburtstag begangenen Taten war an sein rechtes Ohr getackert. Damit es nicht verlorenging, vermute ich.

Hoffen wir für ihn, dass er eine gute Berufsunfähigkeitsversicherung hat, denn für seine fünf gebrochenen Finger gibt es zwar eine recht gute medizinische Prognose, doch die zur Ausübung seiner bisherigen Profession nötige Beweglichkeit werden sie wohl nie wiedererlangen.

Eine versehentlich zugeschlagene Autotür war ihm zum Verhängnis geworden, ein bedauerlicher Unfall. Das bestätigen unabhängig voneinander drei absolut seriöse Zeugen. Und natürlich er selber.

Für die eigentliche Hochzeitsfeier wurde hinter dem „Diana" auf der Kuhwiese von Bauer Jupp eine ganze Stadt aus Festzelten aufgebaut. Denn, das wissen Einheimische, die einzige Möglichkeit, in unseren Breiten für eine Open-Air-Veranstaltung die Gnade des Wettergottes zu erhalten, ist, sie komplett indoors zu planen.

Die als Windschutz aufgestellten Glaswände halten nebenbei auch einem Beschuss mit schweren Maschinenwaffen bis Kaliber 20mm stand. Schön, wenn man sich zugleich gegen die Unbilden des Wetters und die Launen von militanten Mitbewerbern schützen kann.

Man mag jetzt die auf dem Dach positionierten Männer mit den schultergefeuerten Stinger-Raketen zur Abwehr etwaiger Angriffe aus der Luft ein wenig übertrieben finden, aber sollte Davos mal von einer Lawine verschüttet werden, wir hätten einen alternativen Austragungsort für den Weltwirtschaftsgipfel anzubieten.

Bei einem kleinen, intimen Probeessen für vierzig engste Freunde der Familie im Ballsaal des Hotels „Eichengrund" hatten Hannelore, unsere Küchenchefin, und ihr ehrgeiziger Bruder Jean-Jacques, der übrigens eigentlich Johann heißt, ihre kulinarischen Fähigkeiten unter Beweis stellen dürfen.

Unsere erfreuten Gaumen kitzelten dabei insgesamt 15 köstliche Gänge, die jeweils abwechselnd von einem der beiden verantwortet wurden. Ältere unter uns erinnern sich vielleicht noch an die SALT-II-Verhandlungen im Kalten Krieg. Die waren Kinderkram gegen den geschwisterlichen Abstimmungsprozess über die Menüfolge.

Jean-Jacques wurde von seiner Schwester in Grund und Boden gekocht. Er zog sich mit tief verletztem Ego und Patisserie-Praktikantin Erika in seine Finca auf Mallorca zurück, wo er sich nun seine Wunden leckt.

Ob Erika auch irgendwas leckt? Bitte? Wie sind Sie denn drauf?

Der große Tag naht. So nach und nach sind alle Gäste eingetroffen, das „Eichengrund" brummt wie ein geschäftiger Bienenstock. Beim Hotelfriseur sitzen ein afghanischer Opiumgrossist und Sechs-Finger-Fred, Kronprinz des organisierten Verbrechens von Chicago, einträchtig nebeneinander.

Sie meinen, so jemand müsste Vier-Finger-Fred heißen, weil er vermutlich mal bei einer zünftigen Messerstecherei des Daumens verlustig gegangen wäre? Sie sehen zu viele Gangster-Filme. Sechs Finger sind einfach das Ergebnis eines nachhaltig ausgedünnten Genpools unter amerikanischen Mafiosi.

Man konnte eben schlichtweg niemandem mehr trauen, außer gerade noch den Verwandten. Jahrzehntelange Unterwanderung durch fruchtbare verdeckte Ermittler hatte zwar den schlimmsten Auswirkungen dieser Inzucht entgegengewirkt, das Grundproblem blieb jedoch bestehen. Es fehlte an frischem Blut.

Nicht dass davon, schon rein berufsbedingt, zu wenig floss. Aber geeignetes Heiratsmaterial für den anspruchsvollen Nachwuchs zu finden, das wurde von Jahr zu Jahr schwieriger. Weswegen Fred hier auf der Hochzeit so nebenbei auch selber auf Brautschau war. Der freundliche Afghane im Friseursessel neben ihm, dem gerade eine ganze Matratzenfüllung aus dem üppigen Vollbart geschnitten worden war, hatte ihm eine von seinen 13 Töchtern angeboten. Das Foto, das er stolz präsentierte, zeigte leider nur ihre Augen. Die waren allerdings zugegebenermaßen sehr hübsch.

Was der nette Herr aus der Mohnfachhandelsbranche jedoch verschwieg, war der keineswegs ausschließlich religiöse Grund für die Vollverschleierung. Sondern die in seiner Familie sehr ausgeprägte Veranlagung zu starkem Bartwuchs, die auch vor den weiblichen Mitgliedern nicht haltmachte.

Und haben Sie eine Ahnung, wie teuer es ist, wenn man Marken-Rasierklingen für 14 Familienmitglieder einkaufen muss? Genau genommen war das für ihn der Grund gewesen, von konventionellen Hackfrüchten auf Schlafmohnanbau umzusteigen.

Aber das würde jeder, der es laut aussprach, mit einer durchgeschnittenen Kehle bezahlen. Genug rostige Rasierklingen für einen möglichst grausamen Vollzug dieser Bestrafung hatten sich bei ihm zuhause jedenfalls angesammelt.

~

Am Springbrunnen in der Lobby, für den eine ortsansässige Künstlerin einem konservierten Stück Mooreiche Lokalkolorit in der etwas unglücklichen Form eines wasserspeienden Ebers abgerungen hatte, steht Francesca. Sie redet wild gestikulierend auf Norman, den Hochzeitsfotografen, ein.

Er gilt als einer der Besten und Erfahrensten seiner Zunft, dennoch wartet er jetzt wie ein Schuljunge neben dem grenzdebil sabbernden Schwarzkittel aus Totholz. Die Hochzeitsplanerin hält ihm einen Vortrag darüber, wer auf jeden Fall mit aufs Bild muss. Das kennt er schon. Und wer auf keinen Fall mit aufs Bild darf. Das war neu. Und auch, dass das Nichtbefolgen dieser freundlich gemeinten Ratschläge mit einer drastisch verkürzten Lebenserwartung einherging, die er auch durch sofortiges Konvertieren vom Ketten- zum Nichtraucher nicht würde ausgleichen können.

Norman macht ein ausgesprochen verkniffenes Gesicht. Ich kann von Ferne nicht beurteilen, ob Francescas Gardinenpredigt oder das harntreibende Plätschern des potthässlichen Springbrunnens dafür ausschlaggebend ist.

Wieso von Ferne? Ich hatte zufällig im Konferenzraum „Auerhahn" vorbeigeschaut, in dem die provisorische Einsatzzentrale des Sicherheitsteams eingerichtet worden war. Bildschirme, Kabelwülste, gedämpftes Licht, von hier hat man immer alles im Blick. Auch das Verhängnis, das seinen Lauf nimmt.

Zwei Monitore neben dem mit dem harngedrängten Fotografen sehe ich nämlich Sofie und Bella im Wintergarten vertraulich miteinander reden. Irgendein Instinkt gibt meinen Nackenhärchen den Befehl, sich aufzurichten.

„Können wir da mal näher rangehen?", frage ich heiser einen der hornbebrillten Techniker, die noch dabei sind, das komplexe System feinzutunen. Klar, können wir. Und sogar mit Ton.

Was ich zu hören bekomme überrascht zum einen durch die glasklare Tonqualität des verwendeten Hochleistungsmikrofons. Und zum anderen durch seine Brisanz. Das letzte verschlafene Nackenhaar steht jetzt auch stocksteif da.

Ich wanke aus der Tür zurück in die Hotelhalle. Francesca sieht mich und ich weiß jetzt, was Nachtgespenst auf Italienisch heißt. Il fantasma. So sähe ich nämlich aus. Dabei wäre doch gar nicht ich der Bräutigam, nicht wahr.

Sie lacht herzlich über ihren eigenen Scherz, gibt mir einen freundschaftlichen Klaps auf den Rücken und zieht ihrer Wege, bereit, irgendwo die nächste kleinere oder größere prämatrimoniale Katastrophe niederzukämpfen.

Mein Entschluss steht. Sollte ruchbar werden, was ich vorhabe, könnte mich vermutlich auch Papas schützende Hand nicht vor dem mordlustigen Mob retten. Vermutlich wäre er sogar der erste, der mir mitleidlos ein großkalibriges Geschoss in den Balg jagen würde.

Aber hier ging es um Höheres. Weitaus Höheres. Nationale Sicherheit? Quatsch. Sie sehen zu viele schlechte amerikanische Serien. Es geht um mich. Mich ganz persönlich.

Ich muss unbedingt mit dem FBI Kontakt aufnehmen.

Der verdächtig gut bemuskelte Florist, der draußen in der Einfahrt schon seit Stunden geschmacklose Blumenarrangements aus- und wieder in seinen Lieferwagen einlädt, reagiert ein wenig überrascht auf meine Bitte um ein Vieraugengespräch mit seinem Vorgesetzten. Mein vorgeschlagener Treffpunkt lässt sein linkes Auge leicht zucken.

~

Senior Special Field Agent Mark Clarkson steht nackt wie Gott ihn schuf und ziemlich sauer neben mir an der Bar des Naturisten-Vereins am Campingplatz. Er hätte ja schon so einige Opfer für Onkel Sam gebracht – er zeigt auf Einschuss-Narben oberhalb des Schlüsselbeins und am Oberschenkel und erwähnt seine vier Scheidungen - aber das hier überträfe ja wohl alles.

Andererseits bewundere er meine Professionalität. Eine verdammt gute Absicherung sei das schon, wenn man sichergehen wolle, dass das Gegenüber auch wirklich nicht verkabelt sei.

Die nächste Ausgabe des FBI-Ausbildungshandbuchs wird übrigens eine ausführliche Erwähnung dieser Taktik enthalten. Sie wird dort als „Naked German Maneuver" beschrieben werden.

Als ich Mark dann allerdings schildere, weswegen ich um das konspirative Treffen gebeten habe, blitzt kurz fast so etwas wie Mitgefühl in seinen kalten, eisblauen Augen auf. Auf jeden Fall hat er nun vollstes Verständnis für meine aufwendigen Sicherheitsmaßnahmen.

Er müsse natürlich, bei aller persönlichen Sympathie, das von mir vorgebrachte Ansinnen mit Washington besprechen und gegebenenfalls autorisieren lassen, das verstünde ich doch.

Wir vereinbaren, um nicht noch einmal gemeinsam gesehen zu werden, ein geheimes Zeichen, das mir als Signal dienen würde, dass der Plan von höchster Stelle abgesegnet sei.

Es wird eine wirklich schöne, harmonische Hochzeit. Sofie sieht in ihrem Designer-Brautkleid keinen Tag älter als 65 aus. Hartgesottene Gangsterbosse verdrücken hier und da ein sentimentales Tränchen.

Irgendein dämlicher Brauch verlangt, dass die Braut am Ende der Zeremonie erst den Brautstrauß in die Menge und dann sich selber zum Bräutigam ins wartende Auto wirft.

Der große Knall steht nun unmittelbar bevor. Würde mein wagemutiger Plan funktionieren? Eine ungerade Zahl lavendelfarbener Schleifen in der Tischdeko hatte mich ein wenig beruhigt. Washington hatte offensichtlich grünes Licht gegeben. Es bestand vielleicht noch Hoffnung für mich.

Sofie dreht der nach baldiger Verehelichung dürstenden Weiblichkeit den Rücken zu und wirft den Brautstrauß. Er fliegt, wie von ihr vorgesehen, genau auf Bella zu. Dann löst sich, wie von mir vorgesehen, in der Luft das schmucke Blumengebinde in seine Einzelteile auf.

Den Strauß hatten die Experten der Abteilung für forensische Floristik des FBI zusammengestellt. Diese Fachrichtung der

Kriminologie wird von Laien gern mit der floristischen Forensik verwechselt. Die ist natürlich ein reines Fantasieprodukt.

Dank der tatkräftigen Unterstützung meiner amerikanischen Freunde jedenfalls war das Prachtstück statt mit einem Seidenband nur mit ein paar Luftschlangen zusammengebunden. Sie wissen schon, solchen, wie man sie an Silvester einem langweiligen Tischnachbarn ins heiße Raclette-Pfännchen pustet.

Seine ehemals gut berechenbaren quasi-ballistischen Flugeigenschaften hat der Brautstrauß dadurch allerdings dummerweise eingebüßt. Technisch ausgedrückt geht er nach ein oder zwei Metern Luftlinie seiner strukturellen Integrität verlustig.

Blumen, Grünzeug, dekorativer Glitzerschnickschnack, alles regnet auf die wartende Damen-Schar herunter. Fast jede fängt lachend irgendein Teil auf und hält es als Beute in die Luft. Die Stimmung ist hervorragend.

Nur nicht bei Bella. Die hält die beiden Enden einer papiernen Schleife in der Hand, derer sie auf unerklärliche Weise habhaft geworden war. Ihr mit Sofie ausgeheckter Plan, mich quasi standrechtlich zu einem Heiratsantrag zu nötigen, ist krachend gescheitert.

Sie konnte sich beim besten Willen nicht zusammenreimen, wie um alles in der Welt das geschehen konnte. Aber sie würde es herausfinden. Und wenn es das letzte war, was sie tat.

Ich schlucke trocken und erwäge, doch noch einmal einen Blick in die bunte Werbebroschüre für das Zeugenschutzprogramm zu werfen.

Kapitel 19 – Fleischwurst und neue Besen

Ich stehe beim Metzger meines Vertrauens in der Schlange, vor mir der übliche Vormittagsmix aus übelgelaunten Hausfrauen mit durchschnittlich 1,25 Kindern im Schlepptau, schwerhörigen Rentnern und überforderten Männern mit Einkaufszettel.

Da hätte ich jetzt gerade ein wenig Zeit für Sie. Lassen Sie mich nur kurz nachschauen, was Bella mir aufgeschrieben hat, damit ich nichts vergesse.

Ich bin Ihnen ja noch eine Erklärung schuldig, wen ich Papa und dem treuen Doktor als möglichen Nachfolger für den breit aufgestellten Mischkonzern auf dem Gebiet gesetzeswidriger Dienstleistungen vorgeschlagen habe.

Also. Sie erinnern sich noch an Ivo? Genau, seines Zeichens Neffe von Papa und als braver Briefträger das weiße Schaf in der Familie. Vom Ivo die Frau, das ist die Lotta. Da ja eigentlich ursprünglich Ivos Bruder den Familienbetrieb übernehmen sollte, war Lotta nicht auf traditionelle Weise nach dynastischen Kriterien ausgewählt und Ivo zugeführt worden.

Er hatte sie stattdessen ganz konventionell beim alljährlich Dorfschützenfest kennengelernt, als keiner außer ihm ihr mehr beim Kotzen die Haare hochhalten wollte.

Das schweißt zusammen und reicht in der Regel auf dem Dorf als Heiratsgrund vollkommen aus. Polterabend war dann ein halbes Jahr später.

Während Ivo seit jeher ein Gemüt wie ein Schaf hatte und frei von jeglicher kriminellen Energie war, hatte Lotta es schon immer faustdick hinter den Ohren. Bereits als Kind hatte sie ihr knappes Taschengeld mit vielerlei moralisch fragwürdigen, aber überaus lukrativen Aktivitäten aufgebessert.

Wetten auf wüste Schulhofprügeleien, Bundesjugend- oder Fußballspiele? Lotta nahm sie an. Und verschob notfalls auch mal ein Spiel der B-Jugend, falls die Quoten dies lohnend erscheinen ließen. Ein handelsüblicher Schiedsrichter ist in dieser Liga ja noch recht erschwinglich, Lotta zeigte ihm hinter den Hagebutten einmal ihre Brüste und er pfiff exakt nach ihrer Anweisung.

Sie übernahm gebührenpflichtige Dienstleistungen wie das Deponieren von Spickzetteln und die rückstandslose Entsorgung von Klassenbüchern mit unvorteilhaften Eintragungen. Auf den obligatorischen Engtanzfeten konnte man bei ihr diskret Kondome, Patentex Oval oder Strumpfhosen ohne Laufmaschen erwerben.

Lotta lernte beim örtlichen Steuerberater und wusste schnell Dinge, die andere nicht wussten, aber liebend gerne wissen würden. Das Finanzamt zum Beispiel. Da das aber in der Regel keinen Judaslohn zahlt, ließ Lotta sich halt die Nichtweitergabe von Informationen vergüten. Sie war da flexibel.

Natürlich bekam ihr Chef das irgendwann mit. Er hielt ihr eine donnernde Moralpredigt über Ethos und Schweigepflicht der Angehörigen steuerberatender Berufe. Und verlangte dann 50 Prozent.

Um die Wurst geht es auch hier beim Metzger gerade. Um ein Stück geschenkte Fleischwurst genauer gesagt, das zwischen einer vielleicht Vierjährigen und ihrer Mutter umstritten scheint. Beide stemmen die Hände in die Hüften und weigern sich aus Prinzip, das heruntergefallene Lebensmittel aufzuheben.

Die entbrennende Diskussion ist ebenso lautstark wie fruchtlos.

Ein etwa Dreijähriger krabbelt schließlich genervt aus seiner Kinderkarre heraus und beendet den Eklat, indem er das Stück Wurst vom Boden aufklaubt und es in den Mund stopft. Er besteigt zufrieden kauend wieder sein Gefährt.

Seine Mutter zuckt mit den Schultern, den Magen wie ein Betonmischer, den hätte er wohl von seinem Vater. Der sei nämlich Restauranttester und für die Zuteilung von Sternen, Kochlöffeln oder Totenköpfen an gastronomische Betriebe zuständig. Ich gebe die heutige Jugend doch noch nicht ganz verloren.

Aber zurück zu Lotta. Sie war es, die den armen Ivo immer und immer wieder dazu drängte, doch das öde und mühevolle Dasein als Postbote aufzugeben und endlich, endlich Karriere in der Firma seines Onkels zu machen.

Doch Ivo war und ist glücklich bei der Post. Er trägt, wie er immer sagt, sein Hörnchen mit Stolz. Das Posthörnchen. Auf der Jacke. Was Sie wieder denken.

Da Ivo und ich mittlerweile echt dicke Freunde sind, hat er mir all das anvertraut. Ich musste nur eins und eins zusammenzählen.

Der Doktor, Papas Consigliere, schlug mir auf die Schulter. Genial. Wieso war er da nicht auch draufgekommen.

Er persönlich würde noch ein paar Jährchen weitermachen, da wäre die Einarbeitung sichergestellt. Wir erinnern uns, eigentlich hatte auch er sich seinem wohlverdienten Ruhestand entgegengesehnt. Das war, bevor Lena ihm Petra vorgestellt hatte. Noch mehr Freizeit mit der nymphomanen Dame? Das würden seine maroden Herzkranzgefäße vermutlich nicht mitmachen.

Papa hörte sich meinen Vorschlag an, umarmte mich nur stumm und strahlte über das ganze Gesicht. Jemand mit Talent, Unternehmergeist und auch noch aus der Familie. Sein eindrucksvolles Lebenswerk würde in wahrlich würdige Hände übergehen.

Und auch Sofie, seine frisch Angetraute, war außer sich vor Glück. Papa hatte aus ihr eine ehrbare Frau gemacht und ich aus Papa einen ehrbaren, steuerzahlenden Staatsbürger. Ich entkam ihrer dankbaren Umklammerung nur, weil Bella zum rechten Zeitpunkt aufkreuzte und mich entschlossen zwischen Sofies mächtigen Brüsten herauszog.

Und bei Lotta, die jetzt im Unternehmen das Zepter schwingt, habe ich natürlich einen mächtig großen Stein im Brett.

Kein Yoga und kein Töpferkurs in der Toskana konnten ihr geben, was ich ihr verschafft hatte. Endlich war sie ganz sie selbst. Eine absolut skrupellose, machthungrige Frau auf ihrem Weg nach ganz oben in der Unterwelt.

Ivo trägt Briefe jetzt nur noch in Teilzeit aus, damit er mehr Zeit für die Kinder hat. Und für seinen Koi-Karpfen Klaus.

Ich? Ich bin endlich das Damoklesschwert los, das als einem der, wenn auch absolut ungeeigneten und unwilligen, Kandidaten für Papas Nachfolge stetig über mir baumelte.

Alle glücklich. Bis auf Petra vielleicht. Wegen dem Doktor. Aber die kriegt jetzt eine Jahreskarte fürs „Diana".

Moment. Ich erzähle gleich weiter. Hier im Fleischerladen gibt es gerade einen Tumult. Ausrufe wie „Das ist mir in 40 Berufsjahren nicht passiert!" und „Sagen. Sie. Das. Nochmal." fliegen durch die Luft.

Was war passiert? Ich hatte die rhetorische Frage „Darfs etwas mehr sein?" ganz in Gedanken mit „Nein" beantwortet. Das kommt davon, wenn ich Ihnen hier nebenbei von Lotta und ihrem Karrieresprung erzähle.

Dabei ist es eigentlich ganz einfach. Wenn du als Mann 100 Gramm Fleischsalat willst, bestellst du 80. Und bekommst ca. 115 Gramm. Eine Frau bestellt 100 Gramm, bekommt 100,07 und eine wortreiche Entschuldigung wegen der Ungenauigkeit.

Rollenspiele mit tölpelhaften männlichen Figuranten sind seit Jahrzehnten fester Bestandteil der Ausbildung zum/zur Fleischfachverkäufer/in. Aufgrund dabei vermehrt aufgetretener Zwerchfellschäden dürfen sie allerdings gemäß einer Anweisung der Berufsgenossenschaft Nahrungsmittel und Gastgewerbe nur noch in Anwesenheit von medizinisch geschultem Fachpersonal durchgeführt werden.

Mit vorwurfsvollem Blick befördert die Verkäuferin eine homöopathische Dosis Fleischsalat zurück in die große Schüssel im Kühltresen. „So recht, der Herr?"

Ich nicke demütig. Natürlich. Wie konnte ich es wagen, die mir von höherer Stelle zugeteilte Menge in Frage zu stellen. Dieses Sakrileg würde ich vermutlich noch teuer bezahlen.

Vor Schreck vergesse ich, für die beiden Scheiben Kasseler, die auch noch auf meinem Zettel stehen, die gewünschte Stärke präzise in Millimetern anzugeben. Immerhin weiß ich dafür jetzt, wo der Ausdruck „halbes Schwein auf Toast" herkommt.

Wo waren wir? Ach ja. Lotta. Die ging, frisch im Amt, sofort und mit Feuereifer ans Werk. Neue Besen kehren gut, hatte irgendein Subalterner den Machtwechsel unvorsichtigerweise kommentiert und war mit einem Satz maßgefertigter Betonschuhe belohnt worden. Niemand nannte Lotta einen Besen, alt oder neu.

Nein, der Mann wurde nicht nachts im Fluss versenkt. Wir sind doch hier nicht bei den Barbaren. Er wurde stattdessen nackt mitten in der Fußgängerzone abgestellt. Seine einbetonierten Füße steckten in zwei mächtigen Blumenkübeln.

Vor aller Augen hatten städtische Arbeiter vier Stunden gebraucht, um ihn mit schwerem Gerät aus seiner Malaise zu befreien und die unbestellte Stadtmöblierung zu entsorgen. Ich denke, Sie können sich die erheiternden Auswirkungen vorstellen, die sich ergeben, wenn zwei Presslufthämmer auf einen festzementierten nackten Mann einwirken.

Jedenfalls mischte sich unter die Schaulustigen auch eine größere Schar von Vögeln unterschiedlicher Arten. Dieser Wurm, der da zuckte, der käme als Abendessen für die ewig hungrige Brut gerade gelegen.

Natürlich wäre das Ganze eigentlich eine Sache von maximal einer halben Stunde gewesen, aber die Jungs vom Bauhof mussten immer wieder Pausen einlegen. Nicht auszudenken, fiele einem von ihnen der Presslufthammer aufgrund eines Lachkrampfes aus der Hand.

Lotta tat, was neue Führungskräfte nun mal so tun. Sie stellte um, reorganisierte, besetzte neu, schnitt alte Zöpfe ab und nach nur knapp einem Jahr hatte das Unternehmen wieder die Produktivität erreicht, die es vor ihrem Amtsantritt gehabt hatte.

Ein hervorragender Schnitt, das „manager magazin" berichtete ganzseitig in der Rubrik „Führungskräfte von morgen".

Ich verlasse mit meinem Tütchen weitgehend präzise abgewogener Fleischwaren das Metzgergeschäft, zwar als Pedant geächtet, aber immerhin aufrechten Ganges.

Der armselige Tropf nach mir bestellt währenddessen „Zehn Scheiben von der Salami dort!"

Die Anwesenden beobachten interessiert, wie die zu einer für ihren Berufsstand typischen Form milder Rachsucht neigende Verkäuferin ins Lager geht, mit einer 75cm-Wurst unklarer Genese zurückkommt und sie vor den Augen des Kunden genüsslich zehntelt.

Kapitel 20 – Warentrenner und Einzelkinder

Das Recht auf freie Entwicklung der Kindespersönlichkeit des in Gang 3 eskalierenden Vierjährigen wiegt natürlich höher, als die Bandscheiben der Rewe-Mitarbeiterin, die kniend Kaffeesahnefläschchen aus einer Traubensaftpfütze klauben muss. Hätte sie halt was Richtiges gelernt.

Mein Vorschlag, das nervige Gör einfach der SUV-Blondine bei den Molkereiprodukten zuzuteilen, die auf einem der Mutter- und Kind-Parkplätze steht und derart die göttliche Ordnung des Universums wiederherzustellen, stößt nicht bei allen Beteiligten auf uneingeschränkte Zustimmung.

Pragmatische Ansätze, das erkenne ich immer wieder, sind in Erziehungsfragen offensichtlich unerwünscht. Nachdenklich schiebe ich meinen Einkaufswagen durch die klebrige Lache, während sich hinter mir die stolze Mutter beim Marktleiter über unfreundliches Personal beschwert.

An der Kasse zwinkern mir kalorienreiche Impulsartikel vertraulich zu. Die Abbildung nikotinzerfressener Lungenflügel lässt mich vom Kauf absehen. Rauchen gefährdet Ihre Gesundheit. Und das Liebesleben meines Zahnarztes. Der hatte seiner Geliebten nämlich ein Cabrio versprochen.

Irgendwie hängt eben alles mit allem zusammen.

Die Dame vor mir tauscht eine volle Treuepunkt-Sammelkarte gegen ein japanisches Messerset, das meiner Einschätzung nach dem Kriegswaffenkontrollgesetz unterliegen müsste. Die Anderthalbhänder aus Damaszenerstahl sind vermutlich aus.

Ich beobachte nun die SUV-Frau, Kategorie Teenager Spätlese, bei ihrem Ablegemanöver. Dank Allrad meistert sie spielerisch die Betonkante einer Blumenrabatte, doch dann überrollt sie eine Dose Pfirsiche, deren scharfkantiger Deckel sich rachsüchtig in ihrem Hinterrad verbeißt.

Sie lenkt, ohne die Miene zu verziehen, in Richtung Ausfahrt. Der hochmoderne Hybridantrieb des Nobelgefährts ist kaum zu hören. Dafür ein rhythmisch-blechernes Klonk-klonk-klonk von hinten links.

Ein Hauch von Pfirsichduft liegt in der Luft. Zauber des Einzelhandelsfrühlings.

Die konservierten Südfrüchte und weitere Artikel des täglichen Bedarfs hatte der zornige traubensaftgetränkte Knabe von vorher quer über den Parkplatz gepfeffert, während seine Mutter ihn mit schlüssigen Sachargumenten zum Einsteigen in den Schiebetür-Minivan zu bewegen suchte.

Eine nicht ganz regelkonform geworfene Packung Tampons verfehlt nun knapp das Haupt von Frau Dr. Horn, meiner gefürchteten und seit über 30 Jahren pensionierten Grundschullehrerin. Singvögel verstummen. Sie ändert den Kurs ihres Rollators. Jemand pfeift leise den Imperial March.

Kennen Sie diese Szene aus amerikanischen Krimiserien, wenn der Leiter des SWAT-Teams „MOVE! MOVE! MOVE!" ruft? Ohne jedes Zeremoniell wird das eben noch widerspenstige Kind samt Einkäufen ins Auto gestopft, Reifen quietschen und zwei Orte weiter wird kurz darauf ein Minivan geblitzt.

Frau Dr. Horns blaue Augen blicken in die Runde. Nicht ortsfremde Zeugen des Geschehens versuchen verzweifelt, ortsfremd zu wirken. Ich habe das natürlich nicht nötig. Mit Schal, Mütze und Sonnenbrille würde mich selbst meine Mutter nicht erkDICH KENN ICH DOCH. DU BIST DER HEINI!

Ich nähere mich selbstbewusst, schließlich bin ich ein erwachsener Mann, der mit beiden Beinen im Leben steht und begrüße Frau Doktor angemessen höflich.

Was natürlich Wunschdenken ist. In Wirklichkeit bin ich auch nur so ein schultraumatisierter Lauch wie alle anderen, nähere mich ihr in katzbuckelnd-unterwürfiger Haltung und begrüße sie stammelnd.

Sie winkt ab.

„Heb mal lieber das Zeug von der kleinen Grasmeier auf. Ganz wie ihre Mutter. Hat sich auch immer tyrannisieren lassen von ihrer Brut."

„Ich ... äh ..."

„Ja. So wie Deine."

Natürlich bringe ich schnell die Tampons bei der Grasmeier vorbei. Keine Ahnung, ob die noch so heißt. Und wo die wohnt.

~

„Hiltrud Grasmeier, Praxis für angewandte Kinderpsychologie. Sprechstunden nach Vereinbarung."

Nachdenklich stehe ich vor der verklinkerten Doppelhaushälfte des Großserienmodells „Fortuna 150 Duo", von dem alleine hier im Neubaugebiet „Rehwinkel-West" ca. 24 Stück einträchtig einst grünen Wiesengrund versiegeln.

Individuelle Details wie Sprossenfenster, variierende Backstein-Rottöne und französische Balkone sorgen für eine persönliche Note. „Französischer Balkon" ist übrigens Baufuzzy-Deutsch für „Keine Kohle für einen richtigen Balkon, deswegen knallen wir das Gitter direkt vors Fenster".

Jetzt fragen Sie sich vermutlich, wie es mir denn doch gelungen war, erfolgreich die KfW-geförderte Behausung besagter Dame ausfindig zu machen. Tun Sie doch, oder?

Nun, wie üblich verdanke ich dies einer Verkettung zutiefst unwahrscheinlicher, aber im Endeffekt überaus glücklicher Umstände.

Der erste war natürlich, dass Frau Grasmeier den Erzeuger ihrer eingangs in ganzer Liebenswürdigkeit beschriebenen Leibesfrucht weder geehelicht, noch seinen Namen angenommen hatte. Wie sie ohne Doppelnamen in ihrer Profession reüssieren konnte, entzieht sich mir allerdings.

Seppi Moosbichler, nach Norddeutschland zugewandert, gebürtig aus der schönen Oberpfalz und eher ein Traditionalist, hatte das nicht leichtgenommen. Nur die Tatsache, dass sie ihn quasi direkt nach dem Zeugungsakt vor die Tür gesetzt hatte, hatte einen größeren vorehelichen Krach verhindert.

Der zweite Umstand nahm seinen Anfang weniger glücklich in einem bitterbösen Blick, den Bella beim Auspacken der von mir erbeuteten Einkäufe in meine Richtung warf. Ihr Adlerauge hatte eine

Packung Tampons inmitten meiner sonst mehr oder weniger ihrem Einkaufszettel entsprechenden Beute entdeckt.

Zwei Faktoren muss man bei der Bewertung ihrer im Folgenden geschilderten Reaktion berücksichtigen.

Da wäre einmal die Tatsache, dass die regelmäßige Beschaffung von Einweg-Damenhygieneartikeln definitiv nicht zu meinen ureigensten Aufgaben in unserer Beziehung zählt.

Es ist hierbei nicht kategorisch auszuschließen, dass die Befreiung von dieser Obliegenheit auf Faktoren beruht, die nichts mit einer eventuellen klassischen Rollenverteilung zu tun haben. Sie könnte stattdessen eventuell auch in einem Kausalzusammenhang mit einigen eklatanten Fehlkäufen meinerseits in dieser nicht ganz unheiklen Artikelkategorie stehen.

Ferner handelte es sich hier statt des gewohnten Markenproduktes aus linksgewendelter ägyptischer Baumwolle mit windkanalgetesteter aerodynamisch geformter Spitze und blaugeringelter Reißleine ganz offensichtlich um eine kostengünstige Discountereigenmarke fragwürdiger Qualität.

Hinzu kommt das gänzlich unpassende Kaliber dieser kleinen nützlichen Helferlein der Monatshygiene. Ein Ansatz von Zornesfalte entsteht über Bellas entzückender Nase. Überhaupt, der weibliche Unterleib. Ein Thema, bei dem man von mir zum Glück keinerlei Fachkompetenz erwartet.

Ich gehöre noch zu der langsam wegsterbenden Männergeneration, bei der Wissen um das Vorhandensein der Klitoris noch nicht vorausgesetzt wurde. Etwaige Zusatzqualifikationen wie z.B. grobe Kenntnisse bezüglich ihrer Position machten einen bereits zu 1a-Heiratsmaterial.

Heute ist das natürlich alles ganz anders. In Beziehungen ist es gang und gäbe, seinen Zyklus zu synchronisieren. Das umso mehr, sobald mindestens einer der Partner weiblich ist.

Während wir also damals, dank wöchentlicher Hausbesuche von Doktor Sommer, dankbar die Sache mit dem Klapperstorch ad acta gelegt haben, lernen unsere Nachfahren beliebigen Geschlechts, in Geburtsvorbereitungskursen durch die Scheide zu atmen.

Ich vermute, auf ähnliche Weise hat die Evolution damals von Kiemen- auf Lungenatmung umgestellt. Was mich zu dem Gedanken bringt, ob uns dann eine Welle neuer Zivilisationskrankheiten wie etwa Vaginalasthma oder allergische Vulvitis ins Haus steht.

Aber das gehört hier nicht her. Wo waren wir? Ach ja. Die Grasmeier. Und ihre verräterischen XXL-Tampons.

Ich erklärte also wortreich meiner ebenso liebreizenden wie skeptischen Lebensgefährtin, auf welche Weise ich in den Besitz besagter Konterbande gekommen war. Ich gebe zu, besonders glaubwürdig kam die Sache nicht herüber. Wie auch.

Bella überlegte vermutlich schon, ob ich lieber zu ihrer Mutter oder wieder ins Wohnmobil ziehen soll. Erst als der Name Grasmeier fiel, schien sie in Betracht zu ziehen, dass an meiner Geschichte eventuell doch etwas dran sein könnte.

Grasmeier, Grasmeier, genau. Die Schwägerin ihrer Freundin Bine, sie wissen schon, die mit Armin und der SM-Tochter, war die nicht eine geborene Grasmeier?

Bella griff zum Telefon. Bine war zum Glück zuhause. Natürlich, soviel hatte ich gelernt, fiel man unter Freundinnen nicht mit der Tür ins Haus. Man streifte jenes Thema, tauschte diesen Klatsch gegen jenen Tratsch und kam dann irgendwann und ganz beiläufig auf den Punkt.

Zweieinhalb Stunden später war noch immer kein Punkt in Sicht. Ich hatte unterdessen das Auto ausgesaugt, den Sperrmüll rausgestellt, den Keller aufgeräumt und das Gäste-WC neu gestrichen. Mein fragender Gesichtsausdruck wurde lediglich mit einem „Pssst!" quittiert.

Bella legte auf. Sie war jetzt voll im Bilde, musste sich aber sputen. Denn gleich begann der Zumba-Kurs. Bei dem sie dann Bine wiedertreffen würde.

„Und?", fragte ich, vor Neugier platzend.

„Was und?"

„Na die Sache mit der Grasmeier."

„Ach so. Sind wir gar nicht zu gekommen."

Hiltrud Grasmeier, das erfuhr ich dann schließlich am Abend, als Bella frisch geduscht zu mir ins Bett stieg, war in der Tat die

Schwester der Ex-Frau von Bines Bruder. Oder so. Und wohnte in einem dieser Neubaugebiet. Birkhahnweg 12.

Mit Grausen stellte ich mir vor, was wäre, wenn wirklich die ganze Welt ein Dorf wäre. Eins wie unseres.

Ich regte an, die Diskussion noch zu vertiefen, vernahm aber nur noch ein, wenn auch sehr niedliches, so doch unüberhörbares Schnarchen. Dieses Zumbazeugs hat zum Glück nur einmal in der Woche Gelegenheit, seinen negativen Einfluss auf mein Liebesleben geltend zu machen.

~

Und nun stehe ich also da, wo fantasielose Stadtplaner, mit der undankbaren Aufgabe betraut, ein entstehendes Viertel mit thematisch passenden Straßennamen zu versorgen, den umfangreichen Katalog heimischen Niederwilds abarbeitend beim Buchstaben „B" angelangt waren.

Aus dem Haus dringen Geräusche, die ich nicht eindeutig zuordnen kann. Am wahrscheinlichsten erscheint mir die Theorie, dass dort ein Warzenschwein bei lebendigem Leib gehäutet wird, während der skandinavische Chefkoch aus der Muppetshow singend Geschirrschränke umwirft.

Auf mein Klingeln verstummt der Lärm kurzzeitig, um dann mit unverminderter Lautstärke weiterzugehen. Darüber hinaus kann ich keine Reaktion erkennen, aus der hervorginge, dass meine Anwesenheit hier vor der Tür überhaupt zur Kenntnis genommen würde.

Von mir aus. Stell ich das Scheißzeug halt einfach vor der Tür ab. Ich stapele die Tampons und ein paar andere Artikel, die ich nach Weisung von Frau Dr. Horn auf dem Parkplatz zusammengeklaubt hatte, neben eine bauernmalerisch verzierte Milchkanne.

Leider schaltet sich in solchen Situationen gerne mal mein Gewissen ein und beeinflusst mein ansonsten rational begründetes und absolut nachvollziehbares Handeln. Knurrend folge ich seiner Anweisung „Guck mal lieber nach, vielleicht braucht da jemand Hilfe" und gehe ums Haus herum.

Die Terrassentür steht offen, von drinnen weiterhin Geschepper, Geschrei, leises Wimmern.

„Hallo?" Immer noch scheint niemand irgendein Interesse an mir zu haben. Ich gehe ein Stück ins Haus hinein und gebe mich erneut zu erkennen. „Kann ich helfen?"

Ein rohes Ei verfehlt meinen Kopf um Zentimeter und knallt gegen den Türrahmen. Gut, zumindest werden hier noch keine Waffen eingesetzt, die unmittelbar letale Wirkung zeigen. Trotzdem bin ich jetzt ein ziemliches Stück weit angefressen. Mit Lebensmitteln rumwerfen? Da kommt das Kind der Nachkriegsgeneration in mir durch. Für sowas wäre ich an der Autobahn ausgesetzt worden.

Vor mir liegt ein Schlachtfeld. Das Wohnzimmer mit der angrenzenden offenen Küche sieht aus, als wäre hier ein Aldi-Laster explodiert. Käsescheibletten kleben an der Wand, eine Tüte Mehl ist über der Couch geplatzt und ein Becher Sahne versickert langsam im Flokati. Ich rutsche auf einem Kilo verstreuter Tiefkühlerbsen aus.

Der Flachbildfernseher in der Größe einer Tischtennisplatte hat einen langen Sprung in der Bildmitte. Der Kontakt mit einer anfliegenden Dose Ravioli ist ihm nicht allzu gut bekommen. Und auf der Anrichte, die Küche und Wohnzimmer voneinander trennt, steht das Kind, eine Zehnerpackung Eier in der Hand.

Seine Mutter sitzt in der Ecke zwischen Kühlschrank und Spülmaschine am Boden, in einer Pfütze kaltgepressten Olivenöls extra vergine und bedeckt mit Schokoladenpuddingpulver. Sie blutet heftig aus einer großen Wunde am Kopf. Nein, das ist doch nur Spaghetti-Sauce, ich erkenne Basilikumeinsprengsel.

Sie wackelt apathisch mit dem Kopf vor und zurück und wird zwischendurch von starken Weinkrämpfen erschüttert. Ich versuche etwas Konversation, um sie abzulenken. „Hallo. Hatten Sie auch Deutsch bei Frau Dr. Horn in der vierten Klasse?" Sie heult jetzt unkontrollierbar.

Falls Sie also mal einen erfahrenen Notfallseelsorger benötigen, der aufgrund seines frohen, lebensbejahenden Wesens Menschen in Extremsituationen Mut und Aufheiterung bringen kann, rufen Sie bloß nicht mich an. Versuchen Sie es doch mal bei Ralf Stegner. Oder Godzilla.

Die Dose Champignons Handelsklasse III, Abtropfgewicht 320g, ist zum Glück direkt neben ihr ins Ceranfeld eingeschlagen. Ein weiteres Ei klatscht gegen die Kühlschranktür.

Ich drehe mich um. Dem durchgeknallten Gör ist nun anscheinend die Munition ausgegangen, es blickt sich um und greift nach einem Viererpack verdauungsfördernden Naturjoghurts. Irgendwo hört der Spaß auf. Bevor mich rechtsdrehende Bifidus-Bakterien treffen, greife ich ein.

Wer mit deutlich jüngeren Geschwistern aufgewachsen ist, weiß instinktiv, was in einer solchen Situation zu tun ist. Ich packe das Kind also kurzerhand bei den Fußgelenken und halte es kopfüber. Es verfällt umgehend in Tragstarre und besieht sich interessiert die Welt aus dieser neuen, ungewohnten Perspektive.

Seine Mutter hört kurz auf zu Weinen und blickt hoch. Sie kann sich nicht erinnern, dass ihr Sohn einmal 60 Sekunden am Stück keinen Laut von sich gegeben hat. Mein Blick fällt auf einen Haufen Plastikspielzeug im Garten. Ich trage das jetzt völlig friedliche Kind zur Terrassentür hinaus und finde meinen Verdacht bestätigt.

Unter zwei Spielzeugbaggern, mehreren Plastikschiffen unterschiedlicher Verdrängung, diversen Schaufeln, Eimern und anderem Krempel finde ich eine Sandkiste. Ich setze das Knäblein hinein, es versteht meinen Blick sofort, erkennt den Ernst der Lage und verhält sich mucksmäuschenstill, während ich außer einer kleinen Backform und einem gelben Schäufelchen alles hinauswerfe.

Auf meine Frage, wie weit er denn zählen könne, kommt eine klare Antwort. Faktenaustausch unter Männern. Diese Sprache beherrsche ich. Es ergeht also eine Bestellung über einundzwölfzig Sandkuchen mit der Maßgabe, umgehend mit der Produktion zu beginnen.

Mathew-Leon macht sich gehorsam ans Werk.

Fasziniert hat die angewandte, wenn auch derzeit mit mediterranen Lebensmitteln verunzierte, Kinderpsychologin Hiltrud mir zugesehen. Ich wende mich nun ihr zu, vermeide die überflüssige Frage, ob alles in Ordnung ist und verfrachte sie erstmal in einen der Gartensessel aus fair gehandeltem Plantagenteakholz.

Ich brauche unbedingt sachkundige Unterstützung und ziehe mein Handy aus der Tasche. Mit etwas Glück steht Bella immer noch in der Schlange in Heidruns kleinem Blumenladen unten an der Ecke, wo ich sie vorher abgesetzt habe.

Nicht Interesse an der Floristik führt die Menschen bei Heidrun zusammen, sondern die Tatsache, dass sich dort ein Paketshop befindet, wo man zur Ansicht bestellte gusseiserne Bratpfannen und einmal getragene Partykleider dank mitgelieferter Retouren-Aufkleber schnell und einfach wieder loswerden kann.

Knappe 25 Minuten später sauge ich Mehl vom Grasmeierschen Sofa, während Bella bei der in wonnewarmem Schaumbad wohlig weichenden Hiltrud am Wannenrand weilt und sich ihre, wie ich vermute, traurige und emotionsbeladene Geschichte anhört. Der Staubsauger ist zum Glück weniger gesprächig.

Das sonnige Knäblein wurde gerade in die Obhut seines Vaters übergeben, der heute ohnehin gemäß gerichtlich ausgefochtener Sorge- und Besuchsrechtsvereinbarung dran gewesen wäre. Auch er hatte seinen friedlich in der Sandkiste wühlenden Spross wie ein Alien bestaunt.

Mathew-Leon hatte dann noch einmal kurz vor einem neuen Wutausbruch gestanden, als Seppi, der eigentlich ein wirklich netter Kerl ist, ihn mitnehmen wollte.

Erst nach meiner ausdrücklichen Bestätigung, dass das gesetzte Tagesziel bei der Sandkuchenproduktion erreicht sei, hatte er sich bereiterklärt, ins väterliche Auto einzusteigen.

Am Abend dann erhalte ich eine Zusammenfassung von Bellas Erkenntnissen über das Seelenleben der Hiltrud G-Punkt.

Neben der Tatsache, dass sie hervorragende Ergebnisse bei der Arbeit mit als schwer erziehbar eingestuften Kindern nur vorweisen kann, sofern diese nicht gerade ihr Erbgut teilen, waren es wohl vor allem Beziehungsprobleme, die zu ihrem akuten Nervenzusammenbruch geführt hatten.

Hiltrud nämlich, als Frau ihrer Zeit, war in einer polyamoren Beziehung mit Detlef und Richard, genannt Ritschie. Das sagt Ihnen nichts? Sie sind ja wiedermal nicht so richtig auf der Höhe. Ich versuche mal kurz, Ihnen das zu erklären.

Polyamor bedeutet in der Praxis, dass der sexuell attraktivere (oder gegebenenfalls liquidere) Part einer Beziehung nach Belieben in der Gegend herumvögelt, während der andere mantraartig „Das ist toootal ok für mich" wiederholt. Und in einsamen Nächten in sein antiallergenes Kopfkissen weint.

Im vorliegenden Fall schien Ritschie diese Rolle übernommen zu haben. Er liebte Hiltrud heiß und innig und nahm ihre sexuellen Eskapaden als notwendiges Übel klaglos hin. Sie liebte ihn dafür zurück, primär allerdings, so sein unausgesprochener Verdacht, weil sie einen zuverlässigen Babysitter brauchte, während sie durch fremde Betten tobte.

Durch einen dummen Zufall trafen die beiden Männer nun kürzlich aufeinander, kamen ins Gespräch und stellten erstaunt fest, dass Hiltrud ihnen beiden Sex mit der wortgleichen Begründung „Der andere, das ist was rein Körperliches, Animalisches, du verstehst, wir dagegen, wir sind Seelenverwandte" vorenthielt.

In detektivischer Kleinarbeit fanden die zwei schließlich heraus, was dahintersteckte. Sie observierten ihre Herzensdame, mal von Detlefs, mal von Ritschies Auto aus, aber immer mit Mathew-Leon hinten im Kindersitz. Stets fuhr Hiltrud, sobald das Kind in die Obhut einer der Männer übergeben war, zu derselben Adresse.

Ein dreigeschossiger Wohnblock, in dem, das war kleinstadtweit kein Geheimnis, sogenannte Modell-Wohnungen untergebracht waren. Kleine Appartements, in denen professionelle Liebesdienerinnen, geschützt vor den Unbilden des Wetters und schädlichen Autoabgasen, ihrem Broterwerb nachgingen.

Männer gingen in das Haus hinein und kamen wieder heraus, manche nestelten dabei noch an ihrem Reißverschluss. Vier Stunden später tauchte auch Hiltrud wieder auf, offenkundig bestens gelaunt. Detlef und Ritschie sahen sich an und schüttelten unisono den Kopf. Nein. DAS hatte man nicht nötig.

So war es dann zu einem Eklat allererster Güte gekommen, hässliche Worte fielen, nicht nur Anschuldigungen wurden an Köpfe geworfen und am Ende saß Hiltrud dann in einer nativen

Olivenölpfütze. Wir müssen also bei Mathew-Leon zumindest teilweise Abbitte leisten. Das mit der Raviolidose ging ausnahmsweise
nicht auf sein Konto.

Und zu allem Unglück, erzählt mir Bella kopfschüttelnd, hatte
Hiltrud die Nuttenwohnung nur für halbe Tage angemietet, um in
Ruhe mal ein Stündchen zu schlafen, zu duschen und ihre Lieb-
lings-Daily-Soap zu gucken. Irgendwas mit überforderten Eltern
und ihrer ausgekochten Brut.

Kapitel 21 – Feuer frei!

„Wir sind ja wegen unserer Kinder herausgezogen. Sie wissen schon, die Feinstaubbelastung."

Neubürger am Osterfeuer. Denen machste nix vor.

Ein Feuerwehrmannanwärter schleppt derweil unauffällig einen 20-Liter-Benzinkanister in Richtung des zündunwilligen Haufens Gartenabfälle. Ortsbrandmeister Ottokars Blick geht starr in die entgegengesetzte Richtung.

Ich prüfe die Windrichtung. Bei einigermaßen stabiler Wetterlage dürfte ein Großteil des grauschwarzen Rauches über das Neubaugebiet Rehwinkel-West ziehen.

„Heini, Du hast echt Pech. Heute ist Nordwestwind und Ihr liegt doch in Richtung Nordwesten. Da kriegt Ihr den ganzen Rauch ab."

Toni zeigt mitfühlend auf das „Diana", das einen halben Kilometer entfernt und tatsächlich grob in der von ihm genannten liegt.

Toni arbeitet in Peters Autowerkstatt und gilt dort uneingeschränkt als der begabteste aller Schrauber. Da kann man über kleinere Bildungslücken auf anderen Fachgebieten locker hinwegsehen.

Sein Haus steht übrigens südöstlich von hier.

Aus dem durchnässten Buschberg ragen Balken und Bretter heraus. Es handelt sich dabei um die Reste von Großbauer Jupps denkmalgeschützter Scheune. Gegen die kürzlich aufgrund einer kleinen Ungeschicklichkeit ein Mähdrescher gerollt war, was bedauerlicherweise zu ihrem Einsturz geführt hatte.

Das Denkmalschutzamt hatte das 1682 erstmals urkundlich erwähnte Gemäuer für erhaltenswert gehalten und den Abriss untersagt. Die zur Sanierung nötigen Millionen waren dann aber leider im Landeshaushalt nicht aufzutreiben gewesen. Das Land hat nun eine Sorge weniger und Jupp zwei Bauplätze mehr.

Der einzige übrigens, dem es regelmäßig gelingt, auf dem Osterfeuer jemanden abzuschleppen, ist Jungbauer Wolfgang. Sein John Deere ist die letzte Hoffnung aller SUV-Fahrer, deren vormals blitzblanke Gefährte vor dem als Parkfläche ausgewiesenen Matschacker kapitulieren mussten.

Vom Südrand des kokelnden Berges werden vereinzelte Stichflammen gemeldet, die unter Ahs und Ohs der Zuschauer in den regnerischen Nachthimmel schießen. Mir wird klar, wieso nach Malermeister Meyers Tod sein vollgerumpelter Lagerschuppen so schnell wieder vermietet werden konnte.

Der örtliche Apotheker verhandelt derweil am Handy mit seinem Großhändler.

„Genau. Nochmal zwölf Klinikpackungen Asthmaspray bitte. Expresslieferung."

Sie verstehen nun vielleicht, warum die Bedienung des bedenklich nahe am Feuer positionierten Schwenkgrills nur Feuerwehrleuten mit abgeschlossener Fortbildung zum Atemschutzgeräteträger anvertraut werden kann. Gehässige Zungen behaupten allerdings, das wahre Gefahrgut läge AUF dem Grill.

Dazu müssen wir kurz auf den August letzten Jahres zurückschwenken, als eine herrenlose, aber wohlgefüllte Tiefkühltruhe unweit des „Diana" auf Jupps Kuhwiese strandete, nachdem das Flüsschen am Ortsrand kurzzeitig über seine Ufer getreten war. Der Bergungstrupp war dann zeitnah zur Stelle.

Kleinere Unterbrechungen der Kühlkette muss man schon mal in Kauf nehmen, wenn damit ein Beitrag zur Defizitreduzierung bei den hochmotivierten, aber notorisch klammen örtlichen Rettern, Löschern, Bergern und Schützern geleistet werden kann.

Erst im letzten Jahr beispielsweise war es nur mit Mühe gelungen, eine feindliche Übernahme der Jugendabteilung durch die wirtschaftlich potentere Wehr des Nachbarortes zu verhindern. Jeder will sich ja gern mit dem Landesmeister in der Disziplin Löschangriff (trocken) schmücken.

Durch den Einsatz von Grillzangen und anderem schwerem Gerät aus dem Rüstwagen gelingt es, die Würstchen aus der erbeuteten Kühltruhe am Davonkriechen vom Rost zu hindern. Nun steht dem traditionellen österlichen Doppelangriff auf Atemwege und Verdauungsorgane nichts mehr im Wege.

Sie sind nicht vertraut mit dem unausrottbaren, heidnischen Brauch, böse Wintergeister durch Feuersbrünste zu vertreiben, dem wendige Missionare einst ein christliches Mäntelchen umhängten?

Wie sonst sollte man die Auferstehung Christi feierlich begehen, wenn nicht durch rituelles Abfackeln all der Gartenabfälle und nicht mehr benötigten Gebrauchsgegenstände, deren Mitnahme auch die Sperrmüllabfuhr kategorisch verweigert?

Sie erinnern sich noch an diesen isländischen Vulkan mit dem unaussprechlichen Namen, dessen Aschenwolke tagelang den Luftverkehr lahmlegte? Nun stellen Sie sich einfach vor, jedes niedersächsische Dorf mit mindestens zweistelliger Einwohnerzahl hätte einen eigenen Eyjafjallajökull. Klappts? Gut. Dann haben Sie jetzt eine halbwegs realistische Vorstellung der hiesigen Sichtverhältnisse während der Ostertage.

In Flugzeugen, die in dieser Zeit Norddeutschland überfliegen, werden die Passagiere routinemäßig durch Ansagen beruhigt. Ja, dort unten läge zwar das sagenumwobene Land Mordor, aber solange die Reiseflughöhe eingehalten wird, bestünde keine Gefahr der Kollision mit Ringgeistern.

~

Stinkend wie ein Räucherfisch gehe ich den kurzen Weg bis nach Hause. Der Parkplatz vor dem „Diana" ist rappelvoll, die Schnittmenge zwischen Besuchern des Osterfeuers und unseres Etablissements wird zu vorgerückter Stunde immer größer.

„Die Chefin sagt, hinten rein. Und ich soll mich nicht bequatschen lassen."

Margot hat entschlossen die muskulösen Arme vor der Brust verschränkt. Meine eigene Türsteherin verweigert mir den Zutritt. Und das nur weil ich ein wenig wie eine angesengte Sau rieche.

Meinen Einwand, dass ja wohl auch andere Osterfeuerbesucher Zutritt gefunden hätten, lässt sie nicht gelten. Das wären schließlich zahlende Gäste. Und ohnehin aller Erfahrung nach binnen zehn Minuten aus der müffelnden Hose.

Murrend gehe ich ums Haus herum zum Seiteneingang. Während ich noch meinen Schlüssel herausfummele, öffnet sich die Tür einen Spalt breit. Eine Hand erscheint. Sie hält etwas, das wie ein Müllsack aussieht.

„Ausziehen. Alles. Das ganze stinkende Zeug. Und da rein. Sonst kein Zutritt."

Bellas Tonfall ist eindeutig und Widerstand hier absolut zwecklos. Wollte ich die Nacht nicht hier draußen verbringen, ich musste wohl oder übel aus den zugegebenermaßen wirklich übel miefenden Klamotten raus.

Brav entkleide ich mich also hurtig, es ist doch recht frisch um diese Jahreszeit. Hinter mir geht eine von Hannelores Küchenhilfen vorbei zu den Mülltonnen. Man ist hier den Anblick nackter Männer in allen erdenklichen peinlichen Lebenslagen gewöhnt, mehr als ein leichtes Kopfschütteln ist ihr nicht zu entlocken.

Die Einlasskontrolle durch die Chefin persönlich bestehe ich nun immerhin. Bella steckt in meinem Bademantel, er reicht ihr bis auf die Knöchel. Sie packt mich am Ohrläppchen und zieht eine leichte Tropfspur und mich hinter sich her in unser privates Badezimmer.

Das dampfende Badewasser riecht nach Pfirsich oder Mango oder irgendetwas anderem südfruchtigen. Wie Bella, die ihm kurzzeitig entstiegen ist, um mich an der Tür abzufangen.

Unsere Quietscheentchen-Sammlung beobachtet indifferent vom Wannenrand, wie ich im schaumigen Nass versinke. Alle fünf. Moment. Fünf? Skeptisch begutachte ich den mir bisher unbekannten und als einzigen verdächtig feucht glänzenden Neuzugang.

Der gelbe Gummierpel fängt leicht gereizt an zu brummen, als ich ihn zwecks näherer Untersuchung in die Hand nehme. Ich beginne, einen Zusammenhang mit der ausgeprägten Lüsternheit meiner Lebensgefährtin herzustellen.

Bella lässt frech grinsend den Bademantel herunterfallen und steigt zu mir in die Wanne. Der vibrierende Enterich scheint ein wenig enttäuscht, dass ich nun seinen Part übernehme, nach all der Vorarbeit, die er schon geleistet hat.

Mürrisch surrt das wasserfeste Sexspielzeug noch eine Weile einsam über die Bodenfliesen neben der Badewanne weiter, bis irgendwann zwecks Batterieschonung die Abschaltautomatik eingreift.

Der Morgen danach. Die Gunst der Stunde nutzend bringt Bauer Jupp unter olfaktorischer Deckung der die Norddeutsche Tiefebene dominierenden Röstaromen heimlich eine Ladung Schweinegülle aus. Ein Pärchen Feldhasen unterbricht empört seine Familienplanungsaktivitäten.

Gemeindepastor Winfried bereut gerade zutiefst, dass er, gewissermaßen als kleines Zeichen zivilen Ungehorsams, seinen Bobtail Emil trotz angebrochener Brut- und Setzzeit von der Leine gelassen hat. Übermütig tollt selbiger über das soeben mit stinkendem Schweineoutput befeuchtete Feld.

Die glimmenden Reste des einst stolzen Buschberges werden mittels Frontlader zusammengeschoben. Fluchend zieht Wolfgang die verkohlten Gestänge eines Campingstuhls unter seinem Traktor hervor. Was die Leute so alles entsorgten.

Lustig. Genauso einen Klappsessel hatte auch die Brandwache gehabt. Wolfgang grübelt. Zuletzt war Pit damit dran gewesen. Wann hatte er den eigentlich zuletzt ... MEIN GOTT, WAS IST DAS DA?

Lassen Sie mich Ihnen verraten, dass das Schweineskelett Knochen besitzt, die menschlichen verteufelt ähnlich sehen. Vor allem nach dem Grillen. Entsetzt stochert Wolfgang in den Überresten seines besten Kumpels herum.

Genießen wir den Wissensvorsprung, den wir vor Wolfgang haben, noch ein bisschen.

Seine normalerweise gesunde rosa Gesichtshaut färbte sich, Sie gestatten das Wortspiel, aschfahl. Pit hatte dafür zu sorgen gehabt, dass die Nachbarwehr nicht auf dumme, oder besser, zündende Ideen kam und dazu sein Lager wettergeschützt am Rande des kostbaren Brenngutes aufgeschlagen.

Aufgrund des vielen Regens der vergangenen Wochen wäre eine Brandwache eigentlich nicht nötig gewesen, befand auch Pit, und lauerte statt brandstiftenden Witzbolden lieber der schönen Marleen auf, für die er seinerseits entbrannt war.

Marleen ist die Tochter von Jupp. Sie wissen schon, der Güllesünder. Auch Jungbauer Wolfgang hat schon lange ein Auge auf sie geworfen, er ist nämlich scharf auf ihre Hügel. Nein, nicht was

Sie jetzt wieder denken. Die Felder ihres Vaters grenzen genau an seine, und während Wolfgang die sumpfigen Niederungen besaß, nennt Jupp sanfte, fruchtbare Anhöhen sein Eigen.

Zusammengenommen eine ideale Kombination, die wirtschaftlich Sinn machte. Wenn dann noch des Bauers Tochter schnuckelig ist, macht das Einheiraten doch gleich doppelt Spaß, so Wolfgangs durchaus nachvollziehbare Überlegung.

Bei Großbauer Jupp nun wird noch, nach alter Väter Sitte und unter geschickter Umgehung von etwa 400 EU-Hygienevorschriften, hausgeschlachtet. Schmackhafte Sattelschweine nähren sich für den Eigenbedarf redlich das ganze Jahr auf freiem Land. Sie wachsen langsam und auf ihren Körperfettgehalt wäre jeder Fitnesstrainer neidisch.

Auch unsere Chefköchin Hannelore schwört übrigens auf Jupps Rüssel- und Geschmacksträger. Ihr Schweinebraten ist unerreicht und lockt auch absolut asexuelles Volk zwecks oraler Vergnügungen ins „Diana". Wie ich schon mehrfach erwähnte, unser Unternehmen hat einen Ruf zu verteidigen, was kultivierte Sauereien angeht.

Sattelschweine heißen übrigens nicht Sattelschweine, weil auf ihnen dereinst kurzbeinige Eingeborene in die Schlacht ritten, sondern aufgrund ihrer charakteristischen Färbung. Die man allerdings, liegen sie erstmal nebst Knödel vor einem auf dem Teller, nicht mehr sieht. Deswegen erzähle ich Ihnen davon, Sie sollen hier ja schließlich noch was lernen.

Gerade war nun wieder einer der gemütlichen Grunzer Opfer seiner eigenen Schmackhaftigkeit und eines Bolzenschussgerätes geworden. Frisch gemetzelt war Verwertbares von weniger Begehrtem getrennt worden, was Pit, den Schalk im Nacken, auf eine Idee gebracht hatte.

Einen großen Eimer voller Schweineknochen im Arm war er nach dem Schäferstündchen mit Marleen im Schutze der Dunkelheit zurück zum Schauplatz des Osterfeuers geschlichen. Den Rest können Sie sich in etwa denken.

Pit hat die Sache übrigens überlebt. Knapp. Wolfgang hatte nämlich eine eher rustikale Art an den Tag gelegt, seine Freude zu zeigen, dass sein Nebenbuhler und Schützenbruder nun doch nicht als Schmorbraten im Traktorreifen klebte.

Was solls, so eine gebrochene Nase ist schließlich kein Beinbruch. Tja, hier auf dem Land fallen Scherze und Leberwurst gern mal etwas gröber aus. Zum Glück ist man in der Regel nicht nachtragend, Neckereien und Streiche wie der oben wiedergegebene sind häufig schon nach ein, zwei Generationen vergeben und vergessen.

Apropos Generationen. Marleen heiratet demnächst. Allerdings weder Wolfgang noch Pit. Sondern Herbert, Erbe eines Fleisch- und Wurstwarenimperiums. Unter Jupps Sattelschweinen macht sich, so hört man, eine gewisse Unruhe breit.

Band 3 („Schau! Bella!")

Kapitel 22 – Fast Foot

Wenn man seit längerem mal wieder bei McDonald's Landgasthof einzukehren beabsichtigt, empfiehlt es sich, zur Vorbereitung auf die unablässig flimmernden Videowände den Film „Blade Runner" anzusehen. Am besten den Director's Cut.

Die Liste der dargebotenen Speisen ist in augenfreundlichem Helvetica, Schriftgrad 8, gehalten. Um das ohnehin nur eingeschränkt des Lesens mächtige Stammpublikum nicht unnötig mit Fakten zu verwirren, fliegen alle paar Sekunden bunte Animationen über die 15 Meter breite Anzeigetafel.

Ein Zusammenhang der vielfarbigen Grafiken, die offensichtlich von einem Experimentalfilmer im LSD-Rausch kreiert wurden, mit dem konkreten Speisenangebot erschließt sich mir nicht auf Anhieb.

Ein freundlicher Mitarbeiter, offenkundig ist dies sein erster Arbeitstag, erfragt intime Details über meine Vorlieben bezüglich der feilgebotenen Köstlichkeiten.

Ich verwirre ihn durch Bestellung eines Cheeseburgers. Ein Ausbilder eilt herbei und führt den armen Kerl beiseite.

Mir wird allmählich klar, warum vor den Bestellterminals ein Andrang wie zur Reichsmarkzeit herrscht, aber niemand mehr Wert auf persönliche Bedienung zu legen scheint. Da kann man wenigstens in Ruhe auswählen, mit was man seinen Ernährungscoach in den Suizid treiben möchte.

Der Bestellprozess zieht sich etwas in die Länge, da sich auf meiner Liste der zu beschaffenden Fastfooderzeugnisse auch ein Happy Meal befindet. Meine ohnehin strapazierten Netzhäute werden für ca. 3 Millisekunden mit einer knallbunten, laminierten Papptafel konfrontiert.

Kennen Sie diesen Loriotsketch mit dem Hund, der angeblich sprechen kann? Der nette Frittenverkäufer, der seinen traumatisierten Kollegen abgelöst hat, war vermutlich damals Synchronsprecher. Für den Hund.

„U huhu huhu huhu."

Übersetzt: „Welches Spielzeug möchten Sie? 1, 2, 3 oder 4?"

Ich deute auf etwas Großes, Grünes am rechten Bildrand, halte Blickkontakt und sage mit fester Stimme: „Die Vier bitte."

Welcher Plastikscheiß hinterher auf dem Tablett landet, ist ohnehin egal. Denn in dem Moment, in dem man die Auswahl trifft, wird diese automatisch zur falschen.

Mit der gleichen Gelassenheit treffe ich weitere Entscheidungen. Barbecue oder Süß-sauer? Egal. Majo? Egal. Ketchup? Von mir aus. Welche Frucht? Mir doch Banane.

Wenn man erstmal erkannt hat, dass man eh nur die Wahl zwischen „falsch" und „ganz falsch" hat, lebt sich's erheblich entspannter.

Was ich im Frittenschüttler-Paradies treibe? Und wozu dann auch noch das Happy Meal? Nun, in einem wissenschaftlich noch nicht gänzlich geklärten Rhythmus von vielleicht vier Wochen überkommen Bella so etwas wie mütterliche Gefühle.

Zum Glück gehen diese nicht so weit, dass es sie tatsächlich nach Fortpflanzung drängen würde, dennoch wird in dieser Zeit regelmäßig ein fürsorgebedürftiges Objekt hergesucht.

Mal handelt es sich um einen streunenden Kater, dem ein Ohr fehlt, mal um einen überdimensionierten Plüschbären, den ich bei Karstadt freikaufen muss. Und ab und an wird Bella auch eines leibhaftigen Kindes habhaft, dem dann ihre ungeteilte Kümmerung zuteilwird.

Diesmal traf es die neunjährige Tochter von Petra. Sie wissen schon, die Dame, deren brodelnde Libido nur noch durch ihren ausgeprägten Geschäftssinn übertroffen wird. Bella hatte sich angeboten, für Petra einzuspringen und mit dem gleichermaßen unbegabten wie tanzbegeisterten Mädchen eine Ballettaufführung am örtlichen Theater zu besuchen.

Es handelt sich wohl um das Gastspiel eines osteuropäischen Ensembles, dessen genaues Herkunftsland ich vergessen habe. Nachmittagsvorstellung, daher vermutlich die Zweitbesetzung. Ich habe keine Ahnung, was Hormone im weiblichen Gehirn so alles anstellen, aber es müssen grausame, verstörende Dinge sein.

Ich händige der Servicekraft Barmittel im Volumen des Bruttosozialprodukts einer mittelgroßen Bananenrepublik aus. Man überreicht mir McWartenummer, einen abgegrabbelten grünen Plastikklotz mit Zahlen drauf. Dankbar denke ich an das Sagrotanfläschchen in meiner Jackentasche.

Man serviert am Tisch. Die Pommes sind matschig, als wäre etwas sehr Schweres über sie hinweggerollt. Zum Glück sind es nicht allzu viele. Nachdenklich beobachte ich durchs Fenster auf dem Autohof einen rumänischen Fernfahrer im Feinripp-Unterhemd, der etwas Unerfreuliches aus seinem Reifen kratzt.

Der Cheeseburger, das muss man konzedieren, entspricht meinen (moderaten) Erwartungen und trägt nur unwesentlich zu dem hinterlassenen Berg an Verpackungsmaterial bei. Kennen Sie diese Godzilla-Spuren aus dem gleichnamigen Film? Die, in denen ein ganzes Forscherteam Platz findet, samt Zelt und zwei Lastkraftwagen? So groß etwa können Sie sich unseren heutigen CO_2-Fußabdruck vorstellen.

Das Leih-Mädchen zupft Bella am Ärmel und deutet auf seine rosafarbene Armbanduhr, auf der eine Disney-Prinzessin das Verstreichen der Zeit mit einer Art Zepter anzeigt. Zwei weibliche Augenpaare blicken missbilligend zu mir herüber.

„Wir müssen dann los, kommst du zu Fuß nach?"

Ich nicke kauend. Bella und das Leasing-Kind ziehen ab zur großen Tütü-Verkostung und lassen mich vor dem Wohlstandsmüll-Schlachtfeld sitzen. Vereinsamt sauge ich einen Rest lauwarme, niedrigkalorische Cola durch den Strohhalm und murmele: „Und wartet nicht auf mich."

Ich balanciere das Tablett voller Pappschachteln, begrenzt recyclingfähiger Trinkgefäße, einiger verwaister schlapper Fritten und kaputtem Plastikspielzeug um ein „Frisch gewischt"-Warnschild herum.

Um dann vor der überquellenden Rückgabestation in einer XXL-Colapfütze festzukleben. Definitiv nicht die zuckerfreie Sorte, konstatiere ich.

Der Spätschichtchef kümmere sich gleich um mich, heißt es. Als ehemaliger Sumoringer würde der mich ganz sicher loskriegen.

Auf Socken verlasse ich den Tempel kulinarischer Höhepunkte. Meine Schuhe stehen herrenlos vor dem Wagen für leere Tabletts und erinnern an eine Szene aus James Bond. Sie wissen schon, der Bösewicht hat einmal zu viel am Kuli geklickt und dann kleben seine Reste an der Zimmerdecke.

Während ich noch nachdenklich nach oben blicke, tritt jemand auf ein herumliegendes Ketchuptütchen. Reaktionsschnell weiche ich aus. An der Wand hinter mir erscheint eine mit Blut geschriebene Botschaft, vermutlich ein sehr alter Mordor-Dialekt, den niemand mehr entziffern kann.

Eine langbeinige junge Frau, die das Salat-Angebot auf der Anzeigetafel eingehend studiert hat, tritt ebenfalls erschrocken einen Schritt zurück. Einer ihrer waffenscheinpflichtigen Highheel-Absätze durchbohrt meinen schutzlos besockten linken Fuß.

Ich fluche höchst unchristlich und lade sie dann mit einer Mischung aus Mitleid und Rache auf eine große Portion Pommes ein. Sie vermutet zunächst und völlig korrekt eine billige Anmache, wird dann aber von ihrer Lust übermannt. Der auf Kohlehydrate. Was dachten Sie denn schon wieder?

Die junge Dame könnte meine Tochter sein, ich schlage, ganz Charmeur alter Schule, vor, ihr ein Happy Meal zu kaufen. Sie kichert geschmeichelt. Mir fällt ein, dass diese Dinger früher Junior Tüte hießen. Der Name wurde vermutlich geändert, weil die Kunden mit zunehmendem Alter immer öfter Rauchbares darin erwartet hatten.

Ich humpele hinter ihr her zu einem Tisch, Sie ist locker einen Kopf größer als ich und hat in etwa meine Schuhgröße. Die Idee, sie zu verführen, um an ihre Schuhe heranzukommen, verwerfe ich aufgrund meiner Unfähigkeit, auf Hochhackigen laufen zu können. Ich seufze leise.

Sie sieht mich mitfühlend an und füttert mich liebevoll mit Pommes. Nichts läge mir ferner, als bei anderen Menschen ein Helfersyndrom auszunutzen, aber ich hatte bisher nur einen Cheeseburger. Was vor Gericht zu meinen Gunsten verwendet werden sollte. Das uns umgebende männliche Jungvolk blickt voller Neid auf den Lustgreis, der sich von einer scharfen Schnecke verwöhnen lässt.

Das Anfangsinvestment für meine vielversprechende Karriere als Sugar Daddy war mit 2,59 Euro für eine große Portion Pommes durchaus überschaubar.

„Ach, da kommt ja meine Mutti."

Ich schrecke jäh aus unrealistischen Träumen, in denen ich meinen Elder-Statesman-Charme grotesk überschätze und blicke in die böse glitzernden Augen einer 20 Jahre älteren Ausgabe meiner reizenden Pommesflüsterin.

Zum Glück ist das Helfersyndrom erblich bedingt. Als ich ihr die traurige Geschichte vom schuhlosen Opfer der Fastfoodindustrie erzähle und dann auf den auf doppelte Größe angeschwollenen Fuß deute, erkenne ich in ihren Gesichtszügen die gleiche Herzensgüte wie bei ihrer Tochter.

Gestützt auf zwei attraktive Damen humpele ich zum Parkplatz. Der Restaurantmanager zwinkert mir verschwörerisch zu und versichert, dass ich meine Schuhe nach der Generalrenovierung der Filiale wiedererhalten würde. Dazu überreicht er mir einen 50-Euro-Gutschein. Für Burger King.

Statt mich schrottreife Schande des männlichen Geschlechts standesgemäß in den nächsten Restmüllkübel zu verklappen, manövrieren mich die beiden Grazien vorsichtig auf die lederbezogene Rückbank ihres SUV.

Habe ich die Tochter gerade „Aber ich hab ihn zuerst gesehen" sagen hören?

Meine höfliche Frage, ob es sich hier gegebenenfalls um eine Entführung handle, ich sei da in solchen Dingen etwas unerfahren, wurde belustigt verneint. Man wäre, so entgegnet mir die etwas reifere der Damen, auf derartige Zusatzeinnahmen zum Glück in keinster Weise angewiesen.

Als Erklärung sowohl für die erfreuliche Einkommenssituation als auch für meinen Transport ins Zuhause der beiden wird der Gatte der Mutter angeführt, seines Zeichens Chef der Orthopädie im nahegelegenen und renommierten Sankt-Sowieso-Krankenhaus. Ob ich eventuell katholisch sei?

Nun, das sei letztendlich auch egal, schließlich würde man für eine Privatbehandlung sorgen. Herr Professor Dr. med. war nämlich

heute ausnahmsweise daheim, um sich auf einen Vortrag vorzube-
reiten oder dergleichen. Deswegen hatte er seine beiden Grazien
zum Shoppen geschickt.

Wir nähern uns offenkundig unserem Fahrziel, einer repräsentativen Villa in bester Lage. Anscheinend bin ich der einzige, dem die
spärlich bekleidete junge Dame auffällt, die im Obergeschoss aus
einer Balkontür tritt, just während wir die Einfahrt entlang auf das
Haus zufahren.

Man verfrachtet mich auf ein Sofa im stylisch eingerichteten Wohnzimmer von den Ausmaßen eines IKEA-Parkplatzes und macht
sich auf die Suche nach dem Hausherrn. Von draußen höre ich ein
merkwürdiges, blechernes Scheppern. Ein Blick durchs Panorama-
fenster enthüllt die Ursache.

Am edlen kupfernen Fallrohr neben der Terrassentür hängt, etwa
auf halber Höhe, die leichtbekleidete Frau vom Balkon. Ihr schnell
und, der unorthodoxen Position des Reißverschlusses nach, hastig
übergeworfenes Sommerkleid mit Blümchenmuster hat sich offenbar an der Dachrinne verhakt.

Der Doktor wird irgendwo in den Tiefen des Südflügels aufgetan.
Er wirkt ein wenig derangiert, ein kleines Nachmittagsnickerchen,
man gönnt sich ja sonst nichts. Ich nicke verständnisvoll und nach-
drücklich und insbesondere in Richtung des großen Terrassenfens-
ters.

Kurz erwägt der Medikus, angesichts meiner eigenwilligen Kopfzu-
ckungen vielleicht lieber einen Kollegen von der neurologischen
Fraktion hinzuzuziehen. Dann folgt er schließlich doch irgendwann
meinem Blick und nimmt schlagartig eine auch auf den Laien bedenklich ungesund wirkende Gesichtsfarbe an.

Geistesgegenwart, das muss man ihm lassen, besitzt der gute Mann.
Er springt auf und zieht die Gardinen zu. Das dabei entstehende
Geräusch übertönt das charakteristische RATSCH eines zerreißen-
den Sommerkleides und das PLUMPS eines nackten weiblichen
Hinterteils auf hochgradig unelastischen Waschbeton.

Was hinter meiner spontanen Solidarität mit dem promiskuitiven
Doktor steckt? Brüderliche Verbundenheit unter Männern? Nein.
Deutlich profaner. Zum einen komme ich wie jeder Mann in das

Alter, wo es von großem Vorteil ist, einen Orthopäden zu kennen, der in meiner Schuld steht.

Zum anderen lag die Hand seiner Gattin vorhin, als sie mir über den Parkplatz half, zum Zwecke der Stützung eigentlich unnötig und außerdem verdächtig lange auf meinem Hintern. Dazu flüsterte Sie mir Vertrauliches ins Ohr, das ich zu dieser Stunde hier nicht wiedergeben kann.

Offenkundig ist auch die Dame genauso wenig ein Kind von Traurigkeit.

Möglicherweise halluziniere ich aber auch nur vor Schmerzen in meinem linken Fuß. Wie auch immer, ein untreuebedingter ehelicher Eklat käme mir in diesem Augenblick absolut ungelegen.

Die vorläufige Diagnose meiner unteren Extremität ergibt, wenn ich die medizinischen Fachausdrücke korrekt deute, dass eine Amputation wohl vorerst vermieden werden kann.

Der Doc entschuldigt sich, er müsse was Wichtiges aus dem Auto holen. Ich vermute eher, dass er was Wütendes von der Terrasse holen muss.

„Wolltest Du nicht ins Kino?"

„Musst Du nicht zum Golf?"

„Es ist unhöflich, seiner Mutter mit einer Gegenfrage zu antworten!"

„Pah. Plötzlich machst Du hier einen auf Elternteil."

Ich beginne langsam, wirklich Sympathien für den Ehemann beziehungsweise Vater dieser beiden Grazien zu entwickeln.

Immerhin ringen die zwei so lautstark um die Position des Alphaweibchens in diesem Haushalt, dass unser Doktorchen seine unsanft gelandete Gespielin problemlos irgendwo in Sicherheit bringen kann. Notfalls auch unter Begleitung eines Fanfarenzuges der freiwilligen Feuerwehr.

Mit leicht gehetzt wirkendem Gesichtsausdruck kommt der Herr des Hauses endlich zurück.

Ich habe derweil vom Zähnezusammenbeißen fast ebenso heftige Schmerzen im Kiefer wie im perforierten Fuß, da ich mir natürlich niemals die Blöße geben würde, vor den Frauen herumzujammern. Au.

Der Doc hält ein altmodisches schwarzes Köfferlein in der Hand, das mich spontan an eine Szene mit Doktor Pudlich erinnert.

Sie kennen Doktor Pudlich nicht? Tierarzt, Freund der Familie und verhinderter, aber heißblütiger Liebhaber der regierenden Oma auf dem Immenhof?

Pudlichs Erbe jedenfalls betastet nochmals fachkundig meinen Fuß. Als ich seine Frage „Tuts hier weh?" mit einer kurzen Ohnmacht beantworte, nickt er zufrieden und zieht eine Spritze beängstigender Größe auf. Er murmelt etwas von „Glatter Durchschuss" und „Nochmal Glück gehabt".

Was danach geschieht, erlebe ich durch eine rosarote Wolke.

Sein Mobiltelefon klingelt, möglicherweise sind es auch die Posaunen von Jericho, auf jeden Fall macht er sich eilends von dannen. Ein Notfall in der Klinik. Ich höre Kiesel spritzen und einen Sportwagen vom Hof rasen.

Mutter und Tochter bugsieren mich nicht ohne eine gewisse Mühe in ein Nebenzimmer, wo eine Art Chaiselongue auf mich wartet. Sie wissen schon, so ein Nutten-Sofa.

Ich döse, unterdessen schmerzbefreit und glücklich, auf dem bequem gepolsterten Möbelstück vor mich hin.

Mir erschließt sich zwar nicht auf Anhieb, wozu meine beiden reizenden Pflegerinnen mir jetzt die Hose ausziehen, aber dafür wird es ganz sicher gewichtige medizinische Gründe geben. Erst als sie kichernd eine Münze werfen, überkommt mich ein erster Anflug von Misstrauen.

Die Tochter wünscht gute Besserung und verlässt, wie ich mir ganz unbescheiden einbilde, leicht verstimmt den Raum.

„Jetzt trinken wir aber erstmal ein Schlückchen Champagner auf den Schrecken, nicht wahr?" warm umhüllen mich Fürsorge und Parfumgeruch der attraktiven Arztgattin.

Ich nicke und sie macht sich auf dem Weg in den Südflügel oder wo auch immer in diesem Palast sich Küche oder Keller befinden. Interessiert blicke ich ihren Pobacken hinterher, die sich sanft schwingend von mir entfernen.

Sie dreht sich noch einmal kurz um und zwinkert mir zu.

Mein Blick ist leicht verschwommen. Offensichtlich wirkt das Mittel, das mir der Doktor gespritzt hat, noch stärker, als ich zuerst angenommen habe, denn einer der schweren, samtigen Vorhänge neben dem bodentiefen Fenster hat Füße. Zwei Stück genau gesagt. Mit rotem Nagellack.

Immer, wenn mich etwas gründlich verwirrt, suche ich instinktiv Rat bei Bella. Ich taste also nach meiner Hose, die säuberlich zusammengefaltet über der Lehne liegt. Da. Mein Handy. Mit unsicheren Fingern und getrübtem Blick tippe ich eine Nachricht. Hol mcih ab. BiTte. Drnigend!

Verdammt. Was für eine Adresse ist das hier überhaupt? Ich denke zum Glück mit zunehmendem Alter immer öfter laut, denn der Vorhang antwortet: „Hügelweg 12."

„Danke." Ich ergänze die Nachricht und treffe nach einigen Fehlversuchen den „Senden"-Button. Hinter dem Vorhang erscheint erst ein Kopf, dann eine unvollständig bekleidete junge Frau, die mir irgendwie bekannt vorkommt. Hier also hatte der läufige Doktor seine Gespielin geparkt.

Mir wird schlagartig klar, dass auch mein eigener Aufzug gesellschaftlich nur bedingt akzeptabel ist. Mein Beinkleid wieder anzuziehen jedoch erscheint angesichts der Größenverhältnisse von Hosenbeindurchmesser und verletzungsbedingt angeschwollenem Fuß gegenwärtig utopisch.

In Ausnahmesituationen mobilisiert der Mensch unerwartete geistige Fähigkeiten. Ich deute auf die Tür, hinter der die Hausherrin, die man in der Küche ramentern hört, verschwunden ist und mache mit der rechten Hand eine Geste, die die Vorhangfrau glücklicherweise richtig deutet.

Sie geht zur Tür rüber und dreht den Schlüssel, der dort zu meiner Freude steckt, um. Da es ihr anatomisch schlichtweg nicht möglich ist, dabei zeitgleich schamhaft die Arme vor ihre nackten Brüste zu halten, stufe ich sie auf D-Körbchen ein. Mindestens.

Der zerfetzte Blümchenmusterstoff reicht nämlich nur noch entweder zur sittsamen Bedeckung ihres Hinterns oder zur züchtigen Verhüllung ihrer Oberweite.

Sie hatte ihre Entscheidung getroffen. Ich mag pragmatische Frauen.

Die Dame scheint, wiewohl unvollständig bekleidet, erfreulich wohlerzogen, denn sie hilft mir, aufzustehen. Gestützt auf sie geht es so schnell als eben möglich hinüber zu einem der bodentiefen Fenster. Davor liegt eine kleine, von üppigem Kirschlorbeer begrenzte Terrasse.

Eine knappe Viertelstunde später sieht man eine in die zerfetzten Reste eines Sommerkleides gehüllte junge Frau und einen nicht mehr ganz jungen humpelnden Mann ohne Hose durch einen gepflegten Vorgarten zur Straße taumeln. Beide steigen in ein wartendes Auto ein, das sich mit hoher Geschwindigkeit vom Ort des Geschehens entfernt.

Nur die langjährige Erfahrung im Zusammenleben mit mir lässt Bella nicht sofort bei unserem wahrlich nicht über jeden sittlichen Zweifel erhabenen Anblick Gas geben und uns unserem Schicksal überlassen.

Trotzdem ist der Diskussionsbedarf beträchtlich, wie Sie sich vorstellen können. Ich beginne nicht ohne Grund Erklärungen nur höchst ungern mit den Worten: „Schatz, es ist nicht das, wonach es aussieht."

Nach etwa fünf Kilometern hat Bella sich soweit beruhigt, dass wir keine Schlangenlinien mehr fahren. Gerade rechtzeitig, denn uns kommt ein schwerer Sportwagen mit hohem Tempo entgegen.

Die Dame, Judith heißt sie, wie wir mittlerweile erfahren haben, zieht auf der Rückbank von Bellas Kugelporsche den Kopf ein. Aha. Das war dann wohl offensichtlich das heimwärts eilende Doktorchen, auf dem Wege, das Schlimmste zu verhüten beziehungsweise in angemessener Weise bei seiner promiskuitiven Gattin zu Kreuze zu kriechen.

„Der braucht nicht wissen, dass ich da raus bin. Soll ruhig ein bisschen ins Schwitzen kommen, der Schuft!"

Judith gefällt mir immer besser. Ich frage Bella, ob wir sie nicht adoptieren können, was dann allerdings zu einigen weiteren zornbedingten Schlangenlinien führt. Ich bin ein wenig erleichtert, offenkundig haben wir die Mutterinstinkt-Phase wieder einmal mehr oder weniger erfolgreich hinter uns gebracht.

Bella fährt uns zum katholischen Krankenhaus. Weil Judith dort ihr Auto stehengelassen hat und mit dem Inhalt ihres Spinds ihre doch sehr lückenhafte Garderobe wieder vervollständigen kann. Schade. Ich fand, unsere Picknickdecke von Bellas Rückbank stand ihr eigentlich sehr gut.

Gut, dass die nicht reden kann, die Decke. Auf der haben wir schon einige Nicks gepickt. Und Picks genickt. Und das eine oder andere Mal…ich grinse breit und für Außenstehende nicht nachvollziehbar. Außer für Bella vielleicht, die die gute Waschbarkeit der Decke gelegentlich lobend hervorhebt. Wegen Kaffeeflecken und so. Was denken Sie denn schon wieder.

Langsam erscheint ihr mein Gesundheitszustand dann doch wohl etwas bedenklich. Ich finde die Sorge rührend, kann sie aber nicht wirklich teilen und unterhalte die Notaufnahme mit zotigen Seemannsliedern. Geiles Zeug, was mir der Doc da verabreicht hat. Könnte ich mich dran gewöhnen. Johooo und ne Buddel voll Rum!

~

„Irgendwie", sagt Bella am nächsten Morgen beim Frühstück zu mir, „kam mir diese Judith bekannt vor."

Ich zucke mit den Schultern und lasse dabei unvorsichtiger Weise ein Stück Kandis von meinem Teelöffel fallen. Er rollt über die Tischkante und fällt auf meinen fachgerecht verbundenen Fuß.

Über den rätselhaften, markerschütternden Schrei wird noch wochenlang im Ort spekuliert werden. Ein übles Gewaltverbrechen vielleicht? Oder der Todesschrei eines waidwunden, aus Polen zugewanderten Elchs?

Kapitel 23 – Kleine Brötchen

Bellas Schulmädchenhandschrift ist gleichmäßig und perfekt lesbar. Für das Medizinstudium, so viel steht fest, wäre sie mit Sicherheit nicht zugelassen worden.

Leider stellt mich ihr Einkaufszettel für unser seit langem geplantes Luxus-Frühstück wie stets vor gewisse logistische Herausforderungen. Man muss dazu wissen, dass es bei uns am Ort drei Bäcker und zwei Schlachterläden gibt. Jeder mit seinen eigenen Stärken und Schwächen.

Bratwürste, zum Beispiel, kaufen wir nur bei Metzger Meinz, die von Schlachter Schubert sind voller Gnubbel und knorpsig. Dafür macht der den eindeutig besseren Fleischsalat. Kassler wiederum ist bei Meinz besser, aber nur am Dienstag und Donnerstag. Schubert hat jeden Tag heißen Leberkäse, außer Samstag. Da gibt's dann welchen bei Meinz.

Und jetzt kommen Sie mir nicht mit „Fleisch ist sowieso ungesund, esst doch mehr Fisch."

Dem Fischmann, dessen Wagen freitags in der Busbucht vor der Volksbank steht, kann man im Prinzip bedenkenlos vertrauen. Richtig gute Fischfrikadellen hat aber der, der am Mittwoch neben dem Hühnermann auf dem Supermarktparkplatz im Gewerbegebiet zu finden ist. Ansonsten traut Bella dem nicht so recht, weil die Schwägerin einer Nachbarin mal gehört hat, dass die Kühlung seines altersschwachen Gefährts Aussetzer hat. Ich persönlich halte das für eine gezielte Rufmordkampagne unter den Kabeljauhökern.

Bei den Bäckern ein ähnliches Bild. Sauerteigbrötchen nur von Surbier. Alles andere schmeckt vom Waldbäcker besser, wo zusätzlich die reizende Palmira bedient, die sehr schöne Augen hat und mir manchmal welche macht.

Croissants allerdings holt man tunlichst bei Konditorei Klausen. Die sind die besten. Weil die Tochter vom alten Klausen, die hat nämlich einen Franzosen geheiratet. Der kann aber keine Franzbrötchen. Die hat wiederum der Waldbäcker. Nur montags nicht, da macht der nämlich nachmittags zu. Dann muss man doch zu Surbier.

Bellas Liste setzt die Kenntnis all dieser und noch vieler, vieler weiterer Faktoren, die auf die Auswahl einer Bezugsquelle für Lebensmittel Einfluss haben, voraus. Für mich persönlich ist primäres Entscheidungskriterium das Vorhandensein eines freien Parkplatzes in fußläufiger Entfernung zum entsprechenden Geschäft. Der Rest ergibt sich dann schon.

Man rafft eben die Sachen zusammen, die einem als gefahrlos verzehrbar erscheinen, und sieht zu, dass man Land gewinnt. Um dann zuhause bei der Tüteninspektion böse gescholten und wieder losgeschickt zu werden, die Fehler auszubügeln.

~

Sching-Schang-Schong. Werner und ich knobeln beim Waldbäcker um das letzte Croissant. Ich verliere und Verkäuferin Palmira stopft mir eiskalt lächelnd mit spitzen Fingern ein Mehrkorn- und ein Dinkelbrötchen in die Tüte.

Palmira stammt aus einem Kuhdorf im abgelegensten Teil von Andalusien und bringt so ein wenig urbanen Glanz in unser verschlafenes Nest.

Wie so viele war sie einst auf Suche nach beruflicher Perspektive gekommen und der Liebe wegen geblieben. Der von ihr gänzlich unerwiderten Liebe eines äußerst aufdringlichen Verehrers in der spanischen Heimat in diesem Falle. Aber das ist eine andere Geschichte.

Vor meinem geistigen Auge erscheint Bella, wie sie wollüstig die von mir angelieferte Brötchentüte aufreißt. Und statt des erwarteten französischen Feingebäcks der zeitgeistigen Notbackware ansichtig wird. Die Situation ist mit „Ernstfall" nur höchst unzureichend beschrieben.

Bei dem Gedanken jedenfalls, dass laut Patientenverfügung im Zweifel sie über das Abschalten etwaiger mein Leben erhaltender medizinischer Hardware entscheiden darf, tritt mir kalter Schweiß auf die Stirn.

„Schalten Sie ab, der war sowieso ein Versager. Hat nicht mal ein paar lumpige Croissants auf die Welt gebracht."

Und dazu das verständnisvolle Nicken der Ärztin, die ihr zeigt, welchen Knopf sie drücken muss, um mich endgültig ins Jenseits zu befördern.

Während mich mein Kopfkino peinigt, grinst Werner triumphierend. Noch nicht ahnend, dass wir alle gleich seiner, wenn auch nur moralischen, so aber doch sehr öffentlichen Hinrichtung beiwohnen werden.

Werner ist übrigens von Beruf Universalaktivist, ideologisch ausgesprochen flexibel, aber dafür ein absolutes Organisationstalent vor dem Herrn.

Fröhlich schwatzend betritt nämlich nun das Unglück in Form von Dorothea und Claudia den Bäckerladen. Claudia begrüßt mich freundlich, Dorothea mit einem eher sparsamen Kopfnicken, Werners Anwesenheit hingegen löst bei beiden offenkundig deutlich stärkere Gefühle aus als meine. Er wird umarmt, geherzt und, Schmätzel rechts und Schmätzel links, ortsunüblich abgebusselt.

„Woher kennst DU denn Werner?" sagen dann allerdings beide Damen erstaunt und unisono zueinander.

Mich erstaunt viel mehr, dass die beiden überhaupt miteinander reden, denn außer einem gemeinsamen Geburtsjahr (über das der Autor hier höflich schweigt) verbindet sie eigentlich überhaupt nichts. Claudia kenne ich vom Unternehmerstammtisch. Und ein paar gemeinsam durchgestandenen Abenteuern. Sie besitzt das Hotel „Eichengrund", ist bekennende Workaholikerin und nebenbei umtriebige erste Vorsitzende des örtlichen Gewerbe- und Fremdenverkehrsvereins.

Der unter anderem den jährlichen Weihnachtsmarkt organisiert, aber das ist auch eine andere Geschichte. Eine ganz andere.

Geistheilerin Dorothea hingegen ist Kristallschädel-Meisterin oder Karmareferentin oder so was Ähnliches, ich bin in Sachen Esoterik nicht wirklich sattelfest.

Es scheint jedenfalls in unserer Gemeinde viele kranke und darüber hinaus auch noch liquide Geister zu geben, denn Volksbankdirektor Dietmar ist stets auffallend höflich zu ihr.

Mir fällt auf, dass Werners Gesichtsfarbe einen eigenartig käsigen Ton angenommen hat und will ihm gerade raten, doch vielleicht besser mal bei Frau Doktor Hülsheimer vorbeizuschauen, als Claudia ihn beiläufig fragt, was denn die Eingabe beim Ministerium bezüglich des neuen Mobilfunkmastes mache.

Der Gute ist nämlich, wie sich alsbald herausstellt, Breitband- und Netzabdeckungsbeauftragter unserer Gemeinde.

Das bedeutet, er kümmert sich im Auftrag der örtlichen Gewerbetreibenden und, beziehungsweise oder, Pornografiekonsumenten um zeitgemäße Glasfaserverkabelung und das Stopfen der überreichlich vorhandenen Funklöcher.

Auf dem gläsernen Verkaufstresen liegen zum Mitnehmen einige Exemplare der Samstagsausgabe unseres Wochenblättchens, eine Anzeigenpostille mit fragwürdiger Reputation und käuflichem Redakteur. Sie vermuten richtig, es handelt um absolute Pflichtlektüre für jeden Haushalt am Ort.

Mein Blick fällt auf das Titelblatt. Darauf abgebildet der Vorstand von I.G.E.L., der neu gegründeten „Initiative gegen Elektrosmog", die sich der Bekämpfung todbringender Schwingungen verschrieben hat. Ob Starkstromleitung oder WLAN-Router, nichts entgeht ihrem gerechten Zorn.

Ich schaue von der Zeitung auf zu Palmira. Palmira legt den Kopf schräg und hebt ganz leicht die Schultern. Im Vierfarbdruck auf Papier mit hohem Recyclinganteil zieren, die Fäuste geballt und entschlossen zum Kampf gegen den Elektromagnetismus, Dorothea und Werner die Seite 1.

Werner sieht, da bin ich mir sicher, keinerlei Problem darin, gleichzeitig das Ringen für und gegen den neuen Mobilfunkmast auf dem alten Postamtsgelände zu unterstützen. Ob hingegen Dorothea und Claudia diese moralische Flexibilität gutheißen, da bin ich mir nicht ganz so sicher.

Sie sind bestimmt mit der römischen Mythologie vertraut und haben schon vom Gott des Anfangs und des Endes gehört? Der arme Kerl hieß Janus, hatte zwei Köpfe und bot dadurch überdurchschnittliche Angriffsfläche für Backpfeifen.

Seine zeitgenössische Entsprechung hört auf den Namen Werner.

„Prinzipienloser Stinkstiefel!"

„Weniger Rückgrat als ne Nesselqualle!"

„Verräter!"

„Doppelagent!"

Von links und rechts prasseln die Vorwürfe auf ihn ein.

„Kaffee?"

„Gerne."

Palmira reicht mir einen Becher herüber. Der regnerische Sonntagmorgen bietet unerwartetes Entertainment.

Mein Handy vibriert. Bella fragt per Textmitteilung an, offenkundig unterzuckert und nicht ganz ohne Berechtigung, ob ich denn wohl gedächte, heute noch irgendwann mit den verdammten Scheißbrötchen anzutraben. Sie droht mir glaubhaft, mich widrigenfalls bis Ostern auf Aldi-Knäcke-Diät zu setzen.

Und ob mir der Begriff „Zölibat" was sagen täte. Den könnte ich ja schon mal googeln, weil darauf könnte ich mich nämlich einstellen, wenn nicht umgehend ...

Ich tue das einzig Vernünftige, wähle ihre Nummer und lege mein Handy auf den Tresen, so dass sie dank Freisprechmodus der sich entspannenden Diskussion folgen kann.

Werner hingegen benimmt sich, als wäre er erst seit einer Viertelstunde als Mann auf der Welt und versucht, sich gegenüber den beiden hochgradig echauffierten Grazien zu rechtfertigen. Ich muss den Handylautsprecher leiser stellen, zu hörbar dringt Bellas Gelächter aus dem Gerät.

Die Schlacht tobt. Werner wendet sich mit brechendem Blick hilfesuchend, aber vergeblich an mich. Tut mir leid Junge, nicht mal Gandalf und die Reiter Rohans können dir jetzt noch helfen. Ich deute mit dem Finger an Palmira vorbei auf den einzigen, der ihn vielleicht retten kann.

Werners Blick folgt meiner Geste. Ein Schimmer von Hoffnung erglimmt in seinen Augen. Eine Minute zweiundzwanzig würde er das Ruder im Sturm der Vorwürfe noch halten müssen. Ich erzähle Palmira die Geschichte von John Maynard, aus nachvollziehbaren Gründen die Kurzfassung.

Dorothea setzt gerade zum argumentativen Todesstoß an, als ein melodiöser Dreiklang den Raum erfüllt. Mit einem leisen Klonk löst sich die Verriegelung des Hightech-Ladenbackofens, dessen

Display soeben auf 0:00 gesprungen ist. Der Duft nach frischen Croissants zieht herüber.

Die Kombattanten halten inne und ich unter Ausnutzung meiner vorteilhaften taktischen Position vier Finger in die Höhe. Palmira händigt mir die ersehnte Backware aus.

„Tute offenlassen, sehr heiß!"

Ihr Deutsch ist fast perfekt, nur Umlaute boykottiert sie prinzipiell. Ich nicke, schnappe mir mein Handy und werfe ein paar Münzen auf den Tresen. Im Rückspiegel sehe ich, wie Werner fluchtartig den Bäckerladen verlässt, er umklammert ebenfalls eine offene Brötchentüte. Dorothea taucht hinter ihm auf und wirft wütend einen Gegenstand nach ihm. Mit links allerdings, da auch sie eine Tüte in der Hand hält.

Dorothea trifft, Werner wankt, fängt sich dann aber wieder und kann fliehen. Am nächsten Tag werde ich erfahren, dass die Platzwunde, die das Schrotvollkorn-Brötchen gerissen hat, mit 14 Stichen genäht werden musste. War er letztendlich dann also doch bei Frau Doktor Hülsheimer gelandet. Vielleicht sollte ich zukünftig mein Geld als Hellseher verdienen. Ich beschließe, mir diesbezüglich bei Gelegenheit Rat bei der esoterischen, aber wohlhabenden Dorothea zu holen.

Ich gebe Gas, einen schiefhängenden Haussegen mittels ofenfrischen Gebäcks wieder ins Lot bringen. Auch wenn die Croissants vom Waldbäcker nicht erste Wahl sind.

~

„Puh. Das war gut."

Es ist mir, wie Sie Bellas Worten entnehmen können, offensichtlich gelungen, die Stimmung meiner Lebensgefährtin deutlich anzuheben.

Ihre Aussage allerdings bezieht sich, im Gegensatz zu dem, was Sie jetzt vielleicht denken, ausschließlich auf das soeben gemeinsam eingenommene und äußerst reichhaltige Frühstück. Ermöglicht durch meinen morgendlichen Einkaufsbeutezug durch die Gemeinde.

„Upsi."

Bellas leiser Rülpser geht bei äußerst wohlwollender Betrachtung gerade noch so als damenhaft durch. Sie schleppt sich mit letzter Kraft aufs Sofa, wo sie erschlafft, aber durchaus würdevoll zusammenbricht.

„Bringe er mir nun die Fernbedienung!"

„Sehr wohl, Majestät."

Croissants, Butter, Gelee, Erdbeermarmelade, Rühreier, Rohmilchkäse, luftgetrockneter Schinken und edle Salami haben auch mir zugesetzt.

Der Gefahr bewusst, dass ich hier vielleicht nie wieder hochkomme, setze ich mich auf den Teppich vor der Couch und lasse mir den Kopf kraulen.

„Erotischer ...", murmele ich.

„... wirds heut nicht", vollendet Bella meinen Satz.

Auch schön, irgendwie.

Kapitel 24 – Kimme. Korn. Doppelkorn.

Eine gebrannte Mandel und mein Provisorium auf dem 6er unten links messen sich in ehrbarem Kampf. Die Übergangsfüllung liegt zurzeit noch leicht vorne. Ich beobachte kauend das muntere Treiben auf dem hiesigen Schützenfest.

Nein, keine Sorge, ich bin in Zivil unterwegs. Unser Familienwahlspruch seit den Befreiungskriegen lautet „Niemals freiwillig Uniform!", was eine Mitgliedschaft im Schützenverein kategorisch ausschließt.

Trotzdem, als Verantwortlicher für einen Gutteil des hiesigen, wenn auch in unserem Fall eher horizontalen, Gewerbesteueraufkommens gehört man automatisch zu den örtlichen Honoratioren. Und kommt um ein Erscheinen beim jährlich zelebrierten Hochamt des Schützenunwesens eben nicht herum.

Eine der wenigen sozialen Verpflichtungen, die ich, wenn ich ehrlich bin, aus Gründen der Nostalgie gar nicht mal so ungern persönlich wahrnehme.

Der nach alter Väter Sitte mit schürfwundenträchtigem Recycling-Asphalt planierte Schützenplatz, zentraler Austragungs- und Aufmarschort dieser alljährlichen paramilitärischen Festivität, liegt 360 Tage im Jahr malerisch und friedlich unter alten Eichen.

Dank Biergartenmöblierung, nicht ganz uneigennützig bereitgestellt vom lokalen Bierverlag Specht KG, ortsbekannt als „Firma Schluckspecht", muss das vergnügungshungrige und insbesondere -durstige Volk nicht im Stehen trinken.

Mir gegenüber sitzt eine Wolke rosa Zuckerwatte, die interessanterweise auf den Namen „Bella" reagiert, was Anlass zu der Vermutung gibt, dass sich dahinter meine dem Kohlehydrat überaus zugetane und heißgeliebte Lebensgefährtin verbirgt.

„Wäre das nicht was für dich?" fragt die Zuckerwatte.

Ich folge ihrem ausgestreckten Zeigefinger mit dem Blick bis zu einem Blechschild am Autoscooter, auf dem ein junger Mann zum Mitreisen gesucht wurde.

„Hä?"

„Also ich finde, du baust stark ab."

Der Groschen fällt bei mir seit der Euroumstellung etwas langsamer, aber irgendwann kapiere ich den bösen Scherz auf meine Kosten.

Mein Arm ist leider nicht lang genug, um sie für diese Frechheit herzhaft in den Allerwertesten zu zwacken, ich beschließe daher notgedrungen, die Bestrafung zu vertagen und einstweilen gute Miene zum bösen Spiel zu machen.

Der junge Mann jedenfalls, sinniere ich seufzend, der als erster einst dem Lockruf dieser traditionellen Personalanwerbungsform (Fraktur auf Emaille, unbekannter Künstler, ca. Mitte des 20. Jahrhunderts) gefolgt und mitgereist war, der dürfte längst das Rentenalter erreicht haben.

Der ortsansässige Schützenverein von 1864 wurde der Legende nach von einigen Veteranen des Feldzugs gegen die Dänen gegründet. Jenes vorletzten Krieges, den deutsche Armeen für sich entscheiden konnten.

Zwei damals zum Dienste am Vaterland und damit an der Waffe herangezogene Söhne unseres Dorfes, die Brüder Hannes und Hinnerk Lehmann, hatten nach der gewonnenen Schlacht bei den Düppeler Schanzen noch ein wenig auf eigene Rechnung marodiert und waren dabei auf die versprengten Reste eines dänischen Infanterieregiments gestoßen.

Die Dänen waren ihrer sechs, verfügten allerdings außer einer dreiviertelvollen Flasche Aquavit über keinerlei Munition mehr. Auf der anderen Seite standen die Lehmanns mit ihren preußischen Hinterladern. Man rechnete hin, man rechnete her, es würde selbst im besten Fall mindestens vier Tote geben.

Unsere Kombattanten beider Seiten hingen nachvollziehbarer Weise stark an ihrem jungen Leben.

Die dänischen Soldaten, die, was die Verhandlungen zur Findung einer unblutigen Lösung deutlich erleichterte, bis auf einen alle aus der Nähe des damals noch von Kopenhagen aus regierten Eckernförde stammten, legten schließlich ihre Waffen auf einen großen Haufen. Die Lehmanns packten ihre dazu und gemeinsam machte man sich über einen konfiszierten Kapaun her.

Der kurzerhand als kriegswichtig eingestufte kastrierte Gockel entstammte einem Gehöft ganz in der Nähe. Schon damals standen regionale landwirtschaftliche Produkte offensichtlich hoch im Kurs. Das mit dem „fair gehandelt" kam dann erst später dazu.

Ole aus Kopenhagen, der Quotendäne sozusagen, würde sich, so der Plan, in die skandinavische Heimat durchschlagen und vom heldenhaften Kampf bis auf die letzte Patrone berichten, bei dem seine wackeren Kameraden gegen ein preußisches Regiment schließlich den Kürzeren gezogen hatten.

Man überlegte, bei Bratgeflügel und Kümmelschnaps, ob eine martialisch aussehende Verwundung Oles Glaubwürdigkeit erhöhen würde. Ein Säbelhieb vielleicht. Oder ein Bauchschuss?

Wie immer galt auch hier: Man muss den Problemen die Gelegenheit geben, sich von selbst zu lösen.

Denn Ole musste alsbald dringend mal pinkeln. Er stolperte im Dunkeln über einen querliegenden Birkenstamm und fiel unglücklich mit dem Gesicht in ein Brombeergestrüpp. Als er blutüberströmt zum Feuer zurückgewankt kam, herrschte binationaler Konsens. Ja, genau so sah ein echter Krieger aus. Skål!

Ob diese Anekdote nun mit der historischen Faktenlage übereinstimmt oder frei erfunden ist, ein Körnchen Wahrheit muss in ihr stecken, denn belegt ist, dass noch im Jahre neunzehnfünfundvierzig sich im vereinseigenen Waffenschrank fünf dänische Infanteriegewehre fanden.

„Durst!"

Die sprechende Zuckerwatte unterbricht mein Sinnieren. Ich schlurfe gehorsam zum nächstgelegenen Getränkewagen und organisiere zwei große Biere. Auf dem Weg zurück treffe ich Lenny Lehmann, seines Zeichens Gemeindebürgermeister und in Personalunion Vorsitzender des Schützenvereins auf Lebenszeit.

Ich stelle die vollen Gläser auf dem Tisch ab. Eines verschwindet in der Zuckerwatte. Nach kurzer Zeit hört man einen als wenig damenhaft einzustufenden Rülpser. Bella taucht hinter dem süßen Klebkram auf. „Oh. Hallo Lenny. Setz dich doch zu uns."

Lenny lässt sich das nicht zweimal sagen und bemächtigt sich des zweiten Bieres. Er ist von einnehmendem Wesen und, Sie ahnten es bereits, ein Nachkomme der Gründerväter Hannes und Hinnerk. Dazu allseits anerkannter Retter des Schützenvereins, der noch vor wenigen Jahren am Abgrund gestanden hatte. Aber das ist eine lange Geschichte. Und irgendwie hängt sie wiederum mit den dänischen Schießprügeln zusammen.

Diese mussten nämlich nach Kriegsende, aufgrund unglücklicher äußerer Umstände, auf die wir hier gnädiger Weise nicht näher eingehen wollen, an die zuständige Besatzungsmacht abgegeben werden. In diesem Falle an die britische.

Verantwortlich für das Einsammeln aller Waffen im Landkreis war ein gewisser Sir Reginald Waterston, damals Lieutenant bei einer der englischen Kavallerieeinheiten, denen man irgendwann die Pferde weggenommen und sie durch mehr oder weniger gepanzerte Fahrzeuge ersetzt hatte.

Sir Reginald war von Berufs wegen eigentlich gar kein Krieger, sondern ein höchst penibler Verwaltungsbeamter. Eine Zierde des britischen Civil Service, von dem er aufgrund kriegsbedingt erhöhten Personalbedarfs an die Armee ausgeliehen worden war.

Umso erstaunter zeigte sich deshalb viele Jahrzehnte später sein Enkel, ein gewisser Clifford Kline-John, als er im Nachlass seines Großvaters eine gut verpackte und geölte Flinte fand. In einer Hülle mit der Aufschrift „Germany 1945" und laut Typenschild hergestellt im Jahre des Herrn 1859 von der Büchsenmacherei Larsen&Møller, Skalborg. Und ausweislich einer Gravur „Eigentum des Schützenvereins Bökelstorf von 1864".

Das ließ nun dem guten Clifford keine Ruhe. Wie war sein ehrenwerter Grandad zu diesem merkwürdigen Schießprügel gekommen? Er forschte nach. Ausweislich einer gestalterisch fragwürdigen, aber akkurat gepflegten Webseite gab es diesen Schützenverein tatsächlich noch.

Und man bestätigte ihm nach einigem Hin und Her auf telefonische Nachfrage, wenn auch in gebrochenem Englisch mit stark plattdeutschem Einschlag, dass man einst fünf dieser Gewehre besessen hatte. Die hätten aber damals die Engländer mitgenommen, sorry. Sollte Opa Reginald wirklich eines davon für sich abgezweigt haben? Shocking! Seelenfrieden erlangte der gute Cliff dann, als er schließlich tief in den ehrwürdigen Londoner Archiven des Ministry of Defence Unterlagen darüber fand, dass tatsächlich ein gewisser 2nd Lieutenant Reg. Waterston fünf beschlagnahmte Gewehre aus Feindbeständen bei der zuständigen Stelle abgegeben hatte.

Nur wie war dann dieses Exemplar in seinen Privatbesitz gelangt? Nun, in der Tat hatte Sir Reginald ein Souvenir aus Germany mitgebracht. Es hieß allerdings Heidemarie. Heidemarie Kleinjohann. Und war dann Cliffords Großmutter geworden.

Nebenbei war Heidemarie allerdings auch noch die Tochter des Bökelstorfer Bürgermeisters, eines angesehenen örtlichen Geschäftsbesitzers. Der wiederum war 1911 Schützenkönig gewesen.

In seine Amtszeit war eine Inventur des vereinseigenen Waffenbestandes gefallen, in deren Folge die Anzahl dänischer Beutewaffen von sechs auf fünf reduziert wurde. Schwund ist schließlich überall. Sie liegen richtig, wenn Sie vermuten, dass Nummer sechs auf verschlungenen Pfaden den Weg in den privaten Waffenschrank des Schützenkönigs gefunden hatte.

Dieses geschichtsträchtige Gewehr nun wurde, aus Motiven, die wir heute nur noch vermuten können, von Heidemaries Vater an seinen frischgebackenen Schwiegersohn Reginald weitergereicht.

Es verschwand dann für etliche Jahrzehnte hinter den dicken Sandsteinmauern des durchaus ansehnlichen, wenn auch etwas zugigen, Landsitzes derer von und zu Waterstone in der nordenglischen Grafschaft Yorkshire. Heidemarie allerdings erwischte alsbald, ebendort und hochschwanger, ihren werten Gatten Reginald bei unangemessener Verbrüderung mit dem Personal in Gestalt der gutaussehenden Gouvernante Georgette. She was not amused.

Empört reichte sie die Scheidung ein, zog nach London und dort ihr bald darauf geborenes Kind Charles, Cliffords Vater, alleine groß. Aus Heidemarie, die ihren Mädchennamen wieder annahm, wurde, aufgrund der doch noch sehr ausbaufähigen Beliebtheit der Deutschen im Nachkriegsengland, die blitzkriegsunverdächtige Heather Kline-John.

Womit wir nebenbei erfahren, wie Enkel Clifford zu seinem auffälligen Nachnamen gekommen war. Und er, dass nicht nur die aufgrund einer unter dem Begriff „Völkerwanderung" bekannt gewordenen frühen Form des Massentourismus übliche Menge germanischen Blutes in seinen britischen Adern schwappte, sondern mindestens ein sattes Viertel. Oh Dear.

Cliff buchte ein Billigticket nach Hamburg. Der Start seines Abendfluges mit einer mittelmäßig beleumundeten Airline verzögerte sich wegen des obligatorischen Nebels in London Stansted Stunde um Stunde und wurde schließlich aufgrund des Nachtflugverbots nach Hannover umgeleitet.

Er kam übernächtigt und jeglicher Barmittel beraubt im Morgengrauen mit einem Taxi in der Heimat seiner Vorväter an.

Die allseits gerühmte Herzlichkeit der norddeutschen Bevölkerung bewirkte, dass bis zum späten Nachmittag niemand Notiz von dem auf einer Bank vor dem Rathaus schlafenden jungen Mann genommen hatte. Heimatgefühle, so viel ist jedenfalls sicher, kamen bei ihm zunächst nicht auf.

Er wanderte ziel- und nachtquartierlos durch die Straßen der uninteressierten Kleinstadt, kurz davor, diese Expedition abzubrechen und zurückzukehren ins heimatliche Großbritannien. Regen setzte ein und schien ihn in dieser Entscheidung noch bestätigen zu wollen. Nass werden konnte er auch zuhause.

Er flüchtete unter ein Vordach. Es roch hier etwas eigenartig, weswegen er den Kopf verdrehte, um das Ladenschild lesen zu können. Was „Schnellreinigung" hieß, erschloss sich ihm nur aus dem Geruch nach frischer Wäsche und scharfem Bleichmittel, der aus der offenen Tür des Geschäftes drang. Ins Auge fiel ihm allerdings der Firmenname, „Heißmangel Kleinjohann". War dieser Heißmangel vielleicht ein Verwandter von ihm?

Wir unterbrechen diesen langatmigen Exkurs in die Dorfvergangenheit, weil gerade ein bärtiger Typ in Rockermontur auf mich anlegt. Sein Gewehrlauf zeigt auf meinen Kopf. Im Western würde man jetzt eine Fliege durch den ansonsten mucksmäuschenstillen Saloon surren hören.

Ich nehme seelenruhig einen ordentlichen Schluck aus Bellas Bierglas. Ein Schuss fällt und gute zehn Meter rechts von mir zerspringt das poröse Tonröhrchen an einer schweinchenfarbenen Plastikrose.

Enno, der bierbäuchige Budenbesitzer, flucht leise. Wieder hatte einer korrekt die Abweichung seiner manipulierten Schießprügel berechnet. Diese Westentaschen-Wilhelm Tells hier würden ihn noch um Haus und Hof bringen.

Der von fehlgeleiteten Luftgewehrkugeln durchsiebte Hauptpreis in Gestalt eines schmuddeligen Riesenplüschhundes aus asiatischer Billigproduktion scheint höhnisch zu lachen. Irgendwann würde auch ihn jemand auslösen und dann wäre er aber sowas von weg aus diesem Saftladen.

„Guter Schuss, Hotte!" Ich hebe mein Bierglas zum Salut. Harley-Hotte, ausweislich der Aufnäher auf seiner Kutte Mitglied des German Chapter eines für, sagen wir, flexible Auslegung geltender Gesetze bekannten Clubs von Liebhabern üppig motorisierter Zweiräder, grinst wie ein Honigkuchenpferd.

Er trägt das Beuteblümchen an unseren Nebentisch und präsentiert es stolz Oma Menke, dreifache Schützenkönigswitwe und mit ihren 95 Jahren die unumstrittene Grand Dame hier am Ort.

Sie denken, ihr verstorbener Gatte wäre dreimal Schützenkönig gewesen? Da liegen Sie falsch. Sie hat vier Ehemänner überlebt, drei von denen waren Schützenkönige gewesen.

Der vierte, im Grunde genommen eigentlich der erste, fand, noch bevor er die Königswürde erlangen konnte, seine ewige Ruhe in einem schwer zugänglichen südenglischen Torfmoor, in das seine waidwunde Messerschmitt mit einem lauten „THUMP" eingeschlagen und umgehend versunken war.

Natürlich machte es „Thump". Ein wenig britisches Lokalkolorit müssen Sie mir schon zugestehen. Hätte es sich um ein norddeutsches Moor gehandelt, wäre hier eher „Fulp" oder ein „Blubb" zum Tragen gekommen.

Aber zurück von den Feinheiten der Lautmalerei zu unserem Freund Clifford, den wir von Heimweh heimgesucht und vom Niederschlag niedergeschlagen vor der Reinigung im Regen stehengelassen haben.

Klingklongklingklong. Der Türgong kündigte sein Eintreten an. Ein warmer Luftschwall haute ihn beinahe von den Beinen. Oder war es doch eher die bezaubernd nach Kragenstärke duftende junge

Frau am Tresen, die von ihrem Sudoku aufsah und ihn voller Liebreiz mit den zuckersüßen Worten „Wir machen aber gleich zu" begrüßte?

Auf ihrem Namensschild stand Sabine Kleinjohann. Clifford gab sich unter Aufbietung aller 17 Vokabeln seines deutschen Wortschatzes als Namensvetter zu erkennen. Sabine hörte ihn geduldig an, legte den Kopf schief und brüllte: „VADDER komma, hier is einer, der sacht er is Verwandtschaft!"

Sie entschuldigte sich dann in bestem Oxford-Englisch und formvollendet dafür, dass sie so laut schreien musste, um die dampfende Höllenmaschinerie zu übertönen. Clifford war von ihren braunen Rehaugen ebenso fasziniert wie von ihren exzellenten Sprachkenntnissen.

Er erklärte ihr, während sie gemeinsam auf jemanden namens „Fudder" warteten, schnell auf Englisch, was ihn hergeführt hatte.

Vadder entpuppte sich als Johnny Kleinjohann. Das Jott in Johnny wird in diesem Falle ausgesprochen wie das „Y" in Joghurt. Denn es handelt sich um einen norddeutschen John und nicht um seinen angelsächsischen Cousin, den John. Der spricht sich mit „Dsch" aus, wie in „Jeans".

Wobei sich das Jott im Norddeutschen eigentlich fast immer wie „Dsch" ausspricht. Außer bei Jeans. Da nicht.

Johnny wurde ins Bild gesetzt, nickte kurz und schüttelte herzlich Cliffords Hand.

„Wir bringen ihn zu Lavendel. Hoffentlich lebt der noch."

Johnny drehte das Schild an der Tür um. „Leider geschlossen". Clifford tappte gehorsam und etwas verwundert den beiden hinterher.

Lavendel hieß eigentlich Karl, Karl Kleinjohann. Und war so etwas wie das Oberhaupt der Textilreinigungsdynastie.

Zum Spitznamen „Lavendel" kam er, als er im Rahmen einer hirnrissigen Wette unter Suffköppen irgendwann Ende der 70er bewies, dass er vier verschiedene Weichspülersorten am Geschmack erkennen kann. Er entschied die Sache triumphal für sich, setzte sich dann in seinen klapprigen Fiat 500 und fuhr ins Kreiskrankenhaus. Zum Magenauspumpen.

Lavendel jedenfalls lag jetzt im Alten- und Pflegeheim Fichtenwinkel und dortselbst in den letzten Zügen. Auf dem Waldfriedhof nebenan, so pflegte er zu lästern, hätten sich die Engerlinge schon Lätzchen umgebunden.

Seine alten Augen erblickten Clifford. Lange, lange sagte er nichts. Dann rief er laut: „Nu is passiert. Ick bün in Himmel. Ick kun mien Vadder sehn!" und verschied mit einem Lächeln auf den Lippen.

Ob er danach tatsächlich auf seinen Vater traf, ist nicht überliefert, allerdings wirkt Clifford, wie sepiafarbene Fotografien aus dem Familienalbum belegen, seinem Urgroßvater Otto tatsächlich wie aus dem Gesicht geschnitten.

Lavendel war nämlich der kleine Bruder von Heidemarie Kleinjohann alias Heather Kline-John gewesen. Und treuhänderischer Verwalter ihres Anteils am Familienunternehmen. Und nebenbei natürlich Cliffs Großonkel.

Der Kontakt zu ihr war irgendwann in den 50er Jahren abgerissen, noch bevor sie erfahren konnte, dass sie die Hälfte des mittlerweile blühenden elterlichen Heißmangelbetriebes erben würde. Aus nachvollziehbaren Gründen hatte man wenig Ehrgeiz darauf verwendet, Nachforschungen über ihren Verbleib anzustellen.

Das Auftauchen von Cliff wirbelte nun Erbfolge und Machtverhältnisse kräftig durcheinander. Unbestreitbar war er der nächste lebende Verwandte von Heidemarie Kleinjohann und somit plötzlich Mitinhaber eines Textilreinigungsimperiums mit 35 Filialen.

Was natürlich zu einigem Trubel und Familienstreitigkeiten führte. Clifford löste das Problem diplomatisch, indem er seine Großcousine Sabine ehelichte und mit ihr auf ein neuerbautes, malerisch gelegenes Anwesen mitten im Landschaftsschutzgebiet zog.

So etwas geht natürlich eigentlich gar nicht.

Sie meinen, weil die beiden nicht eng genug verwandt sind, um der Dorftradition in Bezug auf dynastieerhaltende Eheschließungen Genüge zu tun?

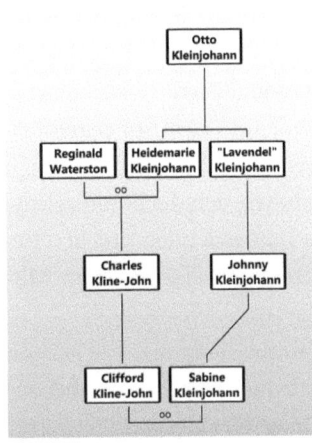

Nein. Darum geht es nicht. Sondern um den geplanten Landsitz des neuen Clanchefs. Baugenehmigungen sind in solchen Lagen nämlich heutzutage so gut wie nicht zu bekommen. Und hier kommt nun unser wackrer Bürgermeister Lenny ins Spiel. Und der Schützenverein. Aber eines nach dem anderen.

Der Bökelstorfer Schützenverein von 1864 gehörte einst zu den größten und angesehensten im weiten Welfenland. Doch nach der Blütezeit in den 1970er Jahren verblasste der Wunsch der Dorfjugend, sich vor dem Volllaufenlassen aufwendig zu uniformieren.

Erstes Opfer dieser demografischen Problematik wurde die vierte Kompanie. Die Mannen aus den Ortsteilen Bökequell, Hinnerkshope und Quadelsau wurden auf die verbliebenen Kompanien verteilt, die damit wieder auf ihre Sollstärke von jeweils 100 mehr oder weniger zielsicheren Kampftrinkern kamen.

Bei den jährlichen Umzügen füllte sich der Kadaverwagen, der die nicht mehr marschierfähigen Honoratioren transportierte. Ehemals reichte ein offener VW Iltis aus Bundeswehrbeständen, später war ein veritabler Kleinbus nötig.

Immer öfter erschall „Ich hatt einen Kameraden" auf dem dörflichen Friedhof, die Schützen starben wie die Fliegen, ohne dass Nachrücker ihre Plätze einnahmen. Bald musste die dritte Kompanie dran glauben. Zu stark gelichtet waren die Reihen der stolzen Recken aus dem kurz nach dem Kriege eingemeindeten Dorf Tannenhorst. Mit feindlichen Übernahmen hatte man damals ja eine gewisse Übung.

Zwei kümmerliche Kompanien traten zur Inspektion der Truppen an, der Musikzug der Bundeswehr, der sonst für die melodiöse

Untermalung des Großen Zapfenstreiches auf dem Dorfplatz gedient hatte, wurde abgezogen. Friedensdividende hieß es, Kalter
Krieg beendet und so.

So ging es nicht weiter. Und im Zeitpunkt höchster Not nun trat,
wie eingangs berichtet, Clifford aus dem Clan der Kleinjohanns auf
den Plan. Schon sein Urgroßvater war Schützenkönig gewesen,
dazu diverse weitere männliche Familienmitglieder.

Lenny, damals amtierender Schützenkönig und kurz vor seiner ersten Wiederwahl zum Bürgermeister stehend, wollte Cliff unbedingt
für den Schützenverein gewinnen. Der besah sich die kümmerliche
Truppe angesichts eines der regelmäßig stattfindenden rituellen Be-
säufnisse und zeigte nur geringes Interesse an einer aktiven Mitgliedschaft.

Umso größeres hingegen an einer Baugenehmigung. Sie wissen
schon, das Traumgrundstück mit dem kleinen Makel der Unbebau-
barkeit, weil mitten im Landschaftsschutzgebiet gelegen.

Lenny und er steckten die Köpfe zusammen und erarbeiteten eine
für alle Beteiligten, von 722 dort derzeit wohnhaften Karnickeln
abgesehen, vorteilhafte Lösung.

Clifford würde der Gemeinde zu einem Freundschaftspreis eine
ziemlich große Grünfläche aus Familienbesitz abtreten, die diese als
Neubaugebiet „Rehwinkel" für die Ansiedlung junger Familien nutzen würde.

Im Gegenzug sorgte Lenny dafür, dass die nötigen Ermessensent-
scheide seitens Naturschutz- und Baubehörde zugunsten von Cliffs
Bauantrag für seine Ponderosa ausgingen. Als ehemaliger Notar,
der sein Amt für die Zeit seiner Tätigkeit als Bürgermeister ruhen
ließ, wusste er viel Persönliches über fast jeden im gesamten Landkreis. Auch über etwaige zaudernde Bedenkenträger bei den Behörden.

Zusätzlich wurde eine Sprachregelung vereinbart, dass Bauplätze
im Neubaugebiet gemäß ausdrücklichem Willen von Heidemarie
Kleinjohann, die ja niemand mehr fragen konnte, an Mitglieder des
Schützenvereins bevorzugt und zu hochattraktiven Konditionen
vergeben werden sollten. Je mehr Schützen pro Familie, desto besser.

Die Personalnot hatte nämlich eine Öffnung des Vereins für weibliche Vollmitglieder schon vor einigen Jahren nötig gemacht, aber leider nur kurzzeitig Entlastung gebracht. Auch die Senkung der Altersgrenze für die Jungschützenabteilung auf vier Jahre verpuffte relativ schnell.

Und siehe da. Die Aussicht auf einen der begehrten Bauplätze bescherten dem Schützenverein eine nie dagewesene Eintrittswelle. Ganze Sippen traten bei, einige aktivierten sogar ortsfremde Angehörige. Der Aufnahmeantrag eines 1890 in Königsberg geborenen und seit 1946 dortselbst vermissten Großonkels musste dann allerdings doch abschlägig beschieden werden.

Perfide wie Lenny war, hatte er Vorsorge getroffen gegen Scheinmitglieder. Wer unentschuldigt nicht zur alljährlichen Musterung auf dem Schützenplatz antrat, der verlor alle Vergünstigungen und musste den marktüblichen Quadratmeterpreis nachzahlen.

Das stand, notariell beglaubigt, so im Kaufvertrag. Und diese Klausel ging, natürlich, auch auf den letzten Willen der verstorbenen Heidemarie Kleinjohann zurück. Da waren Lenny, leider, leider, die Hände gebunden, das müsse man doch verstehen, nicht wahr?

Die ersten Jahre schleppten sich die Neubürger murrend zu der Pflichtveranstaltung, entrichteten ihren Jahresbeitrag und trugen wenig zum Vereinsleben bei. Mit der Zeit allerdings fanden sie Gefallen am Dorfleben und genossen die Vorzugsbehandlung bei Kneipenwirt Ulli, selbiger im Range eines Majors und Befehlshaber der zweiten Kompanie.

Man mehrte sich fröhlich, die Schützenfeste wurden zu überregional bedeutenden Ereignissen und zogen weitere Schausteller an. Drei umliegende Dorfschützenvereine beschlossen die Selbstauflösung und ihre Mitglieder legten stolz die graue Polyester-Uniform der Bökelstorfer an.

Lautes Geblubber unterbricht meine Gedanken. Nein, es sind nicht Lennys wortreich geschilderte Pläne für die Erweiterung des Schützenhauses. Es ist Hotte. Er schraddelt mit seinen 94 Harley-PS vom Hof und winkt fröhlich. Er ist etwa einen Kopf größer als ich und, wenn auch grundsätzlich sanftmütig, so doch der körperlichen

Auseinandersetzung durchaus zugetan, sofern sein Gehirn signalisiert, dass der Worte genug gewechselt sind.

Was es im Regelfall ziemlich schnell tut, denn das hellste Licht auf der Torte ist Hotte nicht und seine Eloquenz wird sogar hier im Dorf noch von jeder Parkbank übertroffen.

Mir gegenüber ist Hotte hingegen stets respektvoll, denn er, der eigentlich niemals als zweiter Sieger den Boxring verlässt, hat ein einziges Mal im Leben den Kürzeren gezogen. Gegen mich. Gut, die Sache liegt schon eine Weile zurück, aber sie scheint sich irgendwie in sein Gedächtnis eingebrannt zu haben. Es ging dabei, wie unter Männern kaum anders zu erwarten, um Autos. Und um Frauen.

Hotte wollte angeben, vor Christine, dem Schwarm all meiner Altersgenossen. Und zwar mit meinem Auto. Einem fetten Ami-Schlitten. Den hatte ich aber von meinem Opa und war nicht gewillt, ihn widerstandslos herzugeben. Es entbrannte ein leidenschaftlicher Kampf.

Gut, so leidenschaftlich wie Frau Wagner, die Kindergärtnerin es zuließ. Denn wir zwei waren etwa fünf Jahre alt und das Auto von Mattel. Vollmetall. Lag gut auf der Straße. Und in der Hand. Auch als ich es ihm mit Schwung gegen die Birne knallte. Die Narbe hat er heute noch.

Christine allerdings zeigte sich weder von seiner blutenden Platzwunde noch von meinem zugegebenermaßen unter Zuhilfenahme moralisch grenzwertiger Taktiken errungenen Sieg beeindruckt. Sie schüttelte nur den Kopf und trank stattdessen lieber eine Tasse Tee mit ihren beiden Teddybären.

Diese gemeinschaftliche Niederlage gegen zwei Steiff-Tiere verbindet Hotte und mich seither irgendwie. Falls Sie also mal mit Ihrem ukrainischen Inkassodienst nicht zufrieden sind, ich kenne da einen Fachmann für derartige Dienstleistungen.

Kapitel 25 – Einlagern, Auslagern

Wussten Sie, dass es zwei ganz unterschiedliche Philosophien gibt, mit unzureichendem Stauraum im Haushalt umzugehen?

Wir wollen diese heute näher betrachten und im Folgenden als „Methode H" und „Methode B" bezeichnen. Wobei das B für „Bella" steht. Das H tut hier nichts zur Sache.

Betrachten wir zunächst Methode B. Sie basiert auf der einfachen Grundregel „Nichts offen herumstehen lassen, es könnte ja Besuch kommen und dann sieht es unaufgeräumt aus". In der Praxis führt dies mitunter zum Fund einer Nachfüllpackung Flüssigseife in meiner Sockenschublade.

Güter des täglichen Bedarfs werden nach Einkauf oder Anlieferung umgehend verstaut. Sofern dort, wo sie eigentlich hingehören, gerade kein Platz ist (zum Beispiel, weil der für etwas anderes dringend gebraucht wurde), wird die nächstbeste freie Unterbringungsmöglichkeit gewählt.

Dies erschwert zugegebenermaßen die Vorratshaltung nicht unwesentlich. Im Supermarkt wird so die Frage „Haben wir eigentlich noch Tomatenmark?" zur Falle, denn wer kann sich im Zweifelsfall noch entsinnen, ob die rotgrüne Tube im Schuhschrank Tomaten- oder Paprikamatsch enthält?

Man kauft also, sicherheitshalber und um des lieben Friedens willen (wer will schon schuld sein, wenn kein dringend benötigtes Tomatenmark im Haus ist und die Läden geschlossen haben), die zwölfte Tube. Und verstaut sie zuhause, sie erraten es, irgendwo. Wo halt gerade Platz ist.

Fazit: Methode B führt dazu, dass alle Güter des täglichen Bedarfs im Falle einer Krise oder eines Versorgungsengpasses in ausreichender Menge im Haushalt vorhanden sind. Und man etwaigen Plünderern gegenüber auch unter Folter keine Auskunft darüber geben kann, wo.

Wir wollen natürlich auch Methode H kurz betrachten.

Sie verfolgt den Ansatz, neu erworbene Verbrauchsmaterialien im Sinne einer korrekten Lagerhaltung umgehend nach Wareneingang an den für die vorgesehenen Stellplatz zu verräumen.

Klingt gut, oder?

Wir wollen nicht verschweigen, dass auch diese Philosophie ihre, wenn auch kleinen, Schwächen hat. Wenn nämlich beispielsweise ein neuer Artikel beschafft wurde, für den es noch keinen designierten Lagerplatz gibt. Oder wenn jemand im selben Haushalt Anhänger der Methode B ist.

Gemäß Methode H muss dieser nicht sofort einlagerbare Artikel an möglichst sichtbarem Ort abgelegt werden, damit er keinesfalls Opfer des „Aus dem Auge, aus dem Sinn"-Paradigmas wird. Das, wie Ihnen sicher auffällt, weiter oben in dieser Abhandlung „Methode B" genannt wurde.

Die Koexistenz dieser beiden Methoden in einem Haushalt ist möglich, führt aber unter Umständen dazu, dass eine Inventur im Bedarfsfall (Tante Hermines Besuch) zwar 27 Dosen Kidneybohnen zutage fördert, die im Putzmittelschrank aufgefundene Kaffeesahne allerdings 2007 abgelaufen ist.

Erwähnte ich bereits, dass ich auf dem Weg zum Supermarkt bin, weil nachher Tante Hermine kommt, die ihren Kaffee niemals schwarz trinkt und ich vorgestern die Frage „Haben wir noch Kaffeesahne?" unvorsichtigerweise (wenn auch zutreffend) mit „Bestimmt irgendwo" beantwortet habe?

Zeitgleich mit Tante Hermine und damit just in time, wie man unter uns Logistikern sagt, komme ich wieder zuhause an. Wie sich herausstellt, lebt sie mittlerweile vegan und betrachtet die ihr kredenzte Kaffeesahne trotz der nahezu unbegrenzten Haltbarkeit als persönlichen Affront.

Da sie allerdings ihren heißgeliebten Kaffee weiterhin nicht schwarz trinkt, stellt ihre Nachfrage nach einem tierfreundlichen Ersatzkaffeeweißer Bella und mich vor eine unlösbare Aufgabe.

Etwas zu laut murmele ich „Schuss Binderfarbe vielleicht?" in meinen nicht vorhandenen Bart.

Aua. Bella verpasst mir unterm Terrassentisch einen geharnischten Tritt gegen mein linkes Schienbein. Tante Hermine hingegen amüsiert sich köstlich.

Den Humor, so konstatiert sie glucksend, hätte ich ja wohl von meinem Vater. Auf den sie, als angeheiratete Verwandte absolut im

Rahmen geltenden Rechts, in jungen Jahren ein Auge und, wenn man der Überlieferung glauben darf, auch sich selber versuchsweise mal geworfen hat.

Sie schlussfolgern korrekt, dass sich aus der Tatsache, dass ich sie „Tante Hermine" und nicht „Mutti" nenne, zweifelsfrei ergibt, dass dieses Vorhaben nicht von Erfolg gekrönt war. Ich stehe allerdings bei ihr sozusagen in einer Art Erbgunst und darf mir allerlei herausnehmen. Puh.

Damit sind wir allerdings der Lösung des Grundproblems noch kein Stück nähergekommen. Wie lässt sich auf legalem Weg der schwarze Kaffee, so wie ihn der liebe Gott geschaffen und für den Genuss durch seine Schäfchen vorgesehen hatte, in eine traurig-lauwarme milchige Plörre verwandeln? Und das, ohne dabei irgendwelche Fauna zu verarbeiten?

Meine Hoffnungen ruhen in solchen Situationen stets auf Bellas unübertroffenen Talent zur Improvisation. Kennen Sie Wicki? Diesen kleinen, klugscheißerischen Zeichentrick-Nordmann, der Generationen von Schülern zu der Annahme verleitete, Wikinger schriebe sich mit „ck"? Der rubbelt sich immer so merkwürdig an der Nase herum, kurz bevor sich die alles entscheidende geniale Idee seinem behörnerhelmten Hirn entringt.

Bei Bella erkennt man den herannahenden Geistesblitz daran, dass sie gedankenverloren ihr rechtes Ohrläppchen zwischen Daumen und Zeigefinger reibt.

Bangend und hoffend warte ich auf diese Geste, doch im Moment ist sie noch damit beschäftigt, mit ihrer Rechten eine Fliege von unserem Butterkuchen fernzuhalten. Nie ist eine Schwalbe zur Hand, wenn man mal eine braucht, schließlich wohnen die Viecher bei uns mietfrei unterm Dachüberstand.

Endlich das erlösende Signal. Der Problemlösungsprozess hat offenkundig eingesetzt und das Ohrläppchen wird in Kürze diese gesunde Dunkelrosafärbung eines wohldurchbluteten menschlichen Körperteils annehmen.

Erinnern Sie mich daran, Ihnen bei Gelegenheit die Geschichte zu erzählen, wie ich Bella mal mit diamantenen Ohrsteckern überraschte und sie mir einen davon mit den Worten „Ich hoffe du hast die Quittung noch" wieder zurückgab.

Aber zurück an die Kaffeetafel.

„Bin gleich wieder da." Bella verschwindet durch den angeblich garantiert fluginsektensicheren Flattervorhang im Haus. Irgendwie schafft sie es immer, elegant durch ihn hindurch zu diffundieren, während ich mich regelmäßig kläglich verheddere.

Kurz darauf dringen merkwürdige Geräusche zu uns heraus.

„Wo ist denn bloß…"

RUMMS.

„Irgendwo muss es aber…"

Tante Hermine schaut mich fragend an. Ich zucke mit den Schultern, noch habe ich lediglich eine vage Vorstellung davon, was da im Haus vor sich geht.

POLTER.

„Verdammt hier war doch…"

„Zeig dich, du elendes…"

Und schließlich triumphierend „AHA. Wusste ich's doch!"

Bella taucht wieder auf, mit ein paar Spinnenweben im Haar und einer Flasche in der Hand, die eine weißliche Flüssigkeit enthält. Wenn man genau hinsieht, ist zu erkennen, dass sie vor sehr kurzer Zeit von einer eindrucksvollen Staubschicht befreit worden sein musste.

Ich kann mir zunächst keinen Reim darauf machen, was sie da angeschleppt hatte. Ganz anders Tante Hermine, die offensichtlich mit ihren erst jüngst chirurgisch lasergeschärften Adleraugen bereits das Etikett erkannt hat.

„Gutes Kind!" ruft sie, greift nach der Pulle und gießt sich einen kräftigen Schluck in ihren Kaffee.

Der nimmt, nachdem Tante Hermine mit dem Teelöffel ein wenig nachgeholfen hat, gehorsam eine hellbraune Färbung an. Sie probiert einen Schluck und seufzt beglückt. Offenbar hat Bella, wie, und ich würde das ihr gegenüber natürlich niemals zugeben, eigentlich immer, die Situation gerettet.

Aber was, fragen Sie sich jetzt vermutlich zusammen mit dem Autor dieser Zeilen, ist jetzt in dieser vermaledeiten Flasche drin?

Nein. Kein Rest Binderfarbe. Den fülle ich gewohnheitsmäßig in leere Gurkengläser. Es handelt sich, wie mir schließlich wieder einfällt, um ein Geschenk der Gattung „Geistige Getränke", das wir zum Einzug erhalten hatten.

Schon damals war es anhand der aufgedruckten unverbindlichen Preisempfehlung in Deutschen Mark als nicht mehr ganz taufrisch zu erkennen, aber dank hohem Alkoholgehalt noch problemlos zum Weiterverschenken geeignet. Bevorzugt an Leute, die man nur ein bisschen gernhat. Ein eher kleines bisschen.

Ich hatte das Gesöff bereits erfolgreich aus meinem Gedächtnis verdrängt, vermutlich auch, weil es gemäß Einlagerungsmethode „B" irgendwo im Haus untergebracht war, aber garantiert nicht in einem Stauraum der Kategorie „Spirituosen und Südweine".

Es handelt sich, da will ich Sie nun nicht länger auf die Folter spannen, um ein Getränk karibischer Provenienz, deren Grundlage eine weiße Pampe bildet, die vermutlich als Abfallprodukt bei der Verarbeitung von Kokosnüssen entsteht.

Man gießt einfach neun Teile Rum dazu, schüttelt das Ganze herzhaft und voilà hat man eine milchige Flüssigkeit, die in bauchige Flaschen abgefüllt das Sehnen blässlicher Nordeuropäer nach südlicher Sonne lindern soll.

Die Kombination dreier vorteilhafter Eigenschaften dieser fragwürdigen Flüssigkeit (Alkoholgehalt, Farbe und rein pflanzliche Herkunft) scheinen Tante Hermine überzeugt zu haben.

„Zu euch", gluckst sie fröhlich, „komm ich jetzt öfter!" und schenkt sich nochmal nach.

„Was steht da eigentlich im Keller unterm Regal für ein komischer Kanister?", fragt Bella so nebenbei. Mist. Sie ist auf eine meiner kleinen Sünden gestoßen.

„Der ist äh noch vom Vorbesitzer."

„Den wolltest du doch schon vor zwei Jahren…"

„Ich kümmere mich drum. Versprochen."

„Morgen. Und Tante Hermine ist Zeuge."

Tante Hermine nickt bestätigend. Ihr aktueller Blutalkoholpegel würde sie als Zeugin vor Gericht ziemlich sicher disqualifizieren, aber hier galten Bellas Regeln und nicht die Strafprozessordnung. Ich ergebe mich in mein Schicksal. „Na gut. Ich frag den Wolfi.“

„Damit musst Du nach Giftschrank hin.“
Misstrauisch beäugt Jungbauer Wolfgang den blauen Zwanzigliter-kanister, den ich angeschleppt habe und in dem Unbekanntes bedrohlich schwappt.
„Giftschrank“, das ist Baumschulbesitzer Berthold, in dessen Pestizidvorräten sich alles tummelt, was pflanzlichem und tierischem Leben den Garaus machen kann. Hätte Powell damals bei ihm nach Massenvernichtungswaffen gesucht, eine Blamage vor den Vereinten Nationen wäre ihm erspart geblieben.
Die Idee leuchtet ein. Zumal mein eigener Versuch, die rätselhafte Flüssigkeit durch Abschrauben des Deckels olfaktorisch zu analysieren, mir den Verlust des Geruchssinnes für die nächsten vier Wochen eingetragen hatte. Immerhin würde ich nie wieder Nasenspray kaufen müssen.
Wir verstauen den halbvollen Kanister in der Frontlader-Schaufel und tuckern mit Wolfis John Deere rüber zu Giftschrank. Man kann die Grenze seiner Ländereien leicht daran erkennen, dass auf ihnen ein Artenreichtum herrscht, gegen den ein Neptunmond der Amazonasdschungel ist.
Der Herr über alles, was kreucht und fleucht, steht, eine Flasche mit Totenkopfsymbol auf dem Rücken und die Spritze in der Hand, im Rosenbeet. Da sich keine des Lebens überdrüssige Schildlaus zeigt, die Viecher sind ausgekocht, nebelt er die Gegend prophylaktisch großzügig ein.
“Moin Onkel Berti.“
„Moin Wolfi. Brukt ji allwedder watt vun de swatten Liste?“[1]
Wolfgang kommt anscheinend öfter hier vorbei, um sich mit illegaler Agrarchemie einzudecken. Das wäre nicht weiter bemerkenswert, wäre sein Hof nicht gerade durch ein Bio-Zertifikat geadelt worden.

---

[1] „Benötigt Ihr mal wieder etwas von der schwarzen Liste?“

Das weiß ich, weil Bella einen Klönschnack mit Floristin Ursula gehalten hatte. Ursulas beste Freundin wiederum ist die Fußpflegerin von Wolfgangs Schwiegermutter in spe. Und deren Tochter darf nur einen streng nach anthroposophischen Prinzipien wirtschaftenden Bauern ehelichen. Da gibt es keine Diskussion.

Aber dazu später mehr. Zunächst gilt es, den Inhalt des mysteriösen Kanisters zu bestimmen. Giftschrank schüttelt ihn leicht, lauscht dem sanften Glucksen, nickt, dreht den Verschluss auf und nimmt eine ordentliche Nase voll. „Harmlos. Bloß Schwefelsäure. Konzentriert. 94 nee wartmal 96 Prozent."

Mit dem Stöffchen ließe sich locker die Wochenendausbeute eines versierten Serienkillers in forensisch nicht mehr nachweisbare Einzelteile auflösen. In dieser Hinsicht weichen Giftschranks und meine Definition von „harmlos" möglicherweise geringfügig voneinander ab.

Im Kalten Krieg war „Onkel Berti" bei der ABC-Abwehrtruppe gewesen, insofern gilt er als anerkannte Instanz für alles, was lautlos tötet. Ob ich das Zeug noch bräuchte? Er hätte da nämlich, sagt er, noch paar hässliche Waschbetonplatten liegen. Gäb nix besseres gegen hartnäckigen Moosbefall.

Auf dem Heimweg gesteht mir dann Wolfgang zähneknirschend, dass er sein nagelneues Bio-Siegel primär Oma Käthes kopfschmerzträchtigem Kirschlikör verdankt. Nicht ganz legal, aber dafür traditionell nachhaltig erzeugt aus ausschließlich regional geernteten, vollreifen Früchtchen.

Der von der Bio-Zertifizierungsstelle als Gutachter entsandte Nebenerwerbsschamane, ein versierter Fachmann für esoterische Feldfruchterzeugung, hatte sich nämlich als wenig trinkfest erwiesen und neben seinem halbverdauten Mittagessen auch das begehrte Siegel herausgerückt.

Um den Schandfleck auf dem Hof hatten sich die Freilaufhühner gekümmert und um die Plakette Wolfgang. Flugs nagelte er erst sie ans Hoftor und dann seine Angebetete. Deren Mutter, Kreistagsabgeordnete der Grünen seit anno Wackersdorf, für die Liaison endlich ihr OK gegeben hatte.

Kapitel 26 – Bei Ilse und Willy auf'm Land

„Die wollen Ilse und Willy vertreiben, diese Spekulantenschweine!"
Bella hält mir zorneserrötet unser zweimal wöchentlich erscheinendes Anzeigenblättchen mit garantiert mindestens fünf Prozent ungesponsorten redaktionellen Inhalten vor die überraschte Nase.
Bei Ilse und Willy, das muss man wissen, handelt es sich um das im
wahrsten Sinne schon etwas klapperige Storchenpärchen, das seit
Jahren auf dem aufgegebenen Melkstand vor unserem Küchenfenster seinen hungrigen Nachwuchs großzieht. Zum Verdruss der örtlichen Amphibienpopulation.
Dem Artikel in der Perle des ländlichen Qualitätsjournalismus entnehme ich, dass die direkt an unser Anwesen grenzenden Feuchtwiesen auf mir noch nicht ganz transparente Weise zum Baugebiet
„Bökeauen Süd" mutiert sind. Was für die nördlicher gelegenen
Auen wenig Gutes verheißt.
„MACH WAS!"
Eine von Bellas besonders liebenswerten Eigenschaften ist, dass
man, vulgo ich, bei ihr immer sehr genau weiß, was sie will. Für
Missverständnisse besteht da ausgesprochen wenig Spielraum.
Für Ausreden, wenn man mal wieder etwas verbockt hat, allerdings
auch nicht.
Ich beschließe daher, Werner anzurufen.
Werner ist, Sie erinnern sich, unser Universalaktivist. Er schafft es
problemlos, das Amt des Vorsitzenden der Bürgerinitiative „Östliche Ortsumgehung jetzt!" und das des Sprechers des Aktionsbündnisses „Bürger gegen den Ostring" in Personalunion wahrzunehmen.
Die Sache ist, wie ich schon befürchtet habe, kompliziert. Werner
besitzt Insider-Infos, die er einem bierseligen Parteikollegen beim
Solidaritätstreffen für indigene Alpakazüchter in den bolivianischen
Anden oder bolivianische Andersdenkende in Indien oder sowas
abgetrotzt hat.
Natürlich handelt es sich hierbei, wie er treuherzig versichert, lediglich um Gerüchte, vermutlich vom politischen Gegner in bösartiger
Absicht gestreute. Da man aber bekanntlich im Vertrauen

weitererzählen darf, was man im Vertrauen erzählt bekommen hat, weiht er mich ein.

Schuld an der ganzen Misere und dem zeitnah zu erwartenden Hungertod von Ilse und Willy durch Entzug der quakenden Nahrungsgrundlage sei, man glaubt es kaum, ein Wintergarten. Und natürlich die Susanne. Die züchtet nämlich Orchideen. Und ist dazu noch verheiratet mit Sven.

Bella deutet meine verzweifelten Handzeichen richtig und reicht mir einen Schreibblock, A4, blanko und einen Kugelschreiber. Das Werbegeschenk einer ungarischen Produktionsfirma von Schmuddelfilmchen für Kunden ohne nennenswerte Ansprüche an Ästhetik oder subtile Erotik.

Das Zeug verkauft sich reißend.

Ich notiere fleißig, was Werner mir anvertraut. Der Sven liebt die Susanne und deswegen will er ihr einen Wintergarten bauen fürs frostempfindliche Grünzeug. Dazu braucht der Sven aber eine Baugenehmigung. Und hier beginnt der Ärger. Für die Ilse, den Willy, die Bella und, Sie ahnen es, für mich.

Der Sven wohnt nämlich mit der Susanne in einem verbeulten Grenzschutz-Hanomag, den unvorsichtige Uniformierte damals aufgrund eines dringenden menschlichen Bedürfnisses auf einem Parkplatz am Waldrand nahe der zukünftigen Startbahn West abgestellt hatten.

Mit laufendem Motor, weil man nie sicher sein konnte, ob das gute Stück, Baujahr 1964, im Bedarfsfall wieder ansprang. Was insbesondere inmitten einer Horde Palästinensertuchträger mit, sagen wir, vom breiten gesellschaftlichen Konsens abweichender Haltung zum Thema staatliches Gewaltmonopol, durchaus ungemütlich werden konnte.

Im blickdichten Unterholz trafen die beiden pinkelnden Staatsdiener dann allerdings anstatt atomkraftverser Aushilfs-Arafats auf einige ebenfalls sehr ungehaltene Wildschweine, die sich dort abseits des Schlachtenlärms häuslich eingerichtet hatte.

Es kam zu einer höchst unschönen Szene, in deren Verlauf einer der Gesetzeshüter den Fehler machte, seine Dienstpistole zu ziehen. Ein Schuss fiel, es quiekte empört, es grunzte vielstimmig und sehr wütend. Nur mit viel Glück konnten sich die Grenzschützer auf eine mächtige Eiche retten.

Die zwölfstündige Belagerung durch eine Rotte radikaler Wildsäue sollte später als „Walldorfer Kessel" bekannt werden. Noch heute ist er Unterrichtsgegenstand bei der Ausbildung von Frischlingen. Ja. Auch an Polizeiakademien.

Tropfnass nach der Begegnung mit einem Wasserwerfer, bei der er den Kürzeren gezogen hatte, schlurfte derweil Sven missmutig durch den dichten Wald. Müde vom Kampf gegen das Schweinesystem stieß er auf das treu vor sich hin tuckernde Dienstfahrzeug. Er akzeptierte es als Entschädigung für seine durchgeweichte Cordhose.

Diverse Stunden später war der Tank leer und er lenkte sein eher so semilegal erworbenes dunkelgrünes Gefährt auf eine lauschige Lichtung im Bökelstorfer Interessentenforst. Das Nageln des Diesels erstarb.

Sven öffnete die Fahrertür. Genau hier, so beschloss er, vermutlich von qualitativ fragwürdigen Hanf-Nebenerzeugnissen inspiriert, würde er seinen Lebensabend verbringen. Er war damals 21.

Die Bienen summten, die Vöglein zwitscherten, und irgendwo klopfte ein Specht. Ein sehr großer Specht. „VERDAMMTE BULLENSCHWEINE DAS IST FREIHEITSBERAUBUNG" drang hinten aus dem Grenzschutzauto. Und etwas kleinlaut noch: „Und ich muss mal Pipi."

Neugierig öffnete er die Hecktür des Gefährts. Etwas Grünes mit Deutschlandfähnchen an der Schulter sprang heraus, scheuerte ihm im Vorbeilaufen eine, und verschwand im nächsten Gebüsch.

Sekunden später klang es von dort in etwa so, als hätte jemand Oma Pinnebergs 500-Liter-Regentonne umgeschubst. Sven kannte sich da aus.

Und so lernte Sven Susanne kennen. Die beiden erweiterten nach und nach den Grenzschutz-Laster um die eine oder andere bauliche Kleinigkeit. Wie zum Beispiel zwei Schlafzimmer, ein Bad, Küche, Wohnzimmer, Gäste-WC, so Zeugs halt. Ihre Verbürgerlichung schritt unaufhaltsam voran.

Von Luft, Liebe und dem Anbau bewusstseinserweiternder Gartenkräuter kann man aber leider auf Dauer nicht leben.

Und da Sven außer sitzen und blockieren, meistens in Tateinheit begangen, eigentlich nichts gelernt hatte, lag es nahe, dass er in den öffentlichen Dienst ging.

Er landete schlussendlich bei der unteren Naturschutzbehörde. Das klingt nun nicht unbedingt staatstragend, zugegeben, doch ging jetzt jeder Bauantrag im Landkreis, und sei es der für Waldis neue Hundehütte, über seinen Schreibtisch. Und, wenn er so befand, kein Stück weiter.

Ohne sorgfältiges Abwägen der Auswirkungen des in Aussicht genommenen Bauvorhabens auf die lokale Flora und Fauna durch ihn und seine wackeren Mitstreiter für die Rechte von Feldhamster und Waldkauz wurde kein Antrag genehmigt und begann kein Zementmischer sich zu drehen.

Damit war eigentlich klar, dass das Jagdrevier von Störchin Ilse und ihrem Gatten auf immerdar eine Feuchtwiese bleiben würde. An Sven käme niemand vorbei, nicht einmal der örtliche Baulöwe Rudi, der nur zu gern ein weiteres Neubaugebiet für Speckgürtelzuzügler erschließen würde.

Wäre da nur nicht dieser vermaledeite Wintergarten gewesen, für den Sven einen ortsansässigen Handwerker beauftragte. Der wiederum befand, dass man für Susannes Orchideenpalast eine Baugenehmigung bräuchte. Er würde sich darum kümmern. Alles aus einer Hand und so. Wär ja klar.

Die Sache lag nun beim Bauamt und entging dem Adlerauge von Behördenleiter Helmut nicht. Helmut ist ein Spezl vom Rudi und wie er gern gesehener, weil spendierfreudiger, Gast im „Diana". Die beiden steckten in den Nebelschwaden unserer lappländischen Dampfsauna die Köpfe zusammen.

Selbstverständlich, so erfuhr Sven bald darauf, würde man seinen Wintergarten genehmigen. Und auch großzügig über die Tatsache hinwegsehen, dass sein gesamtes Wohnhaus der Marke „Hanomag" ein illegaler Schwarzbau sei und demzufolge eigentlich umgehend abgerissen werden müsste.

Er müsste lediglich, und das sei doch sicher kein größeres Problem für ihn, die jährliche Storchenzählung auf den Bökeauen ein wenig vorziehen. Auf Januar genaugenommen.

Lassen Sie Brehms Tierleben im Regal, Sie vermuten richtig. Um diese Jahreszeit braten Störche unter südlicher Sonne und laben sich an tansanischen Savannenfröschen. Kein Adebar käm auf die Idee, sich um Neujahr und den Gefrierpunkt herum in der Norddeutschen Tiefebene zu zeigen.

Es steht nicht gut um Ilse und Willy, soviel ist zu konstatieren. Bella sieht wirklich entzückend aus, wenn sie stinkwütend ist, das ist allerdings auch das einzig Positive, was sich über diesen Gemütszustand bei ihr sagen lässt.

Ich persönlich kann natürlich überhaupt nichts für die entstandene Situation, werde aber erfahrungsgemäß trotzdem und stellvertretend für das Böse in der Welt sanktioniert.

Meine Bandscheiben jaulen vorauseilend beim bloßen Gedanken an das mäßig ergonomische Sofa im Wohnzimmer.

In meinem fortgeschrittenen Alter ist es weniger der Entzug von Sex, der mich schreckt, als der Entzug meiner edlen Federkernmatratze.

Ok. Das mit dem Sex ist schon auch ziemlich doof. Zugegeben. Aber nach drei Nächten auf dem Sofa stirbt meine Libido ohnehin einen qualvollen Tod.

Fieberhaft durchstöbere ich mein Gehirn nach einem verwertbaren Lösungsansatz.

Bis sie schließlich wie ein Schatten über meine Großhirnrinde kriecht.

Die nördliche Sumpfwiesenschaumzikade.

Jetzt wird es dreifach heikel.

Ich muss eine hässliche Wiesenwanze finden, Bella klarmachen, dass ich ihre Erzfeindin Christine kontaktieren muss und dann dafür sorgen, dass niemand im Ort von meinen Machenschaften zur Rettung von Willys und meinem Eheleben erfährt.

Aber der Reihe nach.

Fangen wir mit der Sache mit meiner alten Freundin Christine an.

Sie erinnern sich? Die Dame aus dem Kindergarten? Die ist

bekanntlich mittlerweile von Beruf Biologin und hat sich der Erforschung von allem, was kreucht und fleucht, verschrieben.

Außerdem vermutet Bella, dass ich mit ihr mal im Bett war, weswegen sie ihr eine gesunde Skepsis entgegenbringt.

Zu meiner Verteidigung ist zu sagen, dass ich mit Christine nie im Bett war. In den wilden 90ern war man froh, ein Sofa in einer WG zu haben. Und ein Sofa ist ja nun mal rein technisch kein Bett.

Außerdem kannte ich Bella damals ja noch gar nicht. Nicht so richtig jedenfalls.

Da Bella hinsichtlich der Verjährung zwischenmenschlicher Aktivitäten allerdings etwas altmodische Ansichten kultiviert, behalten wir die Details besser für uns. Ich kenne Christine von früher. Punkt.

Ich kann mich doch auf Sie verlassen?

Drei Stunden, 432 Mückenstiche und einen im Morast versunkenen Gummistiefel später wundert sich eine gewöhnliche Feldwaldundwiesenzikade immer noch über den komischen Typen, der ihr einen braunen Streifen auf den Rücken gepinselt, sie fotografiert und dann nicht gefressen hat.

Jetzt noch eine unschuldige Mail an Christine geschickt. Mit Zikadenfoto und der Frage „Schau mal, ich hab da so eine Wanze mit lustigem braunem Streifen gefunden. Direkt bei uns hinterm Haus. In den Bökeauen."

Dass ich vorher ausgiebig nach ausgestorbenen Zikadenarten gegoogelt habe, behalte ich nachvollziehbarerweise für mich.

Die argwöhnisch Bella überprüft meine Mail vor dem Absenden sorgfältig auf verborgene zweideutige Botschaften, findet aber nichts und gibt knurrend grünes Licht. Allerdings nicht ohne mit den Fingern eine Ich-behalte-dich-im-Auge-Freundchen-Geste in meine Richtung anzudeuten.

Die letzte freilebende nördliche Sumpfwiesenschaumzikade wurde in Deutschland, wie Sie bestimmt wissen, an einem regnerischen Junitag des Jahres 1822 von einer wenig wählerischen Bachstelze namens Theobald erlegt.

Ein Ereignis, das damals aus mir völlig unerfindlichen Gründen in der Öffentlichkeit nur wenig Beachtung fand.

Und raten Sie, was die nördliche Sumpfwiesenschaumzikade von der südlichen und überhaupt allen anderen Sumpfwiesenschaumzikaden unterscheidet?

Exakt. Ein charakteristischer rotbrauner Streifen auf dem Rücken. Sie haben gerade keine nördliche Sumpfwiesenschaumzikade zur Hand? Nehmen Sie eine handelsübliche Schaumzikade und ein Fläschchen Nagellack der Sorte Chanel Nummer 572 und mit etwas handwerklichem Geschick ist dieser Missstand schnell behoben. Das haben Sie aber nicht von mir!

Nun gilt es nur noch, der durch üppige Spenden gutsituierter, aber gewissensgeplagter Alt-68er wohlalimentierten Alarmierungsmaschinerie der versammelten Umweltverbände möglichst nicht im Wege zu stehen.

Ich koche eine Kanne Tee und harre geduldig und im plüschigen Ohrensessel der Dinge.

Und wirklich, das Titelblatt der nächsten Ausgabe unseres Wochenblattes ziert die qualitativ fragwürdige Fotografie eines eigenartigen braungestreiften Käfers mit der reißerischen Überschrift „Der letzte seiner Art?"

Im zugehörigen Artikel wird dann noch von der gerade erfolgten Gründung der Bürgerinitiative „Rettet die Bökeauen" berichtet. Deren Vorsitzender ist, Sie raten richtig, mein alter Freund Werner. Erwähnte ich schon, dass auch Werner mal mit Christine in derselben WG gewohnt hat? Nein? Nun, jetzt wissen Sie's.

Sorgfältig prüfe ich, ob mein Name in dem Zusammenhang irgendwo auftaucht. Nein. Alles gut. Ich werde also problemlos gegenüber Rudi und seinen ruchlosen Mitspekulanten Empörung über den Machtmissbrauch von BUND und NABU heucheln können.

Ilse und Willy sind einstweilen gerettet und ich darf zur dankbaren Bella unter die Decke. Sie entschuldigen mich.

Kapitel 27 – Interim im Imperium

Gerade habe ich es geschafft, die Sonntagszeitung von etwa 12 Kilo Werbebeilagen zu befreien und auf ihren lesbaren Teil zu reduzieren, als das Telefon klingelt. Genervt grunzend wuchte ich mich aus dem Ohrensessel hoch, den ich eigentlich die nächsten drei Stunden nicht zu verlassen geplant hatte. Ich bin schließlich Strohwitwer, denn Bella ist für eine Woche abwesend. Mutti besuchen. In Deutsch-Südwest. Nein. Nicht Namibia. Baden-Württemberg.

Verstimmt nehme ich den Anruf an. Es ist Ivo. Sie erinnern sich, der Teilzeit-Postbote und Unternehmerinnengatte. Ohne sich lange mit Höflichkeiten aufzuhalten, schüttet er mir sein sorgenschweres Herzelein aus.

Seine Frau Lotta, die den kriminellen Laden normalerweise schmeißt, weilt derzeit auf einer Tagung der Liebhaber italienischer Opern in einem Luxusresort nahe Orlando. Ja. Das Orlando. In Florida.

Die Cineasten unter Ihnen werden sogleich die Vermutung anstellen, dass es sich hier um ein getarntes Treffen rivalisierender Unterweltbosse handelt. Manche mögen es schließlich heiß und Mafiosi sind, ebenso wie altersschwache Millionäre, der wärmenden Sonne Floridas zugetan.

Nun sind wir hier aber nicht in einem Billy-Wilder-Schwarzweißfilm und daher treffen sich dort unter Palmen ganz harmlos wirklich die Liebhaber von Verdi oder Rossini, zu denen auch unsere Lotta gehört.

Sie sind allerdings mit Ihrem, wenn auch unzutreffenden, Verdacht in guter Gesellschaft. Genau wie Sie nämlich vermuten die Vorgesetzten von Kriminalrat Scholtz vom Dezernat „Organisierte Kriminalität" strafbare Aktivitäten statt leidenschaftlicher Diskussionen über das Motiv der Eifersucht in Puccinis Werken.

Scholtz, zufällig ein ausgewiesener Verdi-Experte, kommt dadurch einmal im Jahr in den Genuss einer Dienstreise nach Übersee, natürlich um dort die Umtriebe der vermeintlichen Unterweltmagnaten intensiv im Auge zu behalten.

Das Schutzgeldbusiness ist ein sehr traditioneller Geschäftszweig, Gangsterboss i.R. „Papa", seines Zeichens Ivos Onkel und Vorgänger von Lotta als Chef vons Ganze, hatte es mir gegenüber mal verglichen mit dem Verkauf von Skibruchversicherungen an Beduinen.

Sofern man begabte Vertriebsmitarbeiter mit überzeugenden Argumenten hatte, war das aufgrund der überaus geringen Schadenquote ein verdammt lukratives Geschäft. Für die Versicherung natürlich.

Vor einigen Jahren nun war, noch unter Papas Ägide, die angesehene Unternehmensberatung MacKillsem & Company engagiert worden, das gesamte Business gründlich zu durchleuchten. Man wollte ja auf die strategischen Herausforderungen der kommenden Jahrzehnte gut vorbereitet sein.

Ein Opfer dieser Analyse sollte der Geschäftsbereich Schutzgelderpressung werden.

Der gelackte Juniorberater, ein Absolvent der namhaften Al-Capone-Universität in Chicago, hatte Papa mit Consulting-Sprech derartig zugetextet, dass ihm Hören und Sehen vergangen war.

Der Deckungsbeitrag völlig unzureichend, der Personaleinsatz viel zu hoch, und über die Fehlallokation liquider Mittel bräuchte man gar nicht erst zu reden. Man müsse daher unbedingt in neue Geschäftsfelder diversifizieren, Cybercrime zum Beispiel, oder Produktpiraterie, um nur ein paar Beispiele zu nennen.

Schweren Herzens beschloss Papa, durch den salbadernden Grünschnabel weichgekocht, das Schutzgeldeintreiben aufzugeben.

Er machte sich die Sache nicht leicht, schließlich ging es um ein durchaus ertragsstarkes, traditionelles Geschäftsfeld mit teilweise sehr langen, nun, sagen wir, Kundenbeziehungen. Und einer erklecklichen Anzahl betroffener Mitarbeiter.

Da waren Eintreiber und Kassierer, Schmieresteher, die gut bemuskelten Fachkräfte für Einschüchterung und die Experten für Demöblierung gastronomischer Betriebe. Und dann natürlich das Backoffice, das für dispositive Aufgaben, Provisionsabrechnungen und Beamtenbestechungen zuständig war.

Viele Aufgaben hatte man über die Jahre bereits outgesourcet und an Subunternehmer abgegeben, mit Frühpensionierungen und innerbetrieblichen Versetzungen würde man die größten Härten für die verdienten Mitarbeiter wohl abfedern können.

Nicht alle Außendienstmitarbeiter jedoch waren von diesem Strategiewechsel begeistert. Sie murrten, eine typische Management-Entscheidung sei das, schnell, falsch und unwiderruflich.

Nun ist so etwas in allen Branchen üblich, wenn externe Berater etwas vorschlagen, so wird zunächst gemeutert, dann wird der Plan letztlich doch umgesetzt, um dann schließlich zu scheitern. Der Consultant ist zu dem Zeitpunkt natürlich längst über alle Berge.

Was ich mit der ganzen Sache zu tun habe, fragen Sie sich? Ich mich auch, glauben Sie mir. Aber Ivo ist mir mittlerweile wirklich ans Herz gewachsen, weswegen ich seinen verzweifelten Hilferuf nicht unbeantwortet verhallen lassen kann.

Just in dem Moment nämlich, wo seine Frau in der Ferne weilt, dort wo die Orangen blühn, da kam der Wirt des „Hungrigen Bosniak", um bei Ivo vorzusprechen.

Er müsse, berichtete der gute Mann, nun das allererste Mal auf die Dienste des Unternehmens zurückgreifen, dem er seit Jahr und Tag einen, wenn auch moderaten und sicher angemessenen, man verstehe ihn da bitte nicht falsch, Teil seines Umsatzes zukommen lässt, um sich vor Unterwelt-Unbill zu schützen.

Eine Gang jugendlicher Nachwuchskrimineller böte ihm Schutz an, vor sich selber natürlich. Er habe höflich darauf hingewiesen, dass er nicht plane, den Schutzgelderpresser zu wechseln, aber Sie wissen ja, wie aggressiv diese Vertriebstypen mitunter auftreten.

Ivo zeigte sich leicht irritiert, versprach aber dem Wirt in einem seltenen Anflug von Geistesgegenwart, seinen Fall umgehend prüfen zu lassen.

Wie sich herausstellte, hatte der für den „Hungrigen Bosniak" zuständige Außendienstler die Information, dass kostenpflichtige Schutzdienstleistungen fortan nicht mehr zum Portfolio des Unternehmens gehören, für sich behalten. Und bei seinen Kunden weiter munter Inkasso betrieben.

Um den Mitarbeiter sollte sich Ivos Frau kümmern, wenn sie vom Golf von Mexiko zurück war, das konnte warten.

Aber was sollte er mit dem in seiner geschäftlichen Existenz bedrohten Wirt tun? Unvorstellbar der Imageschaden, wenn sich eine solche Schlamperei herumsprach. Führungsschwäche war in dieser Branche das einzig wirklich verabscheuungswürdige Verbrechen. Die Sache musste schnell und geräuschlos aus der Welt geschafft werden.

In seiner Not beschloss Ivo, mich ins Vertrauen zu ziehen.

Ich verfüge nun bekanntermaßen über keinerlei kriminelle Energie, dafür aber über hilfreiche Kontakte vor Ort.

~

Eine Woche später sitze ich im Hungrigen Bosniak vor einem gefüllten Rumpsteak nach Art des Hauses. Sprich: Es stammt vermutlich von einem Auerochsen und hängt auf beiden Seiten vom Teller herunter. Gefüllt mit Schinken und Käse, begleitet von Pommes frites und dem unvermeidlichen Djuvec-Reis, hätte es ausgereicht, eine zwölfköpfige Bergarbeiterfamilie durchzufüttern.

Das Restaurant ist gut besucht, um mich herum schaufeln hungrige Gäste Spezialitäten in sich hinein, von denen man uns glauben machen will, dass sie auf dem Balkan zu den Grundnahrungsmitteln zählen. Ich frage mich allerdings, warum Karl May in seinem Reisebericht aus dem Land der Skipetaren die dafür notwendigen ebenso omnipräsenten wie riesigen Rinder- und Schweineherden unerwähnt ließ. Wahrscheinlich ist er da genau so wenig gewesen wie im Wilden Westen.

Die meisten Anwesenden sind mir von Person bekannt, wie es dazu kam, dazu gleich mehr. Nur ein Tisch ist mit fünf Auswärtigen besetzt, die offenkundig eine Neigung zu extremen Kurzhaarschnitten verbindet. Und eine Leidenschaft für Pilsener, die man an den vor Ihnen stehenden Biergläsern und der als „Brauereigeschwür" bekannten Ausbuchtung auf Bauchnabelhöhe erkennen kann.

Sie ordern ausgesucht Teures von der Speisekarte und legen ein Verhalten an den Tag, das meine Oma als „gewöhnlich" bezeichnet hätte. Und sie hätte die Herren vermutlich gefragt, wie es denn um ihre Benehmität stehe, da gebe es doch offenkundig reichlich Verbesserungspotenzial.

Mal fällt „unabsichtlich" ein voller Teller zu Boden, mal kippt, „Oh, Verzeihung", ein randvoller Bierkrug, sein Inhalt verfehlt nur knapp die am Nebentisch Sitzenden.

Sie ahnen schon, es handelt sich hier um die fürs Grobe zuständigen Außendienst-Mitarbeiter von Ivos Konkurrenz. Man legt es offenkundig darauf an, die übrigen Gäste zu vergraulen und so der Zahlungswilligkeit des Wirts auf die Sprünge zu helfen.

Lassen Sie uns kurz über die Powell-Doktrin reden. Sie erinnern sich an den Herrn, der damals vor der UN den wenig überzeugenden Vortrag über die irakischen Massenvernichtungswaffen hielt? Genau der. Besagter General Powell hat nämlich mal formuliert, welche Voraussetzungen bestehen müssen, damit die USA sich auf einen Krieg einlässt. Ganz stark vereinfacht geht es darum, dass die Amis nur dann in die Schlacht ziehen, wenn sie dem Gegner haushoch überlegen sind und ihn ohne große eigene Verluste plattmachen können.

Ich halte das für einen ganz vernünftigen Ansatz und daher ist der „Hungrige Bosniak" heute bis auf den letzten Platz mit eigenen Truppen besetzt.

Was auch die fünf auf Krawall gebürsteten Typen gerade feststellen. Einer von ihnen kam auf die Idee, die attraktive Serviererin Mila auf seinen Schoß zu ziehen und an ihr unsittlich herumzutatschen. Jetzt passieren ziemlich viele Dinge in ziemlich rascher Abfolge, weswegen Sie sich die folgende Szene am besten in Zeitlupe vorstellen.

Zunächst dreht sich vom Nebentisch ein schmächtiger junger Mann in verschlissener roter Latzhose mit Aufschrift „Magirus Deutz" um und sagt stotternd „Wwwwürden Ssssie das bbbitte lassen?"

Bei Bauer sucht Frau wäre das der chancenlose Schweinebauer Schorsch, über den sich alle lustig machen. Bis herauskommt, dass er millionenschwerer Herrscher über ein Agrar-Imperium ist, und sich alle um ihn reißen.

In diesem Fall handelt es sich nicht um Schorsch und Millionen hat Landmaschinentechniker Siggi auch nicht, aber dafür Muskeln aus Stahl vom jahrelangen Hantieren mit zentnerschweren Mähdrescherersatzteilen.

Der Unhold schubst unsanft die nette Kellnerin von seinem Schoß, endlich gabs hier mal ein bisschen Action, holt aus und schwingt seine Faust in Richtung von Siggis Schädel. „Auuuuuuuuuuuuu."

Da tat was weh. Richtig weh. Siggis eiserner Griff um das Handgelenk des Schlägers sorgt in Tateinheit mit dem schweren Edelstahlserviertablett, das auf seinem Kopf landet, dafür, dass er wimmernd zurück auf seinen Stuhl sinkt.

Man fummelt nicht ungestraft an Mila herum. Der liegt väterlicherseits das Kämpfen in Blut. Väterlicherseits meint in diesem Fall ihren Papa Dragan. Sie erinnern sich doch an Dragan? Genau. Der mit dem Schwenkgrill im Winter und dem Spaghettieis im Sommer. Selbiger feiert heute, wie es der Zufall manchmal so will, genau in diesem Lokal ein Wiedersehen mit ein paar Kampfgefährten aus den blutigen Balkankriegen der 90er.

Unschwer zu erraten, dass er es überhaupt nicht erfreulich findet, dass da irgendein Aushilfsgangster an seiner einzigen Tochter herumfuhrwerkt. Klackklackklackklack. Ich meine fast zu hören, wie den Herren das Klappmesser in der Hosentasche aufgeht.

Auch die anderen Muskelmänner springen jetzt auf, ihrem Anführer zur Hilfe zu eilen. Einem kippt dabei im Eifer des Gefechts sein Stuhl um. Es gibt ein hässliches Raaaatsch und ein ebenso hässliches Loch in einer auch nicht eben ansehnlichen Jeansjacke mit merkwürdigen Aufnähern. Erwähnte ich, dass ich Hotte und seine kultivierten Freunde großvolumiger amerikanischer Zweiräder eingeladen hatte, auf Ivos Kosten heute Abend hier eine kleine kulinarische Rundreise durch den Balkan zu absolvieren?

Ein anderer rennt um den Tisch herum, um sich in das Kampfgetümmel zu stürzen, stolpert dummerweise aber über mein ausgestrecktes Bein und landet erst in einem Teller Cevapcici und dann im Schwitzkasten von Türsteherin Margot. Die mit zwei Freundinnen von der Kampfkunstschule „Wehrhafte Tigerin" den

218

erfolgreichen Abschluss ihrer Prüfung zur Ausbilderin für militärisches Krav Maga feiert.

Mir gegenüber sitzt übrigens Ivo und stochert in einem Blattsalat. Jugoslawische Küche ist nicht so seins, wie wir wissen.

Ich wende mich meinem Rumpsteak zu und überlasse die fünf Amateur-Schutzgeldeintreiber ihrem Schicksal. Beziehungsweise Türsteherin Margot, einer ungehaltenen Motorradgang, Dragans ergrauten, aber guerillakriegserprobten Veteranen sowie dem örtlichen Jungbauern-Stammtisch. Dessen Ehrenmitglied Siggi, den Schrauber mit den goldenen (und sehr kräftigen) Händen wir ja bereits kennengelernt haben.

~

Ruhe und Ordnung sind wiederhergestellt, allseits herrscht gefräßiges Schweigen, als die unterschiedlichen Grüppchen sich wieder ihren Monsterportionen zuwenden. Alle mit Djuvec-Reis, versteht sich. Und auf Kosten des Hauses. Der dankbare Wirt eilt mit einer Flasche Šljivovica umher, hier blieb heute kein Auge trocken. Vor mir liegt noch ein halbes Rumpsteak und ich fürchte, dass ich beim nächsten Bissen künstlich beatmet werden muss.

Ivo grinst zufrieden, Ruf und Ehre des Unternehmens waren gesichert und vor allem würde ihm seine Angetraute nach ihrer Rückkehr nicht die Hölle heiß machen. Und einen Bewirtungsbeleg bekommt man sonst auch höchst selten für Aufwendungen im Schutzgeldbusiness.

Leise pfeifend fegt Mila ein paar Glasscherben zusammen. Und einen ausgeschlagenen Zahn.

Eine Ortschaft weiter gerät zeitgleich ein übel verbeulter, mit fünf ebenfalls übel verbeulten Personen besetzter, tiefergelegter S-Klasse-Mercedes in eine allgemeine Verkehrskontrolle. Von der gemunkelt wird, dass sie spontan aufgrund eines anonymen Anrufes beim örtlichen Polizeirevier angesetzt worden war. Dorfgerüchte halt, Sie kennen so was.

Nach erkennungsdienstlicher Behandlung, Alkohol- und Drogentest landen vier der Insassen in Untersuchungshaft, der fünfte im

Kreiskrankenhaus zur kieferorthopädischen Notbehandlung und der frisierte Benz auf einem Tieflader.

Und ich? Ich bin pappsatt, habe vom Pflaumenschnaps leicht einen in der Krone und bei Ivo einen weiteren Gefallen gut. Ich bin also auf der sicheren Seite, sollte ich mal einen Auftragskiller zum Selbstkostenpreis brauchen oder einen gefälschten Pass, wenn ich schnell außer Landes muss, weil mir, sagen wir, beispielsweise versehentlich der königlich preußische Porzellanpudel von Bellas Tante Ursel heruntergefallen ist.

Nein. Keine Sorge. Nur ein Sachverständiger würde bemerken, dass der Schwanz von dem hässlichen Köter mal abgebrochen war.

Kapitel 28 – Stadtluft

Beim Hafenbäcker in der Auslage befindet sich noch ein einziges Franzbrötchen und vor mir sind vier weitere Leute dran. Ich fühle mich wie ein Borkenkäfer im zugeschraubten Marmeladenglas beim Anblick einer saftigen Fichtenmonokultur.

Die lütte Omi auf der Pole Position holt nur ihr bestelltes Leinsamenbrot ab. Für die Verdauung, nech.

Ein Hoch auf Omis Peristaltik, sie stellt also wohl keine Gefahr für Franzi, das Franzbrötchen dar. Mein Franzbrötchen.

Der Typ im Blaumann ordert belegte Brötchen, offensichtlich ist er der unterste in der Baustellenhackordnung. Zwei Käse, drei Mett, zwei Salami, einmal Tomatemozzarella werden frisch für ihn zubereitet. Was mein Zusammenkommen mit Franzi zwar verzögert, aber nicht verhindert.

Als Nächstes eine Mutter mit Kind. Klebrige Finger patschen genau an der Stelle aufs Glas der Vitrine, hinter der Franzi gierigen Blicken schutzlos ausgeliefert ist. Ich bange um unsere gemeinsame Zukunft. Dann kriegt Johannes einen Dinkel-Cookie verordnet. Ich nicke zustimmend.

Nichts soll zwischen Franzi und mich kommen. Nichts! Gedanklich lege ich die Finger um den schmächtigen Hals der jungen Dame vor mir. Sie würde es nicht wagen. Oder würde Sie?

„Drei Normale bitte", ich atme hörbar auf, sie ist ne Gute, „und das Franzbrötchen da." DIESE ELENDE HEXE.

Die kalten Klauen einer Gebäckzange greifen grob nach Franzi. Der Seufzer Philipps des Zweiten von Spanien, als er Kunde erhielt vom Untergang der Armada, war ein laues Lüftchen gegen den Klagelaut, der sich meiner Kehle entringt.

Franzi. Nie würde ich Deine klebrige Süße kosten.

Ich sitze traurig auf der Stufe vor der insolventen Videothek. Ein Schokoladencroissant müht sich vergeblich, mir Trost zu spenden. Franzi ist zu einem Fremden ins Auto gestiegen worden. Einem Fremden mit Pinneberger Nummernschild. Ach Franzi. Das haben wir nicht verdient.

Kulinarisch unbefriedigt ziehe ich, nach einer angemessenen Zeit stiller Trauer und Einkehr, weiter, entlang der Ausfallstraße.

Es hat mich, wie Sie richtig vermuten, seit längerem mal wieder in die große Stadt verschlagen. Gehässige Zungen behaupten, ich würde Bellas Abwesenheit ausnutzen und in der Gegend herumkarjolen wie ein Junggeselle, aber das sind natürlich alles üble Verleumdungen.

Rein dienstlich bin ich hier in der Beton- und Asphaltwüste unterwegs. Und vielleicht ein bisschen, weil ich nach all dem ländlichen Froschgequake und Störchegeklapper eine perverse Sehnsucht nach Verkehrslärm verspüre. Und nach Franzbrötchen vom Hafenbäcker. Die sind nämlich die besten. Aber auf jeden Fall in den Top 5. Weltweit.

Nach ein paar Besuchen bei Bank, Wirtschaftsprüfer, Anwalt, Notar und anderen parasitären Dienstleistern, schlendere ich noch an meiner früheren Wirkungsstätte vorbei. Damals. Als ich noch auf gesellschaftlich anerkannte Weise meine Brötchen verdiente. Allerdings, so muss ich zugeben, waren es weniger als heute. Und kleinere. Das „Diana" entpuppte sich nämlich als wahre Goldgrube, von nervenzehrenden Zyklen der Volkswirtschaft quasi unbehelligt, denn Unzucht hat immer Konjunktur.

Das ebenso vollverglaste wie unklimatisierte 60er-Jahre-Hochhaus, in dem ich gute Teile meines Arbeitslebens zubrachte, hat sich, wie ich feststelle, in eine ebenfalls unklimatisierte Baugrube verwandelt. Aus der in Bälde ein weiterer langweiliger Backsteinklotz erwachsen wird, weil, so will das nämlich der Herr Oberbaudirektor. Wegen einheitlichem Stadtbild und so. Hat bestimmt reichlich Aktien der Vereinigten Norddeutschen Ziegelwerke AG, der Typ.

Apropos Aktien. Was mich heute in die Fänge von Juristen, Bankern und ähnlichem Gelichter trieb, das war die endgültige Übernahme des „Diana" durch Bella und mich. Madame Sofie, die bisher, Sie erinnern sich, noch Teilhaberin war, konnten wir, dank überaus erfreulicher Geschäftsentwicklung, auszahlen. Ob sie, angesichts ihrer über die Jahrzehnte im lukrativen Kopulationsbusiness gescheffelten Reichtümer, diesen Zufluss auf ihrem Konto überhaupt bemerkt hat, sei mal dahingestellt, aber Dagobert Duck hat ja auch den Füllstand seines Geldspeichers immer im Auge. Falls mal Panzerknacker vorbeikommen zum Beispiel.

Von meinem alten Lieblingsplatz vor dem kleinen vietnamesischen Imbiss hat man die große Kreuzung hervorragend im Blick. Fast so gut wie damals von meinem Bürofenster. Hier passiert eigentlich immer irgendetwas Interessantes, sogar am Sonntagmorgen um 4 Uhr.

Ich behalte Recht. Wie meistens, wenn Bella nicht dabei ist. Sonst ist das nämlich ihr Job.

Ein Fahrradkurier belehrt lautstark einen Autofahrer über die Verkehrsregeln. Nie hat man Popcorn dabei, wenn man es mal braucht.

Der Autofahrer steigt aus und wirkt recht gelassen für einen Kleiderschrank.

Der Kurier beginnt nun, unter seinem Fahrradhelm zu schwitzen.

Ein Kollege von ihm kommt vorbei, erwägt kurz, sich einzumischen und fährt dann solidarisch winkend weiter bei Rot über die Kreuzung.

Die Besatzung eines Peterwagens beobachtet von der anderen Straßenseite. Da bisher kein Blut floss, sieht man keinen Grund zum Eingreifen.

Der Autofahrer krempelt demonstrativ seine Ärmel hoch. Ein einsames Ankertattoo auf dem rechten Unterarm lässt den Fahrradkurier zweifeln. Die Situation eskaliert. Der Fahrradkurier schickt sich an, seine Ohrstöpsel rauszunehmen. Wird er am Ende doch den gelben Helm absetzen?

Es quäkt lautstark aus dem Funkgerät des Kuriers.

„RÜDIGER, KUNDE WARTET AUF DIE SENDUNG BEWEG DEINEN ARSCH!"

Rüdiger sagt: „Ich muss, sorry."

Der Autofahrer krempelt die Ärmel wieder runter.

„Andernmal denn, nech."

„Jau."

Die Polizisten gegenüber kämpfen mit einer Tüte M&Ms.

Rüdiger rast los, natürlich bei Rot.

Der Autofahrer tritt rituell gegen seinen Vorderreifen.

Die Polizisten streiten um die braunen M&Ms.

Ein Auffahrunfall auf der Abbiegerspur bringt keinen der Anwesenden aus der Ruhe. „Schwund is überall", sagt der Ankerträger und braust ab.

Die Polizisten beobachten gelangweilt, wie sich die Sache mit dem Auffahrunfall weiterentwickelt.

Die beiden betroffenen Pendler sind jedoch Vollprofis, begutachten und fotografieren kurz den Schaden, tauschen Adressen aus, geben sich die Hand, steigen wieder ein und brausen los.

Das Ganze hat nicht wirklich lange gedauert, zwei Grünphasen schätze ich. Oder umgerechnet viermal Hupen des genervten Hochbahnbusfahrers, der auf der Abbiegespur hinter den beiden warten musste.

Auf der Mittelspur wird derweil eine Taube, die dem Geschehen neugierig zugesehen hat, von einem Sattelzug plattgefahren. Zwei Möwen haben die Tragödie von einem Ampelmast aus mit Interesse zur Kenntnis genommen und binden sich Lätzchen um. Die nächste Rotphase wird schmackhaft.

Auf dem Hausdach an der Ecke sitzt ein Schwarm schwarzer Vögel. Sigurd Schwarzkopf, die Buchmacherkrähe, nimmt Wetten auf die beiden Möwen an. Die Quoten stehen schlecht, die meisten setzen auf den heranrasenden Sportwagen.

Update: Die beiden Möwen haben es geschafft. Eine würgt noch ein wenig an einem Taubenbein.

Das andere Bein der unglücklichen Ratte der Lüfte wurde hochgewirbelt und landete im Schoß der Beifahrerin im schicken offenen Sportwagen aus italienischer Produktion.

Das Auto fährt an mir vorbei, ich höre, wie sich ihre Schreie verändern. Nie ist in solchen Momenten ein interessierter Schüler zur Stelle, dem man den Dopplereffekt am lebendigen Beispiel erklären könnte.

Der Fahrer blickt erschrocken nach rechts und erblickt den unerwarteten dritten Schenkel auf dem Beifahrersitz. Er verreißt vor Schreck den Wagen, sie holpern ein Stück über den Mittelstreifen, bis eine von diese Werbetafeln mit Wechselpostern ihre Fahrt bremst.

Die obere Hälfte wirbt nun für ein neuartiges Damenhygieneprodukt mit Flügeln, die untere für eine Billigairline. Der Ferrarifahrer kämpft mit der Übelkeit und dem ausgelösten Airbag. Nachdem auch der der Beifahrerin erschlafft, sieht man aus ihrem Dekolleté einen Taubenfuß ragen.

Nachdenklich betrachte ich das in Erdnussöl frittierte Stück Hähnchenbrust auf meinem Teller, zucke mit der Schulter und greife nach der Sojasauce. Binnen zehn Minuten ereignen sich vier weitere Auffahrunfälle, da Gaffer die sich entspinnende Szene genauso interessiert verfolgen wie die Krähen und ich.

Grün im Gesicht und mit spitzen Fingern zieht der Fahrer das Vogelbein aus der Bluse seiner deutlich jüngeren Beifahrerin. Er wirft den Taubenrest angeekelt aus dem Wagen, trifft damit einen vorbeifahrenden Liegeradfahrer am Kopf und löst so eine weitere verhängnisvolle Kettenreaktion aus. Der Radweg verläuft nämlich an dieser Stelle auf einer Brücke über einen der zahlreichen Fleete.

Sie wissen nicht, was ein Fleet ist? Ach, Sie Quiddje. Was das ist wissen Sie auch nicht? Herrjehnocheins.

Also ein Fleet ist so eine Art innerstädtischer Wasserweg. Wie so eine Art Kanal, an dessen Rand Häuser stehen. Und in dem es Ebbe und Flut gibt. Soweit klar?

Und ein Quiddje ist sowas wie ein Zuagroasda. Halt einer von woanders. Das ist allerdings in Hamburg im Gegensatz zu etwas kleinkarierter orientierten Gefilden kein Verbrechen, sondern lediglich ein (mehr oder weniger behebbarer) Makel.

Nun, jedenfalls erschreckt der Taubenüberrest unseren kernigen Liegeradfahrer. Er stellt sich samt seines sonderbaren Gefährts quer und blockiert den an dieser Stelle etwa acht Meter breiten Randstreifen mit entsprechenden Markierungen für Fußgänger, Zweiradfahrer und Lastesel.

Ein heranrasender Fahrradkurier kann nicht mehr bremsen (sein Veloziped verfügt ohnehin nicht über die dafür erforderliche technische Ausstattung) und fliegt im hohen Bogen über das, aus Denkmalschutzgründen für heutige Maßstäbe sittenwidrig niedrige, historische Brückengeländer.

Das wäre eigentlich kein großes Problem, sofern unser Radler schwimmen kann.

Nun kommen wir aber zu einer Besonderheit der Fleete. Die unterliegen nämlich den Gezeiten. Sprich: mal ist da mehr Wasser drin, mal weniger. Und mal nur noch nasser, stinkender Modderschlamm.

Die beiden Polizisten überqueren seufzend und unter Einsatz ihres Lebens die acht Fahrspuren. Der Sachschaden des Ereignisses dürfte mittlerweile im siebenstelligen Bereich liegen, da würde man um einen Bericht wohl nicht herumkommen.

Man erwägt gerade, dem Kurier sein Fahrrad in den Fleet hinterherzuwerfen, um die Sache nicht unnötig zu verkomplizieren, als von unten ein markerschütternder Schrei ertönt. Der Radler ist im Matsch wieder zu sich gekommen und blickt in die traurigen Augen eines Totenschädels.

Der Kopf im Schlamm gehört, diese Aufklärung bin ich Ihnen schuldig, einem gewissen Walter. Walter war an den Folgen einer Malaria gestorben, die er sich vermutlich während seiner Zeit als Bahnhofsvorsteher in Deutsch-Südwest zugezogen hatte.

Das war allerdings 1924 gewesen.

Walter hatte, als er sein Ende nahen fühlte, beschlossen, seine sterbliche Hülle der Wissenschaft zur Verfügung zu stellen.

Er endete dann als Skelett in der Biologiesammlung des Gorch-Fock-Gymnasiums. Zig Abiturientenjahrgänge lernten an ihm, Elle und Speiche zu unterscheiden.

Nun ist es mit dem Respekt vor Älteren heutzutage bekanntermaßen nicht mehr weit her. Als es anlässlich der WM darum ging, die Torszenen des Top-Spieles Burkina Faso gegen Bahrein nachzustellen und kein Ball zur Hand war, musste der Kopf des armen Walter herhalten.

Zeitgleich hatten einige andere Hoffnungsträger unserer Gesellschaft alle Fenster des Klassenraumes geöffnet, um verräterischen Marihuana-Geruch loszuwerden. Der brachte immer so blöde Nachfragen der Lehrer, die als unterbezahlte Staatsdiener an billigem Stoff interessiert waren.

Es kam, wie es kommen musste. Ein verwandelter Freistoß und der Schädel flog in hohem Bogen aus dem vierten Stock der altehrwürdigen Lehranstalt. Und landete im trüben Wasser des darunter verlaufenden Fleets. Die Pennäler waren nun genauso kopflos wie Walter.

Etwas ratlos stehen die beiden Udels auf der Brücke und gucken runter auf den immer noch schreienden Radfahrer und den Totenschädel im Schlamm. War das jetzt ein Fall für die DLRG oder eher für die Mordkommission?

Irgendein Schaulustiger murmelt: „Hamlet war da aber cooler."

Ich kann weder dementieren noch bestätigen, dass ich dieser Schaulustige bin.

Sie haben noch nie was von Udels gehört? Peterwagen sagt Ihnen auch nix? Sie sind ja ein Härtefall.

Und i bin a Saupreiß? Sie taube Nuss. Hamburg war nie preußisch. Peterwagen sind Polizeiautos. Stammt angeblich aus der britischen Besatzungszeit. Nachm Krieg. Sie wissen schon, der mit dem knapp verpassten Endsieg und 1000 Jahre und so.

Kommt von „Patrol car", sagt man. Was weiß ich.

Und Udels sind die Bewohner von so einem Peterwagen. Kommt von Uhlen. Plattdeutsch für Eulen. Weil das früher halt primär Nachtwächter waren. Am Tag zog der mehr oder weniger brave Bürger noch mannhaft selbst den Degen und wehrte sich gegen das Gesindel. Oder gesindelte selber und hoffte auf Opfer ohne Degen. Ich bin ja ohnehin dafür, dass man nicht mehr ohne Degen aus dem Haus gehen sollte. Viele kleine Missverständnisse ließen sich so umgehend aus der Welt räumen.

„Junger Mann, halten Sie es für nötig, Ihre Drecksquanten auf den S-Bahn-Sitz zu packen? Sie halten? En garde!"

Zzzzzing

Natürlich müsste der Degen offen sichtbar getragen werden. Die elegante Waffe eines Ehrenmannes. Nur zuverlässige Bürger dürften ihn tragen. Sie müssten Kenntnisse nachweisen, die sie vom Pöbel abheben. Wie man eine Rettungsgasse bildet zum Beispiel. Oder wann man blinkt im Kreisverkehr.

Konfliktsituationen, wie wir sie alle aus dem Alltag kennen, wären mit meinem Vorschlag vermeidbar. Wer würde es beispielsweise noch wagen, in der Fußgängerzone „El Condor pasa" anzustimmen, wenn ein Gutteil der Passanten eine gefährliche Hieb- oder Stichwaffe bei sich trägt? Sehen Sie.

Der hauptberuflich omasrempelnde Skinhead im Bus oder der freundliche junge Mann, der einen mit „Ey, schmach dich Messer!" um einen kleinen Obolus bittet? Gut, die müssten sich neue Betätigungsfelder suchen. Oder feststellen, dass es manchmal doch wichtig ist, wer den Längeren hat.

Aber zurück zu unserem Fahrradkurier im Schlamm. Zu den Polizisten, den Schaulustigen, dem Liegeradfahrer und den beiden hungrigen Möwen hat sich jetzt ein Trupp Feuerwehrleute gesellt. Die Zuständigkeit ist noch immer nicht ganz geklärt. Zum Glück setzt jetzt die Flut ein.

„Klarer Fall. Wasserrettung."

Die beiden Polizisten nicken sich zufrieden zu. Der eine greift zum Funkgerät, der andere holt einen Rettungsring und wirft ihn hinunter. Er landet etwas unsanft auf dem Kopf des im Schlamm feststeckenden Radlers. Praktisch, so ein Fahrradhelm.

Etwas ungünstig wirkt sich aus, dass die gelangweilte Kanalratte Klaus-Dieter kurz nach der letzten Inspektion des Rettungsgeräts das daran befestigte Seil durchgebissen hatte. Der Schädel von Walter schaut den Radler etwas mitleidig an, bevor das auflaufende Wasser ihn fortspült.

Am Ende geht natürlich alles gut aus. Der Radler wird gerettet und Walters Kopf etwas später von Otto, dem letzten Elbfischer, mit einem Kescher aus dem Wasser gezogen. Nur falls Sie sich fragen, wie Waltershof mal zu seinem Namen gekommen ist.

Waltershof ist übrigens einer der Hamburger Stadtteile, die noch nicht allzu stark von der Gentrifizierung heimgesucht worden sind. Die Hipsterquote ist erfreulich niedrig. Nur Korinthenkacker würden jetzt auf die übersichtliche Einwohnerzahl verweisen.

JA. ES SIND NUR 2. NA UND?

Versuchen Sie mal, im Schanzenviertel einen fair gehandelten Parkplatz für einen Containerfrachter der Emma-Maersk-Klasse zu finden. Da nützt Ihnen die gesicherte Versorgung mit veganem Kaffeeweißer gar nix.

Schlussendlich dann doch satt, zufrieden und bis zum Einfüllstutzen vollgetankt mit einer ordentlichen Ladung Großstadtleben begebe ich mich zur nächsten Großbaustelle um die Ecke, wo, Sie erraten es, ein weiteres Backsteingebäude entstehen soll. Und wo ich auf einem Sandhügel mein Allrad-Vehikel mit Speckgürtelkennzeichen geparkt habe. Neben einem roten Pickup mit Blaulichtern. Gebaut wird hier derzeit nicht, denn ein Fliegerbombenfund hat mal wieder den Betrieb lahmgelegt. Ich winke den Männern vom Kampfmittelräumdienst fröhlich zu, die auf ihre Schaufeln gestützt zusehen, wie ein Baggerfahrer einen verrosteten Badeofen auf die Ladefläche eines bereitstehenden Lastwagens hievt. Sie winken fröhlich zurück. Ach wie ich all das hier manchmal vermisse.

Ich verheddere mich in rotweißem Flatterband, das lästiger Weise überall gespannt ist und lande unsanft auf dem Hintern. Zeit, dass ich wieder raus aufs Land komme. Autsch. Irgendwas piekt mich in meine rechte Arschbacke.

Aus dem Sand, so stelle ich fest, ragt ein unscheinbares, rostiges kleines Metallteil. Ein echter Reifenkiller. Besser ich zieh das scharfkantige Ding mal raus. Mit dem Fuß versuche ich, es freizulegen. Erfolglos, scheint ziemlich tief in den Boden reinzureichen. Dann eben nicht.

„Passen Sie nachher beim Zurücksetzen auf!", warne ich noch schnell einen der Bombenräumer, der gerade fröhlich pfeifend das Flatterband wieder aufwickelt, und zeige auf das Stück Blech.

Hatte der Mann eben auch schon so eine ungesunde Gesichtsfarbe? Lassen Sie es mich so sagen. Ich weiß jetzt, wie das Leitwerk einer amerikanischen 1000-Pfund-Bombe aussieht, nachdem sie 75 Jahre im feuchten Sand gelegen hat. Wie ein unscheinbares, rostiges kleines Metallteil nämlich.

Und ich weiß, welche Formulare man für die Versicherung ausfüllen muss, wenn das eigene Auto Opfer einer kontrollierten Sprengung im Rahmen der Kampfmittelbeseitigung geworden ist.

Immerhin hat man mir den Strafzettel für illegales Parken auf der Baustelle erlassen.

Kapitel 29 – Beschrankte Haftung

Man hat mich jahrzehntelang darauf vorbereitet, dass dieses Land spätestens 2050 aufgrund seiner latenten Vermehrungsunlust entvölkert sein wird. Leider wurde offenkundig verabsäumt, dies den ins fortpflanzungsfähige Alter kommenden nachrückenden Generationen ebenfalls kundzutun.

Jedenfalls muss ich mein unfreundlichstes Gesicht bemühen, um am verkaufsoffenen Sonntag im Einkaufszentrum an dem wackeligen Eiscafé-Tisch mit Marmorimitat-Platte ohne Gesellschaft zu bleiben.

Auf der Rolltreppe schubsen nervige Rentner nervige Teenager, die über nervige Kinder stolpern, was deren nervige Eltern provoziert, mit nervigen Best-Agern Streit zu suchen.

Der demographische Mix erfreut sich, entgegen anderslautender Medienberichte, bester Gesundheit.

Um zumindest den Eindruck von Konsumwilligkeit zu vermitteln, betrete ich einen Drogeriemarkt. Und natürlich, weil Bella mir allerlei Krempel zu besorgen aufgetragen hat, während sie auf Besuch bei ihrer Mutter im Schwäbischen weilt. Wieder irgendein Drama mit dem lüsternen Herrn Meisel. Sie wissen schon, Schwiegermamas ebenso greiser wie promiskuitiver Nachbar. Mein kreativer Vorschlag, wie das Problem ein für alle Mal aus der Welt zu schaffen wäre, wurde allerdings abschlägig beschieden. Bella hatte überraschend moralische Bedenken gezeigt, sich nackt im Garten zu sonnen und damit dem altersschwachen Meiselschen Herz den Rest zu geben. Prüde Leute, diese Schwaben, finden Sie nicht?

Wie auch immer. Die junge Frau im Gang vor mir kauft Schwangerschaftstests auf Vorrat. Die befinden sich im selben Regal wie die Kondome, man scheint hier wohl seinen eigenen Produkten nicht sonderlich weit zu trauen.

Die Luft ist schlecht. Jeder versucht verzweifelt, mehr Krankheitserreger aus- als einzuatmen und hofft inständig, dass es bei allen anderen genau umgekehrt sein möge. Ich höre eine Feder über Papier kratzen. Mein Immunsystem füllt vermutlich gerade einen Urlaubsantrag aus.

Nun stehe ich mit meinem Plastikkörbchen vor dem Regal mit den Schminkutensilien. Bella kennt mich zum Glück schon ein bisschen, daher hat sie mir am Telefon präzise beschrieben, was ich mitbringen soll.

„Eyeliner Nr. 7 (so eine Art Filzstift, schwarz, lang, mittleres Regal, ziemlich weit hinten links neben den silbernen Dingern, die aussehen wie eine Zigarrenhülse)." Ihr Orientierungssinn ist, vorsichtig ausgedrückt, grundsätzlich eher unterausgeprägt. Mit einer einzigen Ausnahme. Einzelhandelsgeschäfte.

Man konnte sie mit verbundenen Augen in einem Supermarkt aussetzen, wenn nötig bei Sturm und unter Feindbeschuss, der Wocheneinkauf läge eine halbe Stunde später vollzählig und unter Berücksichtigung von Sonderangeboten im Einkaufswagen.

Selbst auf das Glas Sauerkirschen, das irgendjemand bösartiger Weise in das Regal mit den Gewürzgurken geschmuggelt hat, wäre sie nicht hereingefallen.

Dankbar arbeite ich meinen Einkaufszettel im A3-Format ab, während sich im selben Gang ein armer Tropf, vielleicht 20 Jahre jünger als ich, verzweifelt an die überschminkte Angestellte wendet, die ein Regal weiter im Zeitlupentempo hingebungsvoll verschiedenfarbige Nagellackfläschchen geraderückt.

Ob Sie ihm mal eben helfen könne, er bräuchte so einen, auch er zückt seinen Notizzettel, „Megacity Kajal". Der Grad seiner Unterwürfigkeit und die Präzision seiner Fragestellung stehen in einem ungünstigen Verhältnis zueinander, meine jahrzehntelange Erfahrung auf diesem Gebiet trügt da selten.

„Meinen Sie den in long lasting oder waterproof? Slim, ultra oder liquid? Deep black oder pale shadow? 1,1 oder 1,3 Gramm?"
Die Kosmetiktussi lässt ihn eiskalt abperlen.

Er stammelt etwas von: „Besser noch mal nachfragen."
Der Laden liegt im Untergeschoss, und genau wie Wasser hat auch sein Handy keine Balken. Doch. Einen. Nein. Doch nicht. Die Verkäuferin sieht ihn mit hochgezogenen Augenbrauen an, perfekt in Szene gesetzt von Tinted Brow Mascara Black von Mayfair Cosmetics, London.

Leise pfeifend raffe ich die restlichen Artikel auf der Liste zusammen und überlasse meinen Geschlechtsgenossen seinem schmählichen Schicksal.

An der Kasse treffe ich ihn wieder. Er legt eine Kollektion aller im Sortiment befindlichen Kajalstifte und Eyeliner auf das Band und zieht, um knappe 100 Euro erleichtert, als gebrochener Mann von dannen.

„Sammeln Sie Bonuspunkte?" ruft ihm die Kassiererin höhnisch hinterher. Aus dem Augenwinkel sehe ich, wie sich zwei Verkäuferinnen abklatschen.

Ich verstaue meine Einkäufe im mitgebrachten Baumwoll-Mehrwegbeutel (mit Aufdruck von der Konkurrenz, ein wenig Revoluzzer steckt halt immer noch in mir) und gehe aufrecht und im Vollbesitz meiner Würde aus dem Laden. Der Wachmann am Ausgang formt mit seinen Lippen unhörbar ein Wort: „Respekt".

~

Vor das Verlassen des Shoppingtempels hat der liebe Gott den Kassenautomaten des Parkhauses gesetzt. Am Gerät steht nur eine sympathische Kleinfamilie, Mutter, Vater und vier Kinder im noch nicht schulpflichtigen Alter. Das sollte schnell gehen.

Jedes Kind darf, so ist es gerecht, den Bezahlvorgang einmal durchführen und wird sich später an eine glückliche Kindheit erinnern. Und vielleicht an diesen Mann, der mit jeder Betätigung der Abbruchtaste und jubelnder Begrüßung des ausgeworfenen Kleingeldes böser dreinschaute.

Schließlich ist der Vater dran. Ich seufze beglückt. Leider ist die Pappkarte mittlerweile so zerknickt, dass der Automat sie für unleserlich befindet und eingeschnappt den Betrieb einstellt.

In meinem Gedanken betätige ich die Störungstaste mit dem spärlich behaarten Kopf des Familienoberhauptes.

Die Kinder streiten, ihr Papi hat Schwierigkeiten, die blecherne Stimme, die aus dem kleinen Lautsprecher dringt, zu verstehen.

Muss ich erwähnen, dass zehn Minuten später ein Minivan französischer Bauart, ausweislich einer Reihe von Stickern auf der

Heckklappe mit sechs lustigen gelben Strichmännchen „on board",
vor mir an der Ausfahrtschranke festhängt?

Eines der Strichmännchen, das große mit ohne Zöpfe, wird mit der
labberigen Parkkarte zum last-chance-Automaten geschickt, um erneut mit dem Parkwächter Kontakt aufzunehmen. Der sich in einem schlecht klimatisierten Callcenter in Bangalore vermutlich gerade den Schweiß von der Stirne tupft.

Ich meine, mich zu erinnern, dass die Stimme aus dem Automaten
vorhin gesagt hat „Kein Problem, ich mach Ihnen manuell auf",
aber ich kann mich da natürlich auch irren.

Die Schranke hebt sich.

Das große gelbe Strichfrauchen reagiert hektisch. Wer designt eigentlich bei Renault die Huptöne? Dieter Bohlen?

Das konditionierte Männchen folgt dem atonalen Lockruf der Fa-
milienkutsche. Den Blick aufs Parkticket in seiner Hand gerichtet,
entgeht ihm leider, dass das Elektronengehirn des Parkhauses just
in diesem Moment die Durchfahrzeit für ein Einzelfahrzeug für
verstrichen erklärt.

Die Schranke senkt sich.

Mir entfährt unwillkürlich ein „Autsch, das tat weh."

Der Vierfachvater wankt benommen zum Auto und nimmt auf
dem Beifahrersitz Platz. Die mordlustige Schranke öffnet sich gnä-
dig erneut, ich vermeine, eine Kerbe auf ihr zu erkennen, die vorher
noch nicht da war.

Respektvoll und dafür unbehelligt passiere ich in Bellas Kugelporsche den rotweißgestreiften Henkersgehilfen der Parkraumbewirt-
schaftung. Die Rampe, die hinauf zur Straße führt, ist blockiert. Sie
ahnen es. Ein Minivan.

Architekten lieben Auf- und Abfahrten in Wendelform, Kinder auf
Rücksitzen eher nicht so.

Zunächst öffnet sich die Tür hinten rechts. Ein Kinderkopf erscheint, direkt darüber ein zweiter. An der Abstimmung der Göbel-
reihenfolge muss noch gearbeitet werden, jedenfalls landen nur
Teile der anverdauten Nahrung in der Betonrinne, die eigentlich der
Regenableitung dient.

Der dergestalt vollgereiherte untere Spross vergisst kurz die eigene Übelkeit und lässt mich an seiner gewaltfreien Erziehung zweifeln. Während rechts ein Milchzahn Opfer eines Faustkampfs wird, öffnet sich auch links eine Tür. Ein schwacher Magen scheint wohl in der Familie zu liegen.

Der Vater steigt aus, die Platzwunde an seinem Kopf blutet nur noch leicht. Er trennt die Streithähne erfolgreich, gerät dann aber mit dem rechten Fuß in die glitschige Lache aus Kinderkotze und verliert das Gleichgewicht. Hinter mir staut es mittlerweile zurück bis zur Schranke.

Im Rückspiegel erkenne ich eine dralle Blondine im SUV. Hupen hören und Hupen sehen, hier wird einem alles geboten, flüstert mir meine toxische Maskulinität ins Ohr. Ich schüttele energisch den Kopf, um derlei unangemessenes Gedankengut zu vertreiben. Es gelingt so mittelgut.

Links wurde sehr zivilisiert erbrochen, die Autotür wird sanft geschlossen. Zurück bleibt als stiller Zeuge ein gelbgrünes Häufchen Unglück. Rechts hingegen ist die Sache noch lange nicht ausgestanden.

„Auf keinen Fall. Mit Kotze an der Hose steigst du mir nicht wieder ins Auto!"

Man hört über das Gehupe hinweg die Mutter vom Fahrersitz aus zetern.

Der fehlgetretene und in den Absonderungen seiner Nachkommen gelandete Vater muss nun vor aller Augen seine Hose ausziehen und zu einem Knüddel zusammendrehen, bevor er Einlass ins Familiengefährt findet.

Selbst die Anita Ekberg im SUV hinter mir hat das Hupen eingestellt und schaut nun fast mitfühlend der Demütigung zu. Ich beginne mich zu fragen, ob das Beutelchen, das am Rückspiegel des Minivans leise hin- und herschwingt, vielleicht die Eier dieses armen Tropfes beinhaltet.

Vor meinem geistigen Auge entspinnt sich ein Dialog, den ich aus Gründen des Jugendschutzes hier nur in Auszügen wiedergeben kann.

„Hans-Martin, vier Kinder sind wirklich genug, deine Testikel brauchst du jetzt nicht mehr. Häkel doch ein hübsches Säckchen aus fair gehandelter Baumwolle für sie. Und dann häng ich sie HIER hin und hab sie immer im Auge."

„Ja, Mausi. Wenn du meinst, Mausi. Natürlich, Mausi."

Ich bringe es angesichts des Elends nicht fertig, aus dem Fenster heraus Unflätiges in Richtung des Kfz vor mir zu pöbeln und warte still ab, bis alle Insassen korrekt angeschnallt sind und der Kotzbomber Fahrt aufnimmt. Ich bin mitunter zu erstaunlicher Selbstbeherrschung fähig.

Am Bahnhof steigt Bella zu. Sie zeigt sich ein wenig irritiert, dass ich mit ihrem Auto unterwegs bin. Ich berichte daher wahrheitsgemäß, wenn auch unter Auslassung einiger für mich unvorteilhafter Details, dass mein altersschwaches Gefährt nun leider das Zeitliche gesegnet hätte, ich aber schon mit Autozar Peter in Verhandlungen bezüglich eines Nachfolgemodells stünde. Keine große Sache, wirklich. Ihnen fliegt doch auch ab und an mal ein Auto in die Luft und Sie machen da keine Staatsaffäre draus, oder?

Bella sieht mich mit diesem zweifelnd-fragenden Blick an, ein untrügliches Zeichen dafür, dass sie wittert, dass hier irgendetwas oberfaul ist. Trotzdem bekomme ich nun erstmal ein Begrüßungsküsschen, auf das ich, um schnellstmöglich von dem heiklen Auto-Thema wegzukommen, mit der zugegeben nur mäßig passenden Frage „Würdest du es mir gegebenenfalls schriftlich geben, dass wir niemals Kinder wollen?" reagiere.

„Danke, ich hatte eine gute Reise. Meine Mutter befindet sich wohl und das Wetter in Geislingen war besser als hier. Wie immer halt."

Eingeschnappt verschränkt sie die Arme vor der Brust.

Ich bemühe mich redlich, ihre Gunst wiederzugewinnen und berichte von dem Minivan-Vorfall im Parkhaus. Und von meinem Beutezug im Drogeriemarkt. Bella ist noch nicht gänzlich davon überzeugt, mich wieder in den Personenkreis aufzunehmen, der ihres Wohlwollens würdig ist.

Sie greift nach hinten und zieht meinen Einkaufsbeutel vom Rücksitz. Ein Blick genügt ihr.

„Die Flüssigseife fehlt." Übersetzt heißt dieser Satz „Meine Güte, dich kann man ja nicht mal losschicken um die einfachsten Sachen zu besorgen. Wenn du nur EINMAL zuhören würdest, wenn ich dir haarklein aufzähle, was wir alles brauchen. Wieso nur hat mich das Schicksal mit einem solchen ignoranten Trottel geschlagen. Wieso?"

„Gab nur die großen 1-Liter-Nachfüllpacks und die findest du zu unhandlich. Weißt du noch?" Tja. Ich bin kein vollkommener Anfänger in diesen Dingen.

Bella muss bei dem Gedanken an das noch gar nicht so lange zurückliegende Debakel lachen. Ihr Versuch, den Seifenspender im Bad aus dem ebenso nachhaltigen wie wabbeligen Nachfüllbeutel zu betanken, war nämlich spektakulär gescheitert. Und es sah hinterher aus, als hätte in unserer biederen Nasszelle ein Pornodreh stattgefunden. Mit mindestens fünfzehn männlichen Teilnehmern. Aus irgendeinem Grund sieht nämlich die von Bella bevorzugte Cremeseife exakt so aus, wie… äh… Zuckerguss. Genau. Zuckerguss. Fünfzehn Konditoren hatten reichlich Zuckerguss in unserem Bad verspritzt. Hallo? Frau Lektorin? Kriegen wir das Werk so durch die Freiwillige Selbstkontrolle?

Wie auch immer, ich sonne mich offensichtlich fürs Erste wieder in Bellas Gunst.

„Weißt du, worauf ich jetzt Lust hätte?" Sie räkelt sich lasziv im Beifahrersitz.

„Einen richtig großen…" Ok, jetzt bin ich raus. Enttäuscht wende ich meinen Blick wieder der Straße zu. Der Pulk Rennradfahrer vor mir hat keine Ahnung, welchem Schicksal er gerade um Haaresbreite entgangen ist.

„…Eisbecher. Mit allen Schikanen. Lass uns mal wieder ungehemmt schlemmen. Los. Wir waren ewig nicht in der Eisdiele."

„Ich… äh… ok." Würde ich jetzt auch noch zugeben, dass ich mir vorhin im Einkaufszentrum ein doppeltes Spaghettieis mit Schokoladensoße gegönnt hatte, das frisch zurückgewonnene Wohlwollen wäre umgehend wieder perdu. Der für partnerschaftliche Prophezeiungen zuständige Teil meines Gehirns springt umgehend an. „Soso. Alleine gehst du schlemmen. Aber wehe, ich will mal irgendwo hin. Dann hat der Herr natürlich gerade keine Lust. Oder keinen Hunger auf Eis. Oder seine Tage. Oder sonst was." Leider liege ich mit derlei Prognosen meistens ziemlich nahe an der Wahrheit, ich werde also, wenn schon nicht in den sauren Apfel, so doch in die süße Kugel beißen müssen. Ich hoffe, meine Magensäure beeilt sich mit der Verwertung des halben Liters flüssiger Fettglasur mit Kakaogeschmack und den sonstigen Nährstoffen aus dem Eisbecher von vorher.

~

Eine Stunde und einen zwölfkugeligen Coppa Grande Amore mit extra Erdbeersoße später liege ich ermattet und von einem ungesunden Völlegefühl geplagt zuhause auf dem Sofa. Natürlich war Bella nach drei Kugeln satt gewesen und hatte mich die Sache auslöffeln lassen.

„Na?", gurrt die eben Erwähnte mir plötzlich ins Ohr und legt sich zu mir aufs Sofa. Was in Anbetracht der zur Verfügung stehenden Netto-Liegefläche bedeutet: auf mich drauf. „Hast du mich denn wenigstens ein bisschen vermisst?"

Klar. Hatte ich. Ganz furchtbar sogar. Aber eine halbe Stunde oder vielleicht etwas länger hätte ich es jetzt auch noch allein ausgehalten. Allein mit einer größeren Menge besten italienischen Speiseeises, das in meinem Magen herumrumort.

Man soll ja im Bett, und Gleiches gilt auch für Sofas, Autorücksitze und andere kopulationsgeeignete Örtlichkeiten, seinen Kopf ausschalten und auf seinen Bauch hören. Meiner sagt im Moment klar und deutlich „Junge, überleg dir gut, was du hier tust. Ich kann grad für nix garantieren."

Natürlich darf man auch als Mann mal keine Lust haben, gar kein Problem, das ist schließlich eine moderne, aufgeschlossene Beziehung hier. Man sagt einfach: „Ach Schatz, heute lieber nicht."

Und erträgt dann eine Woche lang eine eingeschnappte, in ihrer Ehre gekränkte Lebensgefährtin, die einem ihren Körper angeboten hat und schmählich zurückgewiesen wurde. Wie gesagt. Alles überhaupt kein Problem unter erwachsenen Menschen.

Es ist ja auch nicht so, dass ich abgeneigt wäre. Im Gegenteil. Und grundsätzlich finde ich es auch sehr kommod, „dabei" unten zu liegen. Und alles im Blick und im Griff zu haben, wenn Sie verstehen, was ich meine. Aber Bellas Gewicht auf meinem Bauch stellt mich heute vor ungewohnte Herausforderungen. Nicht dass Bellas Gewicht grundsätzlich irgendwie problematisch wäre, verstehen Sie mich da bloß nicht falsch, aber selbst eine gefüllte Einliter-Wärmflasche wäre heute zu viel des Guten für mich.

Vertrackte Situation. Moment. War das nicht...

„Wer klingelt denn um DIESE Zeit? Hat man denn hier nie seine Ruhe?" Bella stemmt sich von mir hoch und schlurft missmutig zur Haustür. Ich atme tief durch und höre im Flur eine mir unbekannte Frauenstimme. Wer ist denn das jetzt?

Neugierig setze ich mich auf.

Eine Frau betritt unser Wohnzimmer, vielleicht Mitte 30, die mir irgendwie bekannt vorkommt. Wo hatte ich sie nur...? Ach. Natürlich. Das war die Strichmännchenfrau aus dem Minivan von vorher. Aber was in drei Parkwächters Namen macht sie hier, bei uns? Die gehört doch in eine ganz andere Szene? Ich vergesse komplett meinen überfressenen Wanst.

Die Gute sieht jetzt gerade gar nicht sehr souverän aus. Hat sie gar geweint? In meiner klischeedurchseuchten Vorstellung besitzt sie überhaupt keine Tränendrüsen.

„Die Dame" erklärt mir Bella „muss mal eben bei uns telefonieren." Die Dame hält ihr Handy hoch. Der Bildschirm ist schwarz.

„Tut mir sehr leid, dass ich Sie stören muss. Aber mein Akku ist leer. Und dies ist das einzige Haus weit und breit."

„Haus" finde ich jetzt ein wenig untertrieben, das hier ist ein (mehr oder weniger) respektables Anwesen, aber wir wollen mal nicht so sein.

Bella reicht ihr unser schnurloses Festnetztelefon.

„Mutti? Stell dir vor. Er hat mich rausgeworfen. Ja. Aus dem Auto. Einfach so. Mitten in der Pampa. Er sagt, ich soll wieder zu dir ziehen."

Kapitel 30 – Um Haaresbreite

Palim-Palönk. Ich mag die altmodische Türglocke beim Friseur meines Vertrauens, der bisher allen Versuchungen widerstanden hat, seinen Laden zeitgeistkompatibel in „Haar aber herzlich" oder „Locky Luke" umzubenennen. Der Duft nach 1000 und einem Haarwasser kitzelt meine Nase.

„Moin Hajo ... äh ... Hasan, Hasan mein ich."

„Moin Heini. Der hat SO einen Bart."

„So wie du."

„Witzbold. Kaffee?"

„Schwarz mit Zucker."

„Dauert noch fünf Minuten. Setz dich solange."

Ich sitze bereits und blättere in der Cosmopolitan. Feindpresse lesen ist ja mitunter ungemein aufschlussreich.

In Wirklichkeit heißt Hasan Hans-Jochen, stammt aus Verden an der Aller und spricht nur unwesentlich besser Arabisch als ich. Seine jordanischen Eltern hatten seinerzeit beschlossen, ihrem Sohn die Integration zu erleichtern, indem sie ihm einen urdeutschen Vornamen verpassten.

Hasan ist Kassenwart des Schützenvereins und damit deutlich besser integriert als ich, aber mit „Hans-Jochen" war er nie wirklich warm geworden. In einem Akt pubertärer Auflehnung nannte er sich in Hasan um. Dass er in Beirut einen Erbonkel gleichen Vornamens hat, wissen nur wenige.

Sein Laden jedenfalls brummt, er und seine zwei Gehilfen, Yusuf und Youssef, ich kann mir leider nie merken, welcher welcher ist, umschwirren drei Kunden, die sich zwecks fachmännischer Haupt- und Barthaarstutzung eingefunden haben.

Aus dem Damensalon winkt mir Hasans Schwester Hildegard zu. Für Feinheiten der Vornamensschreibung hat Hasan weder Zeit noch Sinn, bei ihm gehts nur ums Business. Weswegen er den kleineren der beiden kurzerhand „Little Joe" nannte, denn Yusuf hieße ja schließlich nix anderes als Josef und überhaupt sei Bonanza die beste Serie aller Zeiten.

Gerüchten zufolge hatte Little Joes Vater einen angesagten Friseur-
salon in Damaskus besessen. Mit reichlich redseliger regimenaher
Promikundschaft.

In einer Nacht- und Nebelaktion hatte er sich und seine Familie aus
dem Land geschafft, bevor der Schlamassel so richtig losging.

Little Joe ist ein absoluter Meister seines Fachs. Geduldig und aufmerksam lauscht er den Wünschen seiner Kunden, um sich dann
ungestört an ihnen selbst zu verwirklichen. Da er das mit absoluter
handwerklicher Perfektion tut, kann ihm eigentlich nie jemand richtig böse sein.

Mein Klempner trägt jetzt jedenfalls einen topmodischen Herren-
haarschnitt, der in London erst im nächsten Frühjahr en vogue sein
wird.

„Heini, Du bist dran!"

Schade. Ich beobachte gerade interessiert, wie sich Little Joe an einem muskelbepackten Türstehertypen zu schaffen macht.

Ich habe den mittleren Sessel. Links der anabolische Security-Hüne,
rechts sitzt ein eitler Fatzke Mitte 20, dem die aktuelle Standardfri-
sur für sexuell noch aktive Männer verpasst wird. An den Seiten
und hinten raspelkurz und obendrauf ein Haufen wolliges Gekröse
mit Haargel.

Hasan kennt meine Abneigung gegen das garottierende weiße Pan-
zerband, mit dem Herrenfriseure seit Generationen versuchen, den
Sauerstoffverbrauch in ihren Geschäften zu verringern. Solange der
Kunde am Ausgang den Geldbeutel zücken kann, wird schlumpf-
blaue Gesichtsfarbe ignoriert.

Die neuen Umhänge, die den Kunden vor seinen eigenen Haaren
beschützen sollen, haben am Bauch Sichtfenster aus Folie. Mir erschließt sich der Sinn erst, als mein Nebenmann beginnt, unter dem
Stoff an seinem Handy herum zu daddeln. Vermutlich macht er
noch seinen One-Night-Stand klar.

Hasan ist meinem Blick gefolgt.

„Man muss mit der Zeit gehen. Auch wenn ich eigentlich nie wissen
wollte, wie viele Leute sich am Sack kratzen, während ich ihnen die
Haare schneide."

Ich nicke mitfühlend.

Dass ich meinen Haarstylisten Hans-Jochen alias Hasan auch persönlich ganz gut kenne, das verdanke ich der Tatsache, dass ich dereinst mal seiner Schwester Hildegard den Hof gemacht habe. Sie erinnern sich, die Herrin des Damensalons? Genau. Die.

Hildegard schwingt gerade den Besen und ich sinniere, was für ein heißer Feger sie war. Und umschwärmt von der männlichen Jugend im Landkreis. Mich eingeschlossen.

Ich finde sie übrigens immer noch ziemlich heiß, aber das bleibt unter uns, ja? Bella ist da manchmal etwas eigen.

Ach ja. Ich erinnere mich immer wieder gern zurück an die in stets ausgesprochen konstruktiver Atmosphäre verlaufenden Diskussionen mit ihrem Herrn Vater. Einem wirklichen Gentleman alter Schule. Höflich, konservativ, kultiviert und mit einem klaren moralischen Kompass gesegnet.

Er hörte geduldig zu und erwog vorgebrachte Argumente seines Gesprächspartners sorgfältig.

Leider gelang es am Ende dann doch nicht immer, mit ihm einen Konsens zu finden. Insbesondere bei der Thematik „Vorehelicher Geschlechtsverkehr" lagen unsere Positionen diametral auseinander.

Vielleicht hätte ich bessere Chancen gehabt, hätte ich einen für das Familienbusiness nützlicheren Beruf ausgeübt, denn Hildegard wurde am Ende pragmatisch einem Steuerberater zur Frau gegeben. Ihr Brautkleid war eine Spezialanfertigung von „Ursels Umstandsmoden" gewesen.

Von dem Steuerberater ist sie nun schon lange geschieden, denn der hatte, so erfährt man aus in der Regel gut informierten Kreisen, das Prinzip der doppelten Buchführung derart stark verinnerlicht, dass er neben Hildegard auch noch andere Aktivposten in seinem Liebesleben führte. Wenn Sie verstehen, was ich meine.

Es summt leise. Ich riskiere einen Blick nach rechts. Meine Vermutung bestätigt sich. Der Jüngling fummelt unter seinem Umhang herum. Auf seinem Handy erscheint deutlich sichtbar „Mutti ruft an". Und Muttis Bild. Ums Haar verschlucke ich mich an meinem Kaffee. Schwarz. Mit Zucker.

Sie erinnern sich an Christine? Genau. Die Frau für alle Käfer. Und nebenbei Bellas Erzfeindin. Mit der ich mal auf dem Sofa na Sie wissen schon.

Natürlich weiß ich, dass Christine Kinder hat. Zwei glaube ich. Oder drei? Ich kann mir solche Details doch immer so schlecht merken. Allerdings laufen Kinder von Altersgenossen (plusminus ein paar Jahre) vor meinem geistigen Auge für gewöhnlich noch in kurzen Hosen mit der Trommel um den Weihnachtsbaum. Statt sich beim Barbier von Sevilla den fusseligen Vollbart flauschig pflegen zu lassen.

Die Erkenntnis, dass man selbst halt auch nicht mehr der Neueste ist, trifft einen doch immer wieder hart und unerwartet.

Mutti wird weggedrückt. Das gibt, so wie ich Christine kenne, noch mächtig Ärger. Aber ein potenziell peinliches Telefongespräch mit meiner Mutter in der testosteron- und pitralongeschwängerten Luft des Barber-Shops, das hätte ich in seinem Alter vermutlich auch nicht riskiert.

Unauffällig betrachte ich den Burschen im Spiegel, während er unter der Kutte herumfummelt, um das Handy zu verstauen und Hasan sich bemüht, meine Koteletten auf das gesetzlich gerade noch vertretbare Minimum zurückzuschneiden. Und zwar, wenn möglich, beide Seiten auf die gleiche Höhe.

Er hält mir dazu von links und rechts einen Zeigefinger an die Schläfe und kneift zwecks Kreuzpeilung ein Auge zu. Routiniert sage ich „Peng", denn das wird nach so vielen Jahren von mir erwartet. Hasan grinst müde, auch das gehört zur Tradition.

Ich entdecke bei meinem Nebenmann tatsächlich einiges an Ähnlichkeit mit seiner Mutter. Die Augen allerdings, die muss er wohl von seinem Vater haben, denn Christines sind grün. Oder braun. Oder grau-grün. Egal. Sie hat jedenfalls welche. Zwei. Und die sind nicht blau wie seine.

Mein blauäugiges Spiegelbild guckt mich fragend an. Hasans Spiegelbild rasiert ihm gerade den Nacken aus. Ich gucke fragend zurück. So ein Quatsch. Es gibt Millionen Männer mit blauen Augen. Also, nicht dass Christine mit Millionen Männern was gehabt hätte. So eine ist das nicht.

Ich durchforste zunehmend verzweifelt mein in derlei Dingen notorisch unzuverlässiges Gedächtnis nach der Information, mit wem Christine eigentlich damals Kinder gekriegt hatte. Mit dem zottelbärtigen Hanfgärtner aus Bochum vielleicht, der jetzt für die Grünen im Landtag sitzt?

Oder war's doch eher dieser promiskuitive Ozeanologieprofessor, der regelmäßig ein halbes Jahr auf Forschungsschiffen verbrachte, um sich dem Studium der platten Fische und der kurvigen Biologiedoktorandinnen zu widmen?

Nein. Dem hatte mal ein Tigerhai ins Gemächt gehapst. Der schied aus.

Ich hatte Christine damals irgendwie aus den blauen Augen verloren und mich dann später nie so recht getraut, sie nach dem Vater ihrer Kinder zu fragen. Man steht ja bei sowas immer etwas blöd und uninteressiert da.

Vor allem, wenn man etwas blöd und uninteressiert ist.

Dieses ganze Herumgemenschel und Wer-mit-Wem ist nun leider wirklich nicht meine Stärke. Weswegen ich mittlerweile die gesamte Problematik an Bella outgesourcet habe, die für derlei Dinge ein Gedächtnis wie ein zwölfbändiges Adelslexikon hat. Dünndruck. Im Elefantenledereinband.

Unwillkürlich nicke ich mir selber zu. Ja. Bella würde Licht ins Dunkle der Abstammung meines Nebenmannes bringen können. Mein Spiegelbild nickt zurück. Und guckt mich dann fragend an.

Ein wenig beunruhigend erscheint mir allerdings, dass mein Spiegelbild mich sowohl aus dem in der Mitte als auch aus dem Spiegel rechts davon anschaut.

Ich muss dringend mal mit Hasan ein ernstes Wörtchen über die unvorteilhafte Beleuchtung in seinem Laden reden. Man sieht alt aus im mittleren Spiegel.

Mir wird etwas schwindlig. Unter dem Friseurs-Talar werkele ich mühselig meine Brieftasche aus der Gesäßtasche. Ich nutze nun ebenfalls das innovative Sichtfensterchen, allerdings fällt mein suchender Blick nicht auf mein Handy. Sondern auf meinen Führerschein.

Mit ihm verbindet mich einiges, schließlich sind wir beide nach vielen Jahren des Zusammenlebens alt, grau, faltig und ja, auch ein wenig empfindlich geworden.

„Heini, ist dir nicht gut? Du siehst aus, als hättest du ein Gespenst gesehen?"

Wortlos reiche ich Hasan meine amtliche Fahrerlaubnis. Sie ermächtigt mich aufgrund ihres Alters zum Führen von Kraftfahrzeugen, von denen Sie nicht wollen, dass ich Sie führe. Glauben Sie mir.

Er ist zunächst etwas irritiert, wirft dann aber doch einen Blick hinein und sagt „Oh!"

Hasan stupst seinen Kollegen, der an meinem Nebenmann herumschnippelt, an und gibt ihm meinen Führerschein.

„Oh!", sagt auch Yusuf. Oder Youssef. Bevor ich eingreifen kann, wandert das altehrwürdige Dokument weiter an den leicht irritiert wirkenden Jüngling mit der Zeitgeist-Frisur.

Sie erraten, was er sagt. Genau. „Oh!"

Vier Augenpaare blicken jetzt zwischen meinem moderat vorteilhaften, aber immerhin schon farbigen Führerscheinfoto aus den frühen 80ern und seinem Spiegelbild hin und her.

„Hallo Chef, Sie auch hier?"

Anna, Sie erinnern sich doch an unsere muntere Auszubildende, stürmt gutgelaunt in den Laden und gibt dem Burschen neben mir einen fetten Schmatz auf die Wange. Moment. Anna und… der da? Dieses Kaff ist noch viel inzuchtgeplagter, als ich ohnehin schon immer dachte.

Während der Jüngling durch das Geschmätzel abgelenkt ist, stelle ich unauffällig meinen Führerschein sicher und lasse ihn schnell wieder unter meinem Umhang verschwinden. Ich puste eine graumelierte Locke von meinem Knie, was mich auf eine Idee bringt.

Ich nutze hemmungslos die Gunst der Stunde und lasse ein kleines Büschel Haare meines Nebenmannes mitgehen. Nein, ich bin nicht pervers oder so, aber mit Ungewissheiten kann ich nun mal ganz schlecht leben.

„Lass gut sein, Hasan, ich muss los."

Yusuf und Youssef tauschen alarmierte Blicke aus. Normalerweise nämlich reagiert ihr Chef, der nach eigener Einschätzung fähigste Herrencoiffeur am Platze, äußerst ungnädig auf eine derart unziemliche Einmischung in seine künstlerische Arbeit.

Dieses Risiko muss ich wohl oder übel eingehen, denn die Situation hier ließ meine urzeitlichen Fluchtinstinkte aus jahrelangem Schlummer hochschrecken. Was? Wo? Wie? Erstmal weg hier. Aber schnellstmöglich, wenn wir bitten dürfen. Avanti galoppi.

Man kann sich das vielleicht vorstellen, als hätte man im frühen 16. Jahrhundert Michelangelo, der grad unter der Decke der Sixtinischen Kapelle den Pinsel schwingt, mitgeteilt, dass leider die Miete für das Gerüst abgelaufen und das Deckenfresko mithin nun als fertig zu betrachten sei.

Den unbemalten Rest würde man dann halt bei Gelegenheit mit Raufaser tapezieren. Und von unten würde ohnehin niemandem der noch fehlende Zeigefinger an Adams linker Hand auffallen.

Doch weder sind meine Augenbrauen einer dringenden Trimmung bedürftig, noch ist bei mir ein Feuerzauber zur Entfernung etwaigen altersbedingten Ohrenflaums angezeigt. Hasan hält mir pro forma noch schnell einen Spiegel hinter den Kopf, ich nicke bestätigend, und weniger als eine Minute später stehe ich draußen vorm Laden und atme hörbar aus.

Zuhause angekommen stelle ich mittelmäßig erfreut fest, dass wir Besuch haben. Eliza ist da. Die Fitness-Eliza, exakt. Immer noch mit Z wie Zumba und diesmal auch noch mit frisch geschlüpftem Nachwuchs.

Genau. Der Nachwuchs, der angesichts der Tatsache, dass Eliza und ich dem gleichen Frauentyp hinterherschmachten, durch eine dieser unbefleckten Empfängnisse zustande gekommen sein musste, von denen man gelegentlich hört. Oder halt durch eine wie auch immer geartete Samenspende. Unbewusst lockere ich meinen Hemdkragen ein wenig. Merkwürdig heiß hier plötzlich. Und irgendwie stickig. Finden Sie nicht?

Das quäkende Bündel jedenfalls, das, wie ich erfahre, irgendwann vielleicht mal auf den Namen Marvin hört, liegt in Bellas Armen und zeigt bereits ein sehr gesundes Interesse an ihren wohlgeformten Brüsten.

Ich zwinkere dem munteren Männlein anerkennend zu, das daraufhin spontan seinen Schnuller ausspuckt, Bellas Bluse und das Sofa vollkotzt und beginnt, aus voller Kehle zu schreien. Normalerweise, sinniere ich, habe ich so eine Wirkung nur bei Frauen.

Es entbrennt eine rege Diskussion, was dem Kleinen wohl fehlen mag. Ein Überschuss an Output in der Pampers vielleicht oder doch eher ein Mangel an nährstoffreichem Input frei Brustwarze?

Wie ich, ohne mich dafür im Geringsten zu interessieren, erfahre, ist Letzteres wohl auszuschließen, liegt die letzte Mahlzeit doch noch nicht allzu lange zurück. Und zu einem guten Teil jetzt auf meinem Sofa, ergänze ich lautlos.

Details über zerkaute Nippel und übermäßige Milchproduktion (O-Ton Eliza „Das hätte locker für Drillinge gereicht") überschreiten mein Informationsbedürfnis nachhaltig. Ich entschuldige mich kurz.

In der Küche lasse ich den im Trubel kurzzeitig unbeobachteten und von mir reaktionsschnell entwendeten ergonomischen Hightech-Schnulli in einem Plastiktütchen mit Zippverschluss verschwinden. In einem weiteren Beutel landet das ebenfalls unter fragwürdigen Umständen erbeutete Haarbüschel von Christines Sohn.

Der, so meine ich mich jetzt zu erinnern, auf den Namen James hört. Was war nur aus guten alten Vornamen wie Johann, Heinrich oder meinetwegen Paul geworden?

„Ich muss noch mal kurz weg" rufe ich ins Wohnzimmer, aber die beiden Frauen sind im Gutzigutzi-Modus und daher an ausgewachsenen männlichen Exemplaren des Homo Sapiens vollkommen uninteressiert.

Mein Ziel ist der Hof von Schweinebauer Jupp. Aber um den geht es mir nicht, sondern eher um seine Schwägerin. Die nämlich arbeitet in irgendeinem Labor, wo man allerlei kompliziertes Zeugs mit Desoxyribonukleinsäure und anderen Zungenbrechern anstellt.

Es geht dabei im weitesten Sinne wohl um Tierzucht, aber wenn man zur Erprobung neuer Munition auf Schweinekadaver schießt, dann können Mensch und Sau ja auch gentechnisch so weit eigentlich nicht auseinanderliegen, oder?

Jupp seines Zeichens hegt gänzlich unschwägerliche Gefühle für die Schwester seiner Angetrauten. Das weiß im Dorf aber niemand außer ihm und mir. Und ich auch nur, weil ich vor einiger Zeit neugierig war, wieso da auf dem Feldweg neben unserer Wiese ein Auto so eigentümlich wackelt.

Ich würde meinen Wissensvorsprung natürlich niemals zu meinem Vorteil ausnutzen, aber hier liegt ein echter übergesetzlicher Notstand vor. Ich erkläre ihm also die missliche Lage, in der ich mich wähne.

Jupp zeigt sich erfreulich zugänglich, vermutlich aus dem profanen Grund, dass er nun gleichfalls über ein finsteres Geheimnis verfügt, das er im Bedarfsfall bei mir gegen eine Gefälligkeit würde einlösen können. Sie wissen schon, dieses Dorfdings mit der einen Hand, die die andere wäscht und so.

„Aua."

Er reißt mir grinsend höchstselbst ein paar Haare aus und stopft sie ebenfalls in einen Plastikbeutel.

Etwa eine Woche später. Ich sitze nichts Böses ahnend an meinem Schreibtisch und arbeite zeitgleich zwei Stapel ab. Einen mit Eingangsrechnungen und einen mit diesen amerikanischen Schokoladen-Cookies. Die Sorte mit dem Durchmesser eines handelsüblichen Dreiradreifens.

Irgendwo klingelt das Festnetztelefon. Bella und ich stellen uns um die Wette tot. Wie immer hält sie bis zum fünften Klingeln durch und geht dann doch ran. Ich höre Sie irgendwo im Südflügel fluchen und mich einen sturen alten Esel nennen. Traute Zweisamkeit. So schön.

Ich will mich gerade wieder den vor mir liegenden Aufgaben widmen, als die Tür aufgeht.

„Hier. Für dich."

„Waff?"

„Jupp. Will irgendwas besprechen. Mit dir persönlich."

Ich verschlucke mich an meinem Keks, bekomme einen fürchterlichen Hustenanfall und höre, wie Bella in das Mobilteil sagt „Moment Jupp. Er hustet gerade. Ist noch nicht sicher, ob er überleben wird."

Ich greife nach dem Hörer und krächze „Ja?"

Bella beobachtet interessiert und frei von jeglicher Diskretion, wie ich Jupps Neuigkeiten lausche. Die gute Nachricht: Ich bin definitiv nicht der Vater von Elizas Kind. Ich atme etwas zu auffällig aus. Da wäre aber noch was. Eine Kleinigkeit nur.

Im nun folgenden weiteren Verlauf des Gesprächs nimmt meine Gesichtsfarbe dann offenkundig einen höchst ungesunden Farbton an, denn Bella wirkt ehrlich besorgt.

„Danke Jupp. Ich bin dir was schuldig." kriege ich gerade noch heraus und drücke die Taste mit dem roten Telefonhörerchen drauf.

Bella steht jetzt neben mir und guckt auf mich herunter wie eine Adlermutter auf ihr kränkliches Junges.

„Alles in Ordnung? Möchtest du ein Glas Wasser? Oder was Stärkeres?" Ich schüttele den Kopf.

„Einen guten Anwalt für Familienrecht, falls du einen zur Hand hast."

Wie erklärt man seiner Lebensgefährtin, dass man gerade gleichzeitig Vater und Großvater geworden ist? Haben Sie da einen Tipp? Aber der Reihe nach. Ich denke, Sie haben sich eine Erklärung redlich verdient. James ist also in der Tat die Frucht meiner Lenden und das Ergebnis einer gemeinsam mit Christine verbrachten Nacht auf einem indiskret quietschenden WG-Sofa. Ein Sperrmüllfund, wenn ich mich recht entsinne.

Als wäre das des Desasters noch nicht genug, scheint besagter James sein Taschengeld als Samenspender aufzubessern. Anders kann ich mir nämlich beim besten Willen nicht erklären, wie es dazu kommt, dass er der Vater von Marvin ist, Elizas Sprössling. Sie erinnern sich. Ich bin da so sicher, weil Eliza der Männerwelt nicht nur abgeschworen hat, sie hatte ihr aus tiefster Überzeugung auch noch nie zugeschworen, wenn Sie verstehen, was ich meine.

Ach ja. Und ich bin damit dann wohl Opa.

Herzlichen Glückwunsch.

Kapitel 31 – Butterschmalz und Wolpertinger

Der vielleicht letzte sonnige Tag des Jahres. Die Außenterrasse des Landgasthofs meines Vertrauens ist gut besucht. Preise, Portionsgrößen und Stammpublikum haben sich seit den Wirtschaftswunderzeiten kaum verändert.

Die Nachwuchsköchin pendelt mehrmals vom Lager in die Küche. Ein Sack Kartoffeln, ein kapitaler Schweineschinken, ein Fass Gewürzgurken und eine mittelgroße Palette Straußeneier werden hinübergeschafft.

Ich folgere, dass wieder ein ahnungsloser Tourist das große Bauernfrühstück bestellt hat. Schon die mittlere Portion empfiehlt sich nur dem, der mindestens eine 16-Stunden-Schicht in den Säureminen oder als Heizer auf einer Dampflok vor beziehungsweise hinter sich hat.

Ich schaufle mir eine Kelle hausgemachte Remouladensauce auf das Roastbeef und höre meine Herzkranzgefäße aufgeregt tuscheln. Die erste Schicht satte Senioren zieht zufrieden in Richtung der Wohnanlage „Abendglück" auf der gegenüberliegenden Straßenseite. Wieder bleibt Altersheim-Köchin Sieglinde auf ihrer salzarmen Schonkost sitzen. Seufzend bindet sie die Schürze ab und kommt rüber auf ein Schnitzel.

Auch ich nehme hier seit ein paar Tagen regelmäßig meine Mahlzeiten ein. Bella hat mich nämlich ausquartiert, mit der zugegebenermaßen durchaus nachvollziehbaren Begründung, sie müsse erstmal mit sich ins Reine kommen, ob sie mit einem Großvater (mit der Betonung auf „Groß") zusammenleben will.

Oder kann. Oder überhaupt. Damit würde sie ja, wenn man länger darüber nachdenke, irgendwie so eine Art Großmutter und das wäre ja wohl komplett unvorstellbar. Ob Sie denn jetzt vielleicht das Sockenstricken anfangen sollte? Ha? Und Kaffeekränzchen statt wildem schweinischem Sex?

Ach ja. Sex. Betrübt stochere ich in meinen Bratkartoffeln herum. Wieso muss ich heute für etwas büßen, was mein 20-jähriges Ich damals in dieser unsäglichen Nacht auf diesem noch unsäglicheren

Sperrmüllsofa und dann ausgerechnet mit Christine angestellt hatte. Herrje. Verjährt sowas denn nicht irgendwann mal?

An den Nachbartischen die üblichen Fachsimpeleien unter der doch stark ländlich geprägten Einwohnerschaft. Anziehende Preise für den Futtermais, die beginnende Grünkohlsaison und die horrenden Gebühren für Zertifikate auf den Volatilitätsindex der Chicagoer Warenterminbörse.

„NOCHN ALSTER OPA GEERTSEN?"

„JAU"

Der Umgangston ist rustikal, aber herzlich und Opa Geertsens Hörgerät mal wieder kaputt.

„Für so billich kannz ja selber garnich kochen, nech."

„Du hast in deinem ganzen Leben noch nie was gekocht, Herrmann."

Herrmann widerspricht nicht.

Herrmann ist nicht ohne Grund über 80 geworden.

Zwei Touristinnen steigen aus einem Kombi mit Bielefelder Kennzeichen. Händchenhaltend steuern sie auf einen der Tische im Garten zu.

Die Einheimischen tuscheln. Ganz schön mutig, sich auf den markierten Parkplatz von Ursula zu stellen, der resoluten Inhaberin dieses Traditionsgasthauses.

Überhaupt erfreut sich die deftige norddeutsche Küche bei auswärtigen Besuchern erstaunlicher Beliebtheit. Dabei bestehen 50% aller hiesigen Traditionsgerichte aus denselben zehn Zutaten in unterschiedlicher Zusammensetzung.

Für den Rest reichen fünf.

Von nah und fern strömen Hungrige herbei. Erst jetzt wird mir klar, dass der Grund dafür nicht bei den Gerichten zu suchen ist, die auf der Speisekarte stehen.

Sondern bei denen, die man nicht darauf findet.

Man verweigert sich hier nämlich kategorisch dem Gruppenzwang norddeutscher Gastwirte, um diese Jahreszeit „Bayerische Wochen" zu veranstalten. Pigmentgestörte Würste, Knödel oder die obligatorischen „6 Nürnberger mit Sauerkraut" sucht man vergebens.

Falls mal jemand danach suchen würde.

Statt importiertem Wiesen-Märzen und kunstfaseriger Löwenbräu-Fahne im Biergarten gibt's hier ganzjährig wahlweise Astra oder Jever. Man ist Fremdem gegenüber durchaus aufgeschlossen, denn wat de Bur nich kennt, dat probeert he.

Einmal. Und dann kehrt er in aller Regel zum Altbewährten zurück.

„Zwei Jäger, eimal Hawaii, eimal Bauernklein!"

Die Kommunikation mit der Küche erfolgt traditionell. Keine Spur von großflächig tätowierten Hipsterbedienungen ohne gastronomische Erfahrung, aber mit WLAN-Tablet.

Wer hier geduzt wird, der hat es sich verdient.

„'N Kaffee hinteran, Heini?"

„Jau."

Ich lasse das Roastbeef halb aufgegessen zurückgehen, Eingeweihte können daraus auf meinen Gemütszustand rückschließen. Ich höre förmlich, wie die Serviererin eine Augenbraue hochzieht.

Nur meine prekäre Situation, die in diesem schwatzhaften Kaff natürlich in Überlichtgeschwindigkeit die Runde gemacht hat, rettet mich vor einer Standpauke von Ursula, was ich denn wohl an ihrem Essen auszusetzen hätte und ob der feine Herr vielleicht lieber Schnecken und Fischeier kredenzt haben möchte statt guter, ehrlicher Hausmannskost.

Es wird hier nämlich noch nach alter Väter Sitte gekocht, gesotten und gebraten. Ich überlege, angesichts des teilweise biblischen Durchschnittsalters der Stammgäste, ob die makrobiotische Wirkung von Butterschmalz, panierten Schnitzeln und Bratkartoffeln in der Literatur möglicherweise zu kurz kommt.

Keiner der Anwesenden hätte entsprechend der geltenden ernährungswissenschaftlichen Lehrmeinung älter als 45 Jahre werden dürfen.

Erzählen Sie das mal den fidelen Damen von den „Putzigen Pudeln" unten auf der Bundeskegelbahn. Alle gehen scharf auf die 80 zu. Scharf auf Köm. Und den knackigen Monteur, der gerade die altertümliche Kegelaufstellmechanik auf der gesperrten Bahn 2 wartet.

Nein, viel hat sich hier in den letzten 70 Jahren wirklich nicht verändert.

Gut, alle paar Jahre muss im Gastraum der Sammelkasten vom Sparclub ausgetauscht werden, weil die örtliche Volksbank mal wieder mit irgendwem fusioniert hat. Aber das war's im Wesentlichen.

Mit in etwa derselben Frequenz werden die Spinnenweben im Geweih des obligatorischen Wolpertingers entfernt. In dieser Gegend handelt es sich dabei zumeist um einen ausgestopften Feldhasen mit mehr oder weniger fachgerecht anmontierten Rehspießern.

Würde die Speisekarte auf mysteriöse Weise in das Jahr 1925 teleportiert, niemandem dort würde etwas auffallen.

Nur die Currywurst war noch nicht erfunden. Und das Laminiergerät. Über die kleinen Zahlen neben den Gerichten würde man sich vielleicht ebenfalls wundern.

Nachdem sich ein laktoseintoleranter Abmahnanwalt auf dem Lokus fast totgefurzt hat, wird nämlich mittlerweile darauf hingewiesen, dass Rahmsoße Milch enthält. Und dass im Lachsfilet das Allergen „Fisch" vorkommt.

Pfeffer ist übrigens die einzige verwendete Zutat, die von außerhalb des Landkreises importiert wird.

Das Salz? Stammt von aufgefangenen Tränen verzweifelter Ernährungsberaterinnen, die auf der Speisekarte nach Gerichten mit weniger als 1000 Kalorien pro Portion Ausschau halten.

Statt Frühling, Sommer, Herbst und Winter heißen die Jahreszeiten hier Spargel, Matjes, Pfifferling und Ente.

Die wechselnde Tischdeko sowie entsprechende Einlageblätter in der Speisekarte weisen den hungrigen, aber saisonal desorientierten Gast fürsorglich darauf hin.

Niemals käme die Wirtin auf die Idee, eine schwarze Schultafel an den Tisch zu schleppen, auf der mit weißer Kreide und bewusst fragwürdiger Rechtschreibung Tagesangebote angepriesen werden. Ein Charakteristikum der mediterranen Küche, der man sich hier kategorisch verweigert.

Zwei Tische weiter erkundigt sich Jannis, stolzer Besitzer der „Taverna Akropolis" knapp hundert Meter die Dorfstraße runter, wann denn endlich Grünkohlzeit wäre.

„Musse erste komme Nachtefrost" klärt ihn Luigi von Luigis Pizzaservice auf, der gerade „dreimal Jäger außer Haus" abholt.

Nachdenklich befreie ich zwei Stücke Würfelzucker aus ihrer papiernen Umhüllung und lasse sie mitleidlos in den Kaffee plumpsen.

Mein Blick fällt auf die rußgeschwärzte Decke der alten Gaststube. In einem der eichenen Deckenbalken steckt eine Gewehrkugel. Als stummer Zeuge und Erinnerung an die Schlacht bei der kleinen Bökebrücke, ein militärisches Ereignis, um das sich zahllose Dorflegenden ranken.

Dieses Gefecht zeichnete sich, so viel sei vorab verraten, dadurch aus, dass außer besagtem Balken niemand sonst durch Schüsse zu Schaden kam. Was man ja wahrlich nicht von allen Kampfhandlungen in den letzten Tagen des tausendjährigen Reiches sagen kann. Aber der Reihe nach.

Ende April fünfundvierzig war der örtliche Volkssturm, bestehend aus einer Handvoll pickeliger Burschen und ebenso vielen klapprigen Veteranen des Ersten Weltkrieges, gefordert, die strategisch wichtige Bahnlinie am östlichen Ortsrand gegen den anrückenden Feind zu verteidigen.

Zum Glück für diese bemitleidenswerte Schar wurde sie befehligt vom vielfach ausgezeichneten Generaloberst a. D. Wilfried von Moorkenlade, der von den blutdurchtränkten Feldern Flanderns die Erkenntnis mit heimgebracht hatte, dass Feindberührung um jeden Preis zu vermeiden ist.

General Moorkenlade, von seinen Untergebenen liebevoll, wenn auch sicherheitshalber nur außerhalb seiner durch Granateinschlag stark verminderten Hörweite „Willi Morgenlatte" genannt, genoss allseits allerhöchstes Ansehen als versierter Taktiker und leidenschaftlicher Patriot.

Man verzichtete seitens der militärischen Führung angesichts seines Rufes wie Donnerhall darauf, ihm einen ideologisch sattelfesten Unter-, Ober- oder Mittelsturmführer zur Seite zu stellen, was sich letztlich als Glücksfall für die miserabel ausgerüstete kleine Truppe erwies.

Nach sorgfältigem Studium der taktischen Gesamtsituation befahl der geniale Heerführer seinen Mannen, sich an der strategisch unbedeutendsten Stelle im ganzen Landkreis zu verschanzen. Mit Kampfhandlungen war an der kleinen Bökebrücke nach menschlichem Ermessen nicht zu rechnen.

Hier konnte man nun in Ruhe das zeitnah prognostizierte Eintreffen der britischen Truppen erwarten, um sich ihnen dann mit theatralischer Geste und weißer Fahne zu ergeben. Die wartete, mit Persil gewaschen, gebügelt und gestärkt, schon seit Wochen griffbereit auf ihren großen Tag.

Das war der Plan. Nur die Dackelblase von Second Lieutenant Paul Johnson aus Yorkshire hatte der General nicht berücksichtigt. Und so kam es dann doch noch zu einer, für beide Seiten überraschenden, Feindberührung.

Paul kommandierte einen kleinen Spähpanzer vom Typ Humber IV und zwei kriegsmüde Mannschaftsdienstgrade. Das am Vorabend konfiszierte Fässchen Einbecker Bockbier zeigte seine Wirkung und er befahl aufgrund eines nur allzu menschlichen Bedürfnisses, doch eben schnell in einen Feldweg einzubiegen. Der war ziemlich schmal, und zu allem Überfluss zog nun auch noch dichter Nebel auf. Die Engländer schwankten zwischen Heimweh und der Sorge, vielleicht irgendwelchen versprengten Krauts in die Arme zu laufen. Also, so rasch wie möglich wieder weg hier, Gentlemen!

Diese Rechnung hatten die Tommys leider ohne den Wirt gemacht. Auf dem Heimweg ins Dorf kam das Trüpplein von General Moorkenlade, das heute erneut keine Gelegenheit gefunden hatte, sich sachgerecht zu ergeben, an einem im Sumpf festgefahrenen Panzer und drei triefenden und, zwar englisch, aber unüberhörbar gottlos, fluchenden Soldaten vorbei.

Der pensionierte, nichtsdestotrotz gewitzte deutsche Offizier nutzte die Gunst der Stunde und offerierte den verdutzten Briten Unterstützung beim Wiederflottmachen ihres Fahrzeugs. Im Gegenzug würde man sich dann im Laufe des Abends und gern bei geistigen Getränken ergeben. Well?

In der Gaststube vom Bökelstorfer Krug, also genau da, wo ich jetzt versonnen auf den Deckenbalken starre, kam es dann zu einer bewegenden Zeremonie, in deren Verlauf reichlich heimischem Doppelkorn aus sorgfältig gehüteten Vorkriegsbeständen zugesprochen wurde.

Die Waffen der Volksstürmler waren ordnungsgemäß übergeben und wurden gerade von Sergeant Will Mosby aus der schönen Grafschaft Kent auf den Panzerwagen geladen. Auch Will hatte bereits mächtig geladen und beim Hantieren mit den unvertrauten Flinten passierte, was nicht passieren darf.

Ein Schuss fiel, ließ ausnahmslos alle zusammenzucken und Deckung suchen. Die Kugel hatte das Fenster des Gasthofs durchschlagen, das Ohr von Kurt, dem Opa der heutigen Wirtin, um Millimeter verfehlt und war dann in der vor Jahrhunderten verbauten Eiche steckengeblieben.

Stille.

„Anybody hurt?"

Sergeant Mosby steckte käsebleich den Kopf zur Tür der Gastwirtschaft herein und machte unsanft Bekanntschaft mit einem nach ihm geworfenen Bierkrug. Ob der Werfer deutsche oder englische Uniform oder eine Servierschürze trug, da gehen die Überlieferungen auseinander.

Der General schaltete blitzschnell und nahm den Lieutenant beiseite. Man sah die zwei flüstern und schließlich nickte der Engländer. Einverstanden. Man würde die Dörfler als Zivilisten betrachten und von einer Gefangennahme absehen, im Gegenzug wäre dann der kleine Vorfall vergessen.

Blitzschnell verschwand ein Haufen Volkssturm-Uniformen in der Jauchegrube hinterm Haus und eine friedfertige Schar örtlicher Bauern, Handwerker und Gymnasiasten begrüßte freudig - und mit noch mehr Doppelkorn - seine britischen Befreier. Cheers!

Außer zwei Schneidezähnen des Sergeanten Mosby waren keine weiteren Opfer zu beklagen. So endete dann die Schlacht bei der kleinen Bökebrücke. Ohne Tote. Und ohne einen Eintrag ins Kriegstagebuch.

Vom dergestalt verbleiten Deckenbalken wandert mein Blick durch die Sprossenfenster hinaus. Ein untersetzter Mann mit hochgeklapptem Mantelkragen und Spitzbart verlässt den Gasthof durch den Hinterausgang und verschwindet, so hofft er wohl, unerkannt im angrenzenden Wäldchen.

„Ist das nicht …?"

„Ist er" Aushilfsbedienung Ivonne nickt so heftig, dass ihre nahezu nickelfreien Piercings protestierend klirren.

„Er" ist in diesem Falle Pierre-Luis de Chapeaubleu, aus Funk und Fernsehen als „Monsieur Gnadenlos" bekannter sowie ortsansässiger Gastrokritiker.

Ich kenne Pierre schon, seit er noch Peter-Ludwig Plauhudt hieß und sich beharrlich weigerte, auf dem Spielplatz von Christines Sandkuchen zu probieren. Wir fanden ihn doof, mussten aber zugeben, dass das Gebäck wirklich olfaktorisch suboptimal war.

Wie sich herausstellte, bezog Christine die Zutaten für ihre Kreationen bevorzugt aus eben der Ecke der Sandkiste, die auch Prinz Eugen, der adipöse kastrierte Kater des pensionierten Schulmeisters, gern und häufig frequentierte.

Verdammt. Die Sache mit Christine. Immer, wenn ich es erfolgreich verdrängt habe, dass es da noch das eine oder andere zu klären gibt, kommt das Thema aus einer ganz unerwarteten Richtung wieder um die Ecke.

Aber einstweilen zurück zu Peter-Ludwig alias Pierre, dem Feinschmecker, dessen Erscheinen ausgerechnet hier dann doch meine Neugier weckt.

Mittlerweile ist nämlich seine empfindliche, aber äußerst spitze Zunge längst in Feinschmeckerkreisen berühmt-berüchtigt. Sein gnadenloses kulinarisches Urteil entscheidet über Wohl und Wehe von Hoffnungsträgern der Sternegastronomie.

Im Hotel „Eichengrund", dem örtlichen Gourmettempel, hat er übrigens Hausverbot. Hintergrund ist wohl ein handfester Eklat über die wenig schmeichelhafte Bewertung einer Kreation des dortigen Chefkochs im Guide Duchemin, in dessen Verlauf Pierre seines halben Schnurrbartes verlustig ging. Angeblich durch einen bedauerlichen Unfall mit so einem Gasflammdings, das man normalerweise zum Karamellisieren der Oberfläche einer Crème Brûlée benutzt.

Alle paar Wochen nun hängen unserem wackeren Feinschmecker safrangedämpfte Jakobsmuschelherzen und im eigenen Sud gegarte Kaktusfeigensämlinge zum Hals raus und es überkommt ihn unbezwingbares Verlangen nach dem zünftigen, cholesterintriefenden Bauernfrühstück seiner nachträglich glorifizierten Jugendzeit.

Da diese geheime Leidenschaft selbstverständlich unter keinen Umständen an die skandalaffine Öffentlichkeit gelangen darf, erfolgt die Bauernfrühstückaufnahme unter konspirativen Umständen eine Treppe tiefer im schummerigen Vorraum der Kegelbahn, wie mir Ursula anvertraut.

Die Wirtin darf „Uschi" nennen, wer zu einem kleinen, erlauchten Kreis intimer Freunde zählt. Oder akute Todessehnsucht verspürt.

„Zahlen bitte, Ursula!"

Sie ist etwas älter als ich und hat mich mal böse vermöbelt, als ich ihrem kleinen Bruder die Luft aus den Fahrradreifen ließ.

Draußen auf dem Parkplatz klappe ich theatralisch seufzend meinen Mantelkragen hoch. Ein rauer Wind weht in der Norddeutschen Tiefebene. Vor allem, wenn gerade der Schulbus mit 80 Sachen an einem vorbeidonnert.

Die Sache muss vom Tisch. Und zwar jetzt. Ich ziehe mein Handy heraus.

„Christine? Wir müssen reden. Doch. Müssen wir. Nein. Ich kanns dir nicht hier am Telefon… Herrgott nocheins ich sag dir dann schon, um was es geht. Ja. Bei dir? 19 Uhr? Ok. Nein, Bella kommt nicht mit, keine Sorge. Ja. Bis dann denn."

Sie merken schon, ich habe ein Händchen für Frauen. Sie fressen mir förmlich aus der Hand.

Ich sitze, eine geblümte Tasse blumigen grünen Tees aus garantiert biologischem Anbau in der Hand, auf Christines Sofa, das mit blumengemustertem Stoff bezogen ist und überhaupt ist hier alles sehr floral. Und mir ein wenig blümerant.

Gerade will ich mit der Wahrheit herausrücken, als Christines Sohn James hereinstürmt, mit Azubine Anna im Schlepptau. Mit der er, Sie erinnern sich, was am Laufen hat.

„Mutti, du wirst Oma!" er zeigt stolz auf Annas Bauch.

„Das äh wollte ich dir auch gerade sagen." platzt es aus mir heraus. Mein Sinn für Timing ist legendär.

„Was?", sagt Christine.

„Was?", sagen James und Anna unisono.

„Was?", sagt Emil, Christines Papagei, und blickt erschrocken von der Erdnuss hoch, die er gerade in den Krallen hält.

An der nun folgenden Szene hätte Agatha Christie ihre helle Freude gehabt. Der Meisterdetektiv (ich) nimmt sich die im Salon versammelten Verdächtigen der Reihe nach vor und nach und nach wird das Gesamtbild immer klarer.

Bis am Ende der Meisterdetektiv erschossen wird. Gut, das ist eine kleine Abwandlung des klassischen Ablaufs, aber im hier vorliegenden Fall leider nicht kategorisch auszuschließen.

Fangen wir mit James an, dem Träger meines Erbguts. Er weiß nicht, dass er genau das ist, nämlich mein Sohn. Christine hatte sich hinsichtlich der Frage, wer denn sein Vater sei, anscheinend bisher eher bedeckt gehalten.

Und James weiß auch nicht, dass Elizas Nachwuchs sein Sohn ist. Woher auch, was aus Einzahlungen bei der Samenbank wird, das erfährt man ja in der Regel erst kurz vorm Ableben, wenn überraschend weitere Erben vor der Tür stehen, die auch ein Stück vom Kuchen wollen.

Ach so, ja, dass Anna eigentlich als Nachwuchs-Domina arbeitet, das wusste er anscheinend auch noch nicht. Ich frage mich kurz, wann sie ihm das wohl mitteilen wollte. Wenn das Lederkorsett nicht mehr über den Schwangerschaftsbauch passt? Egal. DAS ist jetzt zum Glück nicht mein Problem.

Christine, und das wusste ich bisher nicht, wusste bisher auch nicht, dass James von mir ist. Ich war wohl auf der Liste der Kandidaten, aber anscheinend nicht im engeren Kreis der Verdächtigen. Es waren wilde Zeiten damals, augenscheinlich. Und dass Sie aufgrund des fruchtbaren Nebenerwerbs ihres Sohnes nicht nur demnächst Großmutter wird, sondern es bereits ist, das wusste sie natürlich auch nicht.

Anna wiederum wusste, naheliegenderweise, nicht, dass ihr Herzallerliebster bereits mindestens einmal sein Erbmaterial weitergegeben hat. Sie hatte sich allerdings, im Nachhinein betrachtet, immer gewundert, warum James stets darauf bestand, im Restaurant die Rechnung allein zu übernehmen. Der war nicht altmodisch, der war nur liquide.

Und dass ihr Chef jetzt auch noch sowas wie ihr Schwiegervater wird, das setzt dem Ganzen die Krone auf.

Ich wiederum wusste bis vor ein paar Tagen weder, dass ich Kinder habe, noch, dass die auch schon Kinder haben. Beziehungsweise demnächst kriegen. Von null auf Patchworkfamilie binnen einer Woche. Das soll mir erstmal einer nachmachen. Oder besser nicht, falls demjenigen sein Seelenheil lieb ist.

Und überhaupt. Wieso schwängert dieser Nichtsnutz meine beste Auszubildende? Ist so etwas arbeitsrechtlich überhaupt zulässig? Darüber würde noch zu reden sein.

„Hier bist du also. Hab' ich's mir doch gedacht.“

Gut. Immer wenn man denkt, schlimmer könnte es nicht mehr kommen, denkt sich das Schicksal eine Wendung aus, mit der man nicht gerechnet hat. In diesem Fall hört die Wendung auf den Namen Bella und steht zornesroten Gesichts in der Tür.

Was habe ich da nur angerichtet. Damals, auf dem klapprigen Sofa.

Was Bella dann allerdings etwas erstaunt, ist, dass ihre Anwesenheit von den anderen eher schulterzuckend zur Kenntnis genommen wird. Alle sind nämlich damit beschäftigt, sich gegenseitig und äußerst lautstark mit Vorwürfen zu überschütten.

„Wieso hast du mir das nicht gesagt?“ „Wolltest du mir irgendwann davon erzählen?“ „Und ich hab dir vertraut!“

Nur ich mache niemandem Vorwürfe. Außer mir selbst. Ich sitze geknickt auf dem geblümten Sofa und mache augenscheinlich eine hinreichend klägliche Figur, dass bei Bella ein gewisses Mitleid aufkommt.

Habe ich schon mal erzählt, dass sie hervorragend auf den Fingern pfeifen kann? Eine Fähigkeit, die ich leider nie erlangt habe, bei mir kommt dabei immer nur ein klägliches „Pfffssst“ heraus. Auf jeden Fall durchdringt ein scharfer Pfiff die Gemengelage aus gegenseitigen Vorwürfen.

„Ko mir oinr von eich Fischkebpf vielleicht amol vrzähla, was do eigendlich los isch?"

Nur in Extremsituation bricht Bellas schwäbische Herkunft durch, die sie sonst in der Regel sehr gut unter Kontrolle hat.

In Ermangelung anderer Freiwilliger erkläre ich ihr die Situation, die noch verworrener ist, als sie sich ihr bisher schon dargestellt hatte. Im Verlauf meiner Schilderung schüttelt Sie erst leicht den Kopf, dann immer stärker und muss schließlich dermaßen lachen, dass ich froh bin, dass sie über eine topfitte Beckenbodenmuskulatur verfügt. Woher ich das weiß? Na hören Sie mal. Der Gentleman genießt und schweigt. Ups.

Die anderen Anwesenden finden das alles überhaupt nicht zum Lachen, woraufhin das gegenseitige Sich-Dinge-an-den-Kopf-Werfen wieder einsetzt, diesmal mit einer zusätzlichen Teilnehmerin.

„Was ist denn hier los?"

Eine Frauenstimme, die mir irgendwie bekannt vorkommt, stellt diese nicht ganz unberechtigte Frage. Die junge Dame, die ich vor dem Zugriff des läufigen Orthopäden gerettet hatte, steht plötzlich im Raum.

„Judith?" fragt Bella, die wie gewohnt als erste ihr Sprachvermögen wiedergewonnen hat.

„Ihr kennt Euch?" Christine wirkt erstaunt und interessiert.

„Flüchtig. Nur ganz flüchtig." Ich versuche, die Situation zu retten, als mich eben jene Judith eindringlich ansieht, mit einem angedeuteten Kopfschütteln und so einem Sag-bitte-nichts-Blick. Wie wir uns erinnern, hat Christine mehr als ein Kind. Judith, die spärlich bekleidete Dame aus der Doktor-Villa, entpuppt sich als James' jüngere Schwester. Die natürlich über den multiplen und unerwarteten Familienzuwachs ebenfalls nachhaltig erstaunt ist.

„Und nu?" fragt schließlich Christine.

„Schnaps?" Anna denkt pragmatisch, das gefällt mir.

„DU nicht!" sagen Bella, Christine, Judith und James zugleich und meinen ausnahmsweise nicht mich. Auch mal schön.

Einige Wochen sind ins Land gegangen. Christine und Bella haben sich zusammen mit meiner Kreditkarte ein Wellness-

Wochenende an der Ostsee gegönnt und sich bei edlem Schaumwein und verjüngender Schlammpackung versöhnt.

James und Anna sind bei uns eingezogen, was den unbestreitbaren Vorteil hat, dass Anna einen sehr kurzen Arbeitsweg hat. Und das „Diana" die weit und breit einzige schwangere Domina, was uns interessanterweise einen ganzen Schwung zahlungsfreudiger devoter Neukunden zugeführt hat.

Eliza haben wir samt aktueller Lebensgefährtin, einer attraktiven Deutschlehrerin mit Namen Steffi oder so, eingeladen und sie im großen Patchworkfamilienkreis mit schwerem französischem Rotwein und der Wahrheit konfrontiert.

James und ich erhielten zeitgleich warnende Blicke, er von Anna, ich von Bella, da wir ungebührlich interessierte Blicke auf Steffis gutgefüllte Bluse warfen. Sie wissen schon, die Sache mit dem Apfel, der nicht weit vom Birnbaum fällt und so.

Und Eliza bekam einen Vorgeschmack darauf, was sie von Söhnchen Marvin zu erwarten hatte, der auf Steffis Schoß saß und glucksend exakt dasselbe ins Auge gefasst hatte wie James und ich. Wenn auch vermutlich noch aus einer etwas anderen Motivlage heraus.

„Das kann ja heiter werden."

Damit war die Sache dann für Eliza aber auch erledigt. Ihr Samenspender brachte zwar offenkundig eine Veranlagung zum triebhaften Lustmolch ein, aber zumindest war er mindestens in zweiter Generation kein Serienkiller. Ist ja auch schon was.

Judith hat derweil ihren Job als Arzthelferin beim promiskuitiven Orthopäden geschmissen und fängt demnächst bei Frau Dr. Hülsheimer an. Beziehungen schaden wie immer nur dem, der keine hat. Außerdem hat sie zugesagt, in Annas anstehender Babypause für ihre Schwägerin einzuspringen und im Rahmen einer genehmigten Nebentätigkeit die Rolle als Lernschwester Linda im „Diana" zu übernehmen.

Und ich? Ich bin nun mit Weib und Federkernmatratze wiedervereint. Von oben nach unten aufgezählt. Also erst ich, dann Weib, dann... ach, das hatten Sie auch so schon verstanden. Jedenfalls, was kann sich ein Mann Schöneres wünschen?

Kapitel 32 – Oans, Zwoa, na Sie wissen schon

„Deine Brüste können sehr gut ein Dirndl ausfüllen, wenn du so weiter frisst."

Bella beobachtet kritisch, wie ich mir eine ordentliche Scheibe vom warmen bayerischen Leberkäse heruntersäbele. Sozusagen als deftige kulinarische Übergangsjacke bis zum Anbruch der Grünkohlsaison.

„Gib mir ein gutes Jahr oder wenigstens bis zur nächsten Wahl, um eine schlagfertige Entgegnung vorzubreiten" plane ich zu sagen, verschlucke mich jedoch bereits beim „mir" übelst und verende ums Haar an einem Hustenanfall.

Mönche schweigen nicht umsonst während ihrer Mahlzeiten.

Ich muss wohl oder übel dieses offen sexistische Bodyshaming hinnehmen, bis sich meine Luft- und Speiseröhre wieder über ihre Aufgabenteilung geeinigt haben.

„Iff bin niff dick!", bringe ich schließlich mühsam hervor, nur um mit „Klar, Obelix" die nächste Breitseite zu kassieren.

„Wir könnten eigentlich mal wieder ..."

„Nein."

„Ach komm. War doch immer ganz lustig da."

„NEIN."

Falls Sie eine überaus gutgelaunte Frau, die ein Dirndl nicht nur ausfüllen könnte, sondern es einmal im Jahr auch wirklich tut, mit einem mürrischen Kerl im Schlepptau über die Wiesn ziehen sehen, winken Sie mir.

Das Oktoberfest. Eine Breitensportveranstaltung, gewissermaßen. So ähnlich wie die Bundesjugendspiele. Und wie diese nur anziehend für einen sehr speziellen Menschenschlag.

Also für diejenigen unter uns, die einen Sinn darin erkennen, am Ende des Tages von weniger Leuten vollgekotzt worden zu sein, als man selbst vollgekotzt hat.

„Sei doch nicht so muffelig!"

Bella hüpft fröhlich aus dem Teufels-Tornado heraus, einem Fahrgeschäft, bei dessen bloßem Anblick die für Drehbewegungen und Orientierung im Raum zuständigen Haarzellen in meinem

Innenohr zu Berge stehen. Als Nächstes den Supertwister? Oder lieber Heiße Räder?

Im Bierzelt nebenan rotiert ein Ochse am Spieß. Was haben die hier nur für eine merkwürdige Fixierung auf alles, was sich dreht? Während ich über das Schicksal des Rindviechs philosophiere, klatscht es neben mir auf dem Asphalt. Zweimal. Allerdings in unterschiedlicher Klangfarbe.

Das erste niedergekommenen Flugobjekt identifiziere ich fachkundig als den von der Fliehkraft aus der Bahn getragenen Mageninhalt eines Achterbahnfahrgastes. Löwenbräu oder Augustiner, dazu hatte er vermutlich ein halbes Hähnchen.

Etwa einen dreiviertel Meter daneben liegt etwas Schwarzes. Unverdaut.

Ich warte, bis das Rattern des Achterbahnzuges verhallt ist und wage mich unter dem schützenden Vordach der Schießbude hervor, die mir Asyl gewährt hat. Ich hebe das vom Himmel gefallene Objekt auf und bringe mich wieder in Sicherheit. Bella dreht Runde 14 im Break-Dancer.

Break, das kommt, wie Sie vielleicht wissen, aus dem Englischen und bedeutet brechen. Brechtänzer ist eigentlich ein sehr schöner Name für ein Fahrgeschäft, sinniere ich, während ich mein Fundstück näher untersuche. Es rattert wieder, diesmal landet etwas auf dem Schießbudendach.

Fatalistisch zuckt Roswitha, die Herrin der verzogenen Luftgewehre, die Schultern und steckt routiniert Plastikrosen in Tonröhrchen. Der Standplatz unter der Achterbahnkurve gehört zu den nicht ganz so begehrten, was ihr angesichts unbefriedigender Umsatzrendite durchaus entgegenkommt.

Ich wende mich nun meiner Beute zu. Beachten Sie die Wortwahl, Sie werden ihren tieferen Sinn im Verlauf der Geschichte verstehen. Oder vielleicht auch nicht, lassen wir uns überraschen, wo die Sache uns hinführt.

Jedenfalls handelt es sich um einen dieser Wertsachenbauchgürtel. Sie wissen schon, diese unerotischen Umschnalltaschen mit Reißverschluss, in denen übervorsichtige Festbesucher verstauen, was ihnen lieb und wahlweise teuer ist. Australische Touristen fühlen sich angesichts der in Herden umherziehenden Beuteltiere auf der Wiesn wie zuhause.

Nun kann man ja bei einer Achterbahnfahrt alles Mögliche verlieren, Brille, Toupet, einen Schuh und eventuell das Bewusstsein, aber welche Kräfte mussten hier gewirkt haben, um die Tasche ihrer Besitzerin zu entreißen? Stand gar der glatte Schnitt im Gurt damit im Zusammenhang?

Schießbuden-Roswitha legt den Kopf schräg und sieht mich leicht verwundert an. Wie unangenehm. Unwillkürlich habe ich anscheinend die Detektivmusik aus der Sesamstraße vor mich hin gepfiffen, während meine grauen Zellen den rätselhaften Fall des fliegenden Geldbeutels analysieren.

Der Übersichtlichkeit halber eine Zusammenstellung der Personen, die uns im weiteren Verlauf der Geschichte begegnen werden:

Da wäre zunächst Elisabeth W., aus einem Vorarlberger Bergdorf, die auf der Wiesn eigentlich statt ihres Geldbeutels ihre Jungfräulichkeit verlieren wollte.

Sodann hätten wir Mario P., hochmotivierter, aber vom Pech verfolgter Taschendieb in Ausbildung, seines Zeichens zuständig für Sektor D zwischen Wilder Maus und Käfers Wies'n-Schänke.

Und zu guter Letzt Sepp und Schorsch von der Wiesnwache, ihres Zeichens zuständig für Mario P.

Das Ungemach hatte für Mario P. bereits am Morgen vor Dienstantritt begonnen, als er einen Drogeriemarkt betrat, um eine ordinäre Rasierklinge zu erstehen. Ohne diesen traditionellen Universalhelfer des Taschendiebs brauchte er sich bei seinem Chef gar nicht erst sehen lassen.

Sein Blick hetzte vom ShaveGuard Sensitive Tandem Doubleblade mit vier integrierten Aloevera-Hautschutzstreifen und Titanklingenschutzgitter zum Aphrodite LadyShave Compact Smooth in pink, türkis und 52 weiteren Modefarben. Dachte denn niemand an SEINE Bedürfnisse als Konsument?

Nirgendwo gab es gute alte Rasierklingen, mit denen schon sein Großvater dereinst Bart und Beutel geschnitten hatte.

Verzweifelt erwarb er schließlich ein Zehnerpack Einwegrasierer.

Beim Versuch, aus dem Plastikteil die Klinge herauszubrechen, schnitt er sich dann in den Finger.

Als Kleinkrimineller muss man nicht unbedingt Blut sehen können, weswegen er damals statt der Auftragskiller- ja auch die Taschendieblaufbahn gewählt hatte. Halb ohnmächtig und blutend wie ein angestochener Transfusionsbeutel wankte er zurück in den Dro-Markt, Verbandsmaterial kaufen.

Die Dienstbesprechung war dann auch wenig erfreulich für ihn gelaufen. Der Chef hatte ihn wegen Zuspätkommens zur Minna gemacht und seine Kollegen sich über sein Bärchenpflaster am Zeigefinger nicht wieder eingekriegt.

Das hatte ihm die nette DM-Kassiererin mitleidig geschenkt.

Das Geschäft lief schlecht für Mario P. Die Kundschaft blickte sich misstrauisch um und klammerte sich angstvoll an ihre Wertsachen, als müsste man jederzeit damit rechnen, unter die Taschendiebe zu geraten. Hier. Auf einem überfüllten Volksfest. Er schüttelte genervt den Kopf.

Aus lauter Verzweiflung hatte er sogar schon versucht, einem Zehnjährigen, der an der Zuckerwatte anstand, einen Fünfeuroschein aus der Hand zu reißen. Der Knabe quittierte dies mit einem gezielten Tritt gegen Marios Schienbein. Sieben Jahre Thaiboxen für Kinder zahlten sich aus.

Humpelnd und fluchend wankte er weiter. Schließlich hatte Fortuna anscheinend doch ein Einsehen mit dem armen Tropf.

Da! Ein entzückendes junges Ding, eingehakt zwischen zwei Freundinnen und offenkundig schon leicht angeschickert.

Anbaggern oder ausrauben, das war hier die Frage.

Dienst ist Dienst und Dirndl ist Dirndl, er war schließlich nicht zum Vergnügen hier. Er nähert sich, so unauffällig es jemandem, der ein Bein hinterherzieht, eben möglich ist, dem Damentrio. Wirklich, sehr verlockend diese Rundungen.

„Mario, reiß dich zusammen!" ermahnte er sich.

Mit chirurgischer Präzision durchtrennte er den Gurt von Elisabeth W.'s Bauchtasche, in der Hoffnung auf leichte und idealerweise reiche Beute.

Zwei Faktoren hatte er bei seiner professionellen und sorgfältigen Risikoabwägung bei der Opferauswahl allerdings außer Betracht gelassen.

Zum einen den fiesen Verstärkungsdraht, der den schwarzen Gürtel des Preziosenbehältnisses durchzog und Leuten seiner Zunft das Leben schwer machen sollte.

Und zum anderen die Tatsache, dass Elisabeth amtierende Vorarlberger Landesmeisterin im 100-Meter-Sprint war. Und er einbeinig, wenn auch hoffentlich nur temporär.

Er riss die Beute und damit, dank noch unversehrtem Draht, auch Elisabeth an sich. Die zunächst nicht wusste, wir ihr geschah und einen der üblichen plumpen Wiesn-Casanovas vermutete.

Wo sie herkam, da klärte man derlei noch ohne Pfefferspray.

Marios blaues Auge würde gut drei Wochen halten.

Endlich. Der Gurt gab schließlich nach. Hui, die Frau roch vielleicht gut. Und einen rechten Haken hatte die.

Mit nur jeweils einem unversehrten Bein und Auge trat unser Nachwuchs-Meisterdieb nach kurzem Zögern die Flucht an. Zu seinem Glück brauchte auch sie ein paar Sekunden der Besinnung.

„Haltet den Dieb!", erschall es sodann in Vorarlbergerischem Dialekt dem fliehenden Übeltäter hinterher, was bei Mario die Hoffnung auf harte Schweizer Franken in der gemopsten Geldbörse nährte. Denn Vorarlberg ist (nicht nur) sprachlich näher an der Schweiz als am Rest Österreichs.

Mit schmerzverzerrtem Gesicht flüchtete Mario vor der spurtstarken Österreicherin in eine Gruppe etwas eigenartig kostümierter Touristen auf dem Weg in Richtung Ausgang. Deren Herkunft verortete er anhand ihres komplett unverständlichen Kauderwelsch irgendwo auf den Färöern.

Ein wenig erstaunt zeigten sich die Mitglieder des Heimatvereins Niedergeiselbach von 1902 schon ob des sonderbaren Jünglings, der sich beim Schlange stehen für die große Achterbahn unter sie gemischt hat, aber was solls. Niederbayern sind im Großen und Ganzen recht gesellige Menschen.

Als Mario schließlich bemerkte, dass er sich nicht, wie gedacht, auf dem schnellsten Weg herunter vom Festplatz befand, war es bereits zu spät. Lachend, drängelnd und schubsend bugsierten ihn die fröhlichen Trachtler in einen der Achterbahnwagen, der sich umgehend ratternd in Bewegung setzte.

Ein denkbar ungeeignetes Fluchtfahrzeug, wurde ihm schlagartig bewusst, dann kam schon ein Looping. Er spähte aus dem Wagen heraus und sah, wie unten vor dem Fahrgeschäft sein Opfer mit zwei Uniformierten verhandelte. Verdammt, er musste schleunigst das corpus delicti loswerden.

Klackklackklack. Sie wurden eine steile Steigung hinaufgezogen.

Hatten seine Ausbilder ihm nicht eingeschärft, sich niemals und unter keinen Umständen mit heißer Ware am Mann erwischen zu lassen? In hohem Bogen flog Elisabeths Beutel in der nächsten Kurve aus dem Wägelchen heraus.

Zeitgleich erbrach sich neben ihm Gisela Gunzinger, deren Magen sich angesichts der wilden Fahrt unkooperativ zeigte. Zum Glück sorgten Fliehkräfte und Windrichtung dafür, dass ihr Würfelhusten nicht in seine Richtung flog. Entgegen kam ihm hingegen, dass sie somit abgelenkt war.

Der Wagen kam vor dem finalen Salto Mortale kurz zum Stehen. Mario schielte vorsichtig über den Rand des Gefährts, konnte aber weder Elisabeth noch die beiden Herren von der Königlich Bayerischen Volksfestgendarmerie erblicken. Vielleicht hatte er ja heute wenigstens einmal Glück.

Was man denn so Glück nennt. Wenig später sehen wir Mario fußlahm und halbblind in Richtung Hackerbrücke schlurfen, redlich bemüht, in möglichst wenige Kotzpfützen zu treten.

Er bittet höflich, endlich aus dieser Geschichte herausgeschrieben zu werden. Tun wir ihm den Gefallen.

Wir verlassen ihn guten Gewissens an der S-Bahnstation und unter Zurücklassung von Giselas Telefonnummer in seiner Manteltasche. Das ist hier noch wie früher, wo verdiente Fußballer vom Verein nach ihrer aktiven Zeit mit einem Kiosk oder einer Tankstellenpacht versorgt wurden.

Schwenken wir mit der Kamera zurück zur Wiesn. Bella hat nach etwa 20 Runden genug gebreakdancet und lässt sich meinen sonderbaren Fund zeigen.

Die Wiesnwache, aus Film und Fernsehen bekannter Hort der uniformierten Ordnungshüter, und unser Ziel-Bierzelt liegen in derselben Richtung, wir beschließen also, das Täschchen auf dem Weg dort abzugeben.

„Da! Da!"

Eine mir vollkommen unbekannte, aber nicht unattraktive junge Frau zeigt mit ihrem nackten Finger auf meine angezogene Wenigkeit. Bella sieht mich misstrauisch von der Seite an. Konnte man den Kerl denn nicht mal eine Viertelstunde an der Wurstbude parken, während man seine wohlverdienten Runden drehte?

Die Fremde hat zwei Uniformierte im Schlepptau, die mich sogleich ins Kreuzverhör nehmen.

„Grüß Gott. Ist des do Ihr Sackerl?"

„Nein." antworte ich wahrheitsgemäß.

„Aha. Soso. Und wie sans zu dem komman?"

„Das fiel vom Himmel.", gebe ich als braver kooperativer Staatsbürger zu Protokoll.

Elisabeth W. identifiziert mich ebenso lautstark wie augenblicklich als den Übeltäter. Auf Vorarlbergisch. Ich bestreite energisch. Auf Hochdeutsch. Sepp und Schorsch, die beiden Wachtmeister, schauen etwas ratlos. Auf Bayerisch. Und Bella kriegt einen Wutanfall. Einen schwäbischen. Zom Donndrwäddr abbr au.

Umgehend bildet sich ein Kreis Interessierter um uns herum, der sich dieses multilinguale Spektakel nicht entgehen lassen will. Wir blockieren dadurch einen neuralgischen Punkt zwischen zwei Festzelten und bringen den sorgsam geplanten Fußgängerverkehr auf der Wiesn durcheinander.

Sepps Funkgerät quäkt. Bella und Elisabeth W. sind kurz davor, sich an die Gurgel zu gehen. Ein Tourist mit sächsischem Akzent mischt sich ein, will aber eigentlich nur wissen, wie er zur Ü-Bohn kommt. Schorsch erklärt ihm den Weg zur Metrostation, während ich mir die Tasche schnappe.

Augenblickliche Totenstille. Die Sache nimmt eine für alle unerwartete Wendung. Ich öffne blitzschnell den Reißverschluss, wühle ein wenig in den Eingeweiden des Beutels und reiche der verdutzten

Inhaberin, was sie jetzt dringend braucht. Ihre Brille mit den fingerdicken Gläsern.

Reflexartig setzt sie das Nasenfahrrad auf. Um etliche Dioptrien korrigiert sieht sie mich in einem ganz anderen Licht. Das, also ich, so gesteht sie verdruckst ein, sei denn doch ganz sicher nicht der Typ, der sie beraubt hätte. Der sei viel jünger gewesen. Und attraktiver.

Dergestalt zugleich erniedrigt und vom Verdacht der Beutelschneiderei befreit schlendere ich von dannen. Und entdecke mein Ebenbild in einer Glasscheibe. Eine so schlanke Silhouette, das wünscht sich mancher Altersgenosse.

Bella wendet höflich ein, dass ich vor dem Zerrspiegel eines Irrgartens stehe. Gut, mir war schon aufgefallen, dass dieser hochgewachsene Gentleman da im Spiegel wohl an die drei Meter groß sein dürfte, aber derlei Feinheiten haben meiner Eitelkeit noch nie im Weg gestanden.

Ich werde eine Scheibe weiter gezogen. Oha. Danny de Vito trägt meine Wachsjacke.

Im nächsten Spiegel dann passiert etwas wirklich Gruseliges. Mein nicht sonderlich vorteilhaft geratenes Abbild rennt mit Schmackes gegen die Scheibe, wohl in der Hoffnung, einen Ausweg aus dem Labyrinth gefunden zu haben. Instinktiv fasse ich mir an die Nase. Nix gebrochen. Puh.

Mangelnde Empathie kann mir niemand nachsagen.

Nachdenklich betrachte ich den Fettfleck, den die Nase des Unbekannten von innen am Glas hinterlassen hat. Armes Schwein wer hier täglich mit der Pfft-Pfft-Flasche Glasreiniger durch muss.

Apropos armes Schwein. Ich kriege Hunger.

Zum Glück besteht Hoffnung auf nahrhafte Speis und erquickenden Trank, denn unser oberbayerischer Lieferant von Holzspielzeugen für Erwachsene, Eingeweihte erinnern sich, hat es sich nicht nehmen lassen, Bella und mich in eines der fragwürdig beleumundeten Festzelte einzuladen.

Seniorchef Alois erwartet uns bereits, angetan mit zünftiger Tracht aus wetter- und kotzefestem Hirschleder.

Mit rustikaler Präsenz und lausigem Englisch verteidigt er gerade souverän die letzte freie Bank im ganzen Zelt gegen eine Busladung durstiger Surfer-Boys aus Kalifornien.

Seine gigantischen Pratzen umklammern mein gar nicht mal so zartes Händchen wie einen Schraubstock. Alois entstammt einer Dynastie von Herrgottschnitzern, die sich bis in keltische Zeiten zurückverfolgen lässt. Bloß dass man damals halt anderen Gottheiten hölzern huldigte.

Keiner kann sich erklären, wie diese Baggerschaufeln von Händen etwas Filigraneres als einen Telegrafenmast bearbeiten können, aber er ist der unumstrittene König feinster Messerarbeit. Aus einem Streichholz fertigt er locker eine gesamte Krippenbelegschaft. Inklusive Ochs und Esel.

Sie fragen sich, wie Bella und ich zu der Ehre kommen, von Alois persönlich zu Hendl und Maß nach München geladen zu werden? Nun, dazu müssen wir ein paar Jahre in die Vergangenheit reisen.

Die Nachfrage nach hölzernen Heiligen und anderen Devotionalien hatte schon deutlich vor der Jahrtausendwende soweit nachgelassen, dass es hochgradig fraglich war, ob eine weitere Generation das Schnitzmesser aus Alois Hand nehmen und das Handwerk weiterführen würde.

Seine Tochter Edeltraut, durchaus bewandert im Umgang mit scharfer Klinge und Sandpapier jeglicher Körnung, hatte nüchtern die geschäftlichen Perspektiven betrachtet und sich schweren Herzens für eine Laufbahn im öffentlichen Dienst entschieden.

Als Lehrerin bereitete sie nun oberbayerisches Jungvolk, so gut es eben ging, auf die Wechselfälle des Lebens vor. Und auf das Zentralabitur.

Eines Tages geschah das Unvermeidliche. Auch im schönen Bayernland beschloss man, mit der Wahrheit herauszurücken und den Pennälern nicht länger die Geschichte vom Klapperstorch als einzig mögliche Erklärung für das bisher ausgebliebene Aussterben der menschlichen Rasse zu vermitteln.

Sexualkunde auf dem Unterrichtsplan, das gefiel dem Lehrpersonal in etwa so gut wie ein rotes Furunkel auf der weißblauen Pobacke.

Wie in solchen Situationen üblich, wurde das ungeliebte Fach bis ans Ende der pädagogischen Nahrungskette durchgereicht.

In diesem Falle bis zu Edeltraut, dem Neuzugang im Lehrkörper.

Das Budget für Lehrmittel war bereits verteilt, so dass die Arme dem hoffnungsvollen Nachwuchs unter Zuhilfenahme einer Banane und eines abgesägten Besenstiels die Handhabung eines Präservativs vermitteln musste.

Das Ganze unter den wachsamen Augen eines von Amts wegen gekreuzigten hölzernen Klassenzimmerjesus, den sie unschwer als aus der Produktion ihres Vaters stammend erkannte.

Seufzend berichtete Edeltraut des Abends im trauten Familienkreis von der Bürde, die die Schulleitung ihr auferlegt hatte. Zur Veranschaulichung hielt sie den abgesägten Besenstiel hoch, den ihr Hausmeister Kupfernagl freundlicherweise noch kurzfristig besorgt hatte. Die Banane war ihr Frühstück gewesen und stand daher nicht mehr als Demonstrationsobjekt zur Verfügung.

Ihr Vater nahm den Besenstiel und betrachtete ihn eine Weile nachdenklich von allen Seiten. Wortlos stand er vom Tisch auf, ganz gegen seine Gewohnheit etwa fünf Zentimeter Münchner Hell im Glas zurücklassend. Er verschwand in der Werkstatt, aus der alsbald die vertrauten Geräusche von Schnitzmesser, Beitel und Drechselbank ertönten.

Edeltraut und ihre Mutter Vroni schauten sich fragend an, schüttelten dann synchron die Köpfe und entkorkten ein Fläschchen schwarzgebranntes Kirschwasser von Nachbar Natz.

Einige Stamperl später, Mutter und Tochter hatten bereits tüchtig einen im Kahn, tauchte Alois wieder auf, in der Hand ein wahres Kleinod der Schnitzkunst.

Die beiden Frauen trauten ihren Augen nicht. Das, was ihnen da stolz präsentiert wurde, war die bis aufs letzte Äderchen naturgetreu ausgeführte Abbildung des erigierten männlichen Geschlechtsteils eines, zugegebenermaßen gutbestückten, Homo Sapiens.

Dem ebenso erstaunten wie fachkundigen Blick von Alois Frau nach allerdings nicht die irgendeines beliebigen Exemplars dieser Gattung.

Wir wollen, falls Edeltraut irgendwann diese Zeilen liest, ihr zartes Gemüt nicht mit völlig unnötigem Wissen belasten, aber Vroni schaute sicherheitshalber erstmal nach, ob der Latz von Alois Hirschlederner vorschriftsgemäß zugeknöpft war.

Langer Rede kurzer Sinn, zur nächsten Unterrichtsstunde trat Edeltraut deutlich besser vorbereitet an. Nämlich mit 22 stattlichen, fachmännisch lackierten und polierten Edelholzdödeln.

Eigentlich waren es ja 25 gewesen, aber nachdem sie, nicht ohne einen gewissen Stolz, das phallische Anschauungsmaterial aus väterlicher Fertigung im Lehrerzimmer präsentiert hatte, waren nacheinander drei Kolleginnen an sie herangetreten.

Jeweils unter konspirativen Umständen, mit lüsternem Blick und der höflichen Bitte, sich eines der Exemplare ausleihen zu dürfen. Zum Zwecke der Unterrichtsvorbereitung natürlich, was dachten Sie denn.

Und so nahm alles seinen Anfang. Die überlegene Qualität der aloisischen Holzphalli sprach sich schnell, wenn auch diskret herum und plötzlich waren die Auftragsbücher der Schnitzwerkstatt wieder voll.

Die Kundenschar war bunt, neben Schulbehörden, Kultusministerien und sonstigen Bildungseinrichtungen mit aufklärerischer Mission belieferte man alsbald auch Interessenten aus dem Rotlicht-Milieu sowie einschlägigen Einrichtungen zur fesselnden Erwachsenenunterhaltung.

Der Zeitgeist rief nach nachhaltig produzierten Lustspendern, pardon, Lehrutensilien und Alois nach Edeltraut. Die trat aus dem ungeliebten Schuldienst wieder aus und ins Familienunternehmen ein, wo sie sich fortan darum kümmerte, dass nicht nur die Proportion der Gemächt-Imitate, sondern auch die Kasse stimmte.

Edeltraut jedenfalls bewies viel Geschick bei der, Sie verzeihen mir das Wortspiel, Penetration des Marktes für Erregungsutensilien. Ich vermeide dafür zum Ausgleich hier, und ich bitte Sie dies zu würdigen, den auf der Hand liegenden groben Scherz mit den Einführungspreisen.

Und nun sitzen sie alle bei Bier und Brezn im Festzelt, die Edeltraut, der Alois, die Vroni, die Bella und der Heini. Und freuen sich.

Die Edeltraut, weil der Makel, die jahrhundertealte Familientradition nicht fortgeführt zu haben, nicht mehr an ihr klebt.

Der Alois, weil er jetzt unbesorgt sein Lederwams an die Wand hängen und in den wohlverdienten Ruhestand gehen kann.

Die Vroni, weil sie jetzt ihren Alois ganz für sich hat. Und mit ihm das Vorbild aller Schnitzphalli.

Und der Heini und die Bella, die freuen sich auch. Weil sie sich vor einiger Zeit die exklusiven Holzdildo-Vertriebsrechte für alle Lande nördlich des Weißwurstäquators gesichert hatten.

Kapitel 33 – Wie Huhn und Katze

Die Quartalszahlen verschwimmen vor meinen Augen. Erschöpft blicke ich aus dem Bürofenster hinaus.

Da unten jagt grade Heinz Sophie Marceau über den Hof. Alles wie immer also. Ich wende mich wieder dem öden Schreibkram zu.

Sie kennen Heinz nicht und fragen sich, was in drei Teufels Namen eine gutaussehende französische Schauspielerin in der Norddeutschen Tiefebene treibt? Ich erkläre es Ihnen.

Heinz heißt eigentlich gar nicht Heinz. Und ist ein Hund. So ein edler arabischer Windhund, den normalerweise irgendwelche Scheichs auf die Jagd nach Wüstengetier mitnehmen. Sein wirklicher Name klingt, von norddeutschen Zungen malträtiert, ähnlich wie „Ketchup", weswegen alle ihn Heinz nennen. Womit er vollauf zufrieden zu sein scheint.

Sophie ist natürlich auch kein Mensch, sondern ein Huhn. Eine prächtige braune Legehenne. Bella hasst Hühner, weswegen wir keine haben. Bis auf Sophie Marceau halt, die vor einigen Monaten am Kreisverkehr vorm Gewerbegebiet Süd saß und auf eine Mitfahrgelegenheit wartete.

Madame Marceau war, sofern wir den Unfallhergang anhand der Spurenlage korrekt rekonstruiert haben, aus einer grünen Transportbox entfleucht, die kaputt am Rande des Kreisverkehrs lag. Vermutlich das Opfer einer ungünstigen Kombination von schlampiger Verlaschung und unerwartet starker Fliehkraft.

Etwaige geflügelte Mitinsassen der Kiste trafen wir nicht an, sie wurden anzunehmender Weise zeitnah Opfer der vielfältigen hiesigen hühnerfressenden Fauna.

Mit einem hörbaren „Rülps" dürften sich an jenem Abend Fuchs und Habicht „gute Nacht" gesagt haben.

Jedenfalls wohnt Sophie Marceau jetzt im alten Taubenschlag über der Garage. Sie ist da selbsttätig eingezogen, da das ihr zugewiesene Quartier im Holzschuppen nicht ihren Vorstellungen entsprach. Vermutlich legt sie Eier, hatte aber bisher nicht die Güte, uns mitzuteilen, wo.

Mit Heinz verbindet sie eine Art Hassliebe. Er tut manchmal so, als würde er sie jagen und sie tut ihm den Gefallen, ein paar Meter aufgeregt herumzuflattern. Dann verlieren beide das Interesse an dem Spiel und gehen ihrer Wege.

Hier hat sogar das Viehzeug einen an der Marmel.

Dabei ist Heinz im Grunde genommen nur geleast. Heinz gehört nämlich eigentlich Bellas Freundin Birgit, die gerade eine Fortbildung absolviert.

Irgendwas Esoterisches. Sie wird dann Aura-Therapeutin oder Steuerberaterin oder sowas. Und solange wohnt Heinz nun in Hofhund Oswalds alter Hütte.

Dazu muss man wissen, dass Heinz so überhaupt nichts Windhundartiges an sich hat. Er ist faul, gefräßig, wachsam und ausgesprochen pflegeleicht. Das teure importierte Spezialfutter mit 90% Dromedarnebenerzeugnissen, das sein Frauchen uns für ihn dagelassen hat, verschmäht er hingegen kategorisch.

Stattdessen hat er sich selber einen Speiseplan zusammengestellt. Bisamratte, frisch aus dem Bach, überfahrenes Niederwild aller Art sowie gemischte Küchenabfälle vom Komposthaufen ergeben offenkundig eine ausgewogene Ernährung. Birgit lobt jedenfalls stets sein glänzendes Fell. Und uns.

Daheim thront Heinz im Wohnzimmer auf einem eigenen Plüschsofa mit Häkeldecke und speist aus Meißner Porzellan.

Bei uns säuft er aus Pfützen, weigert sich, im Haus zu schlafen und hat eine Waschbärenfamilie auf die Straße gesetzt, die in die verwaiste Hundehütte eingezogen war.

Der unbestreitbare Vorteil, einen Windhund als Hofhund zu haben, liegt darin, dass er gefühlt an vier Ecken des Grundstücks gleichzeitig verdächtige Subjekte verbellen kann.

„Eure Hunde sehen sich aber ganz schön ähnlich", hören wir seitdem häufiger von ahnungslosen Passanten.

Man sollte sich allerdings in solchen Situationen möglichst innerhalb von befestigten Gebäuden aufhalten, um Personenschäden durch Kollisionen zu vermeiden. Im Grunde genommen gelten die gleichen Sicherheitsempfehlungen wie bei einer Tornadowarnung der Kategorie fünf.

Haben Sie schon mal eine Raumstation gesehen, die von einem 10.000 Stundenkilometer schnellen Mikrometeoriten getroffen wurde? Ganz schön arg verbeult.

So ähnlich werden Sie dann auch ins örtliche Kreiskrankenhaus eingeliefert, sollten Sie sich Heinz auf seinem Weg von Ecke zu Ecke in den Weg gestellt haben.

Im Grunde genommen sind Heinz und Sophie Marceau ein wenig wie ein altes Ehepaar. Sie halten die Existenz des jeweils anderen für überflüssig, nehmen aber aufgrund der zu erwartenden strafrechtlichen und wirtschaftlichen Konsequenzen davon Abstand, sich gegenseitig ernsthaft an die Gurgel zu gehen.

Stattdessen ignoriert man sich die meiste Zeit geflissentlich. Dass dieser Zustand des trauten Equilibriums gelegentlich von unschönen Szenen wie der soeben von mir beobachteten unterbrochen wird, das liegt an der Mengenlehre. Und am Mesozoikum.

Mengenlehre sagt Ihnen was, oder? Das ist diese üble Pseudowissenschaft, die aus einem in den Schulbüchern meist verschwiegenen One-Night-Stand der Mathematik mit einer PowerPoint-Präsentation hervorging.

Stellen Sie sich nun bitte zwei gleich große Kreise vor, die sich - HEY, DAS IST KEIN KREIS, DAS IST EIN EI - an einer Stelle ein kleines bisschen überlappen. Der eine stellt das Beuteschema von Heinz da, der andere das von Sophie Marceau. Und dann gibt es da noch die Schnittmenge.

Und bei der kommt nun das Mesozoikum ins Spiel. Sie wissen schon, das große Zeitalter der Dinosaurier, an dessen Ende sie allerdings allesamt von der Bildfläche verschwanden.

Allesamt, bis auf die Hühner.

Ok, und noch ein paar andere, in diesem Kontext vollkommen unbedeutende Vogelarten.

Ihrer, wiewohl entfernten, Verwandtschaft mit mordlustigen Raubsauriern vergangener Tage verdankt Sophie Marceau eine Leidenschaft für Säugetierfleisch. Nach Möglichkeit von Exemplaren der Art Microtus arvalis. Sie als alter Lateiner haben darin natürlich sofort die gemeine Feldmaus erkannt.

Ich erinnere mich noch mit Schrecken an das Telefongespräch mit unserem französischen Weinlieferanten, das ich leichtsinnigerweise über die Freisprechfunktion des Telefons führte, weil ich gerade beide Hände zum Öffnen einer vorzüglichen Flasche Châteauneuf-du-Pape brauchte.

Es kostete mich eine gute halbe Stunde, dem armen Mann zu erklären, warum da im Hintergrund eine mittelgradig hysterische Frau zu hören war, die immerzu „SOPHIE MARCEAU HAT EINE MAUS GEFRESSEN! SOPHIE MARCEAU HAT EINE MAUS GEFRESSEN!" kreischte.

Und das mit meinem Schulfranzösisch.

Ja, liebe Kinder, Hühner fressen Mäuse. Nicht alle. Aber unseres.

Unnötig zu erwähnen, dass sich seitdem im Zweifel Bella auf die Seite von Heinz stellt, während ich mich eher mit Sophie Marceau solidarisiere.

Ja, auch aus alter Verbundenheit. La Boum. Das war meine Zeit.

Apropos Zeit. Ich denke, es ist jetzt an selbiger, Ihnen ein bisschen was über unsere Heimstatt zu erzählen, das „Diana".

Es liegt malerisch an einem Flüsschen, der Böke, die sich ein paar zig Kilometer weiter in ein etwas größeres Flüsschen ergießt, das sich wiederum ein paar zig Kilometer weiter in die Nordsee ergießt. Das munter plätschernde Gewässer hinterm Haus hat schon manch einen Übernachtungsgast mit schwacher Blase unruhige Nächte beschert. Außerdem sorgt es für einen unerschöpflichen Vorrat an Stechmücken. Dafür kann ich von meinem Balkon aus angeln, so etwas gibt es ja auch nicht überall.

Unser Etablissement hat eine bewegte Geschichte, denn in seinem früheren Leben war es eine ehrbare Wassermühle gewesen. Irgendwann in den goldenen 20ern, so genau weiß das heute keiner mehr, kam der Wochenendausflug in Mode und vielerlei mondänes Großstadtvolk in unser bescheidenes Dorf.

Die begehrten Speis, Trank und vor allem Unterhaltung. Aus der Mühle wurde ein Ausflugslokal, das schnell überregional bekannt und beliebt wurde. Mit dem Besucheransturm war es dann Ende der 30er vorbei, da stürmte man anderswo.

Doch kaum hatten sich die Rauchwolken verzogen, vor allem die, die beim Verbrennen kompromittierenden Materials aus 1000 Jahren Geschichte entstehen, da standen auch schon wieder die ersten Ausflügler vor der Tür. Die Wirtschaftswunderzeit brachte dem Lokal, damals noch „Zur Böke" geheißen, seine heutige architektonische Gestaltung.

Weswegen unser Puff von außen den spröden Charme der 50er Jahre versprüht. Innen hingegen sind wir im bewährten braun-orangefarbenen Siebzigerjahrestil eingerichtet. Denn in jener Zeit ging es bergab mit dem Ausflugsverkehr, die Leute ließen sich lieber per Luftfracht an die sandigen Strände der Balearen befördern und dort von allen Seiten rösten.

Man baute also wieder um, nutzte die verkehrsgünstige Lage in der Nähe der Autobahn aus und kaschierte die moralisch fragwürdigen Aktivitäten, indem man über dem Eingang ein Schild mit der Aufschrift „Sauna-Club Bökeauen" anbrachte.

So vor etwa 20 Jahren dann ging das mal recht, mal schlecht laufende Haus über in die Hände von Madame Sofie. Nein. Nicht das Huhn. Das schreibt sich mit „PH". Madame Sofie haben sie ja bereits kennengelernt, sie hat den Laden in eine Goldgrube verwandelt und ihn schließlich Bella und mir übergeben.

Wir waren zwar zu einem Puff gekommen wie die buchstäbliche Jungfrau zum Kind, aber wenn man sich einmal daran gewöhnt hat, dass das eigene Personal häufig unten ohne anzutreffen ist, ist es eigentlich ein ganz normales Dienstleistungsunternehmen. Wie jedes andere, na gut, fast jedes andere.

Den baulichen Aktivitäten der letzten Jahrzehnte verdanken wir eine erkleckliche Anzahl von Quadratmetern Nutzfläche. Sei es für gewerbliche Kopulationstätigkeiten, zu Wohnzwecken, als Büro, Garage oder auch Hühnerstall.

Mittlerweile ist hier eine ziemliche Kommune zusammengekommen. Da wäre zunächst Margot, unsere kampfkunstgestählte Türsteherin und guter Geist des Ladens, die in einer kleinen Wohnung über der Garage haust.

Dann seit Neuestem mein zwar nicht gesuchter aber doch wiedergefundener Sohn James samt schwangerer Freundin Anna, selbige nebenbei bei uns als Auszubildende beschäftigt. Die zwei bewohnen das durchaus gemütliche Gästeappartement, quasi als Nachmieter von unserer Personalchefin Lena. Die hatte knurrend das Feld räumen müssen und etwas von „Blut ist eben dicker als Wasser" gemurmelt. Und ob sie sich vielleicht wieder mit einem Lovemobil an die Bundesstraße stellen solle. Dann hat sie sich von ihrem Ersparten eine luxuriöse Doppelhaushälfte gekauft, ist ins Nachbardorf gezogen und singt jetzt jeden Morgen das Klagelied des Pendlers.

Der zwei Kilometer lange Waldweg zwischen der Ortschaft Tannenhorst und ihrem Arbeitsplatz bei uns ist für sein hohes Verkehrsaufkommen zur Rushhour berüchtigt, muss man wissen.

Ferner wohnhaft sind hier immer noch Bella und meine Wenigkeit.

Sowie natürlich Heinz und Sophie Marceau.

Kapitel 34 – Es ist ein Kreuz!

„Ich habe echt keine Ahnung, von wem der Junge das hat."
Bella steht nackt, wie Gott oder die Evolution, hier streiten die Experten bekanntlich noch, sie geschaffen hat, am offenen Schlafzimmerfenster und lauscht in die milde Sommernacht.

Statt wie gewohnt nur aggressives Mückensirren, Grillenzirpen und das vertraute harntreibende Säuseln und Plätschern des Flüsschens hinterm Haus, dringen heute unvertraute Geräusche durch das Dunkel.

Hämmern. Sägen. Bohren. Wieder hämmern. Zwischendurch ein gotteslästerlicher Fluch. James werkelt trotz fortgeschrittener Stunde im Schuppen neben der Garage, den er sich in Eigenleistung und Rekordzeit zu einer formidablen Werkstatt mit allen Schikanen ausgebaut hat.

Nun will es grundsätzlich sehr gut überlegt sein, Bella zu widersprechen, aber in diesem Falle hatte sie absolut recht. Nun ja, auch das trifft meistens zu, aber das verraten Sie ihr bitte nicht. Haben wir uns da verstanden? Gut.

Weder ich als gutachtensbestätigter Erzeuger noch Christine, James' ebenso unzweifelhafte leibliche Mutter, verfügen nämlich über nennenswertes handwerkliches Talent.

Ich erinnere mich gut an das von ihr dereinst montierte Tassenregal in der WG-Wohnung, das damals als Inkarnation des Je-länger-das-Sssst-desto-lauter-das-Plumps-Prinzips bekannt war. Sie wissen schon, die Sache mit der schiefen Ebene und so.

Jedenfalls kam niemals jemand auf die Idee, auf besagtem Regal seinen Lieblingsbecher abzustellen. Oder irgendetwas anderes, das einen Sturz aus einem Meter fünfzig nicht unversehrt überstand.

Ich habe seitdem eine Theorie, was Hans Fallada einst zu „Wer einmal aus dem Blechnapf frisst" inspiriert hat. Konnte sich in literaturwissenschaftlichen Kreisen allerdings bisher noch nicht so richtig durchsetzen. Naja. Kennt man ja. Als Seiteneinsteiger hat man's überall schwer.

Da ich etwa so nachtblind bin wie ein hundertjähriger Maulwurf, weiß ich übrigens nur deswegen von Bellas Evakostüm, weil sie mir vor ein paar Minuten mit den Worten „Puh, ist das eine Hitze" ihr Nachthemd an den Kopf geworfen hat.

„Er arbeitet an seinem Gesellenstück", sage ich daher ins Dunkle, in die Richtung, in der ich sie vermute. Sie ist nämlich in der Lage, sich leise wie eine Katze durch den Raum zu bewegen und überraschend da aufzutauchen, wo ich sie nicht erwarten würde.

„Ich bin nicht schwerhörig!", spricht es aus der Finsternis zu mir. Direkt in mein linkes Ohr. Sie hat es wieder getan. Verdammt. Wieso hatte ich James auch erlaubt, die Dielenbretter des Schlafzimmerfußbodens zu entknarren. Das reduziert meine Vorwarnzeit auf null.

Überhaupt war bei uns alles sowas von in Schuss, seit James mit Anna hier eingezogen war. Der Junge hatte einfach ein Händchen für alles, was mit Holz zu tun hatte.

Die quietschende Streckbank in Susis Folterkeller? Übertönt nun nicht mehr die Schreie der Geknechteten, was zu gesteigerter Kundenzufriedenheit und -befriedigung führte. Keiner der angejahrten Barhocker kippelt mehr, sehr zur Freude sowohl von Barfrau Britney als auch unserer Haftpflichtversicherung. Und unschöne Szenen wie die mit dem promiskuitiven Volksbankdirektor Dietmar, der sich am nachlässig gehobelten Bettpfosten einen bösen Splitter in den Allerwertesten gebohrt hatte, gehören ein für alle Mal der Vergangenheit an.

Eieiei, das war ein Drama gewesen. Beinahe wäre dabei herausgekommen, dass er unser lauschiges Separee regelmäßig zum Fraternisieren mit der lüsternen Dame von der Kreissparkasse nutzte. Teufel, das hätte Ärger gegeben. Ja. Auch mit seiner Frau.

Offiziell ist James' oben erwähntes Gesellenstück ein Betriebsgeheimnis. Absolut top secret. Auch ich weiß nur dank gewissenloser Ausnutzung der Schwatzhaftigkeit einer unserer Angestellten Näheres. Und ich befürchte, Bella hat vor, dieses Geheimnis heute Abend aus mir herauszukitzeln.

Mit etwas Glück unter Einsatz von Methoden, die aus guten Gründen von den Verfassern der Haager Landkriegsordnung unerwähnt blieben.

Stichwort Folter. Wer war wohl die Angestellte, die da mir gegenüber nicht dichtgehalten hat? Ausgerechnet Susi, unsere dienstälteste Domina. Die allgemein als einzige überlebende Herzspenderin gilt und insbesondere für Männer höchst selten warme Worte findet.

Nur ich habe bei ihr aus irgendeinem Grund einen dicken Stein im Brett. Mit ein wenig Charme und einer Flasche von diesem widerlich-schleimigen Gebräu aus irischem Whiskey und irgendetwas Milchigem, das sie immer trinkt, wenn keiner zusieht, hatte ich ihr entlocken können, was da in der Werkstatt Geheimnisvolles vor sich geht.

Begonnen hatte, ihrer Schilderung nach, alles mit einem Junggesellinnenabschied, für den unser Etablissement als Location ausgewählt und exklusiv gebucht worden war.

Nun sind derlei Veranstaltungen ja ohnehin für eine gewisse Feuchtfröhlichkeit bekannt, dieser hier war allerdings noch etwas feuchtfröhlicher als üblich.

Nach allerlei anderem Schabernack waren die schon reichlich angeschickerten Damen auf die glorreiche Idee gekommen, den angeheuerten Stripper nackt an Susis heißgeliebtes Andreaskreuz zu schnallen.

Soweit noch nicht unüblich, da hat unser Laden schon ganz andere Sachen erlebt. Er hatte darunter auch ganz offensichtlich nicht sonderlich zu leiden, woran man das erkennen konnte, das können Sie sich dann bitte schön selber ausmalen.

Diese sichtbare Freude nun wiederum verleitete die Damen dazu, verschiedene Kleidungsstücke an dem armen Kerl, nun, sagen wir, aufzuhängen.

Alles begann recht harmlos mit einem Seidenschal, es folgte eine geringelte Socke, ein rotes Haarband, eine der Feiernden entledigte sich ihres Höschens, dann kamen BHs unterschiedlichster Designs und Körbchengrößen. Natürlich nicht alles auf einmal, sondern nacheinander. So gut war der Herr nun auch wieder nicht ausgestattet.

Es kam, wie es kommen musste. Trauzeugin Elke hatte unserem Hausmarke-Schaumwein „Cuvée Diana" reichlich zugesprochen.

Der ist im Pauschal-Paket „Hühnerparty XXL Unlimited" inklusive und wird ohne Mengenbegrenzung ausgeschenkt. Wer Bellas schwäbische Mentalität kennt, wird ahnen, dass es sich hier um ein Erzeugnis handelt, dessen Herstellung kein Winzer freiwillig eingesteht.

Mit ihrem schwarzen Tanga hatte Elke die Manneszierde unseres Strippers knapp verfehlt und bückte sich nun zwischen seine Beine, das gute, wenn auch stoffsparend gefertigte, Stück aufzuheben. Als sie mit ihrem leicht alkoholvernebelten Kopf wieder hochkam, erwischte sie dann allerdings mit Schmackes den Gefesselten genau da, wo es den männlichen Homo sapiens am allerfürchterbarsten schmerzt.

Allein der Gedanke an die Qualen, die Elkes harter Schädel dort verursachten, nehmen den Verfasser arg mit. Diese Zeilen wurden daher mit zusammengebissenen Zähnen geschrieben.

Nun muss man wissen, dass der wackere Mietnackedei hauptberuflich im Hafen Überseecontainer lascht. Lascher, das sind diese Typen, die auf Schiffen mit halbzentnerschweren Metallstangen hantieren und dafür sorgen, dass die kostbaren Blechkisten später nicht über Bord gehen.

Also generell eher Leute, mit denen du in der Seemannskneipe nicht in einen Streit geraten willst, wenn dir die Vollzähligkeit deiner Zähne und Knochen am Herzen liegen. Weil sie nämlich von Berufs wegen Muckis aus Stahl haben. Was wiederum im Stripperbusiness ja durchaus ein quasi geldwerter Vorteil ist.

Was macht der Mann, wenn er einen Hieb ins Gemächt abbekommt? Richtig. Er hält sich instinktiv schützend die Hände vor die Kronjuwelen, damit nicht nochmal einer draufhat. Nun war dieser Mann hier aber leider gefesselt. An Armen und Beinen. Und an ein Andreaskreuz.

Die Reflexe von Susi, die leise vor sich hin knurrend ein Auge auf die ganze Sache hatte, retteten die Situation vor einer kompletten Eskalation. Nur sie hatte das leidende Knirschen und Knacken der dicken Holzbohlen gehört und geistesgegenwärtig die Lederfesseln mit einem für derartige Notfälle bereitliegenden Teppichmesser durchtrennt.

Wäre das Holzkreuz vor aller Augen dem Muskelmann zum Opfer gefallen, was für eine Rufschädigung hätte das gegeben. Wir sind schließlich ein angesehener Fachbetrieb für Qual und Züchtigung, da werden von der werten Kundschaft höchste Ansprüche an Material und Personal gestellt. Und womit? Mit Recht.

Ein ebenfalls aus guten Gründen immer vorrätiger Eisbeutel ließen dann Schmerz und Gemächt des dergestalt grob Misshandelten zusehends dahinschwinden. Haben Sie schon mal am FKK-Strand einen Badenden aus der eiskalten Nordsee kommen sehen? Muss ich weiterreden? Dachte ich mir.

Die Sache ging dann doch noch für alle gut aus, die untröstliche Elke tröstete den malträtierten Hafenarbeiter und wenn man Gerüchten und den HD-Videoaufzeichnungen aus dem Dschungelzimmer glauben darf, dann hat der Gute keine bleibenden Schäden davongetragen.

Ganz anders allerdings unser armes Andreaskreuz.

Bella schafft es, mir nach und nach die gesamte Geschichte zu entlocken. Wie so ein Ernst Stavro Blofeld, nur halt mit Brüsten. Und was für welchen. Aber ich schweife ab.

Da stand nun also Susi, nachdem die johlenden Junggesellinnen von zwei Stretchlimos mit spezialimprägnierten Samtsitzen abgeholt worden waren, und vor der Tür das erste Wochenende nach Auszahlung des Urlaubsgeldes. Normalerweise eine ebenso schmerz- wie umsatzreiche Zeit, das eine für unsere Gäste, das andere für uns.

Und nun war eines ihrer wichtigsten Arbeitsgeräte defekt. Wo so schnell um diese Zeit noch einen Handwerker herkriegen, der das wieder richten konnte?

Tja. Die Axt im Haus erspart den Zimmermann. Und der James im Haus schnappte sich seinen Werkzeugkasten, besah sich den Schaden und versetzte das Andreaskreuz unter Zuhilfenahme von Winkelverbindern, Senkkopfschrauben und anderen mehrsilbigen Artikeln aus dem Baumarktsortiment wieder in einen belastbaren Zustand.

Und während er da so mit dem Akkuschrauber in der Hand am Kreuz herumwerkelte, das in seiner Dienstzeit schon reichlich Blut,

Schweiß, Tränen und noch manches andere gesehen hatte, kam ihm eine Idee. Und dann noch eine. Und noch eine. Er zückte den Bleistift, den er traditionell hinter dem Ohr trug und sein Notizbuch. Er schrieb. Er skizzierte. Strich durch. Radierte. Skizzierte neu. Ergänzte hier, beschriftete dort.

„Susi, was meinst du hierzu?" Er zeigte seiner ob der prompten Wiederherstellung ihrer Tortur-Hardware hocherfreuten Auftraggeberin seine Skizze.

„Das wäre genial, wenn es sowas gäbe. Absolut genial."

Susi und er diskutierten die halbe Nacht, bis schließlich Anna in ihrem Glücksbärchi-Schlafanzug erschien.

„Wo bleibst du denn. Ich hab dich überall gesucht."

Susi warf sich sofort für James in die Bresche, bevor der irgendwas, vermutlich Unkluges oder Falsches, sagen konnte. Oder etwas, auf das beides zutraf.

„James hat mir aus der Patsche geholfen. Die dummen Hühner heute haben kräftig Schaden hinterlassen. Aber guck mal hier, was hältst du davon?"

Wie wir wissen ist Anna, wiewohl offiziell bei uns Auszubildende in einem hochseriösen kaufmännischen Beruf, eigentlich Nachwuchs-Domina und nach Susis Einschätzung ein Top-Talent auf dem Gebiet.

So saßen schließlich die drei zusammen und brüteten, bis es hell wurde, gemeinsam über dem Entwurf für das Andreaskreuz Zweipunktnull.

„Klingt ja hochinteressant", gurrt Bella, die sich derweil, immer noch splitternackt, bäuchlings auf mich draufgelegt hat.

Mir wird warm. Ums Herz und anderswo. Sie horcht ins Dunkle. Es herrscht absolute Stille jetzt. Abgesehen von Mückensirren und so weiter, siehe oben. James hat offensichtlich Feierabend gemacht. Morgen ist schließlich der große Tag, an dem er sein Gesellenstück den kritischen Augen der Fachleute aus der Schreinerzunft präsentieren darf. Ich kann nach wie vor nicht fassen, wie man angehenden Gesellen vollkommen freie Hand bei der Wahl des zu erschaffenden Werkes geben kann. Die werden sich umgucken, die Herren von der Innung.

„Sag mal…", Bella krault mich, wo ich ausgesprochen gern gekrault werde.

„Hm?" Ich ahne Böses.

„Hast du eigentlich einen Schlüssel für die Werkstatt?"
Natürlich habe ich. Ich habe für alles in dem Laden hier Schlüssel. Sogar für die Keuschheitsgürtel, falls einer unserer Kunden im Eifer des Gefechts das Schließgerät verbummelt hat und seine Gespielin ganz dringend mal für kleine Schlampen muss.

„Los komm!" Bella springt auf. „Ich will mir das Wunderdings mal angucken."

Sie hat dieses verdächtige Glitzern in den Augen, wenn ihr der Schalk im Nacken sitzt. Oder wenn sie läufig ist. Oder beides in Tateinheit, was gar nicht mal so selten vorkommt.

„Aber zieh dir was an!" Ich klinge wie meine Oma.

„Klar doch" sie schlüpft in ihre heißgeliebten Nitribitt-Pantöffelchen. Sie wissen schon, solche Holzdinger im 50er-Jahre-Stil mit einem rosa Puschel drauf, auf die man unter keinen Umständen nachts barfuß drauftreten sollte. „Fertig."

„Und wenn die Kinder dich so sehen? Oder Margot?", wage ich einzuwerfen.

„Pah. Diese ‚Kinder' sind volljährig und rammeln vermutlich gerade wie die Steinesel. Oder was würdest du in dem Alter tun. Ha?"

Wo Sie Recht hat, hat sie vermutlich recht. James und Annas Liebesleben war, der Geräuschkulisse nach zu urteilen, durchaus als rege zu bezeichnen. Und das obwohl das Gästeappartement, in das die beiden eingezogen sind, an der genau entgegengesetzten Ecke des Hauses liegt. Annas Schwangerschaft, so hatte James durchblicken lassen, wirkt sich scheints nachhaltig auf ihre ohnehin schon überdurchschnittlich gut ausgeprägte Libido aus.

Und Margot schlief erstens in der Regel wie ein Stein und hatte zweitens in ihren langen Dienstjahren als Türsteherin schon so viele Menschen beiderlei Geschlechts ohne Hose angetroffen, dass ihr Bellas Aufzug vermutlich nicht mal ein Schulterzucken entlocken würde.

„Und außerdem", ergänzt Letztere trotzig, „gehört mir schließlich der ganze Bums hier und da kann ich ja wohl rumrennen wie ich will."

Abgesehen davon, dass dies erst so richtig zutrifft, nachdem ich das Zeitliche gesegnet habe und sie meine Hälfte des Ladens auch noch geerbt hat, kann ich ihr auch da nicht widersprechen. Seufzend zucke ich mit den Schultern und wälze mich aus dem Bett. Auch ich möchte in meiner dünnen Schlafanzughose jetzt möglichst niemandem begegnen.

Wir schleichen im Gänsemarsch über den Hof. Erst Bella, dann ich, dann Hofhund Heinz, den die ungewohnte Aktivität um diese unchristliche Uhrzeit neugierig gemacht hat. Die stockfinstere, aber schwülwarme Nacht umgibt uns. Hoffentlich hat James nicht auch schon den kaputten Bewegungsmelder der Beleuchtung vor den Garagen repariert.

Er hat noch nicht. Ein Glück. Wie der Kastellan bei Hui Buh taste ich am Schlüsselring nach dem passenden Exemplar. Die Tür öffnet sich, wir treten ein und ich ziehe sie hinter uns zu. Heinz muss draußen bleiben und trollt sich beleidigt wieder.

Es ist finsterer als im Bärenarsch. Bella steht dicht vor mir. Sehr dicht. Ich glaube, sie zufrieden schnurren zu hören, als sie feststellt, dass dies die gewünschte Wirkung nicht verfehlt.

„Soll ich…?"

„Licht anmachen? Ja. Das auch."

Hoffentlich bleiben die Kinder in ihrem Zimmer.

Was wir dann erblicken, verschlägt uns kurz die Sprache.

„Wow", sagt Bella.

„Wow", sage ich.

Vor uns steht ein Andreaskreuz, von dem jeder unbeschrankte Bahnübergang nachts träumt. Und viele andere Leute auch.

Es ist in alle Richtungen dreh- und schwenkfähig, horizontal, vertikal und in jedem Winkel dazwischen nutzbar, besitzt elegant versenkte Vorrichtungen für Schlaufen, Fesseln und vielerlei andere Dinge, von deren Existenz die Zartbesaiteten unter ihnen nicht unbedingt etwas wissen müssen. Und das an Stellen und in Positionen, über die man selbst in Fachkreisen nur hinter vorgehaltener Hand spricht.

Das dunkle Holz ist edel, hochglanzpoliert und fühlt sich warm und glatt an. Fasziniert spiele ich an den verschiedenen Hebelchen, die aus dem klassischen X neben Y oder T auch noch eine Reihe anderer Buchstaben werden lassen, die es teilweise nur im kyrillischen Alphabet gibt.

Bella ist, mal wieder, schon einen Schritt weiter und hat sich aus der ebenfalls aus edlen Hölzern gefertigten Wandhalterung für Zubehörteile ein paar interessante Exponate ausgesucht, die ihre Neugier geweckt haben.

Lassen Sie es mich so sagen, Stiftung Warentest wäre in dieser Nacht stolz auf uns beide gewesen.

„Und meine Rückenschmerzen" seufzt Bella zufrieden, als sie sich neben mir in unser vertrautes Bett kuschelt, „die bin ich dabei auch losgeworden."

Für die Wirbelsäule, das weiß jeder Orthopäde, ist es ausgesprochen heilsam, wenn man ein Weilchen kopfüber aushängt. Ich erwäge gerade schläfrig, eventuell einen Antrag auf Kassenzulassung zu stellen, als ich unten im Hof drei Schatten wahrzunehmen glaube. Von denen einer mit Schwanz wedelt. Der kleinste natürlich, Sie Ferkel.

Kurz darauf dringt ein schmaler Streifen Licht unter der Werkstatttür hervor. Offenkundig will auch James sein Werk vor der anstehenden Abnahme noch einmal einer gründlichen Funktionskontrolle unterziehen. Und Anna soll ihm vermutlich dabei helfen.

Zum Glück hatten Bella und ich alle verfänglichen Spuren, die auf unseren Besuch in der Werkstatt hindeuten konnten, akribisch beseitigt.

Moment. Wo ist eigentlich meine Schlafanzughose?

Kapitel 35 – Endstation Wechselstrom

„Bestellst Du uns für um acht einen Tisch beim Italiener? Bei dem an der Hauptstraße, gegenüber der Eisdiele. Ich kann mir nie merken, wie der gerade heißt."

Bella steht auf Zehenspitzen vor dem Waschbecken und sieht sich im Badezimmerspiegel beim Wimperntuschen zu.

Ich zähle an meinen Fingern ab. Christine, James, Anna, Annas Eltern Bine und Armin, mit Bella und mir ergibt das sieben.

„Für sieben?"

„Lieber für acht. Angeblich hat Christine einen Neuen."

„Echt?"

„Man munkelt sowas."

„Kenn ich den?"

„Lass dich überraschen."

„Komm schon, wer ist es?"

„Nee. Ich will keine Gerüchte in die Welt setzen."

„Seit wann? AUA." Eine halbleere Shampooflasche trifft mich am Kopf.

Ich hasse Überraschungen.

~

Laut Suchmaschine gibt es hier am Ort zwölf italienische Restaurants. Anscheinend sorgt eine interessante Anomalie des Raumzeitkontinuums, auch kulinarische Subraumfalte genannt, dafür, dass diese sich auf lediglich fünf unterschiedliche Adressen verteilen.

Da wäre zunächst das „Giorgio". Das gibt's nicht mehr, denn Giorgio hat verkauft und ist frustriert in seine kroatische Heimat zurückgekehrt. Seine Frau war mit dem Koch vom „La Pergola" durchgebrannt, hat gegenüber das ehemalige „Roma" übernommen und in „Bella Italia" umbenannt.

Von diesen menschlichen Dramen weiß Google leider nichts und führt daher weiter alle genannten Etablissements als „geöffnet". Genau wie die „Pizzeria Napoli", deren Besitzerin kurzzeitig und vergeblich in den Räumen der alten Imbissstube von Salmonellen-Kuddel ihr Glück versuchte.

Hinzu kommt dann noch die Problematik mit dem „Due Fratelli". Bis vor kurzem bekannt als „Tre Fratelli", bis sich Manolo, der Älteste, in die norditalienische Heimat aufmachte, um dort den elterlichen Betrieb zu übernehmen. Um den sich übrigens hier im Ort wilde Gerüchte ranken.

Ich kenne Manolo seit der Schulzeit und kann Ihnen verraten, dass es sich keineswegs um ein florierendes Unternehmen der Schutzgeldbranche handelt. Eine durchaus öfter zu hörende Theorie hier im Dorf. Nein, die Geheimniskrämerei der Familie hat einen deutlich profaneren Grund.

Manolos Vater ist nämlich größter italienischer Franchisenehmer einer amerikanischen Hamburgerkette. Der Pommes-Pate sozusagen. Um seine Familie vor Anfeindungen von selbsternannten Verteidigern der traditionellen Kulinarik zu schützen, hatte er sie nach Deutschland verfrachtet.

Diese Tatsache hat trotz Google bis heute noch keine der ortsansässigen Klatschbasen aufgedeckt. Vor allem, weil die meisten davon ausgehen, dass „Fratelli" ein Familienname ist. Manolo und Geschwister stellten sich daher mitunter gerne scherzeshalber als „Fratelli Fratelli" vor.

Für Locals ist die Umbennung aufgrund Wegfalls eines Geschwists weniger ein Problem als für die Fresstempelbewerter. Hier geht man seit Jahrzehnten zu Fratelli, um gepflegt italienisch zu speisen, wen kümmern gekaufte Sterne oder Gummipunkte beim Gulp!- oder Schmackofatz-Portal.

Etwas außer Konkurrenz läuft Luigis Pizzaservice, der ein sehr großes Einzugsgebiet zu versorgen hat und daher bei jeder Lieferung gratis darüber informiert, wie viele Mikrowellenminuten das gewählte Gericht braucht, um wieder auf Verzehrtemperatur zu kommen.

Nur die Bewertungen des „Bistro Piccolini" im Gewerbegebiet sind eindeutig zuzuordnen und einheitlich abgrundtief schlecht. Erstaunlicherweise kennt niemand jemanden, der dort wirklich selber schon mal essen war, aber alle sind sich einig, die Qualität ist einfach unterirdisch.

Sie kennen diese Geheimtipp-Restaurants, die so vorzüglich sind, dass niemand gut über sie spricht, um zu vermeiden, dass plötzlich alle da hinrennen und man keinen Platz mehr kriegt, die dann pleite gehen, weil alle schlecht über sie gesprochen haben und keiner hingegangen ist?

Jene spezielle Gattung Gastro-Tempel hat ja schon Altmeister Kishon ausführlich beschrieben. Das „Piccolini", so kann ich Ihnen versichern, fällt jedenfalls nicht in diese Kategorie. Es existiert nämlich bereits durchgehend seit Erschließung des Gewerbegebietes Süd im Jahre 1972.

Legt man sich auf die Lauer, so kann man beobachten, wie im Schutze der Dunkelheit polierte Limousinen vorfahren. Honorige Herren mittleren bis fortgeschrittenen Alters klappen den Mantelkragen hoch und betreten das angebliche Ristorante, ihre sinistren Vorlieben dort auszuleben.

Sie hatten es schon geahnt. Das „Piccolini" ist nur Tarnung und wer sich knurrenden Magens und ahnungslos dorthin verirrt, kann bestenfalls auf Dosenravioli und Tiefkühlpizza hoffen. Was die lausigen Bewertungen erklären dürfte, die wiederum sehr im Sinne der Betreiber sind.

Aber welche zweifelhaften Aktivitäten verbergen sich hinter harmloser Fassade? Illegale Pokerrunden vielleicht oder eine Begegnungsstätte zur Befriedigung noch abgründigerer Gelüste?

Schlimmer. Willkommen im Vereinsheim der „Modellbahnfreunde Bökelstorf e.V. - Die Spurtreuen".

Sie haben eine Vorliebe für Damenunterwäsche ohne Dame darin oder Fesselspiele im Verlies? Sie bevorzugen das eigene oder irgendein anderes Geschlecht? Kein Problem. Jede Neigung wird heute akzeptiert.

Nur das Outing als Märklinist isoliert zuverlässig vom Rest der Gesellschaft.

Nun, überlassen wir die gesetzten Herren ihren Leidenschaften, denen sie in den verschwiegenen Clubräumen des Piccolini nachgehen. Auch für sie muss schließlich Platz in unsrer Gesellschaft sein.

Ihr Nachbar ist Gleichstromer? Spurweiten unter H0 finden Sie frivol? Üben Sie sich in Toleranz!

„Ristorante Due Fratelli, guten Tag, was kann ich für Sie tun?"
Ja, einen Tisch für acht um acht, das ginge natürlich klar, man freue sich auf unser Erscheinen. In zwei knappen Sätzen inklusive Begrüßungsfloskel habe ich die Sache mit einem von Manolos kleinen Brüdern geklärt. Welcher von beiden? Keine Ahnung, ist das wichtig? Gerade will ich das Gespräch beenden, als…

„Aber nicht den Tisch gleich am Eingang links, da zieht es immer wie Hechtsuppe. Und nicht den hinten am Klo, dann muss immer einer aufstehen, wenn da jemand durchwill. Am besten wäre es, die würden uns zwei Tische zusammenschieben, am zweiten Fenster rechts. Oder man könnte…"
Wortlos reiche ich das praktischer Weise schnurlose Telefon ins Badezimmer.

Matteo, um den es sich, wenn ich dem zur Hälfte in Volkshochschul-Italienisch geführten Gespräch richtig folge, am anderen Ende der Leitung handelt, hat zum Glück keine Ahnung, dass Bella derzeit nur mit etwas Lidschatten bekleidet ist.

Und mit einem Pflaster am rechten großen Zeh, mit dem sie heute Morgen barfuß, aber dafür volle Kanne gegen den Dielenschrank gerannt ist. Den ich, ohne Zweifel, in arglistiger Absicht da hingestellt hatte. Irgendwann heute Nacht. Denn gestern, das konnte sie schwören, stand der noch mindestens einen halben Meter weiter Richtung Schirmständer.

Nun wiegt das eichene Traditionsmöbel sicher eine halbe Tonne und wurde vermutlich seit Äonen nicht bewegt, der Schirmständer dagegen bringt es nur auf wenige Kilo. Was Bellas These nicht unbedingt unterstützt, aber, unter Brüdern, hätten Sie in der Situation wirklich riskiert, Fakten in die Diskussion einzubringen? Sehen Sie. Durch die angelehnte Badezimmertür bekomme ich mit, dass Matteo anscheinend ebenfalls wortlos den Hörer an seine Frau weitergereicht hat, die wohl für den Service verantwortlich zeichnet.

Sie entpuppt sich als eine Bekannte aus Bellas Italienischkurs, dessen, offenkundig mehrheitlich männliche, Teilnehmer so nebenbei einmal durchgehechelt werden, während man sich parallel darüber austauscht, ob man nicht die beiden Zweiertische an den großen in der Ecke heranschieben können. Dann müsste doch eigentlich die Eckbank, frag doch mal Matteo, was meint der dazu, kann man da was machen? Si?

Eine halbe Stunde später, Bella hat sich zwischenzeitlich noch schnell die Beine enthaart und die Zehennägel nachlackiert, wird die Leitung des „Due Fratelli" endlich wieder frei für hungrige Außer-Haus-Pizzabesteller.

Bella kann sowas alles locker mit einer Hand. Sofern ihr jemand zwischendurch das Nagellack-Fläschchen aufdreht. Und wieder zudreht. Und die Packung von den Kaltwachsstreifen aufreißt. Deren bloßer Anblick ausreicht, mich gegebenenfalls zur freiwilligen Preisgabe meiner EC-Karten-Geheimzahl oder von Atomwaffencodes zu bringen. Für die Handy-PIN müssten Sie allerdings noch etwas Kreide auf der Schultafel drauflegen.

Zwischenzeitlich darf ich das Bad jeweils wieder verlassen, vermutlich hat sie Angst, ich werde angesichts der grausamen Verrichtungen, die da stattfinden, ohnmächtig wie ein werdender Vater im Kreißsaal.

Das für heute Abend angesetzte Essen im großen Kreis ist übrigens so eine Art familiäres Krisenmeeting. Es dreht sich um die in wenigen Monaten anstehende Geburt des Kindes von Anna und James. Und um die Bedenken von dessen zukünftigen Großeltern mütterlicherseits, es in einem derart zweifelhaft beleumundeten Hause wie dem unseren aufwachsen zu lassen.

Insbesondere Oberemanze Bine, ansonsten aufgeklärt bis unters Pony und jeglichen zeitgeistgerechten Formen menschlichen Zusammenlebens gegenüber aufgeschlossen, zeigt in dieser Beziehung ihre konservativ-reaktionäre Seite. Von deren Existenz sie vermutlich selbst gar nichts geahnt hat.

Es gruselt mich ein wenig vor dem Zusammentreffen. Zumal Bine bisher noch nicht weiß, dass ihre Tochter bei uns zwar hochoffiziell eine Lehre zur „Kauffrau für Büromanagement" macht, ihre Arbeitszeit aber in Wirklichkeit primär zwei Etagen tiefer als angehende Fachkraft der Abteilung für Qual- und Züchtigungswesen zubringt.

Domina ist in diesem rückständigen Land leider noch kein anerkannter Ausbildungsberuf. Und dann reden immer alle von der Dienstleistungsgesellschaft. Und vom Fachkräftemangel und so. All das habe ich zwar mit Armin besprochen, der hatte bisher aber nicht die Cojones besessen, es seiner Frau weiterzuerzählen. Armin ist, Sie erinnern sich, so ziemlich der einzige, der nicht weiß, dass Anna nicht seine leibliche Tochter ist. Aber dazu später mehr.

~

Ich erkenne das „Due Fratelli" kaum wieder. Kein Tisch steht mehr da, wo er mal seinen angestammten Platz hatte. Ich ahne Böses. Bella und ihre Bekannte, die, wie ich jetzt erfahre, auf den Namen Evi hört, begrüßen sich mit Küsschen links, Küsschen rechts, Küsschen links. Oder umgekehrt. Was weiß ich, irgend so ein pseudo-mediterraner Begrüßungsbrauch halt.
Evi führt uns in die einstmals gemütliche Gaststube, deren neu und innovativ arrangierte Möblierung sich jeder Tischnummern-Zuweisung widersetzen dürfte. Hinter dem Tresen steht Matteo. Er sieht schlecht aus und rührt sich eine Sprudeltablette in ein Glas Wasser. Entschuldigend ziehe ich die Schultern hoch. Er antwortet resigniert mit derselben Geste.
Armin und Bine sind bereits da und warten am großen, runden Tisch in der Mitte des Raumes auf uns. Genau der richtige Ort für ein vertrauliches, klärendes Gespräch im engeren Familienkreis. James und Anna sind mit uns gekommen und nach ein bisschen „Hallo" und „Wie geht's" sitzen wir in bunter Reihe und warten. Auf Christine. Und ihren Pluseins.
Von dem Bella auch nichts weiter weiß, als dass er hier aus der Gegend kommt, wie sie mir schließlich noch gestanden hatte.
Aus dem Augenwinkel sehe ich, wie draußen auf dem Parkplatz eine noble dunkelblaue Limousine aus Stuttgart vorfährt, die mir ziemlich bekannt vorkommt. Ich habe sie nämlich bezahlt. Also, irgendwie.

Als ich dann sehe, wer aussteigt, wird mir endgültig klar, dass ich aus dem Schneider bin. Heute würde es hier ganz sicher keinen Eklat geben über Annas Nebentätigkeit in Lack und Leder.

Ich stupse die neben mir sitzende Bella unter dem Tisch an. Vergeblich. Sie ist so mit Bine ins Gespräch vertieft, dass sie ohne Vorwarnung in das nun folgende Geschehen hineinstolpert.

Die Tür geht auf, Christine betritt den Raum und winkt in die Runde. Direkt hinter ihr taucht ein blonder Mann auf. Auch er blickt sich um und sucht nach vertrauten Gesichtern. Als Erstes sieht er meins und will die Hand zum Gruß heben, schließlich bin ich für einen Gutteil seines materiellen Wohlstands verantwortlich. Sie ahnen es, es kann sich nur um unseren Steuerberater handeln. Der willige Erfüllungsgehilfe des Finanzamtes lässt seine Hand allerdings sinken, als er erst Bine und dann die neben mir sitzende Frau erkennt. Nein, nicht Bella, Anna. Er sieht sie an. Sie sieht ihn an. Und, wie soll ich es besser ausdrücken, sie sind einander wie aus dem Gesicht geschnitten. Was ganz simpel daran liegt, dass er dereinst mit Bine im Bett war. Die neun Monate später mit Anna niederkam.

Ist Ihnen die Geschichte mit der Fischvergiftung und der ausgekotzten Anti-Baby-Pille noch präsent? Tja. Nun kommt zusammen, was zusammengehört. Eine ungesunde Stille setzt ein. Bines Gesichtsfarbe wäre mit „kalkweiß" noch schmeichelhaft farbig beschrieben. Armin hingegen sollte besser dringend seine Blutdruckpillen nehmen, sein hochroter Kopf lässt ahnen, dass er schon länger was ahnte und nun sozusagen den Täter und das Corpus Delicti auf dem Silbertablett serviert bekommt.

Christine hat offenkundig noch nicht so ganz durchschaut, in was für eine Lage sie sich durch die Wahl ihres neuen, berufsbedingt hochgradig solventen, Lovers gebracht hatte.

Ausnahmsweise schalte ich eine Millisekunde schneller als Bella, die noch zwischen Anna und ihrem wahren Erzeuger hin und herguckt und wie ein Karpfen auf dem Trockenen nach Luft schnappt. Wie ein sehr hübscher Karpfen, das muss ich dazusagen.

Ich greife nach Bellas Hand, stehe auf, gehe um den Tisch herum, sage im Vorbeigehen zu James „Lasst uns mal kurz rausgehen. Und nimm deine Mutter mit."

Der stellt erfreulicherweise keine Fragen, sondern tut wie geheißen. Eine halbe Minute später lehne ich mich an die noch warme Motorhaube des Steuerberater-Dienstfahrzeuges und kläre Christine und James auf, warum es besser ist, sich aus dem, was da drinnen jetzt passiert, herauszuhalten.

Das Restaurant war nur schwach besetzt, die vier anderen Gäste kommen kopfschüttelnd durch die Tür und gehen auf ihr Auto zu. Man hört kurz laute Stimmen, weibliche und männliche, dann heult irgendwer. War das Armin? Es klirrt und durch das Fenster kommt etwas Schweres angeflogen. James zieht geistesgegenwärtig seinen Kopf ein. Die Reflexe, denke ich ein wenig stolz, die hat er von mir. Vom Dach des Steuerberater-Benz prallt mit einem satten KLONK ein massiver Porzellan-Aschenbecher ab. Es ist so ein solider, aus den goldenen Zeiten der Zigarettenindustrie, mit Aufdruck Asti Cinzano. Da darf sich der Autolackierer über einen netten Auftrag freuen.

Heidewitzka. Das würde jetzt kompliziert werden mit dem Stammbaum. Falls das Gemetzel da im Ristorante jemand überleben sollte. Sie gestatten mir die Einfügung einer kleinen Illustration:

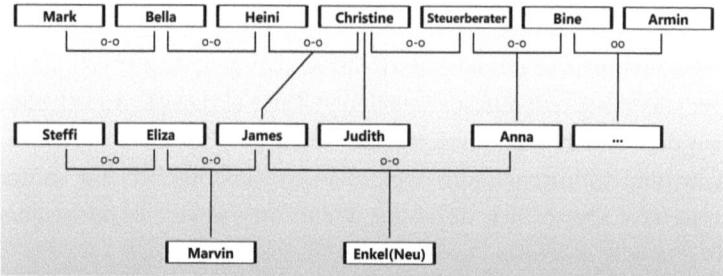

Zuerst kommt Anna heraus. Sie sieht wütend aus, schnappt sich James und zieht wortlos mit ihm von dannen. Es folgt Bine, ein Häuflein Elend. Sie wirft sich Bella in die Arme, auch die beiden verlassen die Szene. Als Nächstes taucht der Steuerberater auf. Sein 200-Euro-Hemd ist zerrissen, aus der Nase läuft ihm ein wenig Blut und an seinem linken Auge kann der botanisch interessierte Beobachter die rasante Entwicklung eines kapitalen Veilchens studieren. Christine nimmt sich seiner an. Ich bleibe übrig, keiner scheint meiner Fürsorge zu bedürfen. Gehe ich halt mal nach Armin schauen.

Ein wenig besorgt betrete ich die Gaststätte. Nein, Armin sieht ziemlich unversehrt aus. Er sitzt alleine an dem großen Tisch und lässt sich von Matteo einen Grappa einschenken. Evi blickt versonnen durch das Loch, das der Aschenbecher in der Butzenscheibe hinterlassen hat, auf den Parkplatz hinaus.

Armin winkt mich zu sich heran. Ich lehne dankend den auch mir angebotenen Tresterfusel ab und lasse mir von Matteo ein Glas vom offenen Chianti kredenzen. Davon wird man wenigstens nicht sofort blind, ich muss schließlich noch fahren.

„Dem hast du ja hübsch eins verplättet."

Ich hatte Armin nämlich bisher als ausgesprochen friedfertigen Menschen kennengelernt, der keiner Fliege etwas zuleide tun konnte.

„Wieso ich? Das war Anna."

Hätte ich mir ja eigentlich denken können.

Personenverzeichnis

Kapitelnummern in Klammern.

Anna, Nachwuchs-Domina und Tochter von →Bine (11-14,30,31,34)

Anton, Dachdecker-Azubi (15)

Armin, Gehörnter Ehemann von →Bine (1,2,11,17,20,35)

Babs, TV-Moderatorin (10)

Berthold, alias „Giftschrank", agrarchemikalienaffiner Baumschulbesitzer (25)

Big Joe, Masseur (10)

Bine, Ehefrau von →Armin (2,11,20,35)

Birgit, Noch-Ehefrau von →Tom, liebt aber →Peter (1-3,6-10,33)

Britney, geborene Spiers, Barfrau im „Diana" (4,10,11,13,16,34)

Carlotta, Sekretärin von →„Papa" (16,17)

Christine, Insektenforscherin, Mutter von →James und →Judith (24,26,30,31,34,35)

Claudia, Chefin des Hotels „Eichengrund" (10,12,18,23)

Clifford, Textilreinigungsmogul (24)

Detlef, Lover von →Hiltrud (20)

Dietmar, Bankdirektor (23,34)

Dolf, Drogenspürhund (2)

Dorothea, Geistheilerin (23)

Dragan, Spaghettieisfachverkäufer und Kampfmaschine (15,27)

Edeltraut, Unternehmerin in Sachen Holzdödel (32)

Elisabeth, Verbrechensopfer aus Vorarlberg (32)

Elke, Trauzeugin (34)

Eliza, frisch niedergekommene Zumba-Trainerin (2,5,6,8,10,13,28,30,31)

Ewa, ebenfalls hochschwanger, aber von →Janosch (12)

Francesca, kalabrische Hochzeitsplanerin (18)

Fridolin, kalifornischer Seelöwe (12)

Gerd, Gartencenterbesitzer, Ehemann von →Kerstin (1,10)

Hannelore, Küchenchefin (10-12,18,21)

Hans-Jochen, alias →Hasan (30)

Hasan, Coiffeur (30)

Heather, Oma von →Clifford (24)

Heidemarie, alias →Heather (24)

Hein, Seemann und Knotenpapst (13)

Heinz, Hof- und Windhund (33)

Helga, rüstige und lüstige Omi (13)

Helmut, Leiter der Baubehörde (26)

Hermine, vegane Tante (25)

Hildegard, Schwester von →Ali (30)

Hiltrud, erschöpfte Kinderpsychologin (20)

Hinnerk, Robbenflüsterer (12)

Hotte, Altrocker und Kindergartenkumpel (24)

Ilse, Störchin, Gattin von →Willy (26)

Ivonne, Aushilfsbedienung bei →Ursula (31)

Ivo, Postbote und Teilzeitgangster (7,8,17,19,27,31)

James, Sohn von →Christine (30,31,33-35)

Jannis, Wirt der „Taverna Akropolis" (31)

Janosch, Trucker und werdender Vater (12)

Jean-Jacques, Sternekoch, Bruder von →Hannelore (6,10,18)

Judith, Gespielin, Tochter von →Christine (22,31)

Judith, Tochter von →„Papa" (17)

Julia, Noch-Ehefrau von →Peter (1-3,6,7,9,10)

Jupp, Landwirt und Großgrundbesitzer (18,21,30)

Jutta I, weiblicher Dorfsheriff (2,3,15)

Jutta II, Seemannsheim-Chauffeuse mit Schwäche für Bindege-
webe (13)

Kerstin, Ehefrau von →Gerd (1,2,10,13)

Kuno, ausgestopfter Eisbär (12)

Lena, Lovemobilistin und Managementtalent (3,5,7-19,33)

Lenny, Bürgermeister (24)

Lotta, ehrgeizige Ehefrau von →Ivo (16,17,19,27)

Luigi, Inhaber des gleichnamigen Pizzalieferdienstes (31,35)

Manuel, Tüftler und zukünftiger Multimillionär (16,17)

Mario, glückloser Kleingangster (32)

Margot, Türsteherin (8,12,13,16,21,27,33,34)

Mark, Ex-Ehemann von →Bella (1-4,6,9,10)
Marleen, Großbauerntochter und Hoferbin (21)
Martina, Lenkerin eines Schülermassentransportmittels (15)
Marvin, Söhnchen von →Eliza (30,31)
Mathew-Leon, verzogenes Gör von →Hiltrud (20)
Mette, Tierpflegerin aus Kopenhagen (12)
Mila, Tochter von →Dragan (27)
Olga, Bademeisterin (6)
Palmira, andalusische Bäckereifachverkäuferin (23)
„Papa", Gangsterboss kurz vor der Pensionsgrenze (8,16,17)
Pauline, Meisterin der Dachdeckerkünste (15)
Peter, Autohausbesitzer (1,3,5-7,9,10,12,21)
Petra, nymphomane Eventmanagerin (8-10,17,19,22)
Pierre, Gastro-Kritiker mit dunkler Seite (31)
Pit, Feuerwehrmann mit eigenwilligem Humor (21)
Ritschie, auch ein Lover von →Hiltrud (20)
Rudi, ortsansässiger Baulöwe (10,26)
Sabine, Gattin und Großcousine von →Clifford (24)
Schorsch, Wiesnwachtmeister (32)
Sepp, Wiesnwachtmeister (32)
Seppi, oberpfälzischer Erzeuger von →Mathew-Leon (20)
Sofie, Ex-Chefin des „Diana" (4,7-9,13,16-19,33)
Sophie Marceau, Henne (33)
Steffi, aktuelle Lebensgefährtin von →Eliza (31)
Susanne, Lebensgefährtin von →Sven, Wintergärtnerin (26)
Susi, BDSM-Beauftragte im „Diana" (4,9-14,16,34)
Sven, Unterer Naturschützer, Hanomagbewohner (26)
Theobald, Bachstelze (26)
Tom, Noch-Ehemann von →Birgit (10)
Toni, begnadeter Autoschrauber (12,21)
Ursula (Uschi), Wirtin des „Bökelstorfer Krug" (31)
Werner, Universalaktivist (23,26)
Willy, Storch, Gatte von →Ilse (26)
Wolfgang, Jungbauer (21,25)

Und Bella und ich.